W0296367

BASTEI LÜBBE TASCHENBUCH

Weitere Titel der Autorin:

18 654 Der Verführer im Kilt
18 670 Fesselndes Verlangen
18 695 Bittersüße Qual der Liebe
18 698 Im süßen Bann der Versuchung
18 714 Der stolze Highlander
18 721 Der Kuss des Highlanders
18 735 Mein schottischer Rebell

Über die Autorin:

Sue-Ellen Welfonder hat fast zwanzig Jahre als Stewardess gearbeitet, bevor sie sich ganz dem Schreiben von historischen Liebesromanen widmete. Ihre besondere Liebe gilt der mittelalterlichen Geschichte Englands und Schottlands. Sie selbst hat schottische Vorfahren und fährt regelmäßig nach Großbritannien, um für ihre Bücher zu recherchieren. Sie lebt mit ihrem Mann Manfred und ihrem Jack-Russell-Terrier Em in Florida. Welfonder hat für ihren ersten Roman *Der Verführer im Kilt* beim *Romantic Times Award* den Preis für den besten ersten historischen Liebesroman bekommen.
Besuchen Sie die Autorin auf ihrer Website: www.welfonder.com (in englischer Sprache)

Sue-Ellen Welfonder

RITTER MEINER LEIDENSCHAFT

Roman

Aus dem amerikanischen Englisch von
Ulrike Moreno

BASTEI
LÜBBE
TASCHENBUCH

BASTEI LÜBBE TASCHENBUCH
Band 18 749

1. Auflage: Februar 2010

Vollständige Taschenbuchausgabe

Bastei Lübbe Taschenbuch in der Bastei Lübbe GmbH & Co. KG

Deutsche Erstausgabe

Textredaktion: Susanne Kregeloh, Drestedt
Titelillustration: © Vittorio Dangelico via Agentur Schlück GmbH
Umschlaggestaltung: Rainer Schäfer
Satz: Urban SatzKonzept, Düsseldorf
Gesetzt aus der New Caledonian
Druck und Verarbeitung: GGP Media GmbH, Pößneck
Printed in Germany
ISBN: 978-3-404-18749-2

In liebevoller Erinnerung an Elizabeth »Lizzy« Benway, passionierte Leserin und begeisterte Anhängerin romantischer Liebesgeschichten und hochgeschätzte Freundin vieler Autorinnen und Autoren.
Viel zu früh wurde ihr Leben durch eine Hurrikantragödie beendet.
Lizzy schwärmte für Duncan, den Helden in DEVIL IN A KILT, und ich werde nie vergessen, wie viel Spaß wir hatten, nachdem sie auf ihrer beliebten John-DeSalvo-Website einen Wettbewerb um dieses Buch ausgeschrieben hatte.
Vor allem aber wird Lizzy unvergessen bleiben wegen ihrer Großherzigkeit und Güte und der mitreißenden Begeisterung, mit der sie alles tat, was sie anpackte.
Ich vermisse dich, Lizzy, und ich danke dir dafür, dass du meine Anfangszeit als Autorin zu etwas so Besonderem gemacht hast.
An dem Tag, an dem wir dich verloren haben, ist in der Gemeinschaft der Freunde romantischer Liebesgeschichten ein strahlendes Licht erloschen.

Danksagungen

Schottland ist ein Land von großer Schönheit, in dem Althergebrachtes und Traditionen, Legenden und Mythen auch heute noch sehr lebendig sind und geachtet werden. Wer dort lebt, kann sich glücklich schätzen; wer das Land besucht, ist fasziniert und wird Schottlands Zauber für immer verfallen bleiben. Schottland ist auch mein geheimes Elixier, die Quelle meiner Inspiration, und bei jedem meiner Besuche dort fühle ich mich wie neu geboren. Immer wieder beeindruckt es mich, wie leicht es dort ist, beim Umherstreifen die Vergangenheit zu spüren und zu sehen. Oder zu glauben, dass Träume sich an einem so besonderen Ort wirklich erfüllen.

Während der Recherche für dieses Buch hörte ich Geschichten über etliche mutige, heldenhafte James Macphersons, von denen jeder Schottland sein ganz eigenes großartiges Vermächtnis hinterlassen hat. Das Schicksal eines dieser Männer ging mir besonders nahe, weil er sein Leben zu Unrecht durch die Hand eines korrupten Henkers verlor – in dem Moment, in dem ein Reiter herbeigejagt kam, um das Begnadigungsschreiben zu überbringen.

Dieser als »Zigeunerbandit« bekannte James Macpherson war ein meisterlicher Fidelspieler. Wie auch Jamie in diesem Roman soll er außergewöhnlich groß und stark gewesen sein. Der verwegene und charmante Draufgänger war erst vierundzwanzig, als er starb. Seine Hoffnung auf Rettung erfüllte sich nicht, weil die Uhr am Stadtturm vorgestellt worden war, um seine Exekution vor dem Eintreffen der Begnadigung durchführen zu können.

Dieser liebenswerte junge Musikant geriet jedoch nicht in

Vergessenheit, wobei ihm vielleicht Schottlands Magie ein wenig zu Hilfe kam. Er schlug der Obrigkeit ein letztes Schnippchen, indem er sein Vermächtnis in seiner Musik fortleben ließ, die bis heute sehr geschätzt wird, wann immer »The Macphersons Rant« und seine anderen wundervollen Lieder gespielt werden.

An dieser Stelle möchte ich zudem jenen drei zauberhaften Frauen danken, deren Ratschläge und ermunternden Worte für meine Arbeit von so unschätzbarem Wert sind: Roberta M. Brown, meine beste Freundin, Agentin und größte Unterstützerin; meine unübertreffliche Redakteurin Karen Kosztolnyk, deren Verständnis und Rat ich über alles schätze, und Michele Bidelspach, die ich schon seit *Devil in a Kilt* bewundere und verehre. Ich danke euch!

Wie immer gilt all meine Liebe und mein zutiefst empfundener Dank meinem wundervollen Ehemann Manfred – dafür, dass er sich nicht (allzu sehr) beklagt, wenn ich mich wieder einmal nach Schottland aufmache. Seine Unterstützung und sein Enthusiasmus bedeuten mir sehr viel.

Und nicht zu vergessen meinen kleinen Hund Em, der mir ein treuer Begleiter und über alles geliebter Freund ist, um den sich mein ganzes Leben dreht.

Baldreagan Castle,
in den Western Highlands, 1325

»Zum Teufel mit deinem Gejammere!« Munro Macpherson ballte die Hände zu Fäusten und starrte die Hebamme wütend an. Um nicht die wie tot daliegende Gestalt auf seinem Bett ansehen zu müssen, richtete er seine ganze Wut gegen die mit blutverschmierten Händen vor ihm stehende alte Frau. »Und sag mir nicht, dass sie stirbt! Das will ich nicht hören!«

Er trat zwei Schritte vor, und dann noch einen, als Morag, die Hebamme, ihn kummervoll ansah. Es war der gleiche Blick, mit dem sie ihn schon einige Male angeschaut hatte, seit er in das Gebärzimmer gestürmt war.

Ein Blick, der beredter war als Worte und der Munro Dinge sagte, die er nicht akzeptieren wollte.

Ein kalter Schauder lief ihm über den Rücken, und er funkelte sie böse an, als könnte er so das Mitgefühl von ihrem runzligen, mit Altersflecken übersäten Gesicht vertreiben. »Du bist es und keine andere, die heute Nacht vor ihren Schöpfer treten wird, wenn du nicht dafür sorgst, dass meine Frau am Leben bleibt!«

»Es ist Gottes Wille, Sir.« Morag seufzte und bekreuzigte sich.

»Dann bete doch zu den alten Göttern!«, schrie Munro mit schmerzverzerrtem Mund. »Jeder in diesen Bergen weiß doch, wie vertraut du mit ihnen bist!«

Die alte Frau presste die Lippen zusammen und träufelte

noch etwas Kräuteröl auf ihre Hände. »Ihr habt mit eigenen Augen das Stück kaltes Eisen gesehen, das ich in ihr Bett gelegt habe. Und ich habe Euch gesagt, dass das Wasser, mit dem meine Nichte den Schweiß von der Stirn Eurer Gemahlin abtupft, aus dem Brunnen der heiligen Brigida stammt.«

»Dann versuch es mit Hexerei!« Munro versagte nahezu die Stimme. »Tu, was immer nötig ist!«

Aus schmalen Augen schaute er grimmig auf Moragas verängstigt wirkende Nichte, die ein tropfnasses Tuch in der Hand hielt. Heiße Wut stieg in ihm auf, weil eine so unscheinbare Maus von Frau leben und atmen durfte, während seine wunderschöne, liebreizende Gemahlin, die gestern Abend noch so voller Leben gewesen war, jetzt sterben sollte.

Verzehrt vom Fieber und nicht mehr Herrin ihrer Sinne.

Unfähig, es noch länger zu ertragen, wandte sich Munro abrupt von den beiden Frauen und dem schmerzgepeinigten schattengleichen Wesen ab, das sein Leben gewesen war. Alles, was von ihr geblieben war, waren ihr Stöhnen, ihr unverständliches Gestammel und die wirren Strähnen ihres einst so wundervollen langen Haars auf den befleckten Laken. Ihre prachtvollen, bronzefarbenen Locken, die matt und stumpf geworden waren und allen Glanz verloren hatten. So wie auch alle Farbe aus ihrer einst so makellosen, rosig angehauchten Haut gewichen war, auf die sie immer so stolz gewesen war.

Ausgezehrt und erschöpft warf sie sich nicht einmal mehr hin und her, wenn die Wehen sie übermannten. Sie lag nur da, mit hohlen Augen und eingefallenem Gesicht, dessen wächserne Blässe vom Nahen des Todes kündete.

Von ihrem Ende und Munros Untergang.

Da ihm nur allzu bewusst war, dass er nichts, aber auch gar nichts dagegen tun konnte, trat er an eines der Fenster und starrte düster in die graue Herbstnacht. Heiße Tränen liefen ihm über die Wangen, aber er versuchte, sie zu unterdrücken, als er die kühle, feuchte Nachtluft einatmete.

So angestrengt er jedoch in die regennasse Finsternis hinausstarrte oder auch das noch ferne, heftige Donnergrollen begrüßte, das Gefühl der Machtlosigkeit blieb. Klein und hilflos fühlte er sich, als wäre er nicht mehr der große, kraftvolle Mann, der furchtlos durch die Berge streifte, sondern ein zitternder Jammerlappen, der sich auf die Knie geworfen hätte, wenn Betteln und Flehen jetzt noch hätten helfen können.

Stattdessen aber gefror ihm das Blut in den Adern, und sein Körper spannte sich so sehr an, dass Munro sich wunderte, weshalb er nicht zersprang und in tausend Stücke auseinanderbrach, die sich nie wieder zusammensetzen lassen würden.

Mit zusammengepressten Lippen hielt er den Blick auf die dunklen Berge gerichtet und umklammerte mit beiden Händen seinen Schwertgurt. »Hör zu, Morag«, sagte er dann im unterwürfigsten Ton, den ein Mann wie er zustande brachte, »trotz meiner Launen und Wutanfälle liebe ich meine Frau. Ich könnte es nicht ertragen, sie zu verlieren.«

Nach diesen Worten drehte er sich um, und sein Magen verkrampfte sich, als er sah, wie die alte Frau unter die blutbefleckten Röcke seiner Frau schaute und ihr Gesichtsausdruck noch düsterer wurde.

Munro schluckte und umklammerte seinen Gürtel fester. »Verlang von mir, was du willst, um sie zu retten. Was immer es auch sein mag. Ich würde mit Freuden für immer in deiner Schuld stehen, Morag.«

Aber die Hebamme schüttelte nur den Kopf. »Das Kind ist zu groß«, sagte sie, während sie die Beine seiner Frau noch weiter spreizte. »Und sie hat schon zu viel Blut verloren.«

»Und was bedeutet das?« Munros unbeherrschtes Naturell

erwachte wieder, und vor Wut traten ihm fast die Augen aus dem Kopf. »Sag die Wahrheit, Frau, wenn du nicht willst, dass ich dich und deine greinende Nichte aus dem Fenster werfe!«

»Eure Frau Gemahlin wird sterben, Sir«, antwortete Morag ruhig, »aber es ist möglich, dass das Kleine überlebt. Sein Kopf kommt schon. Und es hat auch kräftige Schultern. Seid dankbar …«

»Dankbar?« Wutentbrannt griff Munro nach den blutdurchtränkten Röcken seiner Frau und riss sie gerade noch rechtzeitig hoch, um einen kräftigen kleinen Jungen mit kupferfarbenem Haar zwischen ihren leblosen Schenkeln hervorkommen zu sehen.

»Dankbar für einen zehnten Sohn?«, brüllte er mit einem verächtlichen Blick auf das schreiende Kind. »Für das Kind, das meine Iona umgebracht hat?«

»Er ist Euer Sohn, Mylord.« Morag drückte das Kind an ihre Brust und spreizte ihre knotigen Finger auf seinem nass glänzenden Rücken. »Und ein feiner, strammer Junge noch dazu. Er wird Euch helfen, zu vergessen. Mit der Zeit …«

»Ich werde nie vergessen!«, schwor Munro und starrte an ihr vorbei auf die leeren, schon glasig werdenden Augen seiner Frau. »Und noch einen zusätzlichen Esser brauche ich nicht. Ich will diesen Jungen nicht! Neun gesunde Söhne sind genug für einen Mann.«

»Sir, bitte …« Die Hebamme reichte den Neugeborenen ihrer Nichte und eilte Munro nach, als der sich zum Gehen wandte. »Ihr müsst ihm wenigstens einen Namen geben.«

»Ich muss gar nichts!« Munro fuhr herum. Wenn Morag nicht so alt gewesen wäre, hätte er sie jetzt vermutlich geschlagen. »Aber wenn du unbedingt einen Namen willst, dann nenn ihn Jamie – James von der Heide!«

Die Alte blinzelte verständnislos. »›*Von der Heide*‹?«

»Das war es, was ich sagte«, bestätigte Munro, schon halb aus der Tür. »Denn dort wurde er gezeugt, was ich mein Leben lang bereuen werde, und dorthin kann er von mir aus zurückkehren. Sobald er alt genug ist. Auf Baldreagan ist kein Platz für ihn.«

1. Kapitel

Fairmaiden Castle in der Nähe von Baldreagan,
Herbst 1347

»*Der zehnte Sohn?*«

Bestürzt über diese unerwartete Neuigkeit, die ihr Vater soeben verkündet hatte, ging Aveline Matheson auf den Hohen Tisch zu. Der Blick ihrer verweint aussehenden Schwester, der ihr folgte und starke Schuldgefühle auslöste, war kaum weniger beunruhigend.

Aveline holte tief Luft und versuchte mit aller Kraft, das Gefühl zu ignorieren, dass ihre ganze Welt aus den Fugen zu geraten drohte.

»Ich erinnere mich zwar, dass es noch einen jüngeren Sohn gab, aber …« Sie verstummte, weil Sorchas tränenfeuchter Blick ihr das Weiterreden schwer machte.

Hinzu kam, dass nicht nur ihre älteste Schwester, sondern auch alle anderen Angehörigen des Clans im großen Saal anwesend waren. Und alle starrten sie an, drehten sich nach ihr um und beobachteten aus schmalen Augen ihre Reaktion, so, als ruhten die Zukunft und das Glück des Matheson-Clans auf ihren schmalen Schultern.

Und nach dem, was Aveline soeben erfahren hatte, war es wohl auch so.

Sie zitterte innerlich, als sie auf ihren Vater zuging und so selbstbewusst und hoch erhobenen Hauptes vor seinem Stuhl stehen blieb, wie ihre zierliche Statur es ihr erlaubte.

Sie gegen Alan Mor Mathesons grimmigen Gesichtsausdruck. Ein Ausdruck, den ihr vollbärtiger, in ein Plaid gehüllter Vater mit dem gleichen Geschick benutzte, mit dem er auch sein Schwert zu führen wusste.

Als Aveline diesen Blick jetzt auf sich gerichtet sah, schluckte sie und wollte nur noch aus dem Großen Saal flüchten. Doch sie riss sich zusammen und blieb stehen. »Es tut mir aufrichtig leid für Laird Macpherson«, begann sie, obwohl sie sich kaum vorstellen konnte, wie grauenvoll es sein musste, neun Söhne auf einmal zu verlieren. »Aber falls du die Absicht hast, auch weiterhin auf einer Verbindung unserer Häuser zu bestehen, sollte dann nicht Sorcha die Braut sein?«

Bei ihren Worten holte Sorcha hörbar Luft.

Alan Mors Gesicht verhärtete sich, und er schlug mit den Händen auf den Tisch. »Himmeldonnerwetter!«, brüllte er so wütend, dass seine älteste Tochter zusammenfuhr, als hätte er sie geschlagen.

Aber Alan schenkte ihr keinerlei Beachtung, als er sich vorbeugte und seinen durchdringenden Blick auf Aveline gerichtet hielt. »Deine Schwester hätte die Braut sein sollen, das ist wahr. Sie sollte Macphersons ältesten Sohn Neill heiraten, wie du sehr wohl weißt. Aber jetzt, da Neill und die anderen tot sind, bleibt nur noch der junge Jamie.«

Er schwieg einen Moment und ließ die letzten Worte in der vom Feuerrauch erfüllten Luft hängen. »Sorcha ist fünfzehn Jahre älter als der Junge, und deine anderen drei Schwestern sind bereits verheiratet. Ich werde das Bündnis mit Macpherson nicht aufs Spiel setzen, indem ich dem einzigen Sohn, der ihm noch geblieben ist, die Braut verweigere, die für ihn am passendsten ist.«

Aveline reckte das Kinn. »Wie immer dem auch sei …«

»Das spielt keine Rolle. Nicht jetzt.« Sorcha berührte Aveline am Arm und blinzelte, um ihre Tränen zurückzuhalten. »Es war Neill, der mein Mann hätte werden sollen. Ich … ich wäre ihm bis an das Ende dieser Welt, ja, selbst durch die Tore der Hölle gefolgt«, sagte sie mit belegter Stimme. »Es ist nicht mein Wunsch, mich mit dem jungen Jamie zu vermählen.«

»Aber es tut mir trotzdem furchtbar leid für dich.« Aveline atmete hörbar aus, als ihr die Brust vor Mitgefühl ganz eng wurde. »Und es zerreißt mir das Herz für die Macphersons.«

»Ha!«, fuhr Alan Mor sie an. »Deine Schwester ist eine begehrenswerte junge Frau mit guten Aussichten. Es wird sich schon noch ein anderer Ehemann für sie finden«, erklärte er und sah sich um, als machte er sich auf Widerspruch gefasst. »Und was diesen querköpfigen alten Bock Macpherson angeht, so hat er bisher noch immer unglaubliches Glück gehabt. Sein Kummer wird schnell vergehen, wenn er an das schöne Stück Weideland denkt, das er für seine kostbaren Rindviecher bekommt. Ganz zu schweigen von den gut gefüllten Geldschatullen, die der Kerl mir abgeschwatzt hat.«

Ein kalter Schauder lief Aveline über den Rücken, aber sie sagte nichts.

Wenn ihr Vater Macpherson »gut gefüllte« Geldschatullen anzubieten hatte, konnte er sie eigentlich nur mit Steinen gefüllt haben – oder mit leeren Worten und Geprahle.

Sie war sich dessen völlig sicher, als sie Sorcha den Hohen Tisch verlassen und zum Kamin hinübergehen sah. Ihre ältere Schwester hielt sich kerzengerade. Im Schein der Fackeln wirkte sie leichenblass, und ihre Augen waren matt und verquollen. Am schlimmsten aber war der versteinerte Ausdruck ihres Gesichts, der nur allzu deutlich sagte, was jeder Matheson ohnehin schon wusste.

Neill Macpherson war ihre letzte Chance gewesen, einen Ehemann zu bekommen.

Denn es gab so gut wie keinen Heiratskandidaten für Sorcha, die so grobknochig und reizlos war, dass nicht einmal

Alan Mors anpreisende Worte sie zu einer begehrten Partie machen konnten.

So manch einer schüttelte auch heute noch verwundert den Kopf über Neills Bereitschaft, Sorcha zur Frau zu nehmen.

Aber er hätte es des Bündnisses wegen getan.

Und jetzt war er tot.

Aveline erschauderte und krallte die Finger in ihre Röcke, als das Bild der letzten Momente der Brüder Macpherson vor ihrem inneren Auge auftauchte.

Nicht dass sie dabei gewesen wäre. Aber jeder, der in diesen Bergen geboren war, wusste um die Gefahren des berüchtigten Flusses *Garbh Uisge*, dessen reißende Wasser die tiefe, von Birken gesäumte Schlucht durchströmten, die die Ländereien der Mathesons und Macphersons trennte.

Diese gefahrvolle Schlucht mit dem wild herabstürzenden Wasserfall, dem mit Felsbrocken übersäten Fluss voll heimtückischer Stromschnellen und Nebeln aus aufbrandender Gischt war jetzt zu einer immerwährenden Mahnung vor dem Zorn der Elemente geworden. Zumindest dann, wenn diese sich das Zersplittern von feuchtem, altersmorschem Holz zunutze machten.

Den unerwarteten Zusammenbruch einer schmalen Brücke, die keiner der beiden Clans hatte erneuern wollen, weil beide Oberhäupter darauf beharrt hatten, dass der Nachbar die Brücke häufiger benutzte und demzufolge auch das Geld für ihre Instandsetzung bereitstellen müsste.

Ein dummer Starrsinn, der einen grausamen Zoll gefordert hatte und Aveline jetzt dazu veranlasste, der Arroganz und Großspurigkeit ihres Vaters den Rücken zuzukehren und zu einem Fenster hinüberzugehen.

»Du irrst dich«, sagte sie, als sie die Fensterläden weit öffnete. »Nichts auf dieser Welt wird Laird Macphersons Schmerz je lindern können.«

»Vielleicht nicht«, gab Alan Mor zurück. »Aber der Mann ist noch dümmer, als ich dachte, wenn er sich nicht wenigstens durch die Vorteile getröstet fühlt, die er durch dieses Bündnis zwischen uns haben wird.«

Zu Avelines Enttäuschung ging ein zustimmendes Gemurmel durch den großen Saal, gefolgt vom Klirren der Bierbecher, mit denen die Männer miteinander anstießen, lauten Beifallsrufen und Alan Mors eigenem selbstzufriedenem Grunzen.

Aveline biss die Zähne zusammen und starrte in die neblige, regnerische Nacht hinaus, auf die Umrisse der zerklüfteten, schwarzen Berge und das Glitzern ferner Sterne, die hier und da zwischen den grauen, windgepeitschten Wolken zu sehen waren.

»Gebe Gott, dass du recht behältst«, sagte sie schließlich. Sie war froh darüber, dass die erfrischend kalte Nachtluft ihr das Atmen sehr erleichterte. »Dennoch muss ich mich dagegen aussprechen, die Lage eines Mannes auszunutzen, der vollkommen gebrochen und am Ende ist.«

»›*Ausnutzen*‹?«, dröhnte Alan Mors tiefe Stimme durch den Saal. »Drück dich gefälligst etwas klarer aus, Mädchen – und komm von diesem Fenster weg!«

Aveline versteifte sich und hielt den Blick auf den silbrig glänzenden Fluss gerichtet, der sich nicht weit von Fairmaiden Castle zwischen den Bäumen dahinwand. Dieser uralte, gemächlich dahinfließende Fluss gab sich weitaus friedfertiger als der weiß schäumende Garbh Uisge, der so viele unschuldige Menschenleben gefordert hatte.

Und der sie und andere in diese unerwartete Lage gebracht hatte.

Ihre Schläfen begannen zu pochen, und schließlich wandte

sie sich vom Fenster ab. Sorcha hatte sich in eine der dunkleren Ecken des Großen Saales zurückgezogen, wo ihr von Kummer und Tränen gezeichnetes Gesicht vor dem Licht der Pechfackeln geschützt war. Alle anderen Anwesenden hatten sich Aveline zugewandt, und das Gesicht ihres Vaters trug jetzt einen noch grimmigeren Ausdruck als zuvor.

Aveline straffte die Schultern und trat einen Schritt vor.

»Nun?«, fragte Alan Mor mit einem Blick, der schier die Luft versengte. »Wirfst du mir etwa vor, ich würde versuchen, den alten Macpherson zu betrügen?«

»Nein, ich ...« Aveline sprach nicht weiter, weil sie nicht lügen konnte. Schließlich waren die Gerissenheit und die Zungenfertigkeit ihres Vaters überall in den Highlands wohlbekannt.

Während sie langsam auf ihn zuging, suchte sie deshalb nach einem Weg, ihren Verdacht nicht zu offen auszusprechen. »Ich werfe dir gar nichts vor«, erklärte sie und hoffte, dass nur sie selbst den Spott in ihrer Stimme hörte. »Und ich versichere dir, dass ich nicht nur bereit bin zu heiraten, sondern zudem auch kaum den Tag erwarten kann, an dem ich einen Ehemann und einen eigenen Haushalt habe.«

»Warum machst du dann ein Gesicht, als hättest du in etwas Bitteres gebissen?«

»Weil ich nicht glaube, dass Munro Macpherson unsere Einmischung begrüßen wird ...«

»Einmischung?« Alan Mor sprang so heftig auf, dass die Dokumente, die vor ihm auf dem Tisch lagen, durcheinanderflogen. »Ich versuche lediglich, dem alten Narren zu helfen! Hast du denn nicht gehört, was ich gesagt habe? Dass schon gemunkelt wird, er verließe nicht mal mehr sein Bett? Dass er Angst hätte, seine Privatgemächer zu verlassen, weil er glaubt, die Geister seiner Söhne seien nach Baldreagan zurückgekehrt, um ihn heimzusuchen?«

Alan Mors Nasenflügel bebten, als er Aveline mit einem aufgebrachten Blick bedachte. »Noch ist Munro nicht völlig übergeschnappt, aber er wird es bald sein, wenn ihn nicht jemand unter seine Fittiche nimmt. Er braucht Jamie.«

»Seit wann kümmert es dich, wie es Macpherson geht?«, erwiderte Aveline in herausforderndem Ton und stieg die Stufen zum Podium hinauf. »Ihr wart nie Freunde, du und Munro.«

»Aber Nachbarn.« Ihr Vater senkte den Blick und schien plötzlich ein reges Interesse für die farbige Kordel zu entwickeln, die ein aufgerolltes Pergament zusammenhielt. »Zu wissen, dass er nicht verrückt ist, ist ein geringeres Übel, als den Mistkerl zu verärgern.«

»Ich wette, dass du ihn sogar sehr verärgern wirst, wenn du auf deinen dummen Plan beharrst.« Aveline nahm ihrem Vater das Pergament aus der Hand und hielt es so, dass er es ihr nicht wegnehmen konnte. »Jeder weiß, dass Munro Macpherson nie ein gutes Wort für Jamie übrig hatte. Er hat immer nur gesagt, der Junge sei ein Dolchstoß zwischen seine Rippen.«

Alan Mor sog scharf den Atem ein, und seine Überraschung über ihre offenen Worte war beredt genug für Aveline.

Also wussten weder der alte Macpherson noch der junge Jamie, dass ihr Vater nach wie vor die Absicht hatte, an dem geplanten Bündnis zwischen den beiden Clans festzuhalten!

»Soviel ich hörte, ist Jamie zu einem feinen, stattlichen jungen Mann herangewachsen.« Alan Mor fasste sich schnell wieder und schob das Kinn vor. »Er hat im letzten Herbst sogar an König Davids Seite in Neville's Cross gekämpft, wo sein Mut und seine Tapferkeit ihm große Anerkennung eingebracht haben. Munro wird seine Meinung über den Jungen ändern, wenn er erst einmal zu Hause ist.«

»Trotzdem ...« Aveline umklammerte das Pergament noch

fester. »Ich glaube nicht, dass wir Jamie dieses Schreiben schicken sollten, bevor Laird Macpherson wieder wohlauf genug ist, um zu entscheiden, ob auch er noch immer eine Verbindung zwischen unseren Häusern wünscht.«

Zu ihrem Entsetzen lachte ihr Vater nur.

Und sein Schreiber, dessen Finger schwarz von Tinte waren, stimmte in sein Lachen ein.

»Zu spät!«, erklärte Alan Mor mit funkelnden Augen. »Dieses Pergament in deinen Händen ist nur ein Brief an deine Schwester in Inverness, in dem ich mich nach ihrer Gesundheit erkundige und für den Wein und die vielen Töpfe Heidekrauthonig bedanke, die uns ihr Mann geschickt hat.«

Aveline legte das Pergament auf den Tisch zurück. »Du meinst, du hast Jamie bereits geschrieben? Ohne Macpherson davon zu unterrichten?«

Ein selbstgefälliges Lächeln erschien auf dem Gesicht ihres Vaters. »Eines Tages wirst du mir dafür dankbar sein. Du und dieser Dummschwätzer Macpherson.«

»Und Jamie?«

»Ha!«, schnaubte Alan Mor. »Der am meisten von allen – wenn er dich erst einmal gesehen hat!«

Plötzlich strahlte er seine Tochter an, seine schlechte Laune schien völlig vergessen. »Welcher junge Bursche wäre nicht entzückt von so einer zarten Blüte?«

Aber Aveline war sich dessen nicht so sicher.

Unwillkürlich blickte sie auf ihren dicken Zopf herab, doch statt dessen wundervollen goldenen Glanz im Kerzenlicht zu registrieren, sah sie nur ihre winzigen Hände und Füße und ihre viel zu kleinen Brüste. Da sie in ihren eigenen Augen alles andere war als eine voll erblühte Frau mit üppigen Rundungen, konnte sie sich beim besten Willen nicht vorstellen, dass ein Mann Gefallen an ihr finden könnte.

Oder an den abscheulichen Umständen, die sie und Jamie in ein Ehebett bringen würden.

Kein Mann ließ sich gerne übertölpeln.

Ob er nun ein lang vermisster Sohn war oder nicht.

Viele Meilen entfernt, hinter dunklen Bergen und kargem, von Farn und winterbrauner Heide überzogenem Moorland, erhob sich über den stillen Wassern des Loch Hourn *Cuidrach Castle*, die stolze Festung der MacKenzies, deren Türme und beeindruckender Wächter, der Bastardstein, sich dunkel gegen den frostklaren Himmel abhoben.

Die Nacht war eisig; Sterne glitzerten kalt am Himmel, und ein beißender Wind pfiff um die Fenster und rüttelte an den Läden. Alle, die sich in der Burg aufhielten, waren dankbar für das hell brennende Feuer im Kamin des Großen Saales. Diensteifrige junge Knappen reichten Tabletts mit Glühwein und dampfend heißen, frisch gebackenen Fleischpasteten herum. Auf einigen der ans Feuer herangezogenen Bänke drängten sich trinkende, miteinander scherzende Männer, deren tiefes Lachen zu den geschwärzten Deckenbalken aufstieg und deren derbe Scherze allen in den Ohren klangen.

Nur ein Bewohner von Cuidrach mied die Behaglichkeit und Wärme des Großen Saales in jener Nacht und suchte stattdessen die Ungestörtheit eines kleinen Lagerraumes auf, der von Fackellicht erhellt wurde und mit Weinfässern gefüllt war.

Unter halb lautem Fluchen, das derb genug war, um selbst den Teufel erschaudern zu lassen, schaute James von der Heide, der scherzhaft auch ›Jamie der Kleine‹ genannt wurde, auf den winzigen Blutstropfen an seinem Daumen.

Es war das fünfte Mal in weniger als einer Stunde, dass er sich in den Finger gestochen hatte.

Und bestimmt auch nicht das letzte Mal, vermutete er. Jedenfalls nicht, wenn er seine Aufgabe zu Ende bringen wollte.

Seufzend leckte er das Blut von seinem Finger und rückte mit seinem Schemel noch näher an die am hellsten scheinende Wandfackel heran. Bei hellerem Licht würde es ihm vielleicht leichter fallen, die ausgelassenen Säume seiner neuen Leinentunika wieder umzunähen.

Sie war ein Geburtsgeschenk der Gemahlin seines Lehnsherren und die schönste Tunika, die Jamie je besessen hatte. Sie war aus feinstem Leinen, weicher als Rosenblüten und mit einem exquisiten nordischen Muster um den Halsausschnitt herum bestickt; allein sie anzusehen ließ ihn vor Freude erröten und sein Herz schneller schlagen, wenn er an die vielen Stunden dachte, die Lady Mariota mit der Herstellung dieses wundervollen Geschenks für ihn verbracht hatte. Ein Geschenk, das er unbedingt zu seiner Geburtstagsfeier heute Abend tragen wollte.

Und das würde er auch.

Wenn die Tunika doch nur nicht so eng an den Schultern und ihre Ärmel nicht zu kurz wären. Und seine verdammten Finger nicht so furchtbar ungeschickt.

Widerwillig nahm er die Nadel auf und machte sich wieder an die Arbeit. Denn im Grunde war das Problem gar nicht die Tunika, sondern er selbst.

So war es schon immer gewesen.

Er war einfach viel zu groß.

Und mein Gehör ein bisschen zu gut, dachte er wenig später, als er sich der plötzlichen Stille vor der geschlossenen Lagerraumtür bewusst wurde.

Er legte den Kopf ein wenig schief und lauschte.

Sein Instinkt hatte ihn nicht getäuscht.

Die Ausbrüche männlichen Gelächters im Großen Saal, die

zotigen Lieder und das gelegentliche Bellen der Burghunde, ja sogar das vereinzelte, hellere weibliche Gekicher, das er gedämpft gehört hatte, war verstummt. Totenstille herrschte jetzt im Großen Saal, eine eigenartige Lautlosigkeit, die jegliches Geräusch erstickte.

Eine unheimliche Stille, die nichts Gutes zu verheißen schien und etwas Unheildrohendes hatte – wenn es nach den feinen Härchen an seinem Nacken ging, die sich ihm sträubten. Oder wie es ihm kalt über den Rücken lief.

Neugierig geworden, legte Jamie Tunika und Nadel aus der Hand und richtete sich auf. Bevor er jedoch den kleinen Vorratsraum durchqueren konnte, wurde die Tür geöffnet, und sein Lehnsherr Sir Kenneth MacKenzie trat ein. Er war in Begleitung von Sir Lachlan, dem Garnisonskommandanten von Cuidrach, und eines ganz und gar mit Reisestaub bedeckten Mannes, den Jamie noch nie gesehen hatte.

Der durchnässte Umhang, den der Fremde um die Schultern trug, und sein vom Wind zerzaustes Haar zeugten von einem anstrengenden Ritt. Aber es war mehr als das und die verschmutzten Stiefel und müden Augen des Mannes, was Jamies Mund vor Aufregung trocken werden ließ.

Es war der Gesichtsausdruck des Mannes.

Die offenkundige Anspannung und das Mitgefühl, das er ausstrahlte und das den kleinen Vorratsraum zu erfüllen schien, bis Jamie daran zu ersticken glaubte.

Besonders, als er die gleiche müde Traurigkeit auch in Sir Kenneth' und Sir Lachlans Augen sah.

Jamie richtete sich auf. »Was ist passiert?«, fragte er, während er von einem Mann zum anderen sah. »Sagt es mir geradeheraus, denn ich kann sehen, dass etwas Schlimmes geschehen ist.«

»*Aye*, mein Junge, so ist es, fürchte ich. Ich wünschte, ich könnte dir jetzt widersprechen, aber …« Kenneth sah den Fremden an und räusperte sich. »Weißt du, Jamie, dieser Mann kommt aus Carnach nördlich von Kintail. Alan Mor Matheson aus Fairmaiden Castle hat ihn hergeschickt. Er bringt schlechte Nachrichten. Dein Vater …«

»O Gott!« Jamie starrte die drei Männer an. »Wollt Ihr mir sagen, dass er gestorben ist?«

Keiner der drei Männer antwortete, aber ihre angespannten, grimmigen Gesichter waren beredt genug.

Jamie blinzelte, als ihm schwarz vor Augen wurde und eine Welle von Schwindel ihn zu übermannen drohte. Selbst der Boden schwankte unter seinen Füßen. Es konnte nicht wahr sein. Nichts hätte seinen unbeugsamen Vater niederstrecken können. Munro Macpherson war ein Mann wie aus Granit, der Stahl statt Blut in seinen Adern hatte. Und nach der Gleichgültigkeit, die er Jamie sein Leben lang entgegengebracht hatte, hätte es diesen nicht einmal kümmern dürfen, was seinem Vater widerfuhr.

Aber es kümmerte ihn.

Mehr, als er geglaubt hätte. Sogar so sehr, dass das Dröhnen des Blutes in seinen Ohren es ihm unmöglich machte zu verstehen, was Sir Kenneth sagte. Er sah nur die Bewegung seiner Lippen und das traurige Kopfschütteln Sir Lachlans und des Boten.

Jamie schluckte und presste seine eiskalten Finger an die Schläfen. »Wiederholt das bitte noch einmal, Sir. Ich … ich habe Euch nicht verstanden.«

»Ich sagte, dein Vater ist nicht tot, obwohl es ihm nicht gut geht und er das Bett nicht mehr verlässt. Deswegen hat Laird Matheson diesen Mann zu uns geschickt.« Kenneth trat vor und legte Jamie die Hände auf die Arme. »Aber ich muss dir leider mitteilen, dass auch etwas sehr Tragisches geschehen ist.«

Jamie blieb fast das Herz stehen, und für einen Moment lang war er außerstande, etwas zu erwidern. Dann riss er sich von Kenneth los und sah den anderen Männern prüfend ins Gesicht. »Wenn meinem Vater nichts zugestoßen ist, wem dann? Einem meiner Brüder?«

Die drei Männer wechselten einen Blick.

Einen ungemein *bedeutungsvollen* Blick.

Einen Blick, der so beredt war, dass sie Jamie damit mehr ängstigten, als wenn ihm ein Schwert an die Kehle gehalten geworden wäre. Einen grauenvollen Augenblick lang sah er die Gesichter seiner neun Brüder vor sich und ihm schwindelte, als würde er ohnmächtig. Bevor das jedoch geschehen konnte, nahm Sir Lachlan die Taschenflasche von seinem Gürtel und drückte sie Jamie in die Hand.

»Trink das«, forderte er ihn mit grimmiger Miene auf. »Die ganze Flasche, wenn du kannst.«

Jamie ließ sich nicht lange bitten und stürzte den scharfen *uisge beatha* so schnell hinunter, dass der starke Highland-Schnaps ihm die Kehle verbrannte und die Tränen in die Augen trieb.

Die letzten Tropfen noch auf der Zunge, straffte er die Schultern und bereitete sich auf das Schlimmste vor. »Sagt mir die Wahrheit«, bat er, die Flasche fest mit einer Hand umklammernd. »Welcher meiner Brüder ist tot?«

»Es betrübt mich, es dir sagen zu müssen, Junge.« Kenneth holte tief Luft und warf einen weiteren Blick auf den Boten. »Es geht nicht um einen deiner Brüder, sondern um alle. Sie sind im Wildwasser des Garbh Uisge ertrunken, als die alte Brücke unter ihnen zusammenbrach.«

»Nein, o Gott, nein!!!« Schock und Entsetzen erfassten Jamie und durchströmten ihn heiß und kalt, während sich in der kleinen Kammer eine beklemmende Stille ausbreitete, die bis auf das schrille Summen in seinen Ohren und das Heulen des Windes um die Burgmauern alle Geräusche auslöschte.

Und bis auf ein leises, unheimliches Stöhnen, das er erst als sein eigenes erkannte, als ein scharfer Schmerz ihm die Kehle zuschnürte und das Summen in seinen Ohren abbrach.

Kaum war es verstummt, taumelte er zurück und sackte, wie gelähmt vor Fassungslosigkeit, vor den aufeinandergestapelten Weinfässern zusammen. Seine Knie begannen zu zittern, sein Blick verschwamm, und alles um ihn herum zog sich zu einem wild herumwirbelnden schwarzen Nichts zusammen.

Zu einer Schwärze, die Übelkeit erregte und Angst machte, denn sie verhöhnte ihn mit aufblitzenden Bildern seiner Brüder, ihren im Tod kalten und grauen Gesichtern, dann wieder so, wie sie im Leben ausgesehen hatten.

Bilder von Neill, dem Ältesten, der das gleiche glänzende rötlich braune Haar wie Jamie hatte, die gleichen warmen braunen Augen. Selbstbewusst und stolz war Neill der hitzköpfigste von Jamies Brüdern. Nach Neill kam Kendrick, schlagfertig und verwegen, mit einem draufgängerischen Grinsen und der Fähigkeit, Aufsehen unter den Damen zu erregen, allein schon indem er ein Zimmer betrat.

Und nicht zu vergessen Hamish, der Träumer und heimliche Romantiker der Familie, still und gutmütig und zufrieden, wenn man ihn in Ruhe ließ, damit er sich den Geschichten über Mythen und Ritter und alte gälische Heldentaten widmen konnte. Und sechs weitere Brüder, die Jamie alle lieb und teuer waren und ihm in all den Jahren, in denen sein Vater ihn gemieden hatte, Kraft und Lebensmut gegeben hatten.

Sie waren sein ganzes Glück gewesen, sein einziger Trost, bis zu dem Tag, an dem er in die Heide aufgebrochen war, ein neues Zuhause gefunden hatte und als Knappe in die Dienste Duncan MacKenzies, des »Schwarzen Hirschen von Kintail« und Onkel seines jetzigen Lehnsherrn, getreten war.

Und nun lebten seine Brüder nicht mehr.

Jamie schloss die Augen und schluckte. Er konnte es nicht glauben, er würde ihren Verlust nie akzeptieren können, solange noch ein Atemzug in ihm war. Aber als er die Augen wieder öffnete und in die bekümmerten Gesichter der drei Männer sah, die in der Tür des Vorratsraumes standen, wusste er, dass alles wahr war, was sie ihm berichtet hatten.

Und trotzdem versuchte er, es zu leugnen.

»Das kann nicht sein. Meine Brüder kannten jedes Heidekrautgebüsch, jedes Torfmoor und jeden kleinen See, jeden Stein und Berghang unseres Landes«, sagte er und wünschte, der Raum würde endlich aufhören, sich um ihn zu drehen. »Sie haben diese Brücke jeden Tag benutzt und hätten es bemerkt, wenn sie einzustürzen gedroht hätte.«

Der Bote zuckte mit den Schultern und schien sich sehr unwohl in seiner Haut zu fühlen. »Man vermutet, dass die anhaltenden Regenfälle der letzten Zeit das Holz stark angegriffen haben. Die Planken waren alt und morsch, einige von ihnen sogar schon verrottet. Mit Verlaub, Sir, aber Ihr wart seit Jahren nicht mehr in Baldreagan. Diese Brücke musste wirklich dringend ausgebessert werden.«

Jamie kämpfte gegen seinen Schmerz an und maß den Boten mit einem langen, durchdringenden Blick. »Bist du sicher, dass sie tot sind? Alle neun? Besteht auch nicht der kleinste Zweifel?«

»Nein, Sir, tut mir leid.« Der Mann schüttelte den Kopf, und seine Worte ließen Jamies letzte Hoffnung schwinden. »Ich habe die Leichen mit eigenen Augen gesehen. Ich war selbst dabei, als sie aus dem Fluss gezogen wurden.«

Jamie nickte, außerstande, etwas zu erwidern.

Die Worte zerrissen ihm das Herz und ließen Bilder vor ihm erstehen, die er nicht verkraften konnte. Nur mit Mühe stieß er sich von den Weinfässern ab und ging an das schmale Fenster, froh über den kalten Windstoß, der ihn dort begrüßte, und den starken Geruch nach Regen.

Seine Finger krampften sich um seinen Schwertgürtel, als müsste er sich daran festhalten, während er in die Nacht hinaus und auf den dunklen Kiefernwald schaute, der sich unweit der Mauern Cuidrachs erhob. Als er seinen Blick auf die stillen Berge richtete, schluckte er wieder heftig und wünschte mit aller Macht, ihr Friede möge ihn beruhigen. Aber heute Abend verfehlte selbst die Schönheit von Kintail ihre Wirkung.

Ja, Jamie war sogar überzeugt, dass nicht einmal der schönste, mit süß duftendem Heidekraut bestandene Hang ihn heute hätte beruhigen können. Er konnte nur daran denken, dass bis vor wenigen Minuten seine einzige Sorge gewesen war, seine Geburtstagstunika rechtzeitig umzunähen, und nun … Er umklammerte seinen Gürtel noch fester und seufzte schwer, als Cuillin, sein treuer alter Hund, ihn winselnd mit der Nase anstieß, bis er sich bückte, um dem Tier den strubbeligen Kopf zu streicheln.

Cuillin blickte mit besorgten Augen zu ihm auf und fegte mit seinem buschigen Schwanz über die Binsenstreu am Boden. Neill hatte ihm den Hund geschenkt, erinnerte Jamie sich und erschauderte bei der Erinnerung daran. Doch kaum klang das Erschauern ab, war sein Entschluss gefasst, und er wandte sich an die drei Männer.

»Es ist nicht meine Art, mich dort aufzudrängen, wo ich nicht erwünscht bin«, begann er nach einem kurzen Räuspern und straffte die Schultern. »Ich werde nach Baldreagan reiten, ob meinem Vater meine Anwesenheit nun recht ist oder nicht. Ich muss meinen Brüdern die letzte Ehre erweisen. Das bin ich ihnen schuldig.«

Zu seinem Erstaunen verzog sich der Mund des Boten zu einem etwas verlegenen Lächeln. »Ich bin froh, das zu hören«, sagte er, während er einen Schritt auf Jamie zuging. »Denn zufällig habe ich Euch auch noch etwas anderes als schlechte Neuigkeiten mitgebracht.«

Er unterbrach sich und warf sich ein bisschen in die Brust. »Genau genommen habe ich Euch sogar etwas zu berichten, das von größtem Interesse für Euch sein dürfte.«

Jamie zog nur eine Braue hoch und sagte nichts.

Ohne sich von diesem Schweigen beirren zu lassen, griff der Bote unter seinen Umhang und zog eine mit einem Band verschnürte und mit Wachs versiegelte Pergamentrolle hervor. »Etwas, bei dem es Euch vielleicht ein wenig leichter ums Herz wird. Denn seht, ich habe hier einen Brief ...«

»Von meinem Vater?«, fiel Jamie ihm ungläubig ins Wort.

Der Bote schüttelte den Kopf. »Euer Vater ist gar nicht in der Verfassung, Briefe zu schreiben. Dieser hier ist von meinem Herrn, Laird Matheson. Aber er schickt ihn Euch im Namen Eures Vaters und aus Höflichkeit Euch gegenüber.«

Jamie betrachtete den Brief skeptisch. »Mein Vater und Alan Mor haben sich nie verstanden. Mir als nächstem Nachbarn einen Brief zu schicken, um mich über den Tod meiner Brüder zu unterrichten, da mein Vater dazu nicht fähig ist, ist eine Sache. Aber mir *im Namen* meines Vaters einen Brief zu schreiben? Aus Höflichkeit mir gegenüber? Nein, das kann ich nicht glauben.«

»Bei meiner Seele, Sir, es ist die Wahrheit.« Der Bote hielt Jamie das Pergament hin. »In den Jahren Eurer Abwesenheit hat sich viel geändert – wie dieser Brief beweisen wird. Vielleicht werdet Ihr sogar angenehm überrascht sein.«

Jamie unterdrückte einen Fluch, weil er seinen Kummer nicht an einem unschuldigen Boten auslassen wollte. »Dieser Tag hat mir schon genug Überraschungen gebracht«, sagte er und verschränkte die Arme vor der Brust. »Ich weiß nicht, ob ich noch mehr erfahren will.«

Aber dann nahm er die Pergamentrolle doch und strich mit dem Daumen über das wächserne Siegel. »Allerdings muss ich zugeben, dass ich neugierig bin.«

»Dann lies den Brief«, ermunterte ihn Kenneth. »Was der Mann sagt, klingt vernünftig, Jamie. Vielleicht wäre jetzt genau der richtige Moment, um mit deinem Vater Frieden zu schließen und endlich einen Strich unter der Vergangenheit zu ziehen.«

Das habe ich mein Leben lang versucht, hätte Jamie fast entgegnet. Aber stattdessen brach er das Siegel auf und entrollte das Pergament. Um besser sehen zu können, trat er unter eine Wandfackel, und eine seltsame Mischung aus Erstaunen und Bestürzung regte sich in ihm, als er die schnörkeligen, mit schwarzer Tinte geschriebenen Zeilen überflog.

Während er las, beschlich ihn eine leichte Verärgerung darüber, dass er erst jetzt, unter solch tragischen Umständen, daheim willkommen sein sollte. Was den Rest betraf ... Verblüffte schaute er von dem Brief auf und fuhr sich mit der Hand durchs Haar.

Als er etwas sagen wollte, blieben ihm die Worte im Halse stecken, denn die Ironie seiner Situation raubte ihm schier die Sprache. Falls Alan Mor nicht irgendein grausames Spiel mit ihm trieb, war alles, was er sich je gewünscht hatte, mit einem Mal zum Greifen nahe.

Vorausgesetzt, er tat, was man von ihm verlangte.

Zum ersten Mal in seinem Leben offenbar in großer Gunst stehend, wandte sich Jamie an den Boten und bemühte sich, nicht die Stirn zu runzeln. »Du weißt, was in dem Schreiben steht?«, fragte er. Der Mann nickte. »Ist es wahr, dass mein Vater und Alan Mor ein Bündnis geschlossen haben? Eines, das mit der Heirat meines Bruders Neill und Alan Mors ältester Tochter besiegelt werden sollte?«

Wieder nickte der Mann. »Ja, so ist es. So wahr ich hier vor Euch stehe.« Er nahm den Becher Bier, den Sir Lachlan ihm anbot, und trank einen großen Schluck, bevor er fortfuhr: »Euer Vater braucht Euch und fragt jeden Tag, ob Ihr schon eingetroffen seid. Er wird täglich schwächer und will nicht einmal mehr sein Schlafgemach verlassen. Wir alle hoffen, dass Eure Rückkehr seine Lebensgeister wieder wecken wird.«

Nach einem Moment des Zögerns trat der Mann näher und legte verschwörerisch die Hand auf Jamies Arm. »Und natürlich ist es auch unser aller Wunsch, dass das Bündnis zwischen den beiden Clans bestehen bleibt.«

»Durch meine Ehe mit dieser Aveline?«

»Nun, Sir, welches andere Mädchen würdet Ihr denn wollen?«, entgegnete der Bote leicht pikiert und straffte seine Schultern. »Der armen Sorcha hat Neills Verlust das Herz gebrochen, und sie ist im Übrigen auch viel zu alt für Euch. Die anderen Schwestern sind bereits verheiratet. Es kann nur Aveline sein – sie ist die Jüngste. Und noch Jungfrau.«

Jamie sah den Mann befremdet an und hätte schwören können, dass er spürte, wie sich ein eisernes Joch auf seine Schultern legte.

Was kümmerte es ihn, ob Aveline Matheson noch jung an Jahren war ... Und ob sie noch Jungfrau war, interessierte ihn schon gar nicht.

Er erinnerte sich noch gut an die Mädchen von Fairmaiden Castle, wenn auch bedauerlicherweise nicht an ihre Namen. Aber wenn er sich recht entsann, gab es nicht eine einzige unter ihnen, der er in einer mondlosen Nacht würde begegnen wollen. Und schon gar nicht eine, mit der er gern das Lager teilen würde.

Sich an eine solche Frau zu binden, würde sich als der sicherste und schnellste Weg ins Unglück herausstellen.

Aber er wollte seinen Vater sehen. Und ihm helfen, falls er konnte.

Jamie seufzte und glaubte zu spüren, wie sich das Joch noch schwerer auf seine Schultern legte. »Ich hätte nie gedacht, dass ich meinen Vater in diesem Leben noch einmal wiedersehen würde. Jedenfalls nicht, weil er behauptet, mich zu brauchen. Und was diese Ehe mit einer von Mathesons Töchtern anbelangt ...«

»Oh, aber Aveline ist eine mehr als nur hübsch anzusehende junge Frau, und sie ist sehr temperamentvoll«, warf der Bote ein und verstellte Jamie den Weg, als dieser wieder zum Fenster zurückgehen wollte. »Außerdem bringt sie eine sehr ansehnliche Mitgift mit. Erstklassiges Weideland für die Rinder Eures Vaters. Ich versichere Euch, dass Ihr es nicht bereuen werdet. Das schwöre ich Euch beim Leben meiner Söhne.«

»Ich werde darüber nachdenken«, räumte Jamie ein und gab sich die größte Mühe, sein Unbehagen zu verbergen.

»Warum gehst du nicht in den Großen Saal, um etwas zu essen und ein paar Stunden zu schlafen?« Kenneth legte dem Boten eine Hand auf die Schulter und führte ihn zur Tür. »Morgen früh wird Jamie dich dann seine Entscheidung wissen lassen.«

Nachdem der Mann gegangen war, wandte Kenneth sich Jamie zu, schaute ihn an und zog eine seiner dichten schwarzen Brauen hoch. »Nachdem du dein Leben lang versucht hast, die Gunst deines Vaters zu gewinnen, wüsste ich gern, warum du so blass geworden bist, als du erfahren hast, dass der Mann dich plötzlich braucht? Dich beunruhigt doch wohl nicht dieses Gerede über eine Heirat?«

Jamie verschränkte die Arme vor der Brust, als er spürte, wie ihm eine heiße Röte in den Nacken stieg. Verflucht sollte sie sein, seine verdammte Ritterlichkeit – aber er konnte sich nicht dazu überwinden, seine Bedenken auszusprechen.

Oder zuzugeben, dass er lieber seine Männlichkeit verschrumpeln und vertrocknen sehen würde, bevor er sich gezwungen sähe, einer der Töchter Alan Mors beizuwohnen.

Sofern er überhaupt imstande dazu wäre!

»Ach komm, nun mach nicht so ein verdrossenes Gesicht.« Sir Lachlan nahm Jamie den Brief ab und überflog ihn rasch. »Hier steht nichts, was dich zu irgendetwas verpflichtet«, erklärte er, als er wieder aufblickte. »Du musst nichts tun, was du nicht willst.«

Und genau das war Jamies Problem.

Denn er *wollte* nach Hause zurückkehren, am liebsten noch heute. Er wollte es so sehr, dass ihm vor Freude schier das Herz zersprang. Aber wenn er erst einmal dort war, würde es ihm schwerfallen, seinen Vater zu enttäuschen.

Oder Aveline Matheson.

Falls ein solches Bündnis wirklich seine Mitwirkung erfordern sollte. Denn das Problem war, dass er nach einem strengen Ehrenkodex lebte, der es ihm nicht erlaubte, eine unschuldige junge Frau in Verlegenheit zu bringen.

Nicht einmal dann, wenn die Rücksichtnahme auf ihre Gefühle auf Kosten seiner eigenen ging.

Und außerdem waren Vernunftehen ohnehin die Regel. Bis auf wenige Ausnahmen erlaubte sich nur das gemeine Volk den Luxus, eine reine Liebesehe einzugehen.

Mit einem resignierten Seufzer griff er nach seiner neuen Tunika und legte sie trotz der unfertigen Säume an. »Wir alle wissen, dass ich das Mädchen heiraten werde, falls mein Vater es wünscht«, sagte er, schon auf dem Weg zur Tür. »Also werde ich morgen in aller Frühe nach Baldreagan aufbrechen und Alan Mor aufsuchen, sobald ich meinen Vater gesehen habe.«

Nachdem er den anderen seine Entscheidung mitgeteilt hatte, betrat er den Großen Saal und blieb für einen Moment stehen, um dessen verrauchte, von Fackeln erhellte Wärme auf sich wirken zu lassen. Diese ganz alltäglichen Freuden, die seine Brüder nie wieder erleben würden. Verglichen mit ihrem Schicksal kam ihm sein eigenes mehr als akzeptabel vor.

Solange diese Aveline nicht von ähnlich großer Statur war wie er, würde er schon einen Weg finden, sie irgendwie zu erdulden.

Zumindest hoffte er das.

2. Kapitel

Jamie wusste sofort, dass er in Schwierigkeiten war, als er auf dem mit Stechginster bestandenen Hügel sein Pferd anhielt und die dunklen Berge betrachtete, die sich um ihn herum erhoben. Nebel waberte in den Talsenken, und dieser Anblick beflügelte seine Seele und krampfte ihm das Herz zusammen.

Die Berge hießen ihn willkommen.

Es war, als umarmten sie ihn auf eine altvertraute Weise und hielten ihn so fest umschlungen, dass Jamie fast der Atem stockte, und er hätte schwören können, dass er sie erst an ebendiesem Morgen verlassen hatte.

Er wünschte nur, es wäre so, als er die Tränen zurückdrängte, die hinter seinen Lidern brannten. Stärker als je zuvor in seinem Leben fühlte er jetzt, dass der Ruf der Berge und Moore selbst die schwersten Sorgen endlos weit weg erscheinen lassen konnte.

Hinter Jamie regte sich Cuillin, sein alter Hund, in seinem Weidenkorb am Sattel. Fast schien es, als spürte auch er eine deutliche Veränderung in der Luft.

Als wüsste er, genau wie Jamie, dass sie wieder zu Hause waren.

Und das waren sie, daran bestand nicht der geringste Zweifel.

In der zunehmenden Abenddämmerung konnte Jamie schon die fernen, gelb schimmernden Lichter von Baldreagan sehen, die von seinem hohen Aussichtspunkt aus kaum mehr als miteinander verwobene helle Punkte waren, aber dennoch sein Zuhause.

Der einzige Ort auf Erden, von dem er geglaubt hatte, er würde ihn nie wieder sehen.

Der Ort, von dem er gewusst hatte, dass er ihn bis an sein Lebensende vermissen würde.

»Gott im Himmel«, flüsterte er, und ein schier unglaubliches Gefühl der Zugehörigkeit begann ihn zu erfassen.

Duthchas wurde dieses Gefühl genannt. Die unverbrüchliche Treue eines Highlanders zu seinem Heimattal, ein tief verwurzeltes Gefühl des Einsseins mit dem Land seiner Vorfahren.

Es war wie ein Rufen, das Jamie mit jeder Faser seines Körpers spürte.

Die Brust war ihm so eng geworden, dass er versucht war, aus dem Sattel zu steigen und die moosbedeckte Erde zu küssen. Vielleicht hätte er es sogar getan, aber er wollte den alten Cuillin nicht erschrecken.

Deshalb begnügte er sich damit zu schauen und wünschte, der Grund für seine Rückkehr könnte ein erfreulicherer sein.

Doch selbst hier oben, am nördlichen Ausläufer des Kintail und noch ein gutes Stück vom Garbh Uisge entfernt, zerriss das Brüllen des reißenden Flusses die Stille der Nacht. Ein schauriges Geräusch, das Jamie auszuhöhlen schien und eine Leere in ihm erzeugte, von der er nicht glaubte, sie je wieder füllen zu können.

Fluchend hielt er sich die Ohren zu.

Und dann umklammerte er die Zügel so fest, dass seine Fingerknöchel weiß hervortraten.

So weiß wie das Mondlicht, das auf die dunklen Umrisse der Berge fiel; schimmernde Silberstreifen, die in der sanften Brise wie sanfte Wellen dahinflossen und deren Schönheit ihm das Herz zusammenzog.

Besonders, als einer dieser schimmernden Silberstreifen eine überaus lieblich anzusehende weibliche Gestalt annahm.

Jamie blinzelte.

So etwas hatte er noch nie gesehen.

Aber er wäre kein Highlander, würde er dieses Wunder nicht erkannt haben. Diese Erscheinung, die so alt war wie die Felsen und das Heidekraut, aber auch so selten, dass Jamies ganze Welt ins Schwanken geriet.

Ihm stockte der Atem, und er griff mit einer Hand hinter sich und krallte seine Finger in das zottelige Fell des alten Cuillin. »Bei Gott und allen Heiligen!«, flüsterte er. »Eine Fee!«

Ja, daran bestand nicht der geringste Zweifel.

Nur eine der *Daoine Sithe* konnte so zartgliedrig und von dieser exquisiten Schönheit sein.

Leichtfüßiger als jedes andere weibliche Geschöpf auf Erden lief die schöne Fee über eine vom Mondlicht erhellte Lichtung – fast schien es, als würden ihre zierlichen Füße nicht einmal den Erdboden berühren.

Gott, sie sah so winzig aus, dass Jamie bezweifelte, ob sie ihm auch nur bis an die Brust reichen würde, wenn er vor ihr stünde. Ihre schlanke, feingliedrige Gestalt bewegte sich mit unvergleichlicher Anmut. Das offene Haar schimmerte wie helle Seide und fiel ihr in schimmernden weichen Wellen bis auf die Hüften. Jamie unterdrückte ein Stöhnen, denn er wollte es unbedingt vermeiden, die Aufmerksamkeit der Fee zu erregen.

Aber er nahm ihren Duft in der kühlen Nachtluft wahr.

Einen Duft, der ihn an Sommer und Veilchen und vom Tau geküsstes Gras erinnerte.

Ja, sie musste ihn verzaubert haben.

Denn obwohl er sie nur aus der Ferne beobachtete, wurde er von dem unwiderstehlichen Wunsch erfasst, ihr nachzureiten, um ihr im Mondlicht silbern glänzendes Haar zu berühren, seine Finger in den seidenen Strähnen zu vergraben und zu fühlen, dass es so weich war, wie es aussah.

Oder um zu sehen, ob ihre Augen so saphirblau waren, wie er glaubte. Und die Spitzen ihrer Wimpern wirklich wie in Gold getaucht aussahen.

Und vielleicht würde er sie auch küssen. Vorausgesetzt natürlich, dass ein Sterblicher ein solch ätherisches Geschöpf überhaupt berühren konnte.

Augenblicklich zogen Jamies Brauen sich zusammen, und der Zauber war gebrochen.

Eine heiße Röte stieg in seinen Nacken, und sein wild pochendes Herz begann sich zu beruhigen. So groß, wie er war, und so zerbrechlich, wie sie wirkte, würde allein schon ein leichter Atemzug von ihm sie verletzen können.

Und seine Dreistigkeit, sich derartigen Gedanken über eine *Sithe* hinzugeben, würde ihn mit Sicherheit in irgendein verwunschenes Feenschloss bringen, wo er, mit unlösbaren goldenen Banden gefesselt, gefangen gehalten würde oder, was genauso unerfreulich wäre, für hundert Jahre oder länger in einen tiefen Schlaf versetzt werden würde.

Solche Dinge geschahen, das wusste jeder.

Erschaudernd rieb Jamie sich seinen Nacken.

Der Mond verschwand hinter einer Wolke, und als er wieder hervorkam, war die Lichtung leer und die Nacht wieder genauso still wie vorher.

»Das ist doch ...!« Jamie stieß den Atem aus, den er unwillkürlich angehalten hatte, und kniff die Augen zusammen, aber die Fee blieb verschwunden.

Nur der dunkle Streifen eines munter dahinplätschernden Baches bewegte sich zwischen den hohen Birken und dem Gesträuch.

»Der Himmel ist mein Zeuge ... hast du sie auch gesehen, Cuillin?« Jamie drehte sich im Sattel um und kraulte seinem Hund die Ohren, wobei ihm nicht entging, dass Cuillins alte Augen zu genau derselben Stelle hinüberblickten, an der die Fee verschwunden war.

Oder dass der alte Hund mit der Rute wedelte.

Einen weiteren Beweis für das Gesehene brauchte Jamie nicht.

Er konnte dem alten Hund auch keinen Vorwurf daraus machen, so verzückt zu sein. Die Fee war wirklich traumhaft schön gewesen. Selbst wenn sie von Kopf bis Fuß in Gold und Mondstrahlen gehüllt und ihr schimmerndes Haar mit Sternen übersät gewesen wäre, hätte sie nicht schöner sein können.

Und als Jamie genauer darüber nachdachte, beschloss er, dass das eine durchaus angemessene Beschreibung für sie war.

Und er war auch überzeugt, dass sie nach süßem Nektar und Verführung schmecken würde. Jamie war ein Mann, der nicht für seine schönen Worte, sondern für seinen ungewöhnlich großen Körperbau und seine Geschicklichkeit im Umgang mit dem Schwert bekannt war. Aber diese schöne Fee inspirierte sogar ihn zu poetischen Gedanken.

Doch trotzdem hörte er auf, an die Fee zu denken, als sein Blick auf einen anderen hellen Schimmer in der Dunkelheit fiel. Denn dieser war so irdisch und real wie die Highlands und durchflutete ihn mit Erinnerungen. Er brachte Erlösung mit sich, aber leider auch wieder diese schmerzhafte Enge in Brust und Kehle, die ihn schon quälte, seit er von Cuidrach aufgebrochen war.

Ein Unbehagen, das immer stärker wurde, je weiter er nach Norden ritt.

Mit grimmiger Miene richtete Jamie sich auf und wischte

sich über die feuchten Wangen, ohne den Blick von den dicken weiß getünchten Mauern einer kleinen Kate abzuwenden, die durch die Stämme der uralten kaledonischen Kiefern, die am Fuß des langen, steinigen Hanges vor ihm standen, kaum zu sehen war. Torfrauch stieg in einer dünnen blauen Säule von dem mit Steinen beschwerten, strohgedeckten Dach der Kate auf, und Jamie war beinahe sicher, dass er auch das Blöken von Schafen hören würde, wenn er seine Ohren anstrengte. Und vielleicht sogar die leisen Töne einer Fidel.

Wenn er sich wirklich konzentrierte, würde er sogar den würzigen Geruch von Markknochenbrühe oder Hammeleintopf wahrnehmen.

Denn diese kleine Kate gehörte Hughie Mac. Schon in Jamies Jugend war Hughie ein steinalter Mann gewesen, mit einem gnomähnlichen Körper, der fast ebenso knorrig und verkrümmt war wie die hohen, alten Kiefern, die sein Haus abschirmten. Aber Hughie hatte auch Augen voller Schalk, in denen stets ein Lächeln stand. Einst war er der bevorzugte Viehhirte von Jamies Großvater gewesen, ein Junge, der sehr geschätzt gewesen war für sein Geschick im Umgang mit den Tieren, aber sogar noch mehr für die zauberhaften Melodien, die er den Saiten einer Fidel entlocken konnte.

Und auch für das herzliche Willkommen und freundliche Lächeln, das er stets für Jamie bereitgehalten hatte, besonders, wenn diesem die Welt wieder einmal unerträglich finster vorgekommen war.

Für einen Moment war Jamie versucht, zu Hughies Haus hinabzureiten, an seine Tür zu klopfen und, falls der alte Hirte aufmachte, ihn in die Arme zu schließen und bis zum nächsten Morgen nicht mehr loszulassen.

Hughie würde ihn auf jeden Fall freundlich willkommen heißen.

Wie das bei Jamies Vater sein würde, blieb noch abzuwarten.

Und das machte ihn verdammt nervös. Besonders, seit er die Fee gesehen hatte. Deshalb straffte er die Schultern und ritt weiter, um es hinter sich zu bringen. Er stieß seinem Pferd die Knie in die Flanken, trieb es die unebene, steinige Anhöhe hinunter und mitten durch die Rinderherde seines Vaters, die erschrocken auseinanderstob.

Eine hochgewachsene Gestalt in einem Umhang, das Gesicht von einer Kapuze beschattet, starrte ihn vom Rand der aufschreckten, wild durcheinanderlaufenden Herde entsetzt an.

Eine hochgewachsene *weibliche* Gestalt.

Jamie war so überrascht, dass er sich einen verrückten Augenblick lang fragte, ob auch sie eine der Feen sein mochte. Oder ob Hughie Mac noch immer seinen Spaß mit hübschen jungen Frauen hatte. Aber als Jamie auf die Frau zuritt, konnte er sehen, dass sie ebenso von dieser Welt war wie er.

Und sie war das reizloseste weibliche Wesen, das ihm je begegnet war.

Außerdem hatte er noch nie jemanden gesehen, der so zutiefst verängstigt war.

»Nicht!«, kreischte sie, während sie vor ihm zurückwich. »Komm um Himmels willen nicht in meine Nähe – bitte nicht!«

Um Himmels willen. Genau das dachte Jamie auch.

Das Herz schlug ihm bis zum Hals, als er in dem ungalantesten Winkel seiner Seele alle Heiligen zu Hilfe rief, dass diese Walküre sich nicht als Aveline Matheson herausstellte.

Was wegen der Nähe zu Fairmaiden Castle durchaus möglich war.

Dennoch zügelte er sein Pferd vor der Frau und schwang

sich aus dem Sattel. Das verlangten allein schon Ehre und Anstand. Aber zu seinem Erstaunen riss die Frau die Augen nur noch weiter auf und hob furchtsam eine Hand, als versuchte sie, eine Horde fliegender Gespenster abzuwehren.

»Gott erbarme sich meiner!«, jammerte sie, und Jamie konnte im Schein des Mondes sehen, wie leichenblass sie wurde. »Ich …«

»Ihr müsst eine der jungen Damen von Fairmaiden sein.« Jamie legte seine Hände auf ihre Arme, um sie zu beruhigen. »Ihr braucht keine Angst vor mir zu haben. Seht Ihr den Hund dort drüben?«, fragte er und zeigte mit dem Kopf in Cuillins Richtung. »Welcher böse Geist würde schon mit einem alten, halb blinden Hund durch diese Berge reiten? Ich bin James von der Heide und kehre heim, um …«

»Dem Himmel sei Dank!« Die Frau blinzelte ihn erleichtert an, und allmählich kehrte auch die Farbe in ihr Gesicht zurück. »I-ich dachte, Ihr wärt Neill.«

Jamie schluckte, als er den Namen seines Bruders hörte. Er hatte unaufhörlich an seine Brüder denken müssen, seit er die Grenze zu den Ländereien der Macphersons überschritten hatte.

Über sie zu sprechen, und wenn auch nur über einen von ihnen, war etwas, wovon er sich nicht sicher war, ob er es konnte.

Noch nicht.

Aber seine Ritterehre und die tränenverschleierten Augen der Frau veranlassten ihn, ihr sanft die Wangen zu trocknen.

»Ihr kanntet Neill?«, fragte er, obwohl es ihn enorme Überwindung kostete, den Namen auszusprechen.

Sie zuckte zusammen und biss sich auf die Lippen, als sie nickte. Dann füllten ihre Augen sich erneut mit Tränen, und ihre Reaktion legte die Vermutung nahe, wer sie war.

»Ich bin Sorcha«, sagte sie leise und bestätigte damit Jamies Verdacht. »Bis vor Kurzem war ich Neills Verlobte und die glücklichste Frau hier in diesen Bergen.«

Ihre Augen waren wie tiefe, dunkle Seen, als sie Jamie ansah. »Er war groß und schön. Ein kühner, aufrichtiger Mann, der noch sein ganzes Leben vor sich hatte. Aber wer hätte auch vorhersehen können ...« Offensichtlich außerstande, weiterzusprechen, verstummte sie und presste für einen Moment die Hand auf den Mund.

Jamie atmete tief ein. »Möge Gott mir beistehen, Sorcha, aber ich weiß beim besten Willen nicht, was ich Euch sagen soll.« Da er nie gelernt hatte, einer Frau den Hof zu machen oder eine Dame in Not zu trösten, hielt er es für das Beste, Sorchas Arm zu nehmen und sie zu seinem Pferd zu führen. »Ich werde Euch zur Burg Eures Vaters bringen«, schlug er vor, um weitere Gespräche über seinen Bruder zu verhindern. »Ihr könnt reiten, und ich werde zu Fuß gehen.«

Aber sie trat zurück, als Cuillin sich über den Rand seines Korbes beugte, um sie zu beschnüffeln. »Ihr seid so liebenswürdig, wie Neill Euch immer beschrieben hat, aber ich ziehe es vor, allein zu sein. Fairmaiden ist nicht weit, und das Gehen beruhigt mich. Ich bin heute Abend schon zu Fuß von Baldreagan hergekommen, da werden mich ein paar Schritte mehr ...«

»Von Baldreagan?« Jamie starrte sie an. »Aber das ist erheblich weiter als nur ein paar Schritte«, sagte er erstaunt und ging ihr nach, als sie wieder auf das Gehölz zuhielt. »Und kein Spaziergang für eine junge Frau ohne Begleitung. Es ist bereits dunkel, und das Wildwasser ...«

Er beendete den Satz nicht, aber sie musste die Warnung verstanden haben, denn sie blieb stehen und drehte sich noch einmal nach ihm um. »Ich werde mich hüten, den Stromschnellen zu nahe zu kommen. Der Garbh Uisge führt noch immer Hochwasser, und außerdem gehen dort Gespenster um«, sagte sie, und eine dunkle Röte stieg in ihre Wangen. »Nur ein Narr würde sich des Nachts dort hinbegeben.«

Dann hob sie das Kinn und maß Jamie mit einem durchdringenden Blick. »Ehrlich gesagt würde ich wahrscheinlich nicht einmal bei Tag dorthingehen. Die Gespenster sind von vielen gesehen worden, sie ...«

»*Gespenster?*« Jamie starrte sie an und hoffte, sich verhört zu haben.

Sorcha nickte. »Die Geister Eurer Brüder. Deshalb hielt ich Euch ja auch für Neill. Er ist unten bei den Wasserfällen gesehen worden. Sie alle wurden dort gesehen.«

Jamie verschränkte seine Arme vor der Brust. »Ich glaube nicht an Geister.«

An die *Sithe*, ja, das schon. Keinem echten Gälen würde es einfallen, die Existenz des Feenvolkes zu leugnen.

Aber Spukgestalten?

Nein, das konnte er nicht glauben.

Jamie runzelte die Stirn, richtete sich zu seiner vollen Größe auf und straffte die Schultern – und wenn auch nur, um seinen Widerspruch zu unterstreichen. »Nein«, beharrte er und schüttelte den Kopf, »das kann nicht sein. Nicht Neill und auch kein anderer meiner Brüder; mögen ihre Seelen in Frieden ruhen.«

»Ich selbst habe sie nicht gesehen, aber anderen sind sie erschienen.« Die Walküre sah ihn ernst an. »Bei den Wasserfällen und auch auf Baldreagan«, fügte sie hinzu, während sie mit einer Hand nervös über ihren Umhang strich. »Euer Vater hat sie oft genug gesehen, und sie haben ihm große Angst gemacht. Deshalb war ich heute Abend dort. Meine Schwester oder ich besuchen ihn fast jeden Tag.«

Jamie fuhr sich mit der Hand über das Gesicht. »Die Schwester, von der Ihr sprecht, ist Aveline?«, fragte er, als er den Blick wieder auf Sorcha richtete.

Aber sie war nicht mehr da.

Er sah noch die Bewegung ihres dunklen Umhangs, ehe sie zwischen den Bäumen in Richtung Fairmaiden verschwand.

Zurück in die Burg ihres Vaters und zu einer Schwester, die durch eine Übereinkunft an ihn, Jamie, gebunden war. Es war eine Übereinkunft, die er noch gar nicht ganz begriffen hatte. Und es würde Verwicklungen geben, von denen er nicht wusste, ob er sie überhaupt entwirren wollte.

Aber wenigstens war Aveline nicht die Walküre.

Und auch kein eifersüchtiger junger *Sithe*-Prinz war bislang erschienen, um ihn mit seinem Zauberschwert ins Jenseits zu befördern.

Seine Lage hätte also weitaus schlimmer sein können.

Das dachte Jamie jedenfalls, bis sich wenig später die imposanten Mauern von Baldreagan vor ihm erhoben, der stolzen Festung seines Vaters, deren solide Türme dunkel vor den umliegenden Bergen aufragten. Und aus deren Schornsteinen, wie bei Hughie Macs Kate, bläuliche Rauchspiralen aufstiegen. Auf den Wehrgängen war niemand zu sehen, und Jamie wurde auch von niemandem nach seinem Begehr gefragt, als er näher ritt. Trotzdem konnte er spüren, dass misstrauische Blicke jede seiner Bewegungen verfolgten.

Und er spürte das wohl auch nicht ohne Grund, denn hinter einigen der größeren Fenster war Lichtschein zu erkennen. Auch hinter denen der Privatgemächer seines Vaters.

Die freundliche Wirkung des hellen Fackellichts und des süßlichen, nach Erde riechenden Torfrauchs wurde allerdings stark geschmälert von den Sträußen aus Vogelbeerzweigen, die am Torhaus der Burg befestigt worden waren.

Diese geradezu lächerlich großen, mit roten Beeren und ebensolchen Bändern durchflochtenen Sträuße waren eine stumme Warnung vor dem, was Jamie in der Burg erwartete, denn derart geschmückte Vogelbeerenzweige galten in seiner Familie als Glücksbringer.

Es war ein uraltes Zaubermittel, das Devorgilla, die höchstgeachtete weise Frau der Inseln und des westlichen Highlands, den Macphersons einst hatte zuteilwerden lassen.

Ein Zauber, der, wie die *cailleach* ihnen versichert hatte, die kostbaren Rinder des Clans beschützen und sicherstellen würde, dass sie während des langen schottischen Winters gesund und gut im Futter bleiben würden.

Aber die Vogelbeersträucher waren auch ein Talisman, der angeblich vor jeder Art von Bösem schützte.

Einschließlich vor bösen Geistern. Und *Gespenstern*.

Jamie runzelte die Stirn. In diesem Zusammenhang an seine Brüder denken zu müssen, war nicht die Art von Heimkehr, die er sich vorgestellt hatte.

Selbst das Wetter war alles andere als gut, denn es hatte sich inzwischen sehr verschlechtert. Ein dünner Nieselregen ließ Jamie frösteln, und der dichte Nebel, der von den Berghängen herabgekrochen kam, begann allmählich, Baldreagans Mauern einzuhüllen. Es waren unheimliche, sich hin und her bewegende graue Nebelschleier, die Jamie wieder den traurigen Anlass seiner Heimkehr ins Gedächtnis riefen.

Fest entschlossen, sich nicht beirren zu lassen, zog er sein Plaid noch fester um sich und warf einen Blick auf das scheinbar unbewachte Torhaus seines Vaters. Es überraschte ihn ganz und gar nicht, dass das Fallgitter herabgelassen war. Da sonst seine Brüder immer abwechselnd die Bewachung der Burg übernommen hatten, wusste er nicht, auf wessen Schultern diese Verantwortung nun ruhen mochte.

Er fand es jedoch schnell heraus, denn der Laden eines der Torhausfenster wurde aufgestoßen, und ein alles andere als freundliches Gesicht schaute zu ihm herunter.

Es war ein junges Gesicht, das Jamie nicht kannte.

Auch wenn die Sommersprossen des Jungen und das dichte rote Haar ihn als Macpherson auswiesen.

Ein Viehhirte wahrscheinlich, dachte Jamie, denn als der Junge sich noch weiter aus dem Fenster beugte, durchdrang ein unverkennbarer Geruch die kühle Luft. Als wäre der Junge gerade erst vom Ausmisten der Kuhställe zurückgekommen.

»Halt, wer da?«, fragte der Bengel in einem argwöhnischen Ton, dem jegliche Warmherzigkeit abging. »Ihr taucht unangemeldet vor der Tür eines Trauerhauses auf, und ich habe Anweisung, niemandem zu öffnen.«

»Nicht einmal einem Sohn dieses Hauses?« Jamie lenkte sein Pferd unter das Fenster. »Ich bin James von der Heide«, rief er dem jungen Burschen zu. »Ich bin gekommen, um meinen Vater zu besuchen. Und meinen Brüdern – mögen sie in Frieden ruhen – die letzte Ehre zu erweisen!«

Der junge Hirte starrte ihn ungläubig an. »Der jüngste Sohn meines Herrn befindet sich im tiefsten Süden von Kintail, wo er im Dienst eines MacKenzie steht. Das war das Letzte, was wir von ihm hörten. Er war schon jahrelang nicht mehr in dieser Gegend.«

»Das mag ja sein, aber jetzt bin ich hier und verlange Zutritt zu meinem Zuhause«, gab Jamie, in dessen Schläfen es bereits zu pochen begann, in scharfem Ton zurück. »Es ist kalt und dunkel und nass hier draußen. Zu nass für die alten Knochen des Hundes, den ich bei mir habe.« Er griff hinter sich und strich Cuillin über den Kopf. »Wir sind beide müde von der langen Reise.«

Der Junge zögerte, sein Blick glitt zu Cuillin und dann wieder zu Jamie.

»Ihr seht Neill wirklich ziemlich ähnlich«, räumte er, wenn auch noch immer zweifelnd, ein. »Und wenn Ihr nun sein Geist seid?«

»Sein …«, begann Jamie, schloss aber gleich wieder den Mund, weil er sich nicht zweimal am selben Abend über Gespenster unterhalten wollte.

Statt seinen Satz zu beenden, räusperte er sich. »Ich bin der Sohn meines Vaters, so wahr ich hier stehe«, sagte er ungehalten, weil sein Kopf inzwischen ernstlich schmerzte. »Und nun zieh das Fallgitter hoch und lass mich herein. Ich will meinen Vater sehen, bevor er einschläft. Man sagte mir, er kränkele.«

»Ha!«, ertönte eine zweite Stimme, und eine alte Frau mit strenger Miene erschien am Fenster. »Das tut er in der Tat!«, bestätigte sie und blickte aus schmalen Augen zu Jamie herunter. »Es geht ihm gar nicht gut, und ich dulde nicht, dass er so spät am Abend noch gestört wird. Dies sind finstere Zeiten, in denen sich viel Böses tut. Wir können niemandem vertrauen …«

Urplötzlich brach sie ab und machte große Augen. »Bei Gott und allen Heiligen – du bist es *wirklich!*«, rief sie und schlug die Hände vors Gesicht. »Der kleine Jamie ist endlich heimgekehrt. Ach Gott, wie habe ich um diesen Tag gebetet!«

Jamie blinzelte und starrte die alte Frau ungläubig an. Er konnte fast nicht glauben, was er sah. Aber die silbergrauen Locken, die das geliebte Gesicht umrahmten, und die scharfen Augen, denen nie etwas entging, waren immer noch dieselben.

Die Augen seiner verständnisvollen, nachsichtigen Kinderfrau, die in seiner frühesten Kindheit nicht von seiner Seite gewichen war, um ihn vor den Wutanfällen und Launen seines

Vaters zu beschützen. Diese trotz ihrer oftmals wichtigtuerischen Art sehr weichherzige Frau war ihm in seiner Jugend die größte Stütze gewesen, hatte ihn als Kind mit Wärme und mit Liebe überschüttet und ihn getröstet, wenn er Kummer hatte.

Und jetzt stand sie da oben, umklammerte das Fensterbrett und starrte ihn mit so unverkennbar freudigem Erstaunen an, dass Jamie ein geradezu überwältigendes Glücksgefühl durchflutete.

Außerstande, etwas zu sagen, konnte er nur den Kopf schütteln, und er spürte, wie sich sein Herz zusammenzog.

»Ach, Morag, bist du es wirklich?«, brachte er gerade noch heraus, bevor sich seine Kehle ganz zuzog und das geliebte Gesicht vor ihm verschwamm.

Nicht dass es ihm etwas ausgemacht hätte, denn im selben Moment wandte Morag sich vom Fenster ab, und fast unmittelbar darauf begann sich unter metallischem Gequietsche und Geknarre das mächtige, mit scharfen Eisenspitzen versehene Fallgatter zu heben.

Mit diesem erfreulichen Geräusch in den Ohren galoppierte Jamie darunter hindurch, passierte den breiten Bogengang unter dem Torhaus und bog auf den von Fackeln erhellten Burghof ein, wo Kälte, Regen und Nebel, ja, selbst die mit den roten Bändern geschmückten Vogelbeerenzweige sogleich vergessen waren.

Er war wieder daheim.

Das war das einzig Wichtige.

Und auch wenn es noch fraglich war, ob sein Vater ihn willkommen heißen würde, so war doch zumindest Morag sichtlich glücklich, ihn zu sehen.

Jamie schwang sich von seinem müden Pferd, hob Cuillin aus seinem durchnässten Korb und nahm dann die alte Frau in die Arme, um sie ganz fest an sein Herz zu drücken.

»Es ist kaum zu glauben, Morag, aber du siehst nach all den Jahren nicht einen Tag älter aus«, versicherte er ihr und drückte sie erneut an sich, bis sie sich zurücklehnte, um ihn unter Tränen anzulachen.

»Nun komm schon herein«, bestürmte sie ihn, während sie sich mit einer Hand die Tränen abwischte, ihn mit der anderen am Arm packte und zu den mächtigen Flügeltüren führte, die schon weit geöffnet waren. »Dem Himmel sei Dank, dass du gekommen bist!«, sagte sie, als sie den Großen Saal betraten. »Der Verstand deines Vaters verwirrt sich von Tag zu Tag mehr, das kann dir jeder hier im Saal bestätigen.«

Sie drückte Jamies Arm. »Es ist nicht nur der Verlust deiner Brüder und sein albernes Gerede über Geister, was ihn plagt«, vertraute sie Jamie mit gedämpfter Stimme an. »Er ist alt, und er weiß, dass er diesen Clan an dem Tag auseinandergerissen hat, an dem er dich fortgeschickt hat. Er sehnt sich danach, sich mit dir zu versöhnen, auch wenn ihm das vielleicht noch gar nicht so bewusst ist.«

Jamie blieb abrupt stehen.

Er holte tief Luft und ließ sie langsam wieder ausströmen. Auf der ihm gegenüberliegenden Seite des Saales, an der Wand hinter dem Hohen Tisch, flankierten zwei hell brennende Fackeln das *Horn der Zeit*, das kostbarste Besitztum seines Clans, und Jamie hatte das ungute Gefühl, dass das Horn ihn anstarrte.

Und wartete.

Ihn abschätzte und herausforderte.

Das kunstvoll geschnitzte, juwelenbesetzte Horn aus feinstem Elfenbein hatte Jamies Großvater nach dem großartigen Sieg der Schotten in Bannockburn von Robert the Bruce erhalten. Der König hatte ihm dieses Geschenk gemacht, um die Unterstützung und Loyalität des Macpherson-Clans zu honorieren. Eine Erinnerung an die treuen Dienste für die Krone und Ausdruck der Zuversicht auf eine Zukunft voller Wohlstand für den Clan.

Aber auch das Zeichen der Bestätigung des Ranges als Clanchef, denn das Horn wurde in einer feierlichen Zeremonie an den Nachfolger des alten Lairds übergeben.

Es war eine Familientradition, die eigentlich mit Neill hätte fortleben sollen.

Aber nun würde das Horn an Jamie übergehen.

Als er es ansah, glaubte er zu fühlen, vom Glanz der Juwelen durchbohrt zu werden. Jamie straffte die Schultern. Er würde die Herausforderung des Horns der Zeiten annehmen und sich seiner würdig erweisen.

Auch in den Augen seines Vaters.

Entschlossen wandte er sich zu Morag um und stellte sich der ersten Hürde. »Dann ist es also, wie ich dachte?«, fragte er und bezog sich auf ihre Bemerkung, dass sein Vater eine Aussöhnung herbeisehnte, auch wenn er sich dessen vielleicht noch nicht bewusst war. »Es war nicht mein *Vater*, der mich herkommen ließ?«

Morag strich ihre Röcke glatt, um Jamie nicht ansehen zu müssen.

Auch die umstehenden Clanangehörigen wandten den Blick ab, selbst jene, die vor dem Kamin saßen. Die Männer, die an den in der Nähe stehenden Tischen saßen, begannen, sich mit Cuillin zu beschäftigen und machten ein großes Aufheben um den alten Hund. Andere starrten in ihren Trinkbecher oder beobachteten interessiert die dünnen Rauchfahnen, die zu den rußgeschwärzten Deckenbalken aufstiegen.

Alle vermieden es, Jamie anzusehen. Aber er hätte schwören können, dass sie alle rot geworden waren.

»Dann war es also Mathesons Werk?«, fragte Jamie und zog eine Augenbraue hoch.

Zu seiner Überraschung färbten sich die bärtigen Gesichter der Männer noch dunkler.

Nur Morag brachte schließlich den Mut auf, Jamie anzusehen.

»Sein Werk und das unsere«, gestand sie und lehnte sich schwer auf ihren Gehstock. Es war derselbe braune Stock aus Haselnussholz, den sie schon benutzt hatte, als er noch ein Kind gewesen war – wenn Jamie sich richtig erinnerte. »Alan Mor kam auf die Idee, nachdem deine Brüder … als seine älteste Tochter plötzlich keinen Bräutigam mehr hatte. Und wir …«, sagte sie mit einem Blick auf die Clanangehörigen, die jetzt aufmerksam jedem ihrer Worte lauschten, »… willigten im Namen deines Vaters ein.«

Jamie sah sie verblüfft an. »*Statt seiner* habt ihr eingewilligt?«

Morag nickte und hob kämpferisch das Kinn.

»Was hätten wir denn sonst tun sollen?«, entgegnete sie und legte den Kopf ein wenig schief. »Dein Vater ist nicht mehr er selbst, er verlässt nicht einmal mehr sein Bett. Deshalb haben wir eine Ratsversammlung abgehalten. Gott weiß, dass er ein gutes Bündnis mit den Mathesons erzielt hatte, und Alan Mor braucht das Weideland, das Sorcha als Mitgift mitgegeben worden wäre. Deshalb bot Matheson uns eine Möglichkeit an, die Vereinbarung aufrechtzuerhalten …«

»Indem ich seine jüngste Tochter heirate?« Jamie starrte Morag an. »Und mein Vater weiß nichts davon?«

»Inzwischen schon«, erwiderte Morag, aber Jamie hatte den Eindruck, dass ihr nicht ganz wohl bei dieser Antwort war. »Er hat eingewilligt, sich an die Vereinbarung zu halten.«

»Und ich würde nicht hier stehen, wäre ich nicht bereit,

meinen Pflichten nachzukommen«, entgegnete Jamie, und wieder glitt sein Blick zum Horn der Zeit und zu dem verblichenen Plaid seines Großvaters, das wie ein Wandbehang darüber hing. »Er muss nicht befürchten, dass ich seiner Zusage zuwiderhandeln werde.«

»Ein Mann wie dein Vater ist nicht so leicht zufriedenzustellen«, erwiderte Morag. Sie wirkte nervös.

Jamie sah sie aus schmalen Augen prüfend an, aber sie kniff die Lippen zusammen und gab ihm damit zu verstehen, dass es sinnlos war, noch weiter in sie zu dringen.

Jamie ließ den Blick durch den rauchverhangenen Saal gleiten und war sich dabei der Erwartung und der Unruhe unter den Angehörigen seines Clans nur allzu bewusst. Die Luft schien in der angespannten Stille, die herrschte, zu vibrieren.

Die Hände an seinen Schwertgürtel gelegt stand er da und runzelte die Stirn. Er hegte den Verdacht, dass Morag etwas vor ihm verbarg, und es gab nur einen Weg, herauszufinden, was es war. Nicht dass es ihn überhaupt noch hätte kümmern sollen, so wie die Dinge standen.

Als sein Blick zum Hohen Tisch glitt und am leeren Lehnstuhl seines Vaters hängen blieb, krampfte sich ihm das Herz zusammen – auch wenn er sich diese Schwäche nur äußerst ungern eingestand.

Denn Gefühle waren etwas sehr Gefährliches.

Es waren Fallstricke, die zu meiden er gelernt hatte, wann immer er an seinen Vater gedacht hatte.

Er verdrängte diesen Gedanken und gab einem ganz anderen Gefühl nach, als er Morag spontan noch einmal in die Arme nahm und ihr einen dicken Kuss auf die Wange gab. »Mach dir keine Sorgen«, sagte er mit lauter Stimme, damit auch alle anderen im Saal ihn hören konnten. »Ich bin nicht hier, um die Pläne meines Vaters zu durchkreuzen. Auch werde ich mein Bestes tun, um die Unstimmigkeiten zwischen uns zu bereinigen.«

Nachdem er seine Absichten auf diese Weise kundgetan hatte, nahm er eine Platte mit heißen Käsepasteten – eine der Lieblingsspeisen seines Vaters –, verließ den Großen Saal und stieg rasch die Wendeltreppe hinauf, die zum Schlafgemach seines Vaters führte.

Das Zimmer lag in fast undurchdringlicher Dunkelheit, denn die Fensterläden waren fest geschlossen und weder eine Fackel noch eine der Öllampen waren angezündet worden. Das einzige Licht spendeten das im Kamin glimmende Feuer und eine einzelne Kerze, die auf einem kleinen Tisch stand.

Munro Macpherson lag in seinem Bett und schlief. Er hatte einen Arm über die Augen gelegt und die Decken bis zum Kinn hochgezogen.

Je länger Jamie auf der Türschwelle verharrte und seinen Vater ansah, desto schwerer fiel es ihm, zu atmen.

Schließlich nahm er seinen ganzen Mut zusammen, betrat das Zimmer und stellte sein Versöhnungsgeschenk auf einen Tisch neben dem Kamin. »Käsepasteten, frisch aus dem Ofen, wie du sie am liebsten isst«, sagte er, obwohl das Schnarchen seines Vaters ihm verriet, dass der ihn gar nicht hörte.

»Du siehst gut aus«, log er und fragte sich, wann dieser jähzornige, querköpfige Bulle von einem Mann so alt und gebrechlich geworden war. »Und nach etwas Ordentlichem zu essen und einem heißen Bad wirst du sogar noch besser aussehen.«

»Ich will kein Bad, und ich hab euch allen schon gesagt, dass ich nicht hungrig bin!« Munro riss die Augen auf und funkelte Jamie böse an. »Ich will nur … Bei Gott und allen Heiligen!«, schrie er und versteckte sich unter der Bettdecke. »Springst du mich schon wieder aus dem Dunkeln an?«

»Ich bin kein Gespenst.« Jamie trat ans Bett und zog seinem Vater die Decke vom Kopf. »Ich bin James von der Heide, und ich bin gekommen, dir zu helfen, die Dinge wieder in Ordnung zu bringen.«

»Du!« Munro stützte sich auf die Ellbogen, und sein Gesicht bekam wieder ein wenig Farbe. »Ich hatte Anweisung gegeben, dich nie wieder in meine Nähe zu lassen!«, fauchte er. »Diese geschwätzige alte Ziege von Dienstmagd und meine Männer da unten wissen das ganz genau!«

Jamie setzte sich auf die Bettkante und verschränkte die Arme vor der Brust. »Vielleicht hättest du die Kraft, deine Wünsche durchzusetzen, wenn du etwas mehr zu dir nehmen würdest als nur Haferschleim und verwässerten Wein?« Er wies auf den Tisch, auf dem die noch unberührten Speisen standen.

»Ich habe keine Wünsche mehr«, brummte Munro mit finsterem Gesicht. »Oder kannst du mir meine Söhne wiedergeben? Und ich meine nicht als Geister!«

Ich bin auch dein Sohn.

Jamie sprach diese Worte nicht aus, denn er wusste nun, was Morag und seine Clanangehörigen so beunruhigte.

Sein Vater mochte zwar die Heirat von ihm und Alan Mors Tochter arrangiert haben, aber er hatte es in der Überzeugung getan, dass ihm jeder Kontakt mit dem Sohn erspart blieb, den er immer nur als Dorn in seinem Fleisch betrachtet hatte.

Trotz dieses Wissens stieg in Jamie eine Welle des Mitleids für den alten Mann auf.

Er sprang auf, durchquerte die Schlafkammer mit drei großen Schritten und blieb vor einem der Fenster stehen. »Frische Luft wird die Gespenster aus deinem Kopf vertreiben«, erklärte er, während er den Riegel zurückschob und die Läden weit öffnete.

Ein kalter Windstoß fuhr herein, aber Jamie war froh über die schneidend kalte Luft. Die Hände auf das breite Fensterbrett gestützt, starrte er hinaus in die regennasse Dunkelheit.

Es war eine stille Nacht, die in dichte Nebel gehüllt war. Die Berge jenseits Baldreagans Mauern waren kaum mehr als dunkle Schatten zwischen den wabernden grauen Schleiern.

Irgendwo dort in der Ferne schlief Aveline Matheson.

Oder vielleicht stand auch sie gerade an ihrem Fenster und machte sich Gedanken über ihn.

So wie die Ritterlichkeit es von ihm verlangte, dass er an sie dachte.

Und wenn das auch nicht voller Verlangen und Ungeduld möglich war, so doch wenigstens in Freundlichkeit.

Doch statt an seine Braut zu denken, war es die zauberhafte Vision, die er gehabt hatte und die ihm nicht mehr aus dem Kopf gehen wollte. Eine Fee war es gewesen, so zart und anmutig, dass er seine Seele dafür gegeben hätte, mit der Fingerspitze ihr wie gesponnenes Silber schimmerndes Haar berühren zu dürfen.

Jamie runzelte die Stirn und verdrängte die Erinnerung aus seinem Kopf.

Andere, wichtigere Dinge lagen ihm jetzt auf der Seele, und in der Hoffnung, sie bewältigen zu können, wandte er sich vom Fenster ab, nahm eine der kleinen Käsepasteten und brachte sie seinem Vater.

»Iss«, forderte er den alten Mann auf und gab ihm den Leckerbissen in die Hand. »Einem hungrigen Mann, dem der

Magen knurrt, erscheinen Gespenster viel eher als einem, der satt ist.«

Munro rümpfte die Nase. »Verharmlose nicht das, was ich fast jede Nacht vor dem Einschlafen sehe«, brummte er mit finsterer Miene. »Denn ich bin noch nicht so verwirrt im Kopf wie eine gewisse zänkische Xanthippe dich vermutlich glauben machen will.«

»Das freut mich zu hören«, erwiderte Jamie und lächelte, als er seinen Vater in die Pastete beißen sah. »Iss deine Pastete, und ich lasse dich in Ruhe. Und wenn du noch zwei isst, schicke ich dir als Ersatz für diesen wässrigen Wein einen großen Krug mit frischem, kühlem Bier hinauf.«

»Wenn ich gewusst hätte, was für ein Tyrann aus dir geworden ist, wäre ich nie auf Alan Mors Vorschlag eingegangen«, nörgelte Alan Mor zwischen zwei Bissen. »Ob die Allianz mit ihm zum Teufel gegangen wäre oder nicht. Und schon gar nicht einer zänkischen alten Frau und einem Haufen Dummköpfe zuliebe, die sich selbst als *Rat* bezeichnen.«

»Warum hast du es dann getan?«

Munro presste die Lippen zusammen und vermied es, Jamie anzusehen. Die Pastete hatte er inzwischen aufgegessen, und so ging Jamie noch einmal zum Tisch und holte ihm zwei weitere.

»Kann es sein, dass du nur zugestimmt hast, weil es dir ein diebisches Vergnügen bereitet, mich an eines der Fairmaiden-Mädchen gebunden zu sehen?« Jamie zog die Brauen hoch und wäre jede Wette eingegangen, dass er genau ins Schwarze getroffen hatte. »Es ist schließlich kein Geheimnis, dass diese Schwestern …«

»Lady Aveline verdient etwas viel Besseres als jemanden wie dich!«, stieß Munro hervor, während er Jamie eine der Pasteten aus der Hand nahm. »Und ich habe nur deshalb zugestimmt, weil man mich hinters Licht geführt und glauben gemacht hat, einer deiner Cousins würde der Bräutigam sein. Der *Rat* hielt es erst gestern Morgen für nötig, mich darüber aufzuklären, dass sich Alan Mor für dich entschieden hatte!«

Der alte Mann regte sich so auf, dass er sich an der Pastete fast verschluckte.

Er beugte sich vor und starrte Jamie in die Augen. »Ich werde nicht meinen Namen beschmutzen, indem ich Matheson und seinen ringelschwänzigen Lakaien Gelegenheit gebe zu behaupten, ich hätte mein Wort gebrochen«, schwor er und fuchtelte mit seinem fetttriefenden Finger vor Jamies Gesicht herum. »Und im Grunde bist du sogar das kleinere Übel, so ungern ich das auch zugebe. Die Kleine ist mir sehr ans Herz gewachsen, und ich möchte sie von ihrem Vater wegbringen. Er ist eine Geißel der Menschheit, und es gefällt mir nicht, wie er das Mädchen behandelt.«

Jamie starrte seinen Vater an und begann fieberhaft zu überlegen.

Es war allgemein bekannt, dass Munro Macpherson Frauen kaum Beachtung schenkte, und wenn, dann nur, um sich mit Morag herumzuzanken oder den Mägden Befehle zu erteilen. Die Klatschmäuler behaupteten sogar, er habe seit dem Tod von Jamies Mutter keine Frau mehr angerührt.

Und trotzdem schien seine Aufregung ein Anzeichen dafür zu sein, dass er Jamies zukünftiger Braut aufrichtige Zuneigung entgegenbrachte.

»Glotz mich nicht an wie ein an Land gezogener Fisch«, knurrte Munro, als er Jamie die dritte Pastete aus der Hand nahm. »Halte lieber Wort und lass mich jetzt in Ruhe.«

»Wie du wünschst«, antwortete Jamie und wandte sich zum Gehen. Als er sich an der Tür noch einmal umsah, überraschte es ihn nicht, seinen Vater immer noch die Stirn runzeln zu sehen.

Aber zumindest aß er jetzt etwas.

Jamie lächelte ihn an. »Ich schicke dir jemanden mit dem versprochenen Bier hinauf. Sieh zu, dass du es auch trinkst.«

Als er zum Großen Saal zurückging, erfüllte Jamie die Zufriedenheit darüber, dass er seinen Vater hatte überreden können, etwas zu essen. Gedämpft wurde dieses Gefühl allerdings von seiner Verwunderung darüber, dass dieser knurrige, bärbeißige alte Streithammel ganz offensichtlich eine Schwäche für Aveline Matheson hatte.

Blieb nur abzuwarten, warum das so war.

3. Kapitel

Jamies gute Laune hielt bis zur Mittagszeit des nächsten Tages an. Sie war in dem Augenblick wie weggewischt, als er auf Fairmaiden Castle eintraf und von zwei stämmigen Getreuen Alan Mors in den Großen Saal der Burg geführt wurde. Obwohl die beiden Burschen durchaus freundlich wirkten, blieb Jamie gleich hinter dem dunklen bogenförmigen Eingang stehen und verschränkte die Arme vor der Brust.

Es kribbelte ihn im Nacken, und das war nie ein gutes Zeichen.

Tatsächlich musste er sich sogar sehr beherrschen, nicht die Hand auf den Griff seines Schwerts zu legen. Oder das Schwert womöglich gar zu ziehen. Aber er war als Freund nach Fairmaiden gekommen und hatte bisher auch noch keinen wirklichen Anlass gehabt, misstrauisch zu sein.

Dennoch richteten sich die Härchen an seinem Nacken auf, und es lag keineswegs an den beiden dümmlich grinsenden Kerle rechts und links von ihm, dass er sich so unbehaglich fühlte.

Mit seiner beeindruckenden Größe überragte Jamie sie ebenso wie die anderen Clanangehörigen, die in den Gängen zwischen den dicht besetzten Tischen des Großen Saals herumspazierten.

Und mit ziemlicher Sicherheit war er auch größer als jene, die bereits an den Tischen saßen.

Jamie vermutete, dass sich wohl alle auf ihn stürzen würden, wenn er dem Bedürfnis nachgäbe, auf der Stelle kehrtzumachen und zu gehen. Nicht dass er etwas gegen eine ordentliche

Prügelei gehabt hätte. Auch wenn Alan Mors Trabanten nicht gerade dafür bekannt waren, dass sie den Spielregeln entsprechend kämpften.

Handlanger nannte sie sein Vater, und Jamie konnte ihm darin nur zustimmen.

Noch nie hatte er so viele verschiedene Plaids unter einem Dach versammelt gesehen. Oder so viele finstere, wie gemeine Strauchdiebe aussehende Haudegen. Es waren mittellose und gescheiterte Männer, von denen einige angeblich sogar von Pabay kamen, einer kleinen Insel vor der Isle of Skye, die ein Zufluchtsort für all jene fragwürdigen Existenzen war, die es bis an die Küste dieser übel beleumdeten Insel schafften.

Nachdem Generationen von Feudalherren auf Fairmaiden sich jedoch als unfähig erwiesen hatten, etwas anderes als Scharen von Töchtern hervorzubringen, gab es in Kintail allerdings kaum noch jemanden, der Anstoß daran genommen hätte, wie der Matheson-Laird sich seine Gefolgsmänner beschaffte.

»He, Mann! Ihr macht ja ein Gesicht wie einer, der gleich am Galgen aufgeknüpft werden soll!«, sagte der krummnasige Hüne zu Jamies Linken, klopfte ihm auf die Schulter und grinste dabei spitzbübisch.

Dann beugte er sich zu Jamie vor und sagte mit gesenkter Stimme: »Habt keine Furcht, dass Ihr mit Eurem Horn in etwas Hässliches stoßen müsst.« Er zwinkerte Jamie verschwörerisch zu. »In diesem Saal gibt es keinen Mann, außer Alan Mor natürlich, der nicht alles für eine Stunde mit Lady Aveline unter sich gäbe.«

Jamie runzelte die Stirn, und ihn erfasste ein schier unwiderstehliches Bedürfnis, dem Kerl die ohnehin schon krumme Nase einzuschlagen.

Da er jedoch in Fairmaidens Großem Saal keinen Streit beginnen wollte, bevor er auch nur dem Herrn der Burg begegnet war, riss er sich zusammen und verdrängte den Impuls.

Eine kleine Warnung konnte allerdings gewiss nicht schaden.

»Ich glaube, dass Lord Matheson sehr unangenehm werden könnte, sollte irgendein Trottel es riskieren, seine Tochter zu beleidigen«, sagte er und schlug sein Plaid zurück, um dem Mann einen Blick auf die schwere, doppelschneidige Streitaxt zu erlauben, die er unter seinem Gürtel trug, und auf den Griff seines nicht minder beeindruckenden Schwertes. »Und das Gleiche gilt für mich, mein Freund.«

Seine Drohung veranlasste die Männer, zurückzutreten und ihm den Weg in die verrauchte Große Halle freizugeben.

Hoch erhobenen Hauptes schritt Jamie durch die Menge, und das Prickeln in seinem Nacken verstärkte sich bei jedem Schritt.

Und dann wusste er plötzlich, warum.

Es war dieser *Saal*, der ihn nervös machte, nicht Alan Mors Horde von Strolchen, die den großen Raum bevölkerte. Und es war auch nicht der Grund, aus dem er hier war – ein höflicher nachbarlicher Besuch, um das Bündnis zu bestätigen und seine zukünftige Braut kennenzulernen.

Nein, es war Alan Mors Großer Saal.

Es war ein Rittersaal wie jeder andere auch, wenn sich auch besonders viele und laut lärmende, bis an die Zähne bewaffnete Männer hier aufhielten. Und nirgendwo war eine Frau zu sehen. Weder Sorcha noch eine andere der Schwestern, soweit er es sehen konnte. Die weiß gekalkten Wände des Saals waren mit den üblichen Bannern und Waffen geschmückt sowie einigen mottenzerfressenen Hirschköpfen. Die Luft war zum Schneiden dick vom Rauch der Torffeuer und trieb sowohl den Edelmännern als auch den niedriger Gestellten die Tränen in die Augen.

Unter den langen Tischen, auch das ein gewohnter Anblick, lungerten einige Hunde herum und warteten darauf, dass ein paar Bissen für sie abfielen. Im mächtigen Kamin brannte ein anheimelndes Feuer aus Birkenscheiten. Und es sprach für Jamies Gastgeber, dass die Binsenstreu auf dem Boden wie frisch verstreut aussah, wodurch der Raum mit den rußgeschwärzten Dachbalken sauberer wirkte als die meisten großen Säle anderer Burgen.

Alan Mor schien demnach sehr viel Wert auf seine Bequemlichkeit zu legen.

Und trotzdem störte Jamie irgendetwas.

Ein eigenartiges Gefühl der Vertrautheit, das er sich nicht erklären konnte, eine vage, schwer zu bestimmende Empfindung beschlich ihn, neckte seine Sinne, ließ seinen Puls schneller schlagen und seinen Atem heftiger werden.

Es war ein mit Worten nicht zu beschreibendes *Etwas*, das ihn so sehr irritierte, dass ihm sein Tun nicht mehr gegenwärtig war. Erst als seine Hand sich um einen schweren Riegel legte, wurde ihm bewusst, dass er zu der massiven, eisenbeschlagenen Tür zurückgekehrt war.

Im selben Moment schloss sich eine fremde, nicht weniger zupackende Hand um seinen Ellbogen. »Ihr seid der junge Macpherson, möchte ich wetten«, ertönte eine tiefe Stimme hinter ihm. »Falls Ihr Euch nach Eurem Ritt erfrischen wollt, so findet Ihr gleich neben dem ersten Absatz der Treppe zu Eurer Linken alles, was Ihr braucht.«

Alan Mor zog seine Hand zurück und sah Jamie mit einer Mischung aus Spott und Vorwurf in den Augen an. »Oder wolltet Ihr schon wieder gehen, ohne meine Tochter kennengelernt zu haben?«

»Ich wollte nirgendwohin gehen«, log Jamie und trat schnell wieder von der Tür zurück. »Mir fiel nur gerade ein, dass ich mein Verlobungsgeschenk für Lady Aveline draußen vergessen hatte«, improvisierte er, als er sich an den versilberten Spiegel und Kamm erinnerte, die der Freund seines Lehnsherrn, Sir Marmaduke, ihm einst zum Geschenk gemacht hatte.

Schnickschnack, hatte Kenneth die Gegenstände genannt, aber Jamie gefielen sie. Und er dankte dem Himmel, dass er bei seiner Ankunft auf Baldreagan zu ergriffen gewesen war, um daran zu denken, sie aus seinen Satteltaschen zu nehmen.

Ein Versehen, das ihm in diesem Moment sehr zugute kam, denn Alan Mor klatschte sich auf den Schenkel und strahlte vor Vergnügen. »Dann seid Ihr also tatsächlich so galant, wie es mir berichtet wurde«, stellte er zufrieden fest. »So gar nicht wie Euer übellauniger, starrsinniger Vater.«

»Mein Vater sagt das Gleiche von Euch«, entgegnete Jamie mit einem abschätzenden Blick auf Alan Mor. »Er ...«

»Dieser Rüpel von Vater kann sich glücklich schätzen, einen Sohn wie Euch zu haben, der mit aufrichtigerer Zunge spricht als er!« Alan lachte bellend und legte einen Arm um Jamies Schulter. »Kommt, mein Junge, und lasst Euch mit Eurer Braut bekannt machen. Welchen Zierrat auch immer Ihr meiner Tochter mitgebracht habt, Ihr könnt ihn später holen.«

Schon auf dem Weg zum Hohen Tisch am anderen Ende des Saales warf er Jamie einen Seitenblick zu. »Vorausgesetzt natürlich, dass es ihn tatsächlich gibt?«

»Oh, aber natürlich gibt es ihn«, bestätigte Jamie. »Es sind ein Spiegel und ein Kamm aus feinstem Silber«, beteuerte er und konnte nur hoffen, dass Alan Mor ihm glaubte, da er ja eigentlich gar nicht vorgehabt hatte, Aveline die besagten Gegenstände als Verlobungsgeschenk zu überreichen.

In Wahrheit hatte er sie der Köchin von Baldreagan geben wollen, um sich ein paar Extraportionen zu sichern – die unverzichtbar waren für einen Mann von seiner Größe und von seinem Appetit.

»Der Spiegel ist ein kleines Kunstwerk«, versicherte er seinem Gastgeber, während er einem schlafenden Hund auswich. »Er soll von uralter keltischer oder vielleicht auch wikingischer Herkunft sein. Das Silber ist ...«

»Ein versilberter Spiegel!«, rief Alan Mor mit lauter Stimme, als sie auf die Empore hinaufstiegen. »Hast du das gehört, Mädchen? Ich habe dir ja gesagt, dass dein Bräutigam dich nicht enttäuschen wird. Was für ein Luxus! Was sagst du dazu?«

»Dass ich ihn willkommen heiße«, erwiderte eine ruhige Stimme vom Hohen Tisch her.

Eine sehr angenehme, melodische Stimme, ruhig und fest, in der aber auch eine deutliche Reserviertheit lag.

Jamie runzelte die Stirn.

Alan Mor, der nichts davon zu bemerken schien, schwadronierte fröhlich weiter.

»Und Ihr, mein Junge?« Mit einer ermutigenden Handbewegung forderte er Jamie auf, sich dem Mädchen zu nähern. »Was haltet Ihr von meiner Aveline?«, dröhnte er und zeigte sichtlich stolz auf seine Tochter. »Ist sie nicht schön?«

Jamie sah sie an und sog scharf den Atem ein, als sich plötzlich alles vor ihm drehte.

Aveline Matheson war mehr als schön.

Sie war seine *Fee*.

Ihm blieb beinahe das Herz stehen, als er sie erkannte. Und nicht nur sie, sondern auch ihren Duft nach Veilchen und von der Sonne beschienenen Sommerwiesen. Ein süßer, frischer

Duft, der ihm so schnell zu Kopf stieg, dass er hätte schwören können, wie berauscht davon zu sein.

Und nun verstand er auch, was ihn beim Betreten des großen Saals von Fairmaiden so irritiert hatte.

Es war dieser Duft gewesen.

Er hatte ihn sofort erkannt.

Jamie schluckte. Gott, ihm war so schwindlig, dass der Boden unter seinen Füßen zu schwanken schien und er sich fast genauso unsicher auf seinen Beinen fühlte wie bei einer Fahrt auf der rauen Irischen See.

Noch schlimmer aber war, dass ihm seine Geburtstagstunika, die er zu diesem Anlass angelegt hatte, noch enger geworden zu sein schien. So eng, dass er sich schrecklich unbehaglich darin fühlte und versucht war, einen Finger unter den reich bestickten Rand des Halsausschnitts zu stecken.

Und die ganze Zeit saß Lady Aveline still da und beobachtete ihn mit einem nicht zu deutenden Ausdruck auf dem schönen Gesicht.

Mit unbewegter Miene und ruhigen Augen, die so saphirblau waren, wie er es sich gedacht hatte.

Nicht dass es eine Rolle gespielt hätte, ob ihre Augen ruhig blickten oder nicht.

Denn Jamie blinzelte auf jeden Fall genug für beide. Und sein ganzer Körper, mochten die Heiligen sich seiner erbarmen, kribbelte unter ihrem festen Blick.

Alan Mor grinste. »Nun?«

»Sie ist mehr als schön«, erwiderte Jamie mit wild pochendem Herz. »Eine Vision.«

Er wollte schon die Hand nach ihrer ausstrecken, besann sich dann aber eines Besseren und verbeugte sich stattdessen tief vor ihr.

Mit dem festen Griff seiner viel zu großen Hand hatte er

schon mehr als eine starke Männerhand beinahe zerquetscht, und seine zukünftige Brau hatte die zierlichsten, grazilsten Hände, die er je gesehen hatte.

Nicht auszudenken, sollte er sich vergessen und ihre Hand zu fest in seine nehmen.

Und es wäre auch nicht klug, ihre seidig glatte Haut zu berühren, wie unschuldig auch immer. Nicht, solange sie ihn mit diesen wundervollen blauen Augen ansah und ihr betörender Duft nach Sommerwiesen und Veilchen ihn so sehr verwirrte.

»Ihr bezaubert mich, Mylady«, murmelte er, weil er gar nichts anderes sagen konnte als die Wahrheit.

Ihre Wimpern – deren Spitzen wie in Gold getaucht schimmerten –, flatterten vor Überraschung. »Und Ihr, Sir, hättet Euch die Zeit nehmen sollen, wieder zu Atem zu kommen, bevor Ihr herkamt.« Sie warf ihrem Vater einen Blick zu, und ihre Lippen wurden sichtlich schmaler. »Ich bedaure, dass wir uns nicht unter günstigeren Umständen begegnen konnten.«

Und dann erhob sie sich und legte ihre zarten Finger auf Jamies Arm. »Ich möchte Euch mein aufrichtiges Beileid für Euren Verlust ausdrücken.«

Jamie nickte, erfreut über ihr Mitgefühl.

In stolzer Haltung blieb sie vor ihm stehen, obwohl sie ihm kaum bis an die Schultern reichte und der heftig pochende Puls an ihrer Kehle die Nervosität verriet, die sie so mühsam zu verbergen suchte.

Eine Unruhe, die ihr Vater mit einem lauten *Hmmpff!* abtat.

»Du liebe Güte! Unter günstigeren Umständen?« Alan Mor legte Aveline eine Hand auf die Schulter und drückte sie wieder auf die Bank am Hohen Tisch zurück. »Wie könnte der

Mann seine Heimkehr besser beginnen, als mit seinem Besuch hier, um dich kennenzulernen?«

Zu Jamies Erstaunen flackerte jäher Zorn in Avelines Augen auf, und der Blick, den sie ihrem Vater zuwarf, war mindestens so herausfordernd wie der der Feinde, denen Jamie je auf einem Schlachtfeld gegenübergestanden hatte.

»Abgesehen von ein paar Tagen Ruhe, um seine Brüder zu betrauern, wäre es vielleicht ein günstigerer Beginn gewesen, das Geld in den Schatullen zu zählen, die du seinem Vater hast überbringen lassen«, erklärte sie und sah ihren Vater noch immer herausfordernd an. »Meine Mitgift, wie du dich vielleicht erinnern wirst?«

Jamie zog eine Braue hoch, da er sich insgeheim an ihrer Unverfrorenheit ergötzte.

Aber Alan Mor lachte nur. »Mach dir keine Sorgen um Munro und sein Geld. Dieser alte Teufel bekommt doch immer, was ihm zusteht, und ihm ist viel mehr an unseren saftigen Weiden gelegen als am Inhalt dieser Geldschatullen.«

Jamie blickte von seiner zukünftigen Braut zu ihrem Vater und wieder zurück.

Dann räusperte er sich. »Wenn Ihr die großen, eisenbeschlagenen Schatullen meint, die im Schlafzimmer meines Vaters stehen, dann glaube ich nicht, dass er sie schon geöffnet hat.«

»Ha! Das ist genau das, was ich meinte!« Wieder johlte Alan Mor vor Lachen. »Der Mann hat zurzeit ganz andere Sorgen, und deshalb würde ich ihm ja auch gerne helfen, auf andere Gedanken zu kommen.«

Mit diesen Worten griff er unter sein Plaid, suchte nach etwas zwischen dessen Falten und zog einen kleinen Lederbeutel hervor.

»Niemand soll behaupten können, ich ließe mir diese Allianz

nichts kosten«, verkündete er, als er den Beutel mit einer schwungvollen Bewegung auf den Tisch warf. »Für die da habe ich sogar jemanden nach Inverness geschickt und sie von dem kunstfertigsten Goldschmied anfertigen lassen, der in diesem Schlupfloch von Dieben und Räubern sein Geschäft betreibt.«

Lady Aveline errötete über und über.

Und Jamie kam ein Verdacht, als er den kleinen Lederbeutel ansah.

Alan Mor stierte die beiden an. »Tja, aber nun wäre es wohl wirklich ein bisschen ungünstig, die ursprünglich für Sorcha und Neill bestimmten Ringe zu benutzen, nicht?« Grinsend hob er den Beutel wieder auf, schnürte ihn auf und ließ zwei goldene, mit Saphiren besetzte Ringe in seine Hand fallen.

Jamie starrte ihn an, und sein Erstaunen wurde noch größer, als Alan Mor die Ringe auf den Tisch warf und einen Mann herbeiwinkte, der im Schatten einer nahen Fensterlaibung stand.

Einen Mann, den Jamie bisher nicht bemerkt hatte.

Einen untersetzten Mann mit dunklen Haaren und schmalen Augen, der in ein Mönchsgewand gekleidet war.

Der Mann ging entschlossen auf Jamie zu.

»Baldric von Barevan«, stellte er sich vor und verneigte sich vor Jamie. »Ich bin gut bekannt mit Eurem Vater. Im Laufe der Jahre hat er unsere bescheidene Kirche mit mehr als einem feinen Stier beschenkt.«

»Ach, tatsächlich?«, fragte Jamie und verschränkte abwehrend die Arme vor der Brust.

»O ja.« Der Mönch warf einen Blick auf Jamies Braut, und in seinem schlitzäugigen Blick war deutlich mehr Bewunderung zu erkennen, als es sich für einen Gottesmann gehörte.

Dann wandte er seine Aufmerksamkeit wieder Jamie zu. »Eure Verbindung mit Lady Aveline wird die Stimmung Eures Vaters sicher heben.«

»Meint Ihr?«

»Oh, ganz gewiss.« Bruder Baldric hob den Blick zum Himmel und bekreuzigte sich. »Er weiß, dass diese Heirat Gottes Segen hat. Erst vor Kurzem hat er mir anvertraut, wie sehr er sich auf Enkelkinder freut.«

Jamie zog eine Augenbraue hoch.

Dieser Priester war ein unverschämter Lügner.

Und falls die Kirche von Barevan im fernen Moray tatsächlich einen Stier der Macphersons besaß, dann hatten sie einen Haufen Geld für dieses Privileg gezahlt. Womöglich gar das Doppelte von dem, was Jamies Vater Viehkäufern normalerweise abnahm.

»Guter Mann«, begann Jamie, »jeder hier in diesen Bergen weiß, wie sehr mein Vater sich seit dem tragischen Hinscheiden meiner Mutter bemüht hat, Kirchenmännern aus dem Weg zu gehen, und dass er behauptet, in jener unglückseligen Nacht zum letzten Mal gebetet und seinen Glauben verloren zu haben.«

Sichtlich unbehaglich trat Baldric von Barevan von einem Fuß auf den anderen und schwieg.

Jamie sprach unbeirrt weiter: »Mein Vater, müsst Ihr wissen, würde eher nackt durch einen Schneesturm laufen, bevor er einer unbedeutenden kleinen Kirche auf der anderen Seite der Highlands einen seiner kostbaren Stiere stiften würde. Oder, richtiger gesagt, bevor er *irgendeiner* Kirche ein solches Geschenk machen würde.«

Diesmal warf der Mönch Alan Mor einen unbehaglichen Blick zu, aber der zuckte nur die Schultern. »Ich habe keine Ahnung, was Munro mit seinen Rindern anstellt«, behauptete er und ließ sich wieder in seinem Burgherrensessel nieder. »Ich weiß nur, dass er sich mit diesem Bündnis einverstanden erklärt hat.«

»*Aye*, das allerdings ist wahr«, pflichtete Jamie ihm bei, und wenn auch nur Lady Aveline zuliebe.

Seine Ehre und sein Taktgefühl verboten es ihm, hinzuzufügen, dass sein Vater alles andere als erfreut darüber war, die junge Frau mit ihm verheiratet zu sehen. Es war die Ehe mit einem von Jamies vielen Cousins gewesen, mit der er einverstanden gewesen war.

Munro Macpherson war hinters Licht geführt worden.

So wie dieser glattzüngige, durchtriebene Mönch und Alan Mor es jetzt mit ihm versuchten.

Und deshalb dachte Jamie gar nicht daran, über Stiere zu debattieren oder gar über seine Gefühle hinsichtlich des Ablebens seiner armen Mutter. Nicht mit zwei solch offenkundigen Schurken.

Oder über die weitaus wichtigeren Dinge zu reden, die ihm durch den Kopf gingen. Wie zum Beispiel die Frage, was ihn mehr belastete – das Gefühl, ihm würde sich eine Schlinge um den Hals legen, oder jenes, dass seine Sporen von Minute zu Minute schwerer zu werden schienen.

Jamie straffte die Schultern und richtete den Blick auf den Mönch und seinen ungeheuer selbstzufrieden aussehenden Gastgeber. Und auf den immer größer werdenden Kreis grinsender, schwer bewaffneter Matheson'scher Gefolgsleute um sie herum. Aber vor allem galt sein Interesse Lady Aveline. Gott im Himmel, diese Frau war derart klein und zierlich, dass sie statt eines Pferdes einen Hund als Reittier hätte benutzen können. Und sie hatte das seidigste Haar, das er je gesehen hatte.

Jamie atmete tief durch und bemühte sich, jeden Gedanken

an sie zu verdrängen. Er musste jetzt einen klaren Kopf bewahren.

Er musste sich entscheiden, ob er ablehnen oder seiner ritterlichen Pflicht nachkommen sollte.

Das waren seine einzigen beiden Möglichkeiten.

Und falls er richtig vermutet hatte, was die Anwesenheit des Gottesmannes anging, so würde er sich schon sehr bald entscheiden müssen.

Unglücklicherweise musste ihm sein Ärger darüber, so getäuscht zu werden, anzusehen sein, denn die Augen seiner zukünftigen Braut weiteten sich vor Erstaunen, als ihr Blick zwischen ihm, ihrem Vater und dem Mönch hin und her glitt. Und wenn seine eigenen Augen ihn nicht trogen, dann war sie sogar so blass geworden, dass sie einer Ohnmacht nahe schien.

Schlimmer noch, sie begann sogar zu zittern.

Aber dann überraschte sie ihn, indem sie aufsprang und erbost zu ihrem Vater herumfuhr. »Du hast gesagt, er wüsste, dass die Verlobungsfeier heute Mittag ist!«, hielt sie ihm vor. »Du hast mich lächerlich gemacht – indem du mich mein bestes Kleid anlegen und silberne Bänder in meine Haare flechten ließest! Du hast gesehen, dass Sorcha den Großen Saal verließ, und hast gesagt, du verstündest, warum sie es nicht ertragen könnte, zuzusehen und an den Tag ihrer Verlobung mit Neill erinnert zu werden.«

»Aber, aber, Kind.« Ihr Vater hob beschwichtigend eine Hand. »Du weißt, dass ich nie etwas ohne guten Grund tue.«

Ohne seinen Einwand zu beachten, stemmte Aveline die Hände in die Hüften und bedachte auch Bruder Baldric mit einem nicht minder aufgebrachten Blick. Wie auch die Horde ungepflegt aussehender Clangehöriger, die sich um den Hohen Tisch geschart hatte.

»Ihr alle wusstet es!«, schrie sie, und ihre blauen Augen blitzten vor Wut. »Ihr alle – außer dem wichtigsten Mann unter diesem Dach, James von der Heide!«

Dann sah sie Jamie an, in ihrem Blick standen Mitgefühl und unverkennbare Empörung geschrieben.

»Ihm hat man nichts davon gesagt. Seht ihn euch doch an! Es ist mehr als offensichtlich, dass er nichts von alldem wusste.« Sie presste eine Hand an ihre Brust und tat einen tiefen Atemzug. »An einer so hinterlistigen Täuschung werde *ich* mich nicht beteiligen! Ich …«

»Euch plagen nur die Zweifel, die jede Braut an einem solchen Tag befallen«, sagte Jamie, der angesichts ihres Kummers gar keine andere Entscheidung treffen konnte.

Angesichts ihres Kummers und seiner Sporen wegen, die ihm immer schwerer zu werden schienen.

Mit diesem bleiernen Gewicht an seinen Füßen – und auf seiner Seele – trat er näher zu Lady Aveline heran, um sie mit seinem breiten Rücken vor neugierigen Blicken abzuschirmen. Denn wenn es etwas gab, was er nicht ertragen konnte, dann war es, mitansehen zu müssen, dass eine Frau misshandelt oder gedemütigt wurde. Glücklicherweise hatte er in diesem Fall die Möglichkeit, ihr aus ihrer Verlegenheit herauszuhelfen.

Und so straffte er die Schultern und wappnete sich zum zweiten Mal, seit er den Großen Saal von Fairmaiden betreten hatte, eine Lüge auszusprechen.

»Mylady, bei allem, was mir heilig ist, schwöre ich Euch, dass ich von der Verlobungszeremonie wusste«, behauptete er und war so gut wie davon überzeugt, dass ihn auf dem Heimweg nach Baldreagan der Blitz für diese Lüge treffen würde. »Mein Vater hat es mir gleich bei meiner Ankunft gestern Abend gesagt.«

Sie sah ihn an, ihre schönen Augen waren umwölkt von Zweifel.

Jamie legte einen Finger unter ihr Kinn und hob ihr Gesicht zu sich empor. »Denkt doch einmal nach, Mylady. Warum hätte ich Euch wohl sonst einen silbernen Spiegel und Kamm als Verlobungsgeschenk mitgebracht?«

Daraufhin biss Aveline sich auf die Lippen, blinzelte und kämpfte sichtlich gegen die in ihr aufsteigenden Tränen an.

Und Jamie brauchte sie nur anzusehen, um zu wissen, dass er verloren war.

Und dass er die richtige Entscheidung getroffen hatte.

Auch wenn er sich dieser Lüge wegen vielleicht eines Tages mit Alan Mor und dessen ausgefuchstem Mönch einen Platz in der Hölle teilen musste.

Jamie verengte die Augen, als er die beiden Männer ansah, und es überraschte ihn ganz und gar nicht, wie sehr sie sich unter seinem Blick wanden. Sie hatten auch allen Grund dazu. Denn sollte einer von ihnen es jemals wagen, seine Lüge aufzudecken, würde er seine Größe und seine Kraft vergessen und sie dermaßen verprügeln, dass sie wünschen würden, nie geboren worden zu sein.

Leider sah Lady Aveline jedoch noch immer aus, als wäre sie nicht ganz überzeugt.

Und mehr als nur ein bisschen unglücklich.

»Ist das wahr?« Sie entzog sich Jamies sanftem Griff und wandte sich wieder an ihren Vater. »Dann wusste er, dass die Zeremonie heute stattfinden soll? Es ist nicht nur wieder einer deiner Tricks, um ihn zu einem Eheversprechen zu zwingen, das er gar nicht will?«

Bevor ihr Vater etwas erwidern konnte, trat James Macpherson näher und legte die Hand auf ihre Schulter. »Ich wäre nicht hier, wenn ich mich nicht an Euch binden wollte,

Mylady. Zweifelt nicht an meinen Worten, denn wahrere habe ich nie gesprochen«, sagte er mit leiser, sanfter Stimme, und sie konnte spüren, wie die Wärme seiner Hand auf ihrer Schulter sie mit einer Welle wohliger Empfindungen durchflutete.

»Ihr kennt mich nicht einmal«, konnte sie jedoch trotzdem nicht umhin zu protestieren, weil seine Berührung sie ganz durcheinanderbrachte. »Und ich kenne Euch nicht. Wir sehen uns heute zum ersten Mal. Wir ...«

»Wir wissen beide, dass das nicht stimmt«, sagte er und schloss seine Finger noch ein wenig fester um ihre Schulter. »Ich will Euch sogar *unbedingt* zur Frau.«

Aveline stockte der Atem, und ihr Herz begann zu flattern, weil er so dicht an ihrem Ohr gesprochen hatte, als wären seine Worte ausschließlich für sie bestimmt gewesen.

Und ebenso erfreulich war, dass er seine Hand auf ihrer Schulter ließ und seine Berührung ihr willkommener und angenehmer war, als sie je geglaubt hätte. Besonders, als er seinen Daumen über ihren Nacken kreisen ließ und jede dieser sanften Zärtlichkeiten sie beruhigte und immer nachgiebiger werden ließ.

»Ha!« Alan Mor klopfte dem Mönch begeistert auf die Schulter. »Hast du das gesehen?«, rief er triumphierend. »Ich hätte viele Meilen weit über Berg und Heide nach dem besten Ehemann für meine Kleine suchen können, und hier haben wir den Jüngsten meines Erzfeinds, und er ist verliebt bis über beide Ohren!«

Er wiegte sich auf seinen Absätzen und grinste wie ein Honigkuchenpferd. »Bei Gott und allen Heiligen! Kaum zu glauben, dass dieses Kind an mir gezweifelt hat!«

»Es gibt immer einen Grund, an dir zu zweifeln«, murmelte Aveline, die die Ausgelassenheit ihres Vaters höchst verdächtig fand.

Aber nicht einmal sie konnte bestreiten, dass er aufrichtig erfreut aussah.

Und wahrscheinlich war er das ja auch. Selbst wenn seine Gründe ganz und gar eigennützig waren und keineswegs der angeblichen Sorge um Munro Macpherson und dessen Wohlergehen entsprangen.

Nein, ihn kümmerte es absolut nicht, ob sie an Laird Macphersons jüngstem Sohn Gefallen fand.

Oder dass sie ihn für den bestaussehenden jungen Mann hielt, der ihr je begegnet war. Seine beeindruckende Statur und die große Ähnlichkeit mit seinen Brüdern ließ seine Verwandtschaft zu ihnen klar erkennen, aber Aveline war ziemlich sicher, dass er sogar Neill noch um ein paar Zentimeter überragen würde, stünden sie nebeneinander.

Auch seine Schultern sahen breiter aus. Auf jeden Fall waren sie sehr viel muskulöser. Und obwohl Neill ein äußerst erfreulicher Anblick für jede Frau gewesen war, war er doch übertrieben stolz und sich seines Rangs allzu sehr bewusst gewesen. Aveline hatte sich unter seinem strengen, oftmals auch ziemlich arroganten Blick immer ein bisschen unbehaglich gefühlt.

Kein Wunder, dass Sorcha beharrlich darauf bestanden hatte, es sei absolut nichts Dünkelhaftes an diesem wirklich unbestreitbar schönen Mann.

Aber *dieser* Macpherson besaß nicht nur das allgemein berühmte gute Aussehen, das man den Männern seines Clans nachsagte, sondern auch ein gutes Herz. Das konnte sie sehen. Das war klar daran zu erkennen gewesen, dass seine Stimme sanfter geworden war, als er von seiner Mutter gesprochen hatte. Und auch in seiner Bereitschaft, sie zu trösten, hatte es sich gezeigt.

Wahrscheinlich hat er auch ein Grübchen, dachte sie. Das

war das Erste, wonach sie schauen würde, sobald er aufhörte, ihren Vater und Bruder Baldric so grimmig anzusehen.

Und, Gott stehe ihr bei, sie war sich auch fast sicher, dass sie kupferfarbenes Haar unter dem Halsausschnitt seiner Tunika gesehen hatte.

Aveline befeuchtete ihre Lippen, weil allein der Gedanke daran sie verwirrte. Würde dieses Haar sich genauso fein und weich anfühlen, wie es aussah? Oder würde sie feststellen, dass es rau und drahtig war?

Dass ihre Neugier geweckt worden war, erstaunte sie.

Ebenso wie die prickelnde Wärme, die sie durchflutete, je länger sie über derlei Dinge nachdachte. Ja, beschloss sie, während sie Jamie neugierig beobachtete, er war der schönste, beeindruckendste Mann, den sie je gesehen hatte.

Und wohl auch der beherzteste, soweit sie das sagen konnte.

Was er auch prompt unter Beweis stellte, indem er vortrat, die beiden Ringe vom Tisch nahm und sie in die Höhe hielt. »Bitte nehmt zur Kenntnis, dass diese Verlobungsfeier ebenso verbindlich wie erwünscht ist«, verkündete er mit erhobener Stimme, damit auch wirklich jeder im Großen Saal ihn hören konnte.

Er sagte diese Worte, bevor seine Vernunft zurückkehrte und ihn die Flucht aus diesem Saal antreten ließ, damit er sich eine andere Braut suchte. Eine, die *nicht* mit einem Vater belastet war, der glatter als ein Aal war, wie Jamie sehr wohl wusste.

Doch stattdessen räusperte er sich und konzentrierte sich auf ihre schönen saphirblauen Augen und ihren betörenden Veilchenduft.

»Ich, James von der Heide, nehme dich, Aveline von Fairmaiden, zu meiner mir versprochenen Braut«, sagte er, und im Großen Saal brandete Beifall auf, als er Aveline den kleineren der beiden mit Saphiren besetzten Ringe an den Finger steckte.

Es war kaum verwunderlich, dass Bruder Baldric, sobald sich die Aufregung im Saal gelegt hatte, Jamies Vermögenswerte herunterzurasseln begann. Und ein kurzer Blick auf Alan Mors freudestrahlendes Gesicht verriet Jamie, woher der Mönch sein Wissen hatte.

Bevor Jamie allerdings etwas dazu bemerken konnte, steckte der zweite Ring auch schon an seinem Finger, und seine schöne Fee nahm mit sanfter Stimme sein Eheversprechen an und legte dann das ihre ab.

Und dann war es vollbracht.

Die *Fee* war seine Braut.

Etwa um die gleiche Zeit, aber jenseits der nebelverhangenen Berge und des reißenden *Garbh Uisge*, warf Munro Macpherson sich unruhig in seinem von schweren Vorhängen umgebenen Himmelbett herum. Er wusste nicht, ob er es wagen sollte einzuschlafen und einen weiteren beängstigenden Traum zu riskieren oder ob er besser wach blieb und auf das schwere Atmen lauschte, das dem Erscheinen der Geister seiner Söhne stets vorausging.

»Ach – zum Kuckuck noch mal!« Mit grimmiger Miene schüttelte er seine Kissen auf, zum hundertsten Mal vielleicht schon, seit er Morag mitsamt ihrem verdammten Tablett mit seinem Abendessen aus dem Zimmer gejagt hatte. »Heimgesucht von Gespenstern und Tellern mit Haferschleim – und das in meinem eigenen Schlafgemach!«

Verdrossen legte er sich auf den Bauch, kniff fest die Augen zu und widerstand der Versuchung, sich auch noch die Ohren zuzuhalten. Dass ihn hinter den fest geschlossenen Bettvorhängen ohnehin niemand sehen konnte, spielte dabei keine Rolle.

Er war noch immer ein mächtiger, bedeutender Mann und sollte zumindest den Schein von Würde und Noblesse bewahren.

Und daher war es wohl auch besser, schlechte Träume zu riskieren, als in die Finsternis zu starren und auf irgendein Geräusch zu lauschen, das er eigentlich gar nicht hören dürfte.

Nicht in der Sicherheit seines gut verschlossenen und bestens verbarrikadierten Schlafgemachs.

Übellaunig griff er nach den Bettvorhängen und zog sie einen Spalt breit auseinander. Nur um sich davon zu überzeugen, dass die mit Steinen gefüllten Geldkisten dieses Schlitzohrs Alan Mor noch immer vor der verriegelten Tür aufgestapelt standen. Das taten sie Gott sei Dank und boten ihm somit nicht nur einen wirksamen Schutz gegen weitere Störungen seiner vorwitzigen Seneschallin, sondern auch vor den anderen Dienstboten, die sie womöglich hinaufschickte, um ihn zu belästigen und noch mehr zu ärgern.

Fast hätte er geschnaubt vor Wut. Ihn zu ärgern war etwas, worin wirklich *alle* ungeheuer gut zu sein schienen.

Alan Mor, weil der ihn für so beschränkt hielt, dass er glaubte, ihn täuschen zu können, indem er eine dünne Schicht von Geldstücken auf die Steine gefüllt hatte, die sich in den Kisten befanden.

Morag und seine Clanangehörigen, weil sie sich immer wieder in sein Zimmer schlichen, wenn er schlief, um die Fensterläden zu öffnen und ihn mit der jähen Helligkeit im Raum zu blenden. Oder weil sie von ihm erwarteten, diesen Schweinefraß zu essen, den sie als Haferschleim bezeichneten, und ihnen auch noch abzunehmen, dass ein so jämmerlicher Ersatz für ein anständiges Essen ihm seine Kraft zurückgeben würde.

Seine Kraft, Herrgott noch mal!

»Ha!«, sagte er verächtlich mit einem letzten Blick auf die eisenbeschlagenen Geldtruhen vor der Tür. Und wahrscheinlich hätte er jetzt sogar gelächelt, wenn er der Gespenster wegen nicht so besorgt gewesen wäre.

Aber das war er, und deshalb schloss er die Bettvorhänge wieder und ließ sich in die Kissen zurücksinken.

Denn die bittere Wahrheit war, dass nicht einmal dieser Turm aus Geldkisten einen Geist aus diesem Raum fernhalten könnte. Aber die drei schweren Truhen, die er vor der Tür übereinandergestapelt hatte, bewiesen immerhin, dass er seine Muskelkraft noch nicht verloren hatte.

Und dass er, ohne auch nur hineingeschaut zu haben, den Inhalt dieser Truhen kannte, bewies, dass ihn auch sein Verstand noch nicht verlassen hatte.

Wenn dieser Fuchs Alan Mor auch nur halb so schlau wäre wie er, dann wüsste dieser Gauner, dass das Fairmaiden'sche Weideland mehr als genug war, ihn zufriedenzustellen.

Das Weideland und die reizende Tochter dieses großmäuligen Narren.

Allein der Gedanke an sie erfüllte sein müdes, angsterfülltes Herz mit einer solchen Wärme, dass er sich noch tiefer unter die Decken kuschelte und beinahe sicher war, ausnahmsweise eine ungestörte Nacht vor sich zu haben.

Doch statt davon zu träumen, mit einem strammen, rotbakkigen Enkel auf dem Schoß vor einem anheimelnden Kaminfeuer zu sitzen, war es das Geräusch von Wasser, das ihn im Schlaf heimsuchte.

Das Brausen und Tosen von wild über hohe Felsen herabstürzendem Wasser. Von einem aufgewühlten Hexenkessel voller Schaum und Gischt, dessen ohrenbetäubendes Brüllen nicht einmal die schweren Vorhänge dämpfen konnten, die Munros Bett umschlossen.

Denn dieser Zufluchtsort wurde nicht länger vom Baldachin seines Bettes überspannt, sondern von den windgepeitschten Ästen der hohen Birken, die die Ufer des reißenden Wassers säumten.

Des gefürchteten Garbh Uisge.

Der von seinem Wasserfall gespeisten Schlucht, in der seine Söhne ihr Leben verloren hatten.

Seine Söhne, deren zerschmetterte Körper er jetzt wieder vor sich sah, hin und her geworfen von den Stromschnellen. Seine Söhne, deren Todesschreie der Wind ihm zutrug. Einige von ihnen trieben schon leblos auf das tiefer, ruhigere Wasser am Ende dieser grauenhaften Schlucht zu.

Aber andere litten noch, als ihre zerschlagenen Körper gegen die scharfkantigen Felsen prallten. Ihre wild um sich schlagenden Arme bespritzten ihn mit kaltem, todbringendem Wasser.

Munro stöhnte im Schlaf, seine Finger krallten sich in die Bettdecken, und sein Herz begann zu rasen. Kalter Schweiß bedeckte seine Stirn und drang in sein Kissen ein.

In die zerwühlten Laken und Decken seines Bettes.

Er war eingehüllt in Gischt und Nebel, deren kalte Nässe ihn erschauern und erzittern ließen. Und dann überflutete ihn das heranrauschende Wasser, trieb ihn noch näher zu den Hilfe suchend ausgestreckten Armen seiner Söhne. Und zu den mit dem Gesicht nach unten dahintreibenden Körpern derer, die ihrem Schicksal schon erlegen waren.

»Neeiiin!«, schrie Munro und riss die Augen auf.

Schwer rang er nach Atem und bemerkte fast sofort die Wasserlache, in der er sich gewälzt hatte.

Wie nass er war.

Dass jemand die Bettvorhänge aufgerissen hatte.

»O Gott!« Entsetzt fuhr er hoch und strich sich das tropfnasse Haar aus den Augen.

Mit schmalen Augen versuchte er, die Finsternis und die Schatten zu durchdringen, dann fuhr er sich mit der Hand über den nassen Bart. Aber egal, wie nass er war, er dachte nicht einmal daran, die Decken zurückzuschlagen. Nur ein Geist konnte den Garbh Uisge in sein Zimmer gebracht haben, und die Erfahrung hatte ihn gelehrt, dass er diesen Geist auch schon bald sehen würde.

Und genau so geschah es – Munro erkannte Neill sofort, trotz des triefnassen Umhangs, den er trug, und der dunklen Kapuze, die er weit über sein fahles, hohläugiges Gesicht gezogen hatte.

Ein anklagendes Gesicht, das voller Schuldzuweisung war.

»Das warst du«, rief sein ältester Sohn anklagend und zeigte mit dem Finger auf ihn. »Du und deine unersättliche Habgier.«

In seinem Bett kroch Munro furchtsam in sich zusammen. »Hinweg mit dir – ich bitte dich!«, stieß er zähneklappernd hervor. »Ich hatte nichts damit zu tun …

»*Aye*, *getan* hast du nichts, das stimmt. Aber du hättest die Brücke reparieren lassen können.« Neill zog sich in die Schatten zurück, und seine große Gestalt begann schon wieder zu verblassen und sich aufzulösen. »Und nun ist es zu spät.«

Und dann verschluckten ihn die Schatten, so wie das tosende Wasser in Munros beklemmendem Traum ihn überflutet und noch tiefer in das Grauen hineingezogen hatte, dem er nicht einmal im Schlaf entfliehen konnte.

Unkontrollierbar zitternd kroch Munro aus seinem Bett und schlich auf Zehenspitzen durch das dunkle Zimmer zu seinem Lehnstuhl. Dieser harte, kunstvoll geschnitzte Sessel war zwar alles andere als bequem, aber mit einem trockenen Plaid um die Schultern und einem weiteren über seinen Knien würde er ihm als Schlafstätte genügen, bis sein Bettzeug wieder trocken war.

So laut, wie er Morag vorhin angebrüllt hatte, als sie den grauen Kopf zur Tür hereingesteckt hatte, würde sie vorerst nicht heraufkommen, um nach ihm zu sehen. Vermutlich sogar eine ganze Weile nicht. Und Munros Stolz erlaubte es ihm nicht, sie zu rufen.

Deshalb ließ er sich in seinen harten Sessel fallen, hüllte sich, so gut er konnte, in die Plaids und starrte finster in das Dunkel und auf die aufgetürmten Geldkisten Alan Mors, die seine Tür versperrten. So weich, wie sich seine Knie im Moment anfühlten, könnte er diese Truhen nicht wegräumen, selbst wenn er es gewollt hätte, um dieses Zimmer zu verlassen und sich jemanden zu suchen, der ihm verständnisvoll zuhörte.

Tatsache war, dass es nur einen Menschen gab, von dem er wusste, dass er die Kraft besäße, die verbarrikadierte Tür von außen aufzustoßen. Munros Brauen zogen sich zusammen. Ja, selbst in seinem aufgewühlten Zustand wäre er jetzt vermutlich froh, seinen jüngsten Sohn bei sich zu haben.

Zutiefst verdrossen über diesen Gedanken lehnte er sich zurück und wandte sein Gesicht dem Feuer zu.

Und bemühte sich nach Kräften, so zu tun, als wäre ihm ein solch verrückter Einfall nie gekommen.

4. Kapitel

Jamie stand vor den hohen Fensterbögen von Alan Mors Großem Saal. Im Grunde schon so gut wie rechtmäßig mit der Tochter des Herrn von Fairmaiden verbunden war er entschlossen, seine Aufgabe als ihr Beschützer zum ersten Mal wahrzunehmen.

Sobald die lachenden und ausgelassen Menschen, die sich um Lady Aveline drängten, sie vom Hohen Tisch mit sich fortgezogen hätten, würde er ein paar Worte mit Alan Mor sprechen. Worte, die nicht an ihre zarten Ohren dringen mussten. Es gab Dinge, die besser unter Männern blieben.

Ein Muskel zuckte an Jamies Kinn, und ungeduldig spreizte und knetete er seine Finger, während er wartete.

Nachdem seine frischgebackene Verlobte ihre Fassung wiedergewonnen hatte, nahm sie nun in perfekter Haltung die guten Wünsche der Gefolgsmänner ihres Vaters an. Sie stimmte in deren Lachen ein und begegnete den Jubelrufen und Scherzen mit einem Lächeln, das ihre saphirblauen Augen im Schein der Fackeln funkeln und erstrahlen ließ.

Und je länger Jamie sie beobachtete, desto mehr gefiel sie ihm.

Ihre leise Stimme, die zu ihm herüberwehte, besaß einen Liebreiz, der ihn betörte, und eine Sanftheit, die für ihn berauschender war als süßer Wein. O Gott, wie sehnte er sich danach, sie zu berühren. Allein schon sie anzusehen, weckte den brennenden Wunsch in ihm, zu ihr zu gehen und sie in die Arme zu nehmen, sie fest an sich zu drücken und sich von ihr mit leisen, süßen Worten überschütten zu lassen, bis er in ihnen schier zu ertrinken drohte.

Als jemand eine großzügig mit Bratäpfeln und in Honig gedünsteten Birnen bestückte Platte auftrug und diese verlockenden Köstlichkeiten bei den Umstehenden großes Interesse weckte, sah Jamie seine Chance gekommen.

Dies war genau der richtige Moment.

Nachdem er sein Plaid zurückgeschlagen hatte, damit auch jeder den mit vielen Einkerbungen versehenen Schaft seiner Wikingeraxt und den lederbezogenen Griff seines Schwerts sehen konnte, trat er aus dem Schatten der Fensterlaibung und ging mit entschlossenen Schritten auf den Hohen Tisch zu.

Alan Mor grinste, als er Jamie kommen sah, und griff nach dem Bierkrug, um ihm einen Becher von dem schäumenden Gebräu einzuschenken. Aber bevor sein zukünftiger Schwiegervater den Becher füllen konnte, nahm Jamie diesen und stellte ihn außer Reichweite.

Alan Mors Lächeln verblasste.

»He! Was ist das denn?«, fragte er und zog die Augenbraue hoch. »Du verschmähst mein Bier? Man sollte eigentlich meinen, es käme dir sehr gelegen, an einem solch bemerkenswerten Tag deinen Durst zu stillen?«

»Ja, bemerkenswert, das ist er«, räumte Jamie ein. »Aber es ist auch ein Tag für einige offene Worte.«

Alan Mor beäugte ihn interessiert. »Ich bin ganz Ohr«, sagte er dann mit einem Blick zu Aveline, die noch immer inmitten einer Gruppe Bratäpfel essender Clanangehöriger stand. »Du willst mir doch wohl nicht sagen, dass du mit meiner Tochter unzufrieden bist?«

Jamie nahm den Bierkrug und schenkte sich selbst ein wenig Bier ein, das er in einem Zug herunterstürzte, ohne seinen Blick von dem Mann ihm gegenüber abzuwenden.

»Unzufrieden?«, wiederholte er schließlich und stellte den

Becher auf den Tisch zurück. »Das bin ich ganz gewiss nicht. Aber ich bin ziemlich verärgert darüber, so hinters Licht geführt worden zu sein. Sorg dafür, dass ich das nie wieder erleben muss.«

Zu Jamies Überraschung trugen seine Worte ihm nur ein weiteres breites Grinsen ein.

»Ich hatte gehofft, ein wenig höher in deiner Gunst zu stehen, nachdem ich eine so vorteilhafte Verbindung für dich arrangiert hatte«, stellte der Burgherr mit einem weiteren Blick in Richtung seiner Tochter fest. »Sie ...«

»... ist zu kostbar, um öffentlich gedemütigt zu werden«, schnitt Jamie ihm das Wort ab, aber so leise, dass nur Alan seine Worte hören konnte. »Solltest du sie noch einmal so beschämen, wirst du dich dafür vor mir verantworten, und dann gibt es kein Entkommen mehr«, sagte Jamie warnend, während er demonstrativ eine Hand auf seinen Schwertgriff legte. »Ich wäre im Nu bei dir und würde dich so unerbittlich aufspüren und hetzen wie diese Jagdhunde, die dort vor deinem Feuer liegen.«

Wieder überraschte der ältere Mann Jamie, als sein Lächeln sich vertiefte, er mit der Hand auf den Tisch schlug und diesmal sogar laut auflachte. »Du meine Güte, wenn ich gewusst hätte, dass du derart Anstoß daran nimmst, mein Junge, dann wäre ich diskreter vorgegangen«, behauptete er und erhob sich brüsk. »Aber ich bin nun mal ein ruppiger alter Mann, der höfische Manieren und formvollendetes Benehmen nicht gewöhnt ist.«

Ungerührt von dieser Antwort, nahm Jamie eine dicke Scheibe von dem kalten Braten, der auf dem Tisch stand, und warf den Leckerbissen einem in der Nähe liegenden Hund zu. »Vergiss meine Bemerkung über deine Hunde«, sagte er, während er sich die Hände abwischte. »Füg deiner Tochter von heute an auch nur den kleinsten Kummer zu, und ich werde dein fortwährender *Schatten* sein.«

»›Kummer‹?« Alan Mor packte Jamie am Arm und drehte ihn zu dem Kreis der Feiernden in der Mitte des Saals herum. »Sag mir nicht, dass sie nicht glücklicher aussieht als jedes andere Mädchen, das du je gesehen hast.«

Sie sah glücklich aus, in der Tat.

Das ließ sich nicht bestreiten.

»Trotzdem«, sagte Jamie und schüttelte die Hand des älteren Mannes ab. »Ich möchte, dass das auch so bleibt. Und jetzt würde ich gern unter vier Augen ein paar Worte mit ihr reden. Nicht hier in diesem Saal, sondern an einem Ort, an dem sie ganz offen sprechen kann.«

Alan Mor ließ sich wieder auf seinem Burgherrensessel nieder und winkte mit einer müden Geste ab. »Ich mag zwar alt und ruppig sein, aber gedankenlos bin ich nicht. Mein privates Gemach ist schon für euch vorbereitet und mit allen Bequemlichkeiten meines Hauses ausgestattet worden.«

Jamie nickte, bevor er sich auf dem Absatz umdrehte und ging. Es erforderte nur ein paar große Schritte, um Aveline zu erreichen. Als er neben sie trat, zog er ihre Hand an seine Lippen und küsste sie.

Ein Privileg, das ausschließlich das seine war, wenn auch nicht ohne Gefahren für ihn.

Denn allein schon ihren angenehmen Duft nach Veilchen wahrzunehmen, weckte die wonnevollsten Empfindungen in ihm. Und die Weichheit ihrer Haut unter seinen Lippen erwies sich als eine noch größere Versuchung, als Jamie erwartet hatte.

Oder brauchen konnte.

Besonders jetzt, da er ein ernstes Gespräch mit ihr führen wollte.

»Komm«, sagte sie und verschränkte ihre Finger mit den seinen, um ihn aus dem Saal zu führen. »Ich habe dich mit meinem Vater sprechen sehen und kann mir denken, dass du nun unter vier Augen mit mir reden willst.« Sie sah mit ihren von langen, dichten Wimpern umrahmten saphirblauen Augen zu ihm auf. »Und ich möchte auch gern ungestört ein paar Worte mit dir reden. Das Burgherrenzimmer meines Vaters ist für uns hergerichtet worden.«

So war es in der Tat geschehen, wie Jamie bemerkte, nachdem sie ihn in das Zimmer geführt und die Tür hinter ihnen zugezogen hatte.

Das Burgherrenzimmer, ein kleiner Raum mit gewölbter Decke, der über dem Großen Saal Fairmaidens lag, war nicht allzu groß, enthielt aber dennoch alle Annehmlichkeiten, die Alan Mor auf seiner Burg zu bieten hatte. Wie unten im Saal war auch hier der Boden mit frischer, duftender Binsenstreu bedeckt, und die offensichtlich frisch getünchten Wände waren blendend weiß und ohne jede Spur von Ruß von dem anheimelnden kleinen Torffeuer, das im Kamin brannte.

Ein Sofa mit fein bestickten Kissen und einer pelzgefütterten Decke lud zum Sitzen ein, und auf einem kleinen Beistelltisch war ein Imbiss aus Käse, kaltem Braten und mit Honig gesüßten Mandeln angerichtet.

Und ohne ihn probiert zu haben, wusste Jamie, dass der Wein, der für sie bereitstand, ihm genauso zu Kopfe steigen würde wie jeder andere, den er je probiert hatte.

Was ihm jedoch zum Verhängnis wurde, war vor allem die Enge des Zimmers und der überaus betörende Veilchenduft seiner Braut, der sich darin fing. Selbst die kühle, feuchte Luft, die durch die schmalen Fenster drang, vermochte diesen angenehmen Duft nicht zu zerstreuen.

Diesen Duft nach Sommer und Veilchen, der ihn einhüllte

und der seine Sinne entflammte. Die Wahrheit war, dass alles an ihr noch betörender wirkte, als er es zu ignorieren vermochte.

Und als sie die Hand auf seinen Arm legte und mit besorgter Miene zu ihm aufsah, glaubte er, das Herz müsste ihm stehen bleiben.

»Ich weiß, was dich beschäftigt«, sagte sie und schob das Kinn ein wenig vor. »Aber du brauchst dich nicht mit solchen Zweifeln zu belasten.«

Jamie sah sie an. »Mit was für Zweifeln?«

Aveline nickte. »Ich habe dir schon gesagt, dass ich dich mit meinem Vater sprechen sah. Dein Missfallen war dir nur allzu deutlich anzusehen.«

»Mein *Missfallen* hatte nichts mit ...«

»Lass mich bitte aussprechen«, unterbrach sie ihn und legte ihm zwei Finger an die Lippen. »Falls es meine Statur ist, was dich beunruhigt, so kann ich dir versichern, dass mein ... nun ja, vielleicht ein wenig zartes Äußeres noch lange nicht bedeutet, dass ich keinen Haushalt führen kann.«

Sie schaute zu ihm auf und war sich nur allzu gut der Tatsache bewusst, dass mindestens zwei frühere Bewerber sie abgelehnt hatten, weil sie ihnen als nicht robust genug erschienen war. Und sie wollte unter allen Umständen vermeiden, dass solche Bedenken ihre Verbindung mit James Macpherson überschatteten.

Sie war überraschte, als er sie ansah, als traute er seinen Ohren nicht.

Eine Welle der Erleichterung durchströmte sie.

Und das ganz besonders, als er ihre Befürchtungen mit einer Handbewegung beiseite wischte. »Meine schöne Aveline, nichts könnte der Wahrheit ferner liegen«, erklärte er, woraufhin ihr Herz gleich schneller schlug. »Ich habe die Behaglichkeit deines Heims gesehen und weiß, dass sie dein Werk und das deiner Schwestern ist. Jeder, der deine Fähigkeiten als Burgherrin infrage stellt, ist ein Narr.«

Erfreut, aber auch ein bisschen nervös, weil Jamie sie so eindringlich ansah, ging Aveline durch das kleine Zimmer und hob den Saum eines Wandbehanges an. Auf diesem ausgesprochen kostbaren Stück wurde in warmen, ausdrucksvollen Farben eine Jagdszene dargestellt. Der Teppich war von einer Qualität, wie Jamie sie seit seiner Abreise von Eilean Creag, der von einer Inselkette umgebenen Burg seines ersten Lehnsherrn, Duncan MacKenzie, nicht mehr gesehen hatte.

»Ich habe jeden Zentimeter dieses Wandbehangs bestickt«, offenbarte seine Braut ihm mit einer rührenden Mischung aus Stolz und Verletzlichkeit, die ihm nahezu das Herz zerriss. »Und auch die Kissen auf der Ruhebank dort bei der Tür.«

»Aveline, du musst mir nichts beweisen ...«

»Ich kann auch lesen, und außerdem kümmern Sorcha und ich uns gemeinsam um die Haushaltsbücher meines Vaters«, fuhr sie fort, als hätte sie seinen Einwand nicht gehört. »Sorcha und ich haben Fairmaiden manchmal auch ganz allein geführt, wenn mein Vater und seine Männer irgendwo Krieg führten oder Verbündete besuchten. Und ich verstehe auch etwas von Heilkunde und falle nicht gleich in Ohnmacht, wenn ich Blut sehe oder gebrochene Gliedmaßen. Ich ...«

»Du bist alles, was ein Mann sich erhoffen kann, und das ist mehr, als dieser hier sich je zu erträumen gewagt hätte«, versicherte Jamie ihr und war mit drei großen Schritten bei ihr. »Du hast meinen Gesichtsausdruck missverstanden. Vorhin im Saal hatten dein Vater und ich ein Gespräch unter Männern, und das hatte nichts mit deinen Fähigkeiten als Burgherrin zu tun.«

Sie blinzelte verwirrt. »Dann habt ihr nicht über mich gesprochen?«

Jamie strich sich mit der Hand über das Kinn. »Wir hatten andere Dinge zu besprechen«, erwiderte er und hoffte, dass sie es dabei belassen würde. »Aber ich habe dabei an dich gedacht, das ist schon richtig.«

»Aber wenn du nicht an meine ... Fähigkeiten gedacht hast, woran dann?«

»Daran«, sagte Jamie und senkte den Kopf, um sie zu küssen.

Ganz sachte zunächst nur, so sanft und so behutsam, wie er konnte ... bis sie sich an ihn schmiegte und einen Seufzer ausstieß, der nur als Ausdruck der Zufriedenheit gedeutet werden konnte. Und dann schlang sie ihre Arme um ihn und öffnete ihre Lippen – die mindestens genauso weich und süß waren, wie er es vermutet hatte.

Außerstande, etwas anderes zu tun, zog er sie noch fester an sich und vertiefte den Kuss, den er sich so heiß ersehnt hatte, seit er sie auf jener Waldlichtung gesehen hatte. Sein Herz begann wie wild zu hämmern, als er seine Zunge zwischen ihre Lippen gleiten ließ und sie endlich richtig küsste. Sie legte die Hände auf seine Schultern und hielt sich an ihm fest. Dann begannen ihre Finger, mit seinem Haar zu spielen.

Haar, das so dicht und so seidig war, wie Aveline es sich vorgestellt hatte. Es fiel ihm bis über die Schultern, und die kühlen, glatten Strähnen, die ihr wie Seide durch die Finger glitten, fühlten sich so verführerisch an wie die langsamen, sinnlichen Liebkosungen seiner Zunge an der ihren. Eine süße, träge Hitze, die sie schwindelig machte, begann sie zu durchströmen, und auf eine wundersame Weise fühlte sie sich lebendiger als je zuvor in ihrem Leben.

Ganz kribbelig und atemlos.

Ihr Herz begann schmerzhaft hart zu pochen, und schamlos schmiegte sie sich noch fester an ihn, um seinen Kuss leidenschaftlich zu erwidern. Aveline erbebte vor Wonne, als sie seinen schnellen, aufgeregten Herzschlag in jeder Faser ihres Körpers spüren konnte.

Die zarten Knospen ihrer Brüste verhärteten, und ihre Knie begannen zu zittern, als er mit den wundervollen Zärtlichkeiten seiner Zunge ein fast unerträgliches Kribbeln tief in ihrem Innersten auslöste.

Ein unerhörtes, wonnevolles Pulsieren, wie sie es eigentlich gar nicht empfinden durfte, glaubte Aveline zu wissen.

Nicht hier, im Gemach ihres Vaters und dazu auch noch bei unverschlossener Tür.

Aber Jamie war ihr zukünftiger Ehemann, und sie trug seinen funkelnden Saphirring an ihrer linken Hand. Und das gab ihr den Mut, diesen wundersamen Empfindungen nachzugeben, ihre Zunge zu einem aufreizenden Tanz mit seiner zu vereinen, wieder und wieder, bis eine solch glutvolle Erregung sie durchflutete, dass sie glaubte, von dieser Hitze verzehrt zu werden, noch bevor der Kuss beendet war.

Es war doch gewiss nicht schlimm, ihm zu erlauben, sie zu küssen?

Oder seine Küsse zu erwidern.

Denn war es nicht genau das, wonach sie sich gesehnt hatte, als sie sich vor einigen Tagen des Abends zum Brunnen der heiligen Brigida hinausgeschlichen hatte? Als sie sich dort im Wald bis auf die Haut entkleidet hatte? Und im Schein des Monds in dem geweihten Wasser gebadet hatte, nur um eine gute und hoffentlich auch leidenschaftliche Ehe für sich zu erbitten?

Und hatte die Heilige sie nicht sogar mit einem kurzen Blick auf *ihn* belohnt?

Auch wenn sie in jenem Augenblick geglaubt hatte, der stattliche, schöne Ritter, den sie auf seinem Pferd hatte sitzen und sie anstarren sehen, könne nur das Trugbild eines Zaubers gewesen sein, wie er hin und wieder in den Highlands geschah.

Eine Laune der Wasserheiligen, um ihr einsames, wehes Herz in dieser mondbeschienenen Nacht zu trösten.

Umhüllt vom Nebel, mit seinem im Wind flatternden Plaid und dem schimmernden Kettenhemd hatte dieser Ritter eigentlich auch viel zu geheimnisvoll ausgesehen, um ihn für irgendetwas anderes als eine Vision zu halten.

Doch nun war er hier und küsste sie. Aveline stieß einen leisen Seufzer aus und öffnete ihm ihre Lippen noch weiter, lud ihn ein, nicht aufzuhören mit der leidenschaftlichen Eroberung ihrer Sinne, bis sie die fast unerträgliche Reibung ihrer nackten Brüste am rauen Wollstoff seines Plaids nicht mehr ertrug.

Ihrer nackten Brüste?

Sie riss die Augen auf, und die süße, träge Hitze, die sie eben noch durchflutet hatte, war schlagartig verschwunden. »O nein!«, flüsterte sie erschrocken, als sie den Blick senkte und sah, dass ihre linke Brust aus dem Mieder ihres Kleides hervorschaute.

Die Brustwarze war vollkommen entblößt.

Und diese dunkelrote, harte kleine Knospe war ganz fest an James Macphersons Brust gepresst!

»Oh, mein Gott!« Aveline streckte die Hand aus, um ihr Kleid zu richten, aber schnell wie der Blitz ergriff Jamie ihr Handgelenk und hinderte sie daran.

»Du musst dich nicht schämen«, sagte er und berührte mit der Fingerspitze sanft die harte kleine Spitze. »Ich habe nie etwas Entzückenderes gesehen, und ich lasse nicht zu, dass dieser Tag in Scham und Kummer für dich endet. Ich will, dass du niemals, wirklich *niemals* daran zweifelst, wie wunderschön du für mich bist.«

Er sah ihr fest in die Augen, als er die Hand an seinen Mund führte und seine Finger befeuchtete. Dann legte er sie wieder auf Avelines Brust und spielte so zart mit ihrer noch immer harten kleinen Knospe, dass die Empfindungen, die seine Berührung in ihr weckte, sie vor Wonne fast vergehen ließen.

Die Knie drohten ihr nachzugeben.

Aber sie war so klein ... und ihre Brüste so gar nicht wie die opulenten Rundungen, die ihre Schwestern so stolz zur Schau trugen. Oder wie die sogar noch üppigeren Brüste, die sie bei einigen der Küchenmägde gesehen hatte.

Aveline wusste, wie oft die Garnisonsritter diese Küchenmägde baten, ihre Mieder für sie zu öffnen. Und sie wusste auch, was für eine Lüsternheit die Männer überkam, wie glasig ihre Augen wurden und wie ihnen fast die Kinnlade herunterfiel, wenn die Mägde ihnen mit einem koketten Lächeln und frechen Augenzwinkern diesen Wunsch erfüllten.

Männer bevorzugten eben große Brüste.

Und gut gepolsterte, dralle, kurvenreiche Frauen.

Glutäugige, robuste Weibspersonen, die sich beim Gehen in den Hüften wiegten und ihre vollen Brüste wackeln ließen, die den Kopf in den Nacken warfen und aus voller Kehle lachten. Schamlose Frauenzimmer, die die Blicke der Männer auf sich zogen, die mit voller Absicht deren Lust erregten und die all das waren, was sie *nicht* war.

Aveline schluckte, als sie sich diese Frauen jetzt wieder vorstellte, und ihr Herz begann zu rasen. Aber Jamie lächelte sie nur an, und in seinen blauen Augen funkelte eine solche Freude und Bewunderung, dass es ihr für einen Moment so vorkam, als stünde er nicht hier in diesem vom Kaminfeuer erhellten Zimmer, sondern auf einer grünen Sommerwiese im hellen Sonnenschein, der sein dichtes, rötlich braunes Haar vergoldete.

Ein durch die Fenster hereinfahrender Windstoß zerzauste jetzt dieses Haar, strich ihm die golden glänzenden Strähnen aus der Stirn, und Aveline befeuchtete ganz unwillkürlich ihre Lippen, als sie ihn anschaute und dachte, dass sie noch nie einen Mann gesehen hatte, der ihr reizvoller erschienen war.

Sie konnte sich nicht vorstellen, dass irgendjemand Jamies wirklich sehr beeindruckende Größe überbieten könnte. Und auch seine breiten Schultern raubten ihr den Atem. Doch vor allem waren es seine Wärme und seine Ungezwungenheit, die ihr den Kopf verdrehten, dieser unwiderstehliche Humor, der sein ganzes Gesicht zum Erstrahlen brachte, wenn er lächelte.

Trotzdem errötete sie und war erleichtert, als er ihr das Mieder wieder hochzog und den Stoff über ihren Brüsten glatt strich, bis der Schicklichkeit wieder voll und ganz Genüge getan war.

»Du glaubst mir nicht«, sagte er und hörte auf zu lächeln. »Ich kann den Zweifel in deinen Augen sehen, wenn ich dir sage, wie schön du bist.«

»Ich bin …«

»Bezaubernd«, versicherte ihr Jamie, um sie zu beruhigen.

Auch wenn er keine Schwestern hatte, so hatte er doch immerhin genügend viele Jahre unter Duncan MacKenzies Dach verbracht, um die beiden Töchter dieses mächtigen Clanchefs in ihren besten und schlimmsten Momenten beobachten zu können.

Und er wollte einen Besen fressen, wenn seine kleine Braut nicht soeben im Begriff gewesen war, darüber zu klagen, wie klein ihre Brüste waren!

Jamie senkte den Kopf und hauchte einen Kuss auf ihren Scheitel. »Du hast mich verzaubert, und alles, was ich dir gesagt habe, war ernst gemeint. Ich will dich wirklich, Aveline.«

Aber sie sah noch immer nicht ganz überzeugt aus. »Du bist mit den MacKenzies befreundet«, wandte sie ein und schob das Kinn ein wenig vor. »Sie haben weitreichende Beziehungen und sehr viel Einfluss. Du hättest eine Frau von höherem Stand als mich bekommen können. Der Schwarze Hirsch von Kintail hätte sicher sehr gerne eine Frau für dich ausgesucht, auf die du stolz sein könntest.«

»Auf die ich stolz sein könnte?« Jamie starrte Aveline entgeistert an.

Allein ihr Haar wäre schon der Stolz eines jeden Ehemanns gewesen. Diese dicken, mit silbernen Bändern durchwobenen Zöpfe, die ihr bis zur Hüfte reichten, hätten auch aus Mondstrahlen geflochten sein können, so hell und glänzend waren sie.

Das Privileg, *der* Mann zu sein, dem es erlaubt war, diese wundervollen Flechten zu lösen und mit seinen Fingern durch die schweren, seidigen Strähnen hindurchzufahren, durchflutete ihn mit einem so warmen, schon fast einem Wunder gleichkommenden Glücksgefühl, dass er durchaus glaube, sie habe wirklich etwas von einer Fee an sich.

»Du machst mich mehr als nur stolz, meine Schöne«, versicherte er ihr und hob eine der Haarflechten an seine Lippen. »Wenn du mir nicht glaubst, dann muss ich dich wirklich fragen, ob du noch nie in einen Spiegel geschaut hast?«

Sie errötete noch heftiger, hielt seinem Blick aber entschlossen stand. »Eingedenk der Umstände, wie man mich dir aufgedrängt hat, bin ich schon froh, wenn du zufrieden bist.«

Jamie runzelte die Stirn, aber dann hob er Aveline auf seine Arme, trug sie durch das kleine Zimmer zu der Ruhebank an der Tür und setzte sie dort behutsam ab.

»Mein schönes Kind«, begann er, während er für sich selbst einen Schemel heranzog. »Ich bin mehr als zufrieden – ich bin behext, betört, bezirzt von dir und bin es schon, seit ich dich zum ersten Mal gesehen hatte. Und ich meine nicht dort unten im Großen Saal.«

Aveline überlegte kurz. »Du meinst, seit du mich im Wald gesehen hast.«

Jamie nickte. »Ich habe dich für eine Fee gehalten. Und ich verlor augenblicklich und rettungslos mein Herz an dich, weil du das bezauberndste Geschöpf warst, das ich je gesehen hatte.«

»Aber warum hast du dann so finster dreingeschaut?« Sie lehnte sich zurück und sah ihn an. »Ich konnte dein Gesicht im Mondschein sehen.«

Jamie grinste. »Ach, Mylady, ich sehe schon, dass ich niemals etwas vor dir werde verbergen können!« Er beugte sich zu ihr vor und hauchte einen sanften Kuss auf ihre Lippen. »Ich habe dir doch schon gesagt, dass du mich verzaubert hast, und das ist die volle Wahrheit, Aveline. Aber an jenem Abend hielt ich dich für eine Fee. Und folglich ...«, fügte er in verschwörerisch leisem Ton hinzu, um ihr ein Lächeln zu entlocken, »hatte ich Angst, den Zorn irgendeines geheimnisvollen Märchenprinzen aus dem Feenreich zu erregen, eines wutentbrannten Kavaliers, der jeden Moment mit gezücktem Schwert aus dem Heidekraut herausspringen könnte, um mich anzugreifen.«

Aveline zog ein Kissen auf ihren Schoß und begann, mit den Quasten an dessen Ecken zu spielen. »Wieso dachtest du denn, ein Prinz aus dem Feenreich könnte dir böse sein?«

»Weil jeder weiß, dass Feen in die Herzen der Menschen blicken können und er somit gewusst hätte, wie überaus betört ich von dir war.«

»Und nun, da du weißt, dass ich keine Fee bin?«, beharrte sie. »Jetzt, wo du gesehen hast ...«

»Was? Wie hinreißend du bist?« Jamies Augenbrauen fuhren in die Höhe. »Was ich eben gesehen habe, beweist nur, dass du noch schöner bist, als ich gedacht hatte. Und auf jeden Fall schöner als irgendeine Fee!«

Aveline sah ihn bei diesen Worten aus großen Augen an, aber sie wirkte sehr zufrieden.

Und Jamie freute es zu sehen, wie ihr Gesicht sich aufhellte. Genau genommen fand er alles an ihr überaus erfreulich.

Vor seinem inneren Auge sah er noch immer ihre halb entblößte Brust mit der empfindsamen Spitze vor sich und verglich deren Zartheit mit der einer rosaroten Rosenknospe. Er war versucht, es Aveline zu sagen, doch er fürchtete, seine Worte könnten sie erschrecken. Deshalb schwieg er und wandte sich auf seinem Schemel um, griff nach der Karaffe und füllte zwei Kelche mit dem dunkelroten Wein.

Aveline legte den Kopf ein wenig schief und betrachtete ihn unter halb gesenkten Lidern. »Ich glaube, du könntest sogar einer alten Frau einreden, sie sei ein angenehmer Anblick für einen Mann, aber ich bin mir meiner Grenzen durchaus bewusst«, sagte sie mit einer leisen Herausforderung in der Stimme. Sie sah ihn ganz offen an. »Manch einer würde vielleicht sogar sagen, dass du mit einer drallen Frau aus dem Norden besser bedient wärst. Mit einer kräftigen Frau mit breiten Hüften, um dir gesunde, stramme Söhne zu gebären!«

Jamie verschluckte sich fast – und stürzte dann in einem

Zug den Wein hinunter, den er gerade für sie eingeschenkt hatte.

»Ich weiß von vielen meiner Waffenbrüder, dass ihre Gemahlinnen genauso zierlich sind wie du und dass sie ihnen trotzdem viele kräftige, gesunde Söhne geboren haben«, log er und hegte schon jetzt keinen Zweifel mehr daran, dass er inzwischen genügend Unwahrheiten von sich gegeben hatte, um nach dem Ende seiner Tage genau dort zu landen, wo er auf gar keinen Fall enden wollte.

»Das freut mich.« Sie streckte die Hand aus und berührte sein Gesicht, strich mit den Fingerspitzen über seine Wange und sein Kinn und zeichnete die Konturen seiner Lippen nach. »Es gab andere Bewerber, die wegen meiner zierlichen Statur von einer Heirat mit mir abgesehen haben, und ich hatte Angst, du würdest mit mir allein sein wollen, um ähnliche Bedenken geltend zu machen.«

Jamie reagierte darauf mit Empörung. In seiner Faust zuckte es, jedem Rüpel, der sie dermaßen beleidigt und gekränkt hatte, die Nase einzuschlagen.

»Das war niemals meine Absicht«, versicherte er Aveline und suchte nach den rechten Worten. »Ich wollte mit dir allein sein, um dir zu sagen, dass ich dich im Wald gesehen habe. Ich wollte dich beruhigen und dir bestätigen, dass ich diese Heirat deinetwegen will und nicht etwa, weil unsere Väter eine Allianz vereinbart haben.«

Aveline zog zweifelnd eine Braue hoch. »Aber du hättest der Hochzeit dennoch zugestimmt.«

Jamie nickte, weil er außerstande war zu lügen.

»So ist das nun einmal«, sagte er und war froh, als er sie ihren Wein probieren sah. »Ich hätte meine Pflicht getan. Aber jetzt kann ich den Tag unserer Hochzeit kaum erwarten.«

»Ich bin auch froh, dass es so gekommen ist.« Sie sah ihn an, und was sie sagte, berührte dunkle Winkel tief in Jamies Herzen und linderte schon fast vergessene Wunden. »Und während du mich für eine Fee gehalten hast, hätte ich schwören können, dass du einer der geheimnisumwobenen keltischen Krieger des großen Fingals warst. Ich hätte nie gedacht, dass ein so stattlicher, gut aussehender *Mann* so einfach aus dem Nebel heraus erscheinen könnte!« Sie hatte ihren Kelch inzwischen geleert, hielt ihn aber noch immer fest in ihrer Hand. »Ich dachte, Brigida, die Wasserheilige, hätte dich herbeigerufen. Dass sie mir einen Helden aus einer der alten gälischen Erzählungen geschickt hatte, um ...«

»Brigida, die Wasserheilige?« Jamie stand auf und begann mit großen Schritten vor Aveline auf und ab zu gehen.

Er wusste besser als die meisten anderen, wer die Heilige Brigida war, und musste daher seine ganze Beherrschung aufbieten, um sich nicht auf der Stelle zu bekreuzigen. Und kein böses Vorzeichen darin zu sehen, dass Aveline von der keltischen Heiligen gesprochen hatte.

In der Nacht seiner Geburt hatte man seiner Mutter mit dem Wasser aus dem Brunnen der heiligen Brigida die Stirn gekühlt.

Und eine seiner frühesten Erinnerungen war die an die wütenden Tiraden seines Vaters gegen diese Heilige. Seine Drohungen, den ihr gewidmeten Brunnen eigenhändig niederzureißen und dessen Quelle mit Steinen zuzuschütten, damit nie wieder auch nur ein einziger Tropfen daraus je wieder das Licht des Tages sah.

Tobar na Slainte lautete der wahre Name dieses Brunnens.

Der Gesundbrunnen.

Ein Frösteln durchlief Jamie, und er blieb vor der Ruhebank stehen, um auf seine schöne Braut herabzusehen, als er sich nun wieder daran erinnerte, wie nahe dieser Brunnen auch an Hughie Macs kleiner Bauernkate lag.

»Wieso dachtest du, die heilige Brigida hätte mich geschickt? Weil du in jener Nacht an dem Brunnen warst, um Wasser daraus zu holen?«

»Ich habe sogar darin gebadet«, gab Aveline zu und war bestürzt, als sie sah, wie blass Jamie geworden war. »Ich ...«

»Du hast darin *gebadet?*«

Sie nickte. »Darin gebadet und mein Haar gewaschen. Was hätte ich denn sonst mitten in der Nacht in diesem Wald tun sollen? Nur halb bekleidet und mit offenem Haar?«

»Ja, was sonst?« Er starrte sie an und wurde sogar noch blasser. »Aber das erklärt immer noch nicht, wieso du mich für einen mythischen Helden gehalten hast?«

»Für einen mythischen Helden oder ... ein Zauberwesen«, sagte Aveline schnell.

Dann erhob sie sich und straffte die Schultern. »Du musst wissen, dass ich die heilige Brigida gebeten habe, unserer Heirat ihren Segen zu geben. Ich wusste, dass du kommen würdest, und hatte Angst, dir nicht zu gefallen. Deshalb habe ich der Heiligen Hafermehlplätzchen und Honig als Opfergabe dargebracht und sie um Eintracht zwischen uns gebeten.«

»Und das war alles?«

»Du würdest es verstehen, hättest du die Freier gesehen, die mir bis dahin präsentiert worden waren«, entgegnete sie, wobei sie ein Erschaudern nicht ganz unterdrücken konnte. »Unabhängig davon, ob sie ihr Angebot zurückzogen oder nicht, hätte ich mich niemals dazu bereit erklärt, einen von ihnen zum Gemahl zu nehmen!«

Jamie verbarg ein Lächeln. »So schlimm waren sie?«

»Noch schlimmer.«

»Aber der Verbindung mit mir hast du zugestimmt?«

Sie senkte den Blick und ordnete ihre Röcke, als sie sich wieder auf der Bank niederließ. »Ich bin nicht mehr so jung, wie ich es einmal war«, sagte sie mit einem Anflug von Trotz in der Stimme und sah Jamie an. »Und ich war es leid geworden, auf eine eigene Familie und einen eigenen Herd zu warten.«

Jamie zog seinen Schemel wieder zu ihr heran. »Aber ich habe noch nie gesehen, dass der Wunsch nach einem eigenen Hausstand ein solches Feuer in die Augen eines Mädchens gebracht hat«, entgegnete er und nahm ihre Hände in seine. »Was verheimlichst du mir, Aveline?«

Er war nicht überrascht, als sie die Lippen zusammenpresste.

Er hätte sogar geschworen, dass sie auch die Schultern straffte. Aber da sie so klein und zierlich war, vermochte man das nur schwer zu sagen.

Deshalb verschränkte er seine Finger mit den ihren, beugte sich vor, zog eine Augenbraue hoch und sah sie so lange an, bis ihr Widerstand erlahmte und sie einen nervösen kleinen Seufzer von sich gab.

»Das ist schon besser«, lobte er und lächelte sie an, als er sich wieder aufrichtete. »Du sollst keine Scheu und keine Geheimnisse vor mir haben, meine Schöne.«

»Wie du wünschst«, stimmte sie ihm zu, wobei ihre Wangen glühten.

Jamie gab ihre Hände frei und schenkte noch Wein nach, dann hob er seinen Kelch, um mit ihr anzustoßen. »Und was für andere ... Gefälligkeiten hast du dir noch von der Heiligen erbeten?«

»Nur eine«, versicherte sie ihm, nachdem sie einen Schluck von ihrem Wein getrunken hatte. »Etwas, das sich vermutlich alle jungen Frauen ersehnen, wenn sie nur beherzt genug sind, es auch zuzugeben.«

Jamie lächelte sie an. »Und du bist ein beherztes Mädchen, nicht wahr?«

Aveline nickte.

»Also worum hast du sie gebeten?«

»Um eine glückliche und *leidenschaftliche* Verbindung«, antwortete sie, und der glutvolle Blick, den er in ihren Augen sah, ließ ihn vor Wonne schier zerfließen. »Um ein Leben mit einem Mann, der mich liebt und willens ist, sein Herz auf immer mit dem meinem zu vereinen.«

Mit einem Mann, der mir die Lust sinnlicher Ekstase zeigt und mein Leben mit Freude und Glück erfüllt.

Jamie sah sie an, nicht sicher, ob er sie diese Worte wirklich hatte sagen hören oder ob er sie sich nur eingebildet hatte. Aber wie dem auch sein mochte, er hatte auf jeden Fall genug gehört.

Seine Braut war eine heißblütige Fee.

Trotz des Fairmaiden'schen Blutes in ihren Adern.

Wer hätte das gedacht? Sein Herz begann schwer und dumpf zu pochen, und tausend aufreizende Bilder schossen ihm nun durch den Kopf. Bevor sich jedoch ein erfreutes Lächeln auf seinem Gesicht ausbreiten konnte, hörte er das Knarren der Tür und fuhr herum, um zu sehen, wer sie störte.

»Sir James, mein Vater wüsste gern, ob Ihr zum Abendessen bleiben werdet?«, erkundigte sich Sorcha. »Er versprach auch, ein Fässchen ganz besonders guten Wein zu öffnen, wenn Ihr bleibt.«

Jamie erhob sich und ging zur Tür, um die junge Dame angemessen zu begrüßen. Sie hatte die Türschwelle nicht übertreten, und der Lichtschein der kleinen Sturmlaterne, die sie in der Hand hielt, ließ ihr langes, gelbliches Gesicht noch trauriger aussehen.

»Lady Sorcha«, begrüßte er sie mit einer angedeuteten Verbeugung. »Wir haben Euch vorhin vermisst«, sagte er und hätte seine Worte am liebsten sofort wieder zurückgenommen, als er sich daran erinnerte, aus welchem Grund sie den Großen Saal gemieden hatte.

Aber sie nickte nur, und ihr Blick glitt an ihm vorbei zu Aveline. »Vater hat der Köchin Anweisung erteilt, dir all deine Lieblingsspeisen zu bereiten. Ich würde schwören, dass er bereit ist, sämtliche Vorratskammern dieser Burg zu plündern, um euch ein großartiges Festbankett zu bieten.«

»Dann muss er ein sehr schlechtes Gewissen haben«, entgegnete Aveline und erhob sich. »Er hat in letzter Zeit mit dem Schicksal zu vieler Menschen gespielt und versucht wohl, das jetzt wiedergutzumachen.« Sie trat vor und berührte ihre Schwester sanft am Ärmel. »Es tut mir leid, Sorcha. Es ist nicht richtig von ihm, ein Festessen für uns zu geben. Nicht, wo du doch …«

»Mich stört das nicht«, unterbrach Sorcha sie ruhig. »Die Feier wird mich zumindest davon abhalten, mir den Kopf über Dinge zu zerbrechen, die nicht mehr zu ändern sind.« Sie wandte sich wieder Jamie zu und sah ihn fragend an. »Werdet Ihr zum Abendessen bleiben?«

»Ich bedaure es wirklich sehr, aber heute Abend wird mir keine Zeit für derlei Dinge bleiben«, erwiderte er ehrlich. »Ich möchte vor Einbruch der Nacht wieder auf Baldreagan sein und würde auf dem Heimweg auch gern noch meinen Brüdern die letzte Ehre erweisen.«

Sorcha nickte. »Selbstverständlich, Mylord. Ich werde es meinem Vater sagen, und er wird Euch sicherlich ein andermal an unserem Tisch willkommen heißen.«

»Ich freue mich schon darauf.«

Sorcha nickte wieder und zog sich zurück, wobei sie diskret

die Tür hinter sich zuzog. Jamie war versucht, ihr nachzugehen, um ihr in ihrer Trauer ein wenig Trost zu spenden, sei es auch nur mit einigen unzulänglichen Worten und einem mitfühlenden Schulterdruck.

Er entschloss sich, ihr zu folgen. Doch als er auf den Gang hinaustrat, war die unglückliche Schwester seiner Braut schon die enge Wendeltreppe hinuntergegangen und nicht mehr zu sehen.

Jamie kehrte in das Burgherrenzimmer zurück. Er empfand es als große Erleichterung, dass der Nebel sich aufgelöst hatte und der Himmel schon fast wieder völlig klar zu sehen war. Er würde gut daran tun, sich auf den Weg zu machen, bevor die Wolken sich erneut zusammenbrauten und der kalte Regen wiederkam.

Seine Braut hatte jedoch andere Pläne.

»Darf ich dich begleiten?«, fragte sie und stellte sich unvermutet vor ihn.

Jamie blinzelte. »Nach Baldreagan?«

Sie nickte. »Ich habe Wachskerzen für deinen Vater«, sagte sie und zeigte auf einen mit einem Tuch bedeckten Weidenkorb, der in einer Ecke stand und Jamie bisher nicht aufgefallen war. »Er lässt sie die ganze Nacht brennen und braucht mehr, als Morag ihm beschaffen kann.«

Jamie presste die Lippen aufeinander und holte den Korb, obwohl er alles andere als erpicht darauf war, den seltsamen Launen seines Vaters nachzugeben. Würde er nicht so viele Kerzen brennen lassen, würde er wahrscheinlich besser schlafen und auch weniger Gespenster sehen.

Aber was bedeutete schon ein Korb mit Kerzen, wenn er dadurch mehr Zeit in Gesellschaft seiner Fee verbringen konnte?

Wenn sie auch keine Fee war, so besaß sie doch die Anmut

einer solchen. Sie verwirrte ihn, und Jamie fühlte sich wie behext, als sie im warmen Schein des Feuers vor ihm stand und er wieder ihren verführerischer Veilchenduft wahrnahm, der seine Sinne so sehr reizte.

Einen beunruhigenden Moment lang schien es ihm, als wäre sie in nichts als einen silbern schimmernden Schleier gehüllt, und er war darüber so verblüfft, dass er fast den Korb fallen ließ. Doch dann klärte das Bild sich wieder, und ihm wurde bewusst, dass es das Lächeln gewesen war, das Aveline ihm geschenkt hatte.

»Ich danke dir«, sagte sie, und als sie seine Brust berührte, glaubte er, trotz des grauen, regnerischen Nachmittags die Sonne in das kleine Zimmer hineinscheinen zu sehen. »Ich weiß, wie schrullig dein Vater sein kann, aber das Kerzenlicht beruhigt ihn.«

»Ich vermute eher, dass du es bist, die ihn beruhigt.« Jamie wandte sich ab und ging mit großen Schritten zur Tür.

Sein Vater war ein heikles Thema, und außerdem standen ihm andere, schmerzlichere Pflichten bevor.

Als seine Braut an ihm vorbei durch die Tür schlüpfte, sah Jamie plötzlich das verdrossene Gesicht seines Vaters vor sich, und er griff schnell nach Avelines Arm.

»Mein Vater hat dich sehr ins Herz geschlossen«, sagte er und sah ihr fest in die Augen. »Und das wird wohl nicht nur so sein, weil du ihm Kerzen bringst. Soweit ich weiß –«, er unterbrach sich und legte den Kopf ein wenig schief –, »hat er schon seit Jahren kein freundliches Wort mehr für eine Frau gehabt.«

Aveline zuckte mit den Schultern. »Vielleicht mag er mich ja wegen des Bündnisses zwischen unseren Clans?«, meinte sie, wobei ihr deutlich anzusehen war, dass das nur eine Ausflucht war.

Jamie merkte es daran, wie sie seinem Blick auswich und einen nicht vorhandenen Fussel von ihrem Rock zupfte.

Er verschränkte die Arme vor der Brust und baute sich in voller Größe auf, um diese – ob es ehrenhaft war oder nicht – als die einzige Möglichkeit zur Verteidigung gegen sein zierliches, schönes Feenmädchen zu nutzen. Denn seine große Statur machte ihr jede Flucht unmöglich.

»Könnte es sein, dass du ihm gegenüber viel zu nachgiebig gewesen bist?«, fragte er und sah seine Braut durchdringend an. »Dass du dir womöglich viel zu lange sein Geschwätz angehört und ihn durch dein gut gemeintes Mitgefühl in seiner Narrheit noch bestärkt hast?«

Aveline rümpfte die Nase. »Und was ist mit dir? So manch einer würde sagen, dass du ihn viel zu streng behandelst. Er ist alt und sollte nicht länger für alte Sünden oder Irrtümer büßen müssen. Was mich angeht, so würde ich niemals etwas tun, was ihn in seinen Ängsten noch bestärken könnte.«

»Ha!« Jamie grinste. »Da haben wir es ja schon.«

»Da haben wir was?« Ein trotziger Zug erschien jetzt um ihr Kinn.

»Du hörst dir sein Gefasel über die Geister meiner Brüder an! Deshalb hat er dich so gern.«

»Nein, das ist ganz sicher nicht der Grund«, widersprach Aveline und schüttelte den Kopf. »Oder zumindest glaube ich das nicht.«

»Und wie würdest *du* dir seine Zuneigung zu dir erklären?«

»Ich denke, er mag mich, weil ich die Einzige bin, die seinen Worten Glauben schenkt.«

Jamie starrte sie entgeistert an, und seine Augenbrauen schossen in die Höhe.

Und dann lachte er.

»Na ja, daran könnte es natürlich liegen, dass du so tust, als glaubtest du ihm«, gab er ihr recht, froh, das Rätsel gelöst zu haben.

»Du verstehst nicht, Jamie«, sagte sie mit einem Gesichtsausdruck, der ihm einen kalten Schauder über den Rücken jagte. »Ich tue keineswegs nur so, als glaubte ich ihm.«

Jamie blinzelte verwirrt. »Du meinst … du glaubst ihm, dass er die Geister meiner Brüder sieht?«

Aveline nickte. »Ich weiß, dass er sie sieht.«

»Und woher weißt du das?«, versetzte Jamie und hatte das Gefühl, die Wände würden immer näher rückten.

»Ich weiß es, weil ich sie auch gesehen habe.«

5. Kapitel

Es war nicht nur sein Vater.

Auch seine Braut hatte die Erscheinungen gesehen. Und ihre Worte ließen Jamie keine Ruhe mehr. Ganz besonders beunruhigten sie ihn, als sie die Kapelle seiner Familie erreichten und er die kunstvoll gemeißelten Grabsteine sah, die hohen keltischen Kreuze und die anderen Symbole längst vergangenen Lebens. Jeder dieser alten, moosbewachsenen Steine erzählte von seiner eigenen Legende, seiner eigenen Geschichte.

Und andere Steine, wie die auf den Gräbern seiner Brüder, waren noch nicht von Moos bedeckt.

Jamie hatte Mühe zu atmen, als er sein Pferd zum Stehen brachte, sich aus dem Sattel schwang und seiner Braut herunterhalf.

Er versuchte, sich gegen seinen Schmerz zu wappnen, um die Erhabenheit und Stille dieser geheiligten Stätte würdigen zu können, aber er bemühte sich vergeblich. Der Sonne zu befehlen, des Morgens nicht mehr aufzugehen, wäre leichter gewesen.

Seine Brauen zogen sich finster zusammen, und sein Mund war plötzlich wie ausgedörrt.

Es zerriss ihm fast das Herz, an diesem Ort zu sein.

»Wir können auch wieder gehen.« Eine kleine Hand zupfte an seinem Plaid. »Deinen Brüdern wird es nichts ausmachen, ob du sie heute Nacht oder ein andermal besuchst«, sagte Aveline mit dem gleichen Mitgefühl in der Stimme, das ihn schon im Großen Saal ihres Vaters so berührt hatte. »Offen gesagt könnte ich mir sogar vorstellen, dass es ihnen lieber wäre, wenn du dich ein bisschen mehr um deinen Vater kümmern würdest. Er ist nicht das Ungeheuer, für das du ihn hältst. Er …«

»Er hätte die Brücke reparieren lassen müssen«, sagte Jamie mit düster gerunzelter Stirn. »Wäre er nicht so knauserig gewesen, würden meine Brüder vielleicht noch leben.«

»Kannst du dir eigentlich nicht vorstellen, wie sehr er ohnehin schon Nacht für Nacht wegen dieser Nachlässigkeit leidet?« Aveline zog ihre Hand zurück. Die Wärme und das Mitgefühl in ihren Augen waren einem kühlen Blick gewichen. »Kannst du nicht ein bisschen wohlwollender von ihm denken?«

Jamie presste die Lippen zusammen und fuhr sich mit der Hand durchs Haar. Er *bemühte* sich ja schon, die Probleme zwischen ihm und seinem Vater zu bereinigen. Zumindest versuchte er, dem Mann zu helfen.

Aber der Anblick der neun frisch aufgeworfenen Grabstätten traf ihn wie ein Faustschlag in den Magen. Oder besser gesagt, wie neun hart zuschlagende Fäuste, die ihm wie glühende Messerklingen die Brust durchbohrten und ihm die Luft abschnitten. Jamie drehte sich der Magen um, und er hätte schwören können, dass glutheiße Kohlen ihm die Brust verbrannten.

Jetzt wusste er, warum er es hinausgeschoben hatte, hierherzukommen.

Der Schmerz war schlimmer als erwartet. Viel schlimmer. Kalte Regenschauer und böige Winde trieben von Westen heran, doch Jamie schenkte ihnen kaum Beachtung.

Und dennoch brachte ihn der Geruch nach dunkler, feuchter Erde, vermoderndem Laub und Trauer fast um den Verstand. So, wie die unausgesprochenen Worte, von denen er wünschte, er hätte sie gesagt, und die zu sagen er nie wieder Gelegenheit bekommen würde.

»Grundgütiger!« Er seufzte und war sich der mitfühlenden Blicke seiner Braut stärker bewusst, als ihm lieb war. »Hätte ich meinen Brüdern doch nur gesagt, wie sehr ich sie geliebt habe.«

»Das wussten sie«, erwiderte Aveline, deren Stimme anzuhören war, wie eng auch ihre Kehle war. Sie trat näher und streckte wieder eine Hand aus, um Jamie zu berühren, aber diesmal nur, um eine Falte seines Plaids zu glätten. »Ihre Zuneigung zu dir war einer der Gründe, warum ich wusste, dass ich unsere Verlobung nicht zu fürchten brauchte.«

Sie hob den Kopf und sah ihn an. »Dein Vater liebt dich. Er versteht es gut, das zu verbergen, aber es ist so, wie ich sage.«

Jamie zuckte die Schultern. Wären sie an einem anderen Ort gewesen, hätte er jetzt vielleicht ungläubig gelacht. Oder Aveline genauer befragt, denn die Möglichkeit, dass es so war, ließ sein Herz schneller schlagen.

Aber hier, auf diesem Friedhof, über den sich die Dunkelheit gelegt hatte, sah er nur die Gräber seiner Brüder. Er starrte auf die frisch aufgeworfenen Hügel und spürte, wie die Last seines Kummers ihn unter sich zu begraben drohte.

Dieser scharfe, brennende Schmerz, den er nur allzu gern auf sich nehmen würde, wenn er dessen Ursache damit ungeschehen machen könnte.

Um seine Seelenqual zu lindern, richtete er den Blick zum Himmel. Er hoffte, Trost zu finden, doch er sah nur das kalte Licht der Sterne und die windgepeitschten, schnell dahinziehenden Wolken.

Die einzige Antwort des Himmels auf Jamies stumme Bitte um Linderung war das Schweigen der Berge und der dichten, dunklen Ginsterhecken, die den Friedhof säumten. Der schreckliche Anblick der steinbedeckten Gräber, in denen die leblosen Körper seiner Brüder ruhten, bis die steinernen Sarkophage, in denen sie ihre letzte Ruhe finden würden, mit ihren Liegefiguren angefertigt sein würden.

Jamie konnte es nicht begreifen, dass seine Brüder in der kalten Erde dieses Friedhofes lagen.

Doch nicht seine neun draufgängerischen Brüder, die ihn mit ausgebreiteten Armen und leuchtenden Augen daheim hätten willkommen heißen müssen.

Laut und ausgelassen und lebensfroh, so hatte er sie in Erinnerung.

Jamie presste die Lippen zusammen und ballte die Hände, als die Enge in seiner Kehle ihm das Atmen schier unmöglich machte. Er konnte an seine Brüder denken, so viel er wollte, konnte sich den Klang ihrer Stimmen in Erinnerung rufen und ihr Lächeln sehen, aber nichts würde sie wieder zurückbringen.

Sie waren fortgegangen – weit fort, dorthin, wo sie unerreichbar für ihn waren.

Nichts als bedrückende Stille umschloss ihn, als er sich zwang, einige Schritte näher an die Gräber heranzutreten. Es war eine schwarze, unheimliche Stille, die nur vom Heulen des Windes und dem Trommeln des Regens auf den nassen dunklen Steinen unterbrochen wurde.

Als Jamie sich auf dem verlassenen Friedhof umschaute. blieb sein Blick an den großen Büscheln Vogelbeerenzweige hängen, die den schmalen Eingang der Kapelle schmückten.

Er runzelte die Stirn.

Aber seine Braut legte die Hand um seinen Arm und drückte ihn beruhigend. »Dein Vater hielt es für das Beste«, erklärte sie und spielte wieder einmal den Beschützer seines Vaters. »Was kann es schon schaden, wenn solche Schutzmaßnahmen ihn beruhigen?«

Jamie bemühte sich, Aveline nicht allzu finster anzusehen.

Was *schadete* war, seinem Vater zu erlauben, sich noch stärker in seine Wahnvorstellungen hineinzusteigern. »Mein Vater ist nahe dran, den Verstand zu verlieren«, sagte er schließlich. »*Das* steht zu befürchten.«

Aveline schüttelte empört den Kopf. »Ich habe dir doch gesagt, dass ich die Geister auch gesehen habe«, erinnerte sie ihn. »Und andere Leute auch. Erst vor ein paar Tagen hat einer der Knappen meines Vaters geschworen, er habe Neill und Kendrick im Wald ganz in der Nähe des Brunnens der heiligen Brigida gesehen.«

Diesmal gab Jamie sich keine Mühe, sie nicht finster anzusehen.

Aber er verzichtete auf eine Erwiderung, da er nicht wusste, was er zu diesen verrückten Ammenmärchen sagen sollte.

Neill und Kendrick, seine Lieblingsbrüder, waren tot. Wie auch seine anderen Brüder. Alan Mors Knappe hatte vermutlich nur irgendwelche Nebelschwaden in der Nähe des heiligen Brunnens gesehen.

Doch ganz gewiss nicht die Geister seiner Brüder.

»Aber es ist wahr«, beharrte seine Braut, als hätte sie erraten, was Jamie dachte. »Ich habe gesehen, wie aufgewühlt der Junge war, als er zur Burg zurückkam.«

Aber Jamie hörte kaum noch, was sie sagte. Er blickte an ihr vorbei zur Kapelle und spürte, wie sein Magen sich verkrampfte.

Irgendjemand hatte auch den riesigen, aufrecht stehenden Stein, der den Eingang zu dem alten, schon halb verfallenen Sanktuarium seiner Familie bewachte, mit Girlanden aus Vogelbeerzweigen geschmückt. Diese angeblich viele Jahrhunderte zuvor von einem Anhänger des Wanderheiligen *Maelrhuba* erbaute kleine Kapelle stand inmitten eines sogar noch viel älteren Steinkreises, der vermutlich einmal eine Kultstätte gewesen war.

In Jamies Clan ging man davon aus, dass der einzige noch aus dieser Zeit verbliebene Stein die Grabstätte des heiligen Erbauers der Kapelle kennzeichnete. Einige Graubärte und alte Klatschweiber behaupteten allerdings, der prachtvolle Piktische Symbolstein sei das Einzige, was von der ursprünglichen heidnischen Kultstätte noch übrig sei, nachdem frühe Christen den Steinkreis angeblich zerstört und den Ort in *Na Clachan Breugach* oder Lügensteine umbenannt hatten.

Es war die mutwillige Verunglimpfung von Steinen gewesen, die von den Menschen als Steine der Weisheit verehrt worden waren, da man geglaubt hatte, sie könnten die Zukunft vorhersagen. Nach alter Überlieferung wurde jeder, der in bestimmten Mondnächten das magische Innere des Steinkreises betrat, mit einem kurzen Blick auf kommende Ereignisse belohnt.

Jamie wusste nicht, welche Version der Geschichte des letzten, noch verbliebenen Steins er glauben sollte, und eigentlich interessierte es ihn auch nicht sonderlich.

Im Moment konnte er nur an seine Brüder denken und daran, wie er sie zuletzt gesehen hatte: kühn, verwegen und fröhlich und voller Lebenskraft und Energie.

»Bei Gott!«, fluchte er leise und blinzelte, um die Tränen zurückzudrängen, die in seinen Augen brannten.

Als der Wind zunahm und ihm die eisig kalten Regentropfen ins Gesicht trieb, versuchte er nicht, sie abzuwischen, sondern ließ sie einfach über seine Wangen rinnen, wie die Tränen, die er nicht mehr vergießen konnte.

Er kniff misstrauisch die Augen zusammen, als er wieder zu der kleinen Kapelle und ihrem altehrwürdigen steinernen Wächter hinüberschaute und die Girlande aus Vogelbeerenzweigen betrachtete, die jemand um das ganze Steinmonument geschlungen hatte.

Der Wind zerrte an Jamies Plaid und zerzauste ihm das Haar, aber er blieb wie angewurzelt vor den Gräbern stehen und wischte sich nur mit den Fingern die Regentropfen ab, die sich mit einem Mal ganz heiß auf seiner Haut anfühlten und einen salzigen Geschmack auf seinen Lippen hinterließen.

Ob der Stein nun in der Tat ein Relikt von Na Clachan Breugach war oder nicht, Jamie war jedenfalls überzeugt, dass dieser Stein mit seinen wunderschönen eingemeißelten Ornamenten den Schutz der Vogelbeeren nicht nötig hatte.

Dieser Stein verfügte über seine eigene Magie.

So lange Jamie zurückdenken konnte, hatte es aus Achtung vor dem Stein kein Macpherson je gewagt, dieses geheiligte Relikt aus der fernen, archaischen Vergangenheit des Clans auch nur mit einem Finger zu berühren.

»Bei Gott und allen Heiligen!«, flüsterte er mit wild pochendem Herz und warf erneut einen Blick auf die ebenso üppig mit Vogelbeeren geschmückte Eingangstür des kleinen Gotteshauses. Devorgillas einstigen Anweisungen entsprechend waren die beerenreichen Zweige mit leuchtend roten Bändern durchwoben worden.

Vermutlich war auch das Innere der Kapelle auf die gleiche Weise geschmückt worden; die kleine Kirche strotzte von Zaubermitteln und anderem Unfug, die die Geister seiner Brüder abwehren sollten.

Jamie presste die Lippen zusammen. Von jäher Wut erfasst, trat er nach einem Klumpen regennassem, kniehohem Gras, dann bückte er sich und hob einen dicken Stein auf, um ihn in das im Mondlicht glitzernde Wasser des nahen Baches zu schleudern. Nur Avelines Gegenwart und seine verdammte Ritterehre hielten ihn davon ab, einen groben, gotteslästerlichen Fluch auszustoßen, der selbst die Kälte der Nacht in die Flucht geschlagen hätte.

Einen Fluch, der seine Brüder dazu veranlasst hätte, in schallendes Gelächter auszubrechen, sich gegenseitig mit den Ellbogen anzustoßen und ihn grinsend aufzufordern, sich etwas noch Derberes einfallen zu lassen.

Aber er konnte es nicht.

Nicht heute Nacht.

Nicht hier. Nicht, wenn ihm so weh ums Herz war und er wusste, dass er seine Brüder vermissen würde, bis er seinen letzten Atemzug tun würde.

Dann mach mich stolz und beweise mir, dass du wenigstens ein bisschen meines Charmes besitzt, indem du die junge Dame nicht länger dem Regen aussetzt und sie fortbringst. Und zwar sofort, bevor es ihr *letzter Atemzug ist, der dir Sorgen macht.*

Kendrick!

Jamie schrak zusammen und sah sich um.

Die Worte klangen in der Dunkelheit nach. Sie waren von nirgendwo und überall gekommen, hatten sich aber so real angehört, als hätte sein Bruder direkt neben ihm gestanden. Strotzend vor Lebensfreude und Kraft, gut aussehend und wie stets bereit, damit zu prahlen, mit welcher Mühelosigkeit er Frauen den Kopf verdrehte.

Beeil dich. Wieder hörte er die Stimme, nachdrücklicher dieses Mal, aber irgendwie auch schwächer. *Siehst du nicht, wie das Mädchen zittert?*

Jamie war überzeugt, dass *er* der Einzige war, der zitterte.

Seine Braut wirkte so ruhig und gefasst wie immer, auch wenn sie mit großen Augen zum Na-Clanach-Breugach-Stein hinüberschaute, als hätte sie seinen Bruder nicht nur gehört, sondern auch gesehen.

Nicht dass Jamie vorhatte, sie danach zu fragen.

Er legte jetzt den Arm um sie, drückte sie an seine Brust und legte ihr sein Plaid um die Schultern, um sie vor dem schneidend kalten Wind zu schützen.

Als er mit ihr auf die Kapelle zuging, lief ihm ein eisiger Schauder über den Rücken. Und als er die schmale, mit den Vogelbeerzweigen geschmückte Tür aufstieß, glaubte er, etwas Helles zwischen den Bäumen hindurchhuschen zu sehen.

Etwas Schimmerndes, das sich von den Steinhaufen entfernte und ein schwaches Licht verströmte.

Jamie kniff die Augen zusammen, um es erkennen zu können. Doch er sah nur die Nebelschwaden und die windgepeitschten Bäume. Nur das Licht des Mondes schimmerte zwischen den Wolken.

Der helle merkwürdige Glanz war nicht mehr da.

Jamie ließ die Tür der Kapelle offen, um einen ungehinderten Blick auf den Friedhof und den umliegenden Birken- und Eichenwald zu haben. Nicht, weil er sich vor den Geistern seiner Brüder fürchtete. Im Grunde hätte er sie sogar nur allzu gern gesehen. Aber er verließ sich auf sein Gefühl.

Denn trotz des gebotenen Respekts für seine Braut war Jamie nur allzu gut bewusst, was für zwielichtige Existenzen Fairmaiden anzog. Mittellose, keinem Clan angehörende Briganten, die sich in Moor und Heide geschickt zu verbergen verstanden. Spitzbuben und Wegelagerer, denen durchaus zuzutrauen war, dass sie, mit welchen frevlerischen Absichten auch immer, durch die umliegenden Wälder schlichen.

Das war etwas, worüber er ganz bestimmt nicht mit Alan Mors Tochter sprechen würde.

Aber diese Ahnung, die ihm auch jetzt wieder als kalter Schauder über den Rücken lief, war der einzige Grund, weshalb er dem Massaker in Neville's Cross unversehrt entkommen war. Er glaubte zwar nicht, dass die Gefahr bestand, in der Kapelle seiner Familie oder auf dem kleinen Friedhof von einem englischen Pfeilhagel überrascht zu werden, aber etwas mindestens ebenso Bedrohliches lauerte im nahen Wald.

Jamie war sich dessen sicher.

Und was immer es auch sein mochte, es waren ganz gewiss nicht seine Brüder.

Sie lagen still und leblos unter den Steinhügeln auf ihren Gräbern. Das einzige Anzeichen von Leben in der feuchten, nach Weihrauch riechenden Kapelle hielt er in den Armen. Es war warm und weich und viel zu verführerisch für seine derzeitige Stimmung. Und es war ungeduldig, denn kaum hatte er Aveline auf den kalten Steinfußboden herabgelassen, schlug sie die Kapuze ihres Umhangs zurück und blickte zu Jamie auf.

»Du musst dich nicht mit solcher Vorsicht umsehen«, sagte sie, als sie bemerkte, wie misstrauisch sein Blick durch das dämmrige Innere der Kapelle glitt. »Sie sind nicht hier. Jetzt nicht.«

»*Jetzt* nicht?«, fragte Jamie mit erhobener Augenbraue.

Aveline schüttelte den Kopf.

Daraufhin verschränkte Jamie die Arme vor der Brust. »*Jetzt nicht* bedeutet so viel wie jetzt nicht *mehr*«, erklärte er mit einem unbehaglichen Blick auf die vielen Sarkophage mit den steinernen Liegefiguren seiner verstorbenen Ahnen.

Alle stolze Macpherson'sche Ritter, deren Särge die Kapellenwände säumten und die dunklen Ecken füllten. Die farbig bemalten Rüstungen und Schilde ließen nicht nur die steinernen Helme und Schwerter erstaunlich real aussehen, sondern auch ihre kalten, in Stein gemeißelten Gesichter wirkten so lebendig, dass Jamie sich bekreuzigte.

»Und ›nicht mehr‹ bedeutet, dass sie hier gewesen sind«,

schloss er, während er sich mit aller Kraft bemühte, die versteinerten Blicke seiner Vorfahren zu ignorieren.

Und vor allem zu vergessen, dass dorthinten in der Kapelle auch seine Mutter ruhte. Sie schlummerte versteckt hinter dem hohen Altar, ein Stück weit entfernt von seinen Schwert und Schild tragenden Vorfahren. Ihr schöner marmorner Sarkophag war ganz bewusst dort aufgestellt worden.

Als ließe sich durch das Verbergen ihres in Stein gemeißelten Ebenbildes der Grund für sein Vorhandensein ungeschehen machen.

»Sie waren hier, o ja.« Avelines Worte hallten durch die dämmrige Kapelle und brachten Jamies Gedanken wieder in die Gegenwart zurück.

Seine Braut senkte den Blick und schnippte einen Regentropfen von ihrem Umhang. »Zumindest zwei von ihnen.«

»›Zwei von ihnen‹?« Jamie spürte, dass ihm das Blut in den Nacken stieg. »Welche beiden?«

»Neill und Kendrick.«

Jamie straffte die Schultern und bedachte Aveline mit einem strengen Blick. »Ich bin mir sicher, mein Vater würde sich eher nackt in Brennnesseln wälzen, als diese Kapelle zu betreten. Deshalb kann ich dir nicht glauben, dass er zwei meiner Brüder hier gesehen hat. Weder Neill noch Kendrick, und auch nicht ...«

»Das hat er auch nicht. *Ich* habe sie hier gesehen.« Trotzig schob sie ihr hübsches kleines Kinn vor, und das Funkeln in ihren saphirblauen Augen war wie eine unausgesprochene Herausforderung an ihn, zu widersprechen.

»Du hast Neill und Kendrick hier gesehen?«

Sie nickte. »Hier und an anderen Orten, wie ich dir schon sagte. Aber auf dem Friedhof da draußen habe ich sie zum ersten Mal gesehen. Ich habe deinem Vater davon erzählt, woraufhin er deinen Cousins befahl, die Vogelbeerzweige hierherzubringen.«

»Dann sind meine Cousins genauso verrückt wie er.«

Aveline warf ihm einen langen Blick zu. »Sie sind ihm treu ergeben. Und genau wie ich versuchen sie nur, seine Sorgen zu verringern.«

Jamie öffnete den Mund, um etwas zu erwidern, aber was ihm auf der Zunge lag, das brachte er nicht über seine Lippen.

Denn Aveline daran zu erinnern, dass es manch einen gab, der allen Grund hatte zu bezweifeln, dass Munro Macpherson auch nur die kleinste Zuneigung für irgendjemanden empfand, erschien ihm ihr gegenüber dann doch etwas zu ungalant.

Bei dem Gedanken an seine wilden, ungebärdigen Cousins setzte ein leichtes Pochen hinter seinen Schläfen ein. Er meinte vor sich zu sehen, wie sie die Familienkapelle betraten, die Arme voller mit roten Bändern geschmückter Vogelbeerzweige, die seit Devorgillas Geschenk vor vielen Jahren in seiner Familie als Zaubermittel und Glücksbringer galten.

Aber er wollte jetzt weder über solchen Unfug noch über seine Cousins nachdenken.

Nicht, nachdem er erfahren hatte, dass dies der Ort war, wo Aveline seine Brüder gesehen hatte. Seine beiden Lieblingsbrüder.

Besonders Kendrick.

Kendrick. Allein schon der Name versetzte Jamie einen Stich, und er wandte sich ein wenig ab. Dabei fiel sein Blick auf das in die Kapellenmauer eingelassene Weihwasserbecken. Er zuckte zusammen, und seine Augen weiteten sich überrascht, als die dicke Staubschicht in dem eben noch leeren Becken urplötzlich unter reinem, klarem Wasser verschwand.

Weihwasser, in dem es von Kaulquappen nur so wimmelte, die in einer dunklen, gallertartigen Masse in dem geweihten Becken trieben.

Ein Jungenstreich, den Kendrick der alten Morag einst gespielt hatte – sehr zum Vergnügen seiner Brüder.

Und auch Jamies.

Doch nun war er alles andere als amüsiert. Ihn beschlich die Angst, sein Verstand könnte womöglich schon so beeinträchtigt sein wie der seines Vaters.

Es war ein Gedanke, der die Kaulquappen sofort wieder verschwinden ließ.

Dem Himmel sei gedankt!

»Kendrick und Neill«, begann er, während er Aveline prüfend ansah. »Waren sie ... haben sie ...« Er ließ die Frage in der Luft hängen, weil er einfach nicht in Worte fassen konnte, was er wissen wollte.

Allein schon der Gedanke, dass sie nicht mehr waren, zwang ihn beinahe in die Knie.

Und dann auch noch über sie als von ... *wandelnden Toten* zu reden überstieg seine Kräfte.

Herrgott noch mal, er konnte einfach nicht an *Geister* glauben!

Aber er hatte Fragen.

Und deshalb begann er, unruhig auf und ab uu gehen und rieb sich dabei den Nacken. »Hattest du keine Angst? Wann hast du sie gesehen?«, wollte er von Aveline wissen. »Hast du dich nicht davor gefürchtet, heute Abend hierherzukommen?«

»Gefürchtet? Vor deinen Brüdern?« Aveline lächelte. »Aber nein, sie machen mir überhaupt keine Angst, Jamie. Ich bin sogar sehr froh darüber, sie hier gesehen zu haben.«

Das Eingeständnis hatte ihre Lippen kaum verlassen, als

Jamie auch schon vor einem der schmalen Fensterschlitze stehen blieb. »Mein Vater ist aber alles andere als froh, wenn er sie sieht«, sagte er und sah sehr skeptisch dabei aus. Aber auch so männlich-schön in dem hellen Mondlicht, das durch das Fenster hereinfiel, dass Aveline der Atem stockte.

Vor der dunklen Mauer schimmerte sein rötlich braunes Haar wie poliertes Gold, und die silbrig hellen Regentropfen, die noch immer in dessen Spitzen hingen, glitzerten wie Diamanten. Und mit seiner imponierenden Größe und Statur ließ er die kleine Kapelle mit der gewölbten Decke sogar noch winziger erscheinen. Unbedeutend fast die feuchten Mauern und die undurchdringlichen Schatten, denn von ihm strahlte eine pulsierende Lebendigkeit und wunderbare Wärme aus.

Aveline trat einen Schritt vor, zögerte dann aber, weil sie nicht wusste, ob sie sich darauf verlassen konnte, nicht zu erröten, falls sie ihm zu nahe kam.

Denn selbst dort, wo sie stand, konnte sie seinen maskulinen Duft wahrnehmen, diese betörende Mischung aus Leder und sauberem Leinen, kaltem Wind und frisch gefallenem Regen.

Es war eine überaus verführerische Mischung, die einzuatmen eine wahre Freude war, vor allem, wenn sie an die alles andere als angenehmen Gerüche dachte, die einige ihrer weniger reizvollen Heiratskandidaten verströmt hatten.

Erschaudernd rieb sie sich die Arme. Im Grunde hatte sie schon immer gewusst, dass ihr Ehemann für sie ausgewählt werden würde, und sie hatte nie erwartet, dass er so anziehend sein würde.

Oder so galant, dachte sie, als sie sich daran erinnerte, wie er sie im Großen Saal ihres Vaters vor den neugierigen Blicken beschützt hatte. Wie er ganz dicht an sie herangetreten war und seine Stimme gesenkt hatte, um ihr ein paar beruhigende Worte zuzuflüstern.

Aveline schluckte, weil sie noch immer nicht wagte, den Gefühlen zu trauen, die er in ihr weckte.

Der Hoffnung, dass er die Antwort auf ihre geheimsten Wünsche, ihre zutiefst empfundenen Sehnsüchte sein könnte.

An die sie jetzt nicht denken durfte. Nicht hier in der Kapelle seiner Familie, in der er mit geballten Fäusten und einer steilen Falte zwischen den Augenbrauen stand und ins Dunkel starrte.

Fast so, als erwartete er, dass eine der in Stein gemeißelten Figuren aufspringen und ihn mit gezogenem Schwert herausfordern würde, weil er es gewagt hatte, ihren ewigen Schlaf zu stören.

Aber dann wandte er sich wieder zu Aveline um und sah sie aus schmalen, abschätzenden Augen an. »Wie kannst du so gelassen darüber reden, dass du meine Brüder gesehen hast, wenn mein Vater – ein Mann, der unvergleichlich kräftiger und größer ist als du –, sich schon bei der bloßen Erwähnung ihrer Namen zitternd vor Angst unter der Bettdecke verkriecht?«

Aveline hob das Kinn. »Er hat Grund, deine Brüder zu fürchten. Sie sind zornig, wenn sie ihm erscheinen.«

»Das habe ich gehört.« Jamie verschränkte die Arme vor der Brust und sah Aveline unverwandt an. »Aber sie waren nicht zornig, als sie dir erschienen sind?«

»Sie sind mir nicht erschienen«, stellte Aveline richtig. »Ich habe sie nur zufällig gesehen. Das ist ein großer Unterschied.«

Sie trat neben einen der Sarkophage und strich mit der Fingerspitze über das Schwert der aus Stein gemeißelten Liegefigur.

Sie wollte nicht über Gespenster, sondern über ihre Träume reden.

Über ihre Hoffnungen auf eine harmonische Zukunft, mit einem eigenen Heim und einer eigenen Familie. Von gegenseitigem Respekt und, falls das Schicksal es gut mit ihnen meinte, auch von Liebe.

Liebe und Leidenschaft. *Das* war es, was sie mit Jamie erleben und erkunden wollte, statt sich mit ihm über Gespenster zu unterhalten, über Dinge, die nicht mehr zu ändern waren.

Aber er ging schon wieder in der Kapelle hin und her, als wäre er fest entschlossen, dieses unsinnige Gespräch fortzusetzen. »Meine Brüder sahen also nicht bekümmert aus, als du sie gesehen hast?«, fragte er.

Aveline seufzte.

»Ich habe Neill und Kendrick nur zwei Mal gesehen«, gab sie zu und zog ihren Umhang noch ein wenig fester um sich. »Einmal in der Nähe des Garbh Uisge, aber aus solch großer Entfernung, dass ich nicht sagen kann, ob sie bekümmert aussahen oder nicht. Und als ich sie hier auf dem Friedhof gesehen habe, waren sie alles andere als zornig.«

Sie hielt inne, um ihn anzusehen. »Und wenn du die Wahrheit hören willst – ich sah sie sogar ausgelassen tanzen.«

»Tanzen?« Jamie blieb abrupt stehen. »Du hast Neill und Kendrick tanzen gesehen? Auf dem Friedhof?«

Sie nickte. »Ja, auf dem Friedhof. Mit Hughie Mac.«

Jamie starrte sie an, als traute er seinen Ohren nicht. »Aber Hughie ist nicht tot. Ich habe ihn zwar noch nicht gesehen, aber als ich mich gleich nach meiner Ankunft nach ihm erkundigte, sagte Morag mir, er sei gesund und munter.«

Aveline zuckte mit den Schultern. »Ich kann dir nur erzählen, was ich gesehen habe.«

»Und was genau hast du gesehen?«

Sie ging zu einem der Fenster und blickte in die feuchte Nacht hinaus. »Das habe ich dir doch schon gesagt. Sie waren gut gelaunt und tanzten. Und Hughie Mac stand im Mondschein bei ihnen und spielte seine Fidel.«

»Aber Hughie ...«

»Ach, dem geht es gut«, beruhigte sie ihn. »Ich bin am Tag darauf zu ihm gegangen, um nach ihm zu sehen. Er sagte nichts von deinen Brüdern, und deshalb stellte ich ihm auch keine Fragen. Es genügte mir zu wissen, dass er gesund und munter war.«

Jamie schüttelte den Kopf. »Das kannst du eigentlich nur im Traum gesehen haben.«

»Schon möglich«, stimmte sie ihm zu. »Aber ob ich das alles nur geträumt habe oder nicht, ich bin auf jeden Fall sehr froh, dass deine Brüder so fröhlich aussahen. Und es war gut, dass ich deinem Vater davon erzählen konnte, denn ich glaube, es hat ihn beruhigt, zu wissen, dass ich sie so guter Laune sah.«

Aber Jamie gab nur ein unverbindliches *Hmmpff* von sich und wandte sich wieder von ihr ab. Sein ganzes Interesse schien plötzlich dem steinernen Abbild eines seiner Vorfahren zu gelten.

Einem besonders naturgetreu dargestellten Vorfahren, dessen in leuchtenden Farben bemaltes steinernes Ebenbild sogar im Halbdunkel des Mausoleums den Eindruck erweckte, als wäre er in ein kunstvoll drapiertes Plaid gehüllt.

»Das ist doch – großer Gott!« Jamie riss schockiert die Augen auf, als er vor dem Grabmal stehen blieb.

Sein ritterlicher Vorfahr trug in der Tat ein Plaid!

Und obwohl Jamie sein ganzes Leben in den Highlands verbrachte hatte und wusste, wie unberechenbar hier das Wetter sein konnte, hatte er doch noch nie zuvor ein so triefend nasses Macpherson-Plaid gesehen wie dieses hier.

»Was zum Teufel ist das?«, fragte er und blinzelte verwirrt, obwohl nicht der geringste Zweifel an dem bestehen konnte, was er sah.

Es war ganz eindeutig ein vollkommen durchnässtes Plaid in den Farben der Macphersons.

Und bei näherer Betrachtung stellte sich heraus, dass der Stoff auch gar nicht kunstvoll über das steinerne Abbild seines Vorfahren drapiert, sondern eher achtlos darüber geworfen worden war.

Die Hälfte des Plaids hing seitlich von dem Sarkophag herunter, und die Enden lagen in einer Pfütze auf dem Boden der Kapelle.

Das war ein schwerer Affront gegen seinen Familiennamen, den sich nicht einmal seine rüpelhaften Cousins erlauben würden.

Von jäher Wut erfasst starrte Jamie auf die immer größer werdende Pfütze zu Füßen des Sarkophags und ballte die Fäuste, weil er sich nicht erklären konnte, wer sich erdreisten würde, so etwas zu tun.

Er hatte schon immer den Verdacht gehabt, dass einige seiner zügelloseren Cousins diese abgeschieden gelegene kleine Kapelle für ihre Schäferstündchen mit leichtfertigen Küchenmägden nutzten, aber selbst wenn einer seiner Clanangehörigen das getan haben sollte, konnte Jamie sich von keinem vorstellen, dass er sein Plaid auf dem harten Steinfußboden ausbreiten und es dann dort einfach liegen lassen würde.

Und schon gar nicht, dass irgendjemand auf den Gedanken käme, ein nasses Plaid über den Sarkophag eines längst verstorbenen Vorfahren zu werfen.

Jamie trat näher und legte den Finger auf den nassen Wollstoff. Seine Nase registrierte, dass das Plaid nicht schlecht roch.

Es konnte also noch nicht sehr lange nass sein.

Aber der heftige Regen, der jetzt gegen die Mauern der Kapelle schlug, hatte erst eingesetzt, nachdem er seine Braut hineingetragen hatte. Der Regen, der gefallen war, als sie auf dem Kirchhof bei den Gräbern gestanden hatten, war kaum mehr als ein kurzer Schauer gewesen.

Regen, ja, aber nicht annähernd genug, um ein solch großes, aus vielen Ellen Stoff bestehendes Plaid so gründlich zu durchnässen.

Als er einen erschrockenen Laut hinter sich hörte, fuhr er zu Aveline herum, die, den Blick auf den mit dem Plaid bedeckten Sarkophag gerichtet, mit viel zu schnellen Schritten über den nassen Boden zu ihm herübereilte.

»O Gott!«, rief sie mit bestürzter Miene. »Was ist …«

»Langsam, Aveline! Da ist eine Pfütze«, warnte Jamie, aber leider schon zu spät.

»*Aiii!*« Ihr Fuß glitt auf den nassen Steinen aus, sie verlor das Gleichgewicht und schwenkte wild die Arme, als sie fiel. Doch Jamie, der das vorausgesehen hatte, war mit einem Satz bei ihr und fing sie auf, bevor sie auf dem harten Boden aufschlagen konnte.

Mit wild pochendem Herz zog er sie an sich, schlang die Arme um sie und drückte ihren Kopf an seine Schulter. »Heilige Maria Mutter Gottes«, flüsterte er und wagte nicht einmal daran zu denken, was vielleicht geschehen wäre, wenn er sie nicht aufgefangen hätte.

Wenn sie auf den harten, nassen Steinen aufgeschlagen wäre.

Oder schlimmer noch, wenn sie sich den Kopf am Sarkophag gestoßen hätte.

»Lauf nie wieder so schnell über einen nassen Boden«, sagte er, wohl wissend, dass er sie viel zu fest an sich gedrückt hielt, aber irgendwie auch gar nicht anders konnte.

Sie drehte sich um und schaute zu ihm auf, ihr Gesicht war gefährlich nah an seinem. »Ich wusste nicht, dass die Steine nass waren«, sagte sie, wobei ihr warmer Atem seinen Nacken streifte. »Im Dunkeln konnte ich die Pfütze nicht sehen.«

Jamie runzelte die Stirn. »Dann tu das auch nicht«, warnte er, als er sie freigab. »Im Dunkeln herumlaufen, meine ich!«

Sie schüttelte ihre Röcke aus. »Ich wollte nur sehen, was dir so zu schaffen machte.«

Du und deine Verlockungen machen mir zu schaffen, hätte Jamie fast erwidert.

Stattdessen aber erlaubte er sich nur ein weiteres *Hmpff*.

Er sah Aveline an, und es erstaunte ihn, dass sie nicht wusste, wie gefährlich nah daran er war, den nassen Boden und den nassen Plaid zu vergessen.

Aber über derartige Rätsel konnte er sich später noch den Kopf zerbrechen.

Denn *sie* sah jetzt viel zu liebreizend und entzückend aus, um an irgendetwas anderes zu denken.

Vor allem angesichts der Tatsache, dass ihre Röcke so weit hinaufgerutscht waren, dass er ihre wohlgeformten Beine und sogar den Ansatz ihrer schlanken Hüfte sehen konnte.

Und Gott stehe ihm bei, aber einen atemraubenden Augenblick konnte er sogar genug von ihrer Nacktheit sehen, um zu erkennen, dass das Haar zwischen ihren Schenkeln genauso seidig und verlockend aussah, wie er es sich vorgestellt hatte, was ihn auf den schier unwiderstehlichen Gedanken brachte, sie gleich hier und jetzt zu nehmen.

»Du weißt, dass ich dich heute Abend nicht nach Fairmaiden zurückbringen werde«, sagte er, als er seiner Stimme wieder traute. »Der Saal in Baldreagan wird fast leer sein, wenn wir dort eintreffen, und ich würde mich dort gern mit dir in eine stille Ecke setzen, vielleicht vor den Kamin, um uns ein bisschen aufzuwärmen.«

Falls sie in dem Saal wirklich so ungestört sein sollten, wie er hoffte.

Und er ihr heftiges Erröten vielleicht doch nicht missverstanden hatte. Oder das Erstaunen, das in ihren großen Augen lag, und die Art und Weise, wie sie immer wieder mit der Zungenspitze über ihre Lippen strich.

Und wie anschmiegsam sie in seinen Armen gewesen war.

So unbeschreiblich weich und weiblich.

Als würde sie es begrüßen, wenn er sie noch einmal küsste, ja, sie vielleicht sogar ein bisschen streichelte.

»Sorcha und ich haben schon des Öfteren auf Baldreagan übernachtet«, sagte sie, ohne ihren Blick auch nur einen Moment von seinem abzuwenden. »Wenn dein Vater unruhig war oder mit jemandem reden wollte.«

Jamie atmete tief durch. »Die missliche Lage deiner Schwester bedrückt mich sehr«, sagte er, während er mit seiner freien Hand das nasse Plaid aufhob. »Sobald sie zur Ruhe kommt und sich ein wenig besser fühlt, werde ich tun, was ich kann, um einen Ehemann für sie zu finden. Vielleicht ...«

»Meine Schwester hat Neill geliebt«, unterbrach Aveline ihn und ließ sich von ihm von dem Sarkophag fortführen. »Sie trauert wirklich sehr um ihn. Ich glaube nicht, dass sie den Wunsch hat, einen anderen Mann zu heiraten.«

Außerdem wird sowieso niemand sie haben wollen.

Manch einer sagt sogar, sie habe über Neills Verlust ihren Verstand verloren.

Die unausgesprochenen Worte hingen zwischen ihnen, so laut und störend, als hallten sie von den Wänden der Kapelle wider.

Jamie räusperte sich und runzelte die Stirn, während er über eine Lösung nachdachte.

»Selbst wenn Sorcha keinen Ehemann will«, begann er, weil er hoffte, den passenden Kandidaten gefunden zu haben, »könnte sie sich dann nicht vielleicht doch dafür erwärmen, eine Familie zu haben? Durch die Heirat mit einem verwitweten Clanangehörigen, der kleine Kinder hat, die eine Mutter brauchen?«

Zu seiner Erleichterung lächelte Aveline. »O ja, das könnte ihr gefallen«, sagte sie, und ihre Augen leuchteten. »Hast du an jemand Bestimmten gedacht?«

»Nun ja, an den einen oder anderen Cousin von mir«, antwortete Jamie, der an Beardie dachte.

Er war erst seit Kurzem verwitwet und ein bisschen einfältig, und er hatte fünf freche kleine Rotznasen zu Hause, deren Alter von weniger als einem Jahr bis hin zu sieben Sommern reichte, falls Jamie sich recht entsann.

Aber selbst der gutmütige Beardie könnte sich dagegen sträuben, jemanden wie Sorcha Matheson zur Frau zu nehmen.

Abergläubisch, wie er war, würde der verwitwete Beardie vielleicht befürchten, dass die junge Frau vom Pech verfolgt sein könnte. Allein schon diese Befürchtung könnte selbst den glühendsten Bewerber abschrecken.

»Ich finde, wir sollten Sorcha zunächst noch nichts davon sagen«, meinte Aveline, worüber Jamie so erleichtert war, dass er sich fast an den nächststehenden Sarkophag anlehnte.

Denn wenn er ehrlich sein sollte, so stellte die Schwester seiner Braut ein mehr als kniffliges Problem dar, und Jamie hatte keine Ahnung, was er für sie tun konnte, so gern er ihr auch geholfen hätte.

Deshalb tat er, was ihm als das Natürlichste erschien, und nahm *sein* Fairmaiden-Mädchen in die Arme, zog sie an sich und küsste sie, bis sie sich an ihn schmiegte und ihre weichen Arme sich um seine Nacken legten. Und dann vertiefte er den Kuss, nahm ihre Süße in sich auf und war überglücklich, als sie ihre Finger unter sein Haar schob und ihn an sich drückte, als sehnte auch sie sich nach Intimität und Nähe.

Als begrüßte sie seinen Kuss vielleicht sogar und brauchte ihn so sehr wie er den ihren.

Draußen hatten Wind und Regen nachgelassen, und der Mond schob sich hinter den Wolken hervor. Sein silbriges Licht fiel auf den kleinen Friedhof mit den frisch aufgeworfenen Gräbern und dem uralten Stein aus vorchristlichen Zeiten.

Es fiel auch auf das eng umschlungene junge Paar, das in der Kapellentür stand und sich so leidenschaftlich küsste.

Mit einer Leidenschaft, die ein Erschauern durch die ihnen zuschauenden Berge sandte.

Ein kaltes, tödliches Erschauern.

6. Kapitel

In einer Welt weit entfernt von der Kapelle der Macphersons, auf der von einer Inselkette umgebenen Burg Eilean Creag, nahe der Küste von Kintails Loch Duich, saß Lady Linnet MacKenzie am Kaminfeuer in ihrem behaglich eingerichteten Gemach und betrachtete kritisch die unsauberen Stiche ihrer Stickarbeit.

Ungeschickte, lieblos ausgeführte Stiche.

Und, wie sie ehrlich zugeben musste, die schlimmsten, die sie seit langer Zeit zustande gebracht hatte. Doch da ihre Stickarbeiten unzählige Kissen, Bettvorhänge und Wandbehänge auf Eilean Creag schmückten, wusste ohnehin jeder innerhalb der stolzen Mauern dieser Hochburg der MacKenzies, dass Lady Linnet die Kunst des Stickens nie wirklich beherrscht hatte.

Ihre Stiche waren nicht klein und nahezu unsichtbar wie die der anderen Damen, sondern schief und krumm und somit schon aus der Entfernung als die ihren zu erkennen.

Es war eine Unzulänglichkeit, die ihr Gemahl, der mächtige Duncan MacKenzie, der Schwarze Hirsch von Kintail, mit bemerkenswerter Toleranz hinnahm. Er, der so ganz anders war als andere Männer, lobte selbst ihre unbeholfensten Versuche und ließ sich niemals anmerken, dass die Ergebnisse ihrer Bemühungen alles andere als erfolgreich waren.

Eine solche Nachsicht konnte sie jedoch nicht erwarten, wenn er von einem Besuch bei ihrem Neffen Kenneth zurückkam und hören musste, dass ihr gefürchtetes *taibhsearachd* sie wieder einmal heimgesucht hatte.

Linnet schaute in das Kaminfeuer und seufzte. Selbst nach

einer langen, glücklichen Ehe fühlte ihr ansonsten furchtloser Gemahl sich noch immer äußerst unwohl, wenn es um ihre besondere Gabe ging.

Ihr zweites Gesicht.

Als siebte Tochter einer siebten Tochter hatte sie von Geburt an mit dieser Gabe leben müssen. Und obschon sie bisweilen ein Segen war, war sie sehr viel öfter auch ein Fluch.

»Ja, ein Fluch«, murmelte sie und stieß einen tiefen Seufzer aus.

Mit einem leichten Schaudern legte sie die Stickarbeit beiseite und streckte ihre steifen, müden Finger. Es war sinnlos, hier vor dem Kamin herumzusitzen und die Nadel in den bedauernswerten Stoff zu stechen. Ihre Gabe hatte einen Albtraum entfesselt, und alle üblichen Ablenkungen hatten dieses Mal gnadenlos versagt.

Sie konnte nicht vergessen, was sie gesehen hatte.

Sie konnte die Augen vor der Wahrheit des Gesehenen nicht verschließen.

Und sie konnte auch nicht ungeschehen machen, was sie bereits in die Wege geleitet hatte; es war ein kühnes Unterfangen, das zweifellos den Zorn ihres Gemahls erregen würde.

»Oooh, er wird furchtbar wütend sein«, sagte sie zu Mungo, dem kleinen, braun-weißen Hund, der zu ihren Füßen lag und ihrem Stiefsohn Robbie und seiner Frau Juliana gehörte.

Mit besorgter Miene beugte sie sich zu ihm herunter und kraulte ihm die langen Ohren, woraufhin er sich sogleich zufrieden auf den Rücken rollte, um sich den Bauch streicheln zu lassen.

Da Robbie sich mit Duncan bei Kenneth auf Cuidrach Castle aufhielt, das erst vor Kurzem wiederaufgebaut worden war, und Juliana auf Linnets Geheiß die Burg verlassen hatte, befand sich der kleine Mungo nun in ihrer Obhut.

Und da der kleine Hund ihr auf Schritt und Tritt nachlief und nie von ihrer Seite wich, hätte sie fast glauben können, dass auch er so etwas wie die Gabe hatte, Kommendes sehen zu können. Dass er wusste, wie viel Ärger ihr schon bald bevorstand.

Davon überzeugt, dass es so war, stand Linnet auf, um sich die Beine zu vertreten und sich zumindest innerhalb des Zimmers ein bisschen Bewegung zu verschaffen. Auch wenn sie es vorgezogen hätte, auf dem Wehrgang des hohen Turms von Eilean Creags die Rückkehr ihres Gatten abzuwarten, wie es eigentlich ihre Gewohnheit war. Aber auf diese Gewohnheit, davon war sie überzeugt, würde sie vermutlich für lange, lange Zeit verzichten.

Weil es so entsetzlich gewesen war.

Wieder erschauderte sie, schlang die Arme um sich und rieb sich die Arme, bis die Gänsehaut wieder verschwand.

Sie schaute prüfend zu den fest verriegelten Fensterläden und wünschte, sie könnte es riskieren, sie zu öffnen, um die frische Abendluft hereinzulassen.

Aber das wagte sie nicht.

Sich eine Wiederholung der furchtbaren Vision zu ersparen, die sie bei ihrem letzten Blick aus dem Fenster auf den stillen, glänzenden Wassern des Loch Duich heimgesucht hatte, war wichtiger, als ihre Lungen mit frischer Luft zu füllen.

Luft, die sie, wie ihr sehr wohl bewusst war, brauchen würde, sobald die Tür aufgehen und sie sich ihrem finster dreinblickenden Ehemann gegenübersehen würde.

Es war ein unerfreulicher Moment, der ihr unmittelbar bevorzustehen schien, denn jetzt hörte sie aufgebrachte Stimmen und das Poltern schneller Schritte auf der Treppe.

Die schweren Schritte von zwei Männern.

Offenbar hatte Robbie Duncan begleitet, und er würde genauso aufgebracht reagieren wie sein Vater.

Ehe sie auch nur mit der Hand über ihr Haar fahren oder ihre Röcke glattstreichen konnte, flog die Tür auf, und die beiden Männer stürmten in das Zimmer. Sie brachten einen kalten Windzug aus den Fensterschlitzen des Treppenaufganges mit, der einige der Kerzen löschte und die Flamme der Wandfackel wild auflodern ließ.

Aber nicht einmal annähernd so wild, wie ihr Ehemann aussah.

Mit finsterer Miene, vom Wind zerzausten Haar und dem bei jedem Schritt klirrenden Schwert an seiner Seite stürmte er auf Linnet zu. »Bei Gott und allen Heiligen!«, brüllte er und starrte sie aus wutblitzenden Augen an. »Sag mir nicht, dass du meine Töchter in den Norden geschickt hast! *Dass du sie sonst wohin geschickt hast!* Und dass ohne meine Einwilligung!«

Robbie, der auch schlammbespritzt und vom Wind zerzaust war, schüttelte den Kopf, wobei seine Miene eher Ungläubigkeit als Wut ausdrückte. »Wir haben uns bestimmt verhört«, sagte er mit einem Blick auf seinen Vater. »Juliana würde niemals von hier fortgehen, ohne es mir zu sagen. Müsste sie eine Reise machen, hätte sie damit bis zu meiner Rückkehr gewartet.«

»Sie hat es getan, weil ich sie darum gebeten habe. Sie ...« Linnet verstummte, als Mungo an ihr vorbeistürmte, um seinen Herrn zu begrüßen.

Robbies düstere Miene hellte sich ein wenig auf, als er den kleinen Hund hochhob und ihn an seine Brust drückte. Es schien, als hätten Mungos freudiges Gebell und seine feuchten Küsse die Düsternis aus seinem Gesicht vertrieben.

Duncan hingegen schnaubte nur.

Mit grimmig zusammengezogenen Brauen, die ebenso schwarz waren wie sein ungekämmtes, schulterlanges Haar, ignorierte er seinen Sohn und den aufgeregten Hund und schaute sich in dem vom Feuerschein erhellten Zimmer um. Ohne Zögern ging er dann zu dem Tisch, auf dem Käse, Hafermehlplätzchen und Heidekrautbier bereitstanden. Nachdem er einen Becher bis zum Rand gefüllt hatte, stürzte er das Bier in einem einzigen langen Zug hinunter und wandte sich dann wieder zu seiner Frau um. Doch auch diese Erfrischung hatte ihn nicht milder gestimmt.

»Zum Donnerwetter, Frau, ich liebe dich schon seit so langer Zeit!« Seine Augen verengten sich, als er Linnet mit einem durchdringenden Blick taxierte. »Aber das hier schlägt dem Fass den Boden aus! Ich weiß nicht, was ich tue, wenn einem meiner Mädchen etwas zustößt!«

Linnet verschränkte die Hände und schob ihr Kinn vor. »Unsere Töchter können sehr gut auf sich selbst aufpassen«, entgegnete sie und hielt seinem aufgebrachten Blick so ruhig wie nur möglich Stand. »Ich habe ihnen eine Einheit unserer besten Schildwachen als Eskorte mitgegeben. Und Juliana begleitet sie aus Gründen der Schicklichkeit.«

»Das erklärt noch lange nicht, warum du sie fortgeschickt hast«, wandte Duncan ein, der seine Frau noch immer eindringlich ansah.

»Du weißt, dass ich es gewusst hätte, wenn Gefahr für sie bestünde.«

»Pah!« Er verschränkte die Arme. vor der Brust »Es ist trotzdem eine üble Sache.«

Aber Linnet ließ sich nicht beirren und zupfte ruhig ein Fädchen von ihren Röcken. »Ich hatte einen Grund, sie fortzuschicken.«

Duncan zog eine Braue hoch. »Kann es sein, dass es derselbe Grund ist, aus dem du dich hier drinnen verbarrikadiert und alle Fensterläden verriegelt hast? Und das bei deiner Vorliebe für frische Luft und offene Fenster?«

»Natürlich wäre es mir lieber, wenn die Fenster offen wären«, gab Linnet zu und ließ sich wieder auf ihrem Sessel nieder. »Aber ...«

»Ach, du meine Güte!« Robbies Stimme hallte in ihren Ohren, aber sie klang hohl und wie von sehr weit her. »Begreifst du denn nicht, Vater?«

Nur noch verschwommen war Linnet bewusst, dass Robbie den Hund absetzte, seinen Vater am Arm packte und ihn schüttelte. »Sie hat die Fensterläden geschlossen, um den See nicht sehen zu müssen! Wahrscheinlich hat sie wieder einen ihrer Anfälle gehabt. Ihr *taibhsearachd* ...«

Aber das hörte Linnet schon nicht mehr.

Sie stand auf dem Turm von Eilean Creags und genoss den Wind auf ihrem Gesicht und den wundervollen Highland-Sonnenuntergang.

Ein prachtvolles Schauspiel über dem Loch Duich, in dessen stillen Wassern sich die zerklüfteten Kliffs und Steilhänge, aber auch die lange Reihe der mit Heidekraut und Stechginster bestandenen, sanft ansteigenden Berge widerspiegelten.

Plötzlich schienen die Heide und die Berge zu erbeben und sich immer näher heranzuschieben, bis die ungeheure Weite des Loch Duichs sich zu einer schmalen, trügerischen Schlucht verengte. Zu einer tiefen, schwarzgesäumten Klamm mit einem reißenden Strom voller Schaum und Gischt und schroffen Felsen.

Linnet schrie auf und griff Halt suchend um sich. Die Beine drohten unter ihr nachzugeben, als sie sich an die Brüstung klammerte und auf die Vision starrte, die die sonst so ruhige Oberfläche des Loch Duichs jetzt verdeckte.

Sie sah nur noch die steil abfallende Schlucht und das wild brodelnde, aufgewühlte Wasser. Die herabstürzenden, tödlichen Wasserfälle und die glitzernden schwarzen Felsen, die das Ufer säumten und hinter der aufschäumenden Gischt kaum zu erkennen waren.

Und sie sah den hochgewachsenen Mann im aufgepeitschten Wasser, dessen kräftiger Körper hilflos gegen die Felsen prallte, bevor er flussabwärts getrieben und von den tückischen Stromschnellen mitgerissen wurde. Sein Plaid und sein langes, rötlich braunes Haar waren die einzigen Farbtupfer in einem Wirbel von wild aufschäumendem, todbringendem Weiß.

Dieses grelle Weiß zog sich immer weiter zusammen, verwandelte sich zum Weiß der Haut über ihren Fingerknöcheln, als sie sich mit aller Kraft am kalten Mauerwerk einer der breiten Öffnungen der Zinnen festhielt.

Das Grauen war vorbei.

Linnet schloss für einen Moment die Augen, atmete tief ein und befürchtete, sich noch immer auf dem windgepeitschten Wehrgang zu befinden. Aber als sie die Augen wieder öffnete, saß sie in ihrem warmen Gemach, in dessen Kamin das Feuer so munter brannte, als wäre nichts geschehen. Und die Fensterläden waren noch immer verriegelt.

Doch sie wusste, dass diese Idylle trog.

Und ihren Mienen nach zu urteilen, wussten auch ihr Mann und ihr Stiefsohn es.

»Bei Gott und allen Heiligen, Linnet!«, fluchte Duncan da auch schon.

Er kniete vor seiner Frau nieder, nahm ihre Hände und hielt sie fast schmerzhaft fest. In seinem Gesicht war nicht einmal mehr eine Spur von Zorn zu sehen. »Warum hast du uns nicht gleich gesagt, warum du dich hier so verbarrikadiert hast?«

Er warf Robbie einen Blick zu, nahm den Becher Bier, den sein Sohn ihm reichte, und hielt ihn an die Lippen seiner Frau. »Trink«, befahl er ihr und sah fast ebenso erschüttert aus wie sie. »Und dann erzähl uns, was das alles mit Arabella und Gelis zu tun hat.«

»Und mit Juliana«, fügte Robbie hinzu, der sich ebenfalls vor Linnet hingekniet hatte.

Linnet blinzelte, weil sie sich noch zu sehr der Tragödie bewusst war, die sie mitangesehen hatte. Und das nun schon zum zweiten Mal. Ein Frösteln durchlief sie, und sie trank rasch noch einen Schluck von dem belebenden Heidekrautbier.

Dass sie dieselbe Tragödie zweimal gesehen hatte, machte ihr bewusst, wie unausweichlich sie war.

»Unseren Mädchen und Juliana wird nichts geschehen«, sagte sie, als sie wieder sprechen konnte. »Es ist der junge Jamie, der mir Sorge macht. Er ist der Grund, warum ich die Mädchen nach Baldreagan geschickt habe. Damit …«

»Nach *Baldreagan?*« Duncan konnte seine Überraschung fast nicht verbergen. »Aber unten im Saal reden alle davon, dass du sie zu einem Besuch zu Julianas Verwandten, den Strathnavers, geschickt hast und dass sie von da weiter nach Assynt reisen werden, um einige Tage bei Archibald Macnicol und seinen Söhnen auf Dunach zu verbringen.«

»Und man sagt, du würdest darauf hoffen, dass Kenneth' Schwiegervater vielleicht den einen oder anderen passenden Ehemann für meine Schwestern wissen könnte«, warf Robbie ein.

»Mag sein, dass ich so etwas gesagt habe«, gab Linnet zu, in deren Wangen nun endlich wieder ein bisschen Farbe zurückkehrte. »Archibald ist ein mächtiger Clanchef aus dem Norden, und seine Söhne sind dabei, sich einen guten Namen zu machen.«

Sie richtete sich in ihrem Sessel auf. »Die Mädchen sind im heiratsfähigen Alter«, sagte sie und ihr Ton verriet, dass sie sich wieder ganz beruhigt hatte. »Manch einer würde vielleicht sogar sagen, dass sie das heiratsfähige Alter bereits überschritten haben.«

Duncan rümpfte nur die Nase.

Seine schlechte Laune war zurückgekehrt, und er stand brüsk auf. »Was hat das Heiratsalter meiner Töchter mit James Macpherson zu tun?« Seine Hände ruhten auf seinem Schwertgriff, als er auf seine Frau herabstarrte. »Du weißt, dass er den Dienst bei Kenneth quittiert hat, um heimzukehren und zu heiraten. Falls Kenneth das nicht missverstanden hat.«

Zu seiner Überraschung schüttelte seine Frau den Kopf. »Er ist heimgekehrt, um zu sterben«, sagte sie mit belegter Stimme.

»Um zu sterben?« Duncan spürte, wie die Ader an seiner Schläfe anschwoll.

Linnet nickte. »Ich habe seinen Tod gesehen«, erklärte sie mit solch unerschütterlicher Überzeugung, dass sich Duncans Nackenhaare sträubten. »Er wird in dem Wildwasser ertrinken, genau wie seine Brüder. Ich habe die Mädchen zu ihm geschickt unter dem Vorwand, einen neuen Stier für dich zu bestellen. Aber in Wahrheit sollen sie Jamie warnen, vorsichtig zu sein.«

Duncans Kopf begann zu schmerzen. »Hast du nicht immer gesagt, man könne überhaupt nichts tun, um die Dinge zu ändern, die du manchmal siehst?«

»Ja, das ist schon richtig«, gab sie bedrückt zu. »Deshalb habe ich die Mädchen gebeten, sich Jamie gegenüber nicht anmerken zu lassen, was sie wissen. Ein solches Wissen könnte sein Verhängnis sogar noch schneller herbeiführen.«

»Warum hast du sie dann überhaupt dorthin geschickt?«

»Weil sie vernünftig genug sind, um zu wissen, wem sie auf Baldreagan trauen können«, sagte sie und sah ihn an, als wäre er ein Einfaltspinsel. »Sie werden die richtige Person finden, der sie sich anvertrauen können.«

Duncan grunzte. »Wenn du ihn lediglich warnen willst, warum hast du dann nicht die alte Devorgilla von Doon benachrichtigen lassen? Sie hätte einen Zauber wirken oder eine Botschaft nach Baldreagan schicken können, ohne dass es nötig gewesen wäre, meine Töchter durch ganz Kintail zu jagen.«

Seine Frau presste sichtlich verärgert ihre Lippen zusammen. »Devorgilla weiß auch ohne benachrichtigt zu werden, wann ihre Hilfe gebraucht wird«, sagte Linnet schließlich. »So wie ich weiß, wann ich etwas unternehmen muss, wenn ich von meiner Gabe heimgesucht werde.«

Sie erhob sich langsam und ging an ihrem Mann vorbei zu dem kleinen Tisch. »Wenn Devorgilla Jamie helfen will, wird sie es tun«, fügte sie hinzu, während sie die Speisen auf dem Tisch betrachtete, aber nichts davon anrührte. »Was mich betrifft, so habe ich alles in meiner Macht Stehende getan.«

»Und wenn nun weder deine noch Devorgillas Hilfe gebraucht wird?« Robbie war zu ihr an den Tisch getreten und schnitt sich ein großes Stück Käse ab. »Oder wenn es gar nicht Jamie war, den du gesehen hast, sondern einer von seinen ertrunkenen Brüdern?«

»Bei Gott, er hat recht!«, rief Duncan mit einem anerkennenden Blick auf seinen Sohn. »Diese Macpherson-Brüder sehen doch alle gleich aus.«

Er schenkte sich Bier nach und nahm einen ordentlichen Schluck aus seinem Becher. »*Aye*, so wird es sein«, erklärte er dann zufrieden.

»Nein, so ist es ganz und gar nicht.« Linnet spürte, wie ihr das Blut in die Wangen schoss, als sie vom Tisch aufblickte. »Es war eindeutig Jamie, den ich gesehen habe. Ohne jeden Zweifel.«

»Ohne jeden Zweifel?«, wiederholten Duncan und Robbie.

Linnet nickte. »Mit absoluter Sicherheit.«

Duncan trat näher. »Und wie kannst du dir so sicher sein?«

»Jamie war Knappe hier«, erinnerte Linnet ihren Mann, ohne ihn anzusehen.

»Jamie, Lachlan und weiß Gott wie viele andere noch«, erwiderte Duncan und schaute sie fragend an. »Ich wüsste nicht, was das mit dieser Sache jetzt zu tun haben sollte.«

Es hatte alles damit zu tun – und es war etwas, das Linnet einfach nicht über die Lippen bringen konnte.

»Knappen und junge Ritter nehmen ihr Bad oft in der Küche«, sagte sie schließlich und hoffte, dass die Männer verstanden, was sie meinte.

Aber sie verstanden gar nichts.

Sowohl ihr Ehemann als auch ihr Stiefsohn sahen sie fragend an.

Ohne jegliches Verständnis.

Linnet, die das Gefühl hatte, ihre Wangen würden noch heißer als das Feuer im Kamin brennen, stieß einen entnervten Seufzer aus und sagte das Einzige, was ihr noch einfiel: »Jamie ist ein ungewöhnlich ... *großer* junger Mann.«

Duncan und Robbie wechselten einen Blick.

Keiner sagte etwas.

Aber Sekunden später wurde Robbie plötzlich rot bis über die Ohren. »Oh«, sagte er.

»Genau«, bestätigte Linnet, froh, dass wenigstens einer von ihnen verstand. »Und deshalb wusste ich, dass er es war. Als sein Körper in das tiefere Wasser am Ende des Wasserfalls gerissen wurde, hatte er sein Plaid bereits verloren und war nackt.«

»Nackt?«, fragte Duncan und machte es damit noch schlimmer.

Linnet nickte. »Splitterfasernackt. Und er ist auch so oft im Wasser herumgeschleudert worden, dass es keinen Zweifel daran gibt, dass ich James Macpherson gesehen habe. Den jungen James von der Heide.«

Das Bild war noch immer überdeutlich in ihrer Erinnerung, als sie zu einem der Fenster ging und die Läden öffnete, um endlich die frische, belebende Luft hereinzulassen, die sie jetzt so dringend brauchte.

»Und«, fügte sie mit einem Blick auf die nächtlich schwarzen Wasser des Loch Duich hinzu, »wenn nichts getan wird, um die Tragödie zu verhindern, ist er bald genauso tot wie seine Brüder.«

Jamies Hoffnung, mit Aveline einen romantischen Abend vor einem hell brennenden Kaminfeuer zu verbringen, verflüchtigte sich in dem Augenblick, in dem sie auf den Burghof von Baldreagan ritten und das Chaos sahen, das dort herrschte.

Statt zu dieser späten Stunde still und verlassen zu sein – weil die Bewohner der Burg friedlich in ihren Betten schliefen, wie es sich für ein Haus gehörte, in dem Trauer herrschte –, schien sich die Burg im Belagerungszustand zu befinden!

Jamie und seine Braut waren offenbar mitten in eine Invasion hineingeraten.

In einen Überfall der MacKenzies!

Jamie zog die Stirn kraus, aber es konnte keinen Zweifel geben. Er hatte sein halbes Leben auf Eilean Creag verbracht und dessen mächtigem Burgherrn als Knappe gedient. Er hätte die bärtigen Männer mit den Plaids in den MacKenzie-Farben überall erkannt.

Wie jeder andere Highlander auch – zumindest, was die eher kriegerisch eingestellten anging. Denn die MacKenzies zählten zu den kühnsten und gefürchtetsten Kämpfern in Moor und Heide, denen man Ehrfurcht und Respekt entgegenbrachte, wohin auch immer sie sich begaben. Zudem waren sie für ihre Großzügigkeit und Freigebigkeit ihren Freunden gegenüber ebenso bekannt wie für den Schrecken und die Angst, die sie bei ihren Feinden hervorriefen.

Für Jamie waren sie Freunde. Die Besten aller Freunde.

»Bei Gott und allen Heiligen«, flüsterte er und fühlte sich allein durch deren Anwesenheit auf einen anderen, viel größeren und imposanteren Burghof versetzt.

Sein Herz zog sich zusammen, als eine Flut von Erinnerungen ihn durchströmte.

Schöne Erinnerungen.

Diese Männer waren nicht irgendwelche MacKenzies, sondern die Leibwachen des Schwarzen Hirschen, und es waren einige seiner besten Krieger darunter, falls Jamies Augen ihn nicht täuschten.

Kühne, treue Kämpfer. Kintails ganzer Stolz.

Jamie schwang sich aus dem Sattel und schaute sich um.

Auf dem mondbeschienenen Burghof wimmelte es von Männern, Pferden und aufgeregt bellenden Hunden.

Er entdeckte Cuillin, seinen eigenen Hund. Wie immer war er mittendrin im Geschehen, und nicht einmal die fast lahmen Beine und die halb blinden Augen hatten den alten Hund davon abhalten können, sich an dem allgemeinen Getümmel und Getöse zu beteiligen.

Aber den größten Lärm veranstalteten die MacKenzies.

Zu Dutzenden liefen sie geschäftig hin und her, einige, um schwere Reisetaschen auf ihre Schultern zu hieven, andere, um zusammen mit den Stallknechten von Baldreagan Heu und Hafer für ihre Pferde heranzuschleppen, die in den Stallungen am anderen Ende des Burghofes untergebracht worden waren.

Die Stallungen boten Platz für mindestens sechzig Pferde, aber dem Lärm nach, der von dort herüberdrang, waren dort weitaus mehr Tiere untergestellt worden. Einige Pferde waren sogar in die kleinen Schafgehege am hinteren Tor gebracht worden. Und als ob das alles nicht schon erstaunlich genug wäre, waren zudem auch noch alle Fenster der fünftürmigen Burg erleuchtet.

Bevor Jamie sich jedoch über den unerwarteten Besuch noch weiter wundern konnte, berührte ihn jemand am Arm. Es war Aveline, die mit großen, fragenden Augen zu ihm aufblickte. Ihr flachsblondes Haar schimmerte im Mondlicht, und sie sah so bezaubernd aus, dass Jamie fast vergaß, zu atmen.

Was er schon vergessen *hatte*, war, ihr aus dem Sattel zu helfen.

Jetzt kam auch schon ein Stallbursche herbeigelaufen, um sich um das Pferd zu kümmern.

Jamie unterdrückte einen Fluch. »Pardon«, sagte er und

streich sich in einer nervösen Geste das Haar zurück. »Ich wollte dir aus dem Sattel helfen, aber ich war so überrascht …«

»Du musst dich nicht entschuldigen.« Aveline beugte sich zu ihm vor und zwinkerte ihm zu. »Da ich mich vorhin im Regen nicht aufgelöst habe, werde ich auch nicht zerbrechen, wenn ich ohne Hilfe von einem Pferd absteige.«

Dann stellte sie sich auf die Zehenspitzen und drückte einen raschen Kuss auf seine Lippen.

Einen flüchtigen, sanften Kuss, bei dem Jamie gerade genug von ihrer Zunge spürte, um zu wünschen, sie befänden sich noch im schützenden Dunkel der Kapelle des heiligen Maelrhubas und nicht hier auf dem belebten Burghof.

Aber sie trat bereits von ihm zurück.

»Natürlich warst du überrascht«, sagte sie, als sie die hektische Geschäftigkeit um sich herum betrachtete. »Wer hätte auch gedacht, dass wir die Burg deines Vaters von MacKenzies überlaufen vorfinden würden?«

Jamie sah sie an. »Du kennst sie?«

Aveline strich ihren Umhang glatt und schien sich plötzlich nicht mehr ganz wohl in ihrer Haut zu fühlen.

»Ach …«, begann sie ausweichend, während ihr Blick zu dem Vorgebäude mit der steinernen Treppe glitt, die zum Großen Saal hinaufführte. »Es ist nur so, dass wir im Laufe der Jahre auch auf Fairmaiden ein paar Mal Besuch von Männern aus Eilean Creag bekamen«, fuhr sie nach einer kurzen Pause fort. »Sie kamen immer aus demselben Grund – sie waren der Meinung, dein Vater verlangte zu hohe Preise für sein Vieh, und wollten wissen, ob mein Vater ihnen ein besseres Angebot machen konnte.«

»Und? Konnte er das?«

»O ja. Jedes Mal.« Sie wartete, bis zwei schwer bepackte MacKenzies vorbeigeeilt waren, und fuhr dann mit gesenkter

Stimme fort: »Er hat ihnen immer gesagt, sie könnten so viele Rinder haben, wie sie wollten, ohne etwas dafür zu bezahlen.«

»Umsonst?« Jamie traute seinen Ohren nicht.

»Na ja ... nicht ganz umsonst«, erwiderte sie zögernd und wich noch immer seinem Blick aus. »Die Sache hatte natürlich einen Haken. Sie konnten die Rinder nur haben, wenn sie eine meiner Schwestern dazunahmen.«

Jamie verschluckte sich beinahe.

Das Einzige, was ihn davon abhielt, in ein schallendes Lachen über die Unverschämtheit seines künftigen Schwiegervaters auszubrechen, war das plötzliche Erscheinen eines Mannes, der ein fast ebenso unglückseliges Geschöpf war wie die Schwestern seiner Braut.

»Jamie! Du rätst nie, wer in unserem Großen Saal sitzt!« Beardie blieb schwer atmend vor ihnen stehen, sein breites, pockennarbiges Gesicht war rot vor Aufregung. »Das rätst du nie!«, wiederholte er und nickte dabei so heftig, dass sein buschiger roter Bart ins Zittern kam.

Jamie zwinkerte Aveline zu, bevor er sich wieder seinem Cousin zuwandte. »Könnte es sein, dass es ein MacKenzie ist?«, fragte er in gespielter Ahnungslosigkeit.

»O ja! Aber *welcher* MacKenzie!« Beardie trat aufgeregt von einem Fuß auf den anderen und zwinkerte Jamie verschmitzt zu. »Dir wird die Kinnlade bis runter in die Binsenstreu fallen, sag ich dir!«

»Dann red doch endlich«, sagte Jamie und verschränkte die Arme vor der Brust. »Sag mir, wer hier ist und einen solchen Aufruhr verursacht.«

»Die Frauensleute vom Schwarzen Hirsch! Die Gemahlin seines Sohnes Robbie, Lady Juliana, und seine beiden Töchter!«

Jetzt fiel Jamie tatsächlich fast die Kinnlade herunter. »Arabella und Gelis sind hier? In Begleitung von Lady Juliana?«

Beardie nickte. »Wer hätte das gedacht? Sie sind auf der Suche nach geeigneten Ehemännern.« Er beugte sich vor und sagte mit gesenkter Stimme: »Ich glaube, für eine von ihnen haben sie mich im Sinn. Auf jeden Fall machen sie mir schöne Augen.«

»Das mag schon sein«, stimmte Jamie zu und klopfte Beardie freundlich auf die Schulter, weil er es nicht über sich gebracht hätte, die Hoffnungen seines Cousins auf eine neue Ehefrau zunichte zu machen. Auf eine Mutter für seine fünf kleinen Kinder.

Eine Frau, die sich vielleicht unter den unbedeutenderen Verwandten eines verbündeten Lehnsherrn finden ließe. Ein tüchtiges, großherziges Mädchen, das bereit war, Beardies Kinder aufzuziehen ... aber ganz gewiss keine so gute Partie wie es Duncan MacKenzies jungfräuliche Töchter waren.

Die schönen, temperamentvollen MacKenzie-Mädchen, von denen jede eine große Mitgift in die Ehe einbringen würde, waren nur Männern von höchstem Rang bestimmt.

Was Beardie eigentlich wissen müsste, besäße er auch nur eine Spur von Verstand.

Aber stattdessen stand er da und spreizte sich wie ein Pfau, ordnete die Falten seines Plaids und rückte seinen breiten Ledergürtel zurecht, um ihm zu einem vorteilhafteren Sitz um seine beeindruckende Leibesfülle zu verhelfen.

»Ich bin auf dem Weg, den Helm meines Ur-Urgroßvaters zu holen«, flüsterte er Jamie zu. »Diese temperamentvolle kleine Gelis war sehr beeindruckt, als ich ihr erzählt habe, dass ich Wikingerblut in den Adern habe!«

Jamie öffnete den Mund, um ihm zu sagen, dass es keinen Highlander gab, der nicht einige Tropfen Wikingerblut in seinen Adern hatte, aber Beardie eilte schon davon und bahnte sich einen Weg durch die Menge. Er war offensichtlich wild entschlossen, seinen verrosteten alten Schatz zu holen.

Es war eines dieser Relikte aus vergangenen Zeiten, die auf Eilean Creag haufenweise zu finden waren.

Jamie seufzte, als er Beardie nachsah.

Dann griff er nach Avelines Hand und führte seine Braut zum Treppenaufgang. Irgendetwas war hier im Gange, und je eher er es herausfand, umso besser.

Lady Juliana mochte Duncan MacKenzies Töchter zwar auf einer Reise durch die Highlands begleiten, aber der Grund dafür war gewiss nicht, dass sie Ehemänner für die beiden Mädchen suchte.

Und schon gar nicht auf Baldreagan.

Das war für Jamie so sicher wie das Amen in der Kirche.

Und diese Überzeugung festigte sich sogar noch, denn als sie den oberen Treppenabsatz erreicht hatten, trat eine kleine, grauhaarige Frau aus den Schatten und stellte sich ihnen in den Weg. »Den Heiligen sei Dank, du bist wieder da!« Sie fuhr auf ihn los, wie eine aufgebrachte Krähe, ihre Augen funkelten im Mondlicht. »Hier bricht die Welt auseinander, und ich weiß allmählich nicht mehr, wie ich sie noch zusammenhalten soll!«

»Ach, Morag.« Jamie schenkte ihr sein entwaffnendstes Lächeln. »Ich habe dich den Saal schon für weitaus erlauchtere Gäste als zwei junge Mädchen und Lady Juliana vorbereiten sehen«, beruhigte er sie und strich ihr über die eisengrauen Locken. »Erzähl mir also nicht, dass du ...«

»Nicht sie sind es, die mir Sorgen machen.« Morag packte

Jamie am Arm und zog ihn unter den dunklen Türbogen. »Ich rede von deinem Vater. Er sitzt im Großen Saal am Hohen Tisch und schäkert mit den MacKenzie-Mädchen ...«

»Er hat sein Zimmer verlassen?« Hocherfreut über diese Neuigkeit trat Aveline vor. »Gott sei Dank«, sagte sie mit einem Lächeln. »Das sind gute Nachrichten. Wir haben seit Tagen versucht, ihn zu überreden, nach unten zu bekommen.«

Sie unterbrach sich und warf Jamie einen Blick zu.

Er stand sichtlich angespannt neben ihr, aber ob es ihm nun passte oder nicht, sie war fest entschlossen, mitzuhelfen, die Kluft zwischen ihm und seinem Vater zu überbrücken.

»Dein Vater hat allen sehr gefehlt. Besonders abends«, versuchte sie Jamie zu erklären. »Ohne ihn war niemand in der Stimmung, Geschichten zu erzählen oder auch nur sein Bier zu genießen, und selbst seine Hunde sind nur noch mit hängenden Ohren und traurigen Augen durch die Burg geschlichen.«

Jamie überraschte sie, indem er zustimmend nickte.

»*Aye*, seine Anwesenheit im Großen Saal ist kein Grund, sich aufzuregen«, sagte er.

Morag schürzte die Lippen. »Das ist es doch, wenn ich dir sage, dass er nur im Saal ist, weil er geschworen hat, nie wieder einen Fuß woandershin zu setzen!«, erklärte die Seneschallin. »Er *tut* nur so, als fühlte er sich wohl. In Wirklichkeit ist er noch verwirrter und überdrehter als sonst.«

Avelines Lächeln gefror.

Jamies Gesichtsausdruck verhärtete sich, und ein Muskel begann an seinem Kinn zu zucken.

Als Aveline es sah, trat sie näher an ihn heran. »Hat Munro wieder eine Erscheinung gehabt?«, fragte sie, während sie ihre Finger mit Jamies verschränkte und sie drückte. »War es wieder Neill?«

Morag nickte.

»*Aye*, so ist es«, bestätigte sie und nickte noch einmal. »Und der arme Herr bekam einen solchen Schreck, dass er sich in seinem Zimmer verbarrikadiert hat. Als wir ihn fanden, kauerte er in seinem Sessel und redete nur wirres Zeug.«

Sie schaute sich argwöhnisch um. »Er würde wohl noch immer dort oben hocken, wenn nicht vier Männer die Tür aufgestoßen hätten«, berichtete sie mit gedämpfter Stimme. »Und wenn die MacKenzies nicht gerade dann gekommen wären. Sie sind der Grund, warum er überhaupt seine Schlafkammer verlassen hat.«

Jamie zog die Brauen hoch. »Und nun hat er geschworen, unten im Großen Saal zu bleiben?«

»Das behauptet er zumindest.«

Aveline runzelte die Stirn. »Aber er kann dort unmöglich die ganze Nacht verbringen«, protestierte sie, denn allein der Gedanke, der alte Herr würde, nur in sein Plaid gehüllt, die Nacht in dem zugigen, kalten Saal verbringen, ließ sie erschauern. »Trotz all seines Herumgepolteres ist er ein alter Mann. Und nicht mehr er selbst in letzter Zeit.«

Jamie unterdrückte ein Schnauben.

Soweit er bisher gesehen hatte, war Munro Macpherson, bis auf seine neu entdeckte Furcht vor Geistern, noch immer derselbe streitsüchtige, raffinierte alte Fuchs wie früher.

Aber Aveline schien seinen Vater ins Herz geschlossen zu haben, und deshalb warf er ihr den aufmunterndsten Blick zu, den er zustande brachte. »Mach dir keine Sorgen«, sagte er. »Ich werde ihm nicht erlauben, im Großen Saal zu nächtigen. Er wird oben in seinem Zimmer schlafen, wie es sich für ihn gehört.«

»Ha! Das werden wir ja sehen.« Morag schnalzte missbilligend mit der Zunge. »Der alte Bock ist so störrisch und stur wie der Tag lang ist. Nein, ich kann mir beim besten Willen nicht vorstellen, dass er wieder in sein Zimmer zurückkehren wird.«

Jamie schüttelte den Kopf. »Als ich das letzte Mal mit ihm gesprochen habe, schwor er, sein Bett nie wieder zu verlassen.«

»*Aye*, da wollte er sich nur noch unter seinen Bettdecken verkriechen«, gab Morag ihm recht. »Aber das war, bevor Neills Geist ihm einen weiteren Besuch abgestattet hat. Dieses Mal noch triefend nass vom Sturz in die Fluten.«

Jamie stockte der Atem.

Aveline griff nach seinem Arm und hielt sich daran fest.

»Was redest du da?« Jamie starrte die alte Frau an und spürte, wie sich die feinen Härchen an seinem Nacken aufrichteten. »Was soll das heißen, Neill war *triefend nass?*«

»Wie ich es gesagt habe.« Morag straffte die knochigen Schultern. »Dein Vater will nicht in sein Bett zurück, weil er Angst hat, darin zu ertrinken. Wenn wir seinem Gerede Glauben schenken wollen, war Neill bei dieser letzten Erscheinung tropfnass, und um ihn herum tosten die Stromschnellen des Garbh Uisge.«

»Das kann nicht sein«, wandte Jamie ein.

Morag zuckte die Schultern. »Wie dem auch sei, das Bettzeug deines Vaters und die Binsenstreu am Boden waren jedenfalls vollkommen durchnässt, als wir ihn fanden.«

»Du hast das mit eigenen Augen gesehen?«, fragte Jamie, obwohl er die Antwort darauf bereits kannte.

Die eisigen Schauder, die über seinen Rücken liefen, hatten sie ihm schon gegeben.

Tatsächlich hörte er Morags Antwort auch schon nicht

mehr. Dazu rauschte ihm das Blut viel zu laut in den Ohren. Und vor seinem inneren Auge sah er nur noch eines:

Das durchnässte Plaid auf dem Sarkophag seines Vorfahren.

7. Kapitel

Jamie blieb im Eingang zum Großen Saal stehen und sah sich sogleich von lärmenden, ausgelassenen Clanangehörigen umringt. Offensichtlich in fröhlicher Stimmung drängten sich die meisten in den Gängen zwischen den langen Tischen. Andere standen ein wenig abseits und frönten dem bei Highlandern so beliebten Zeitvertreib des Geschichtenerzählens, wobei die wortgewandteren unter den Besuchern ihre Zuhörer mit spannenden Geschichten über ihre Vorfahren unterhielten.

Einer der MacKenzies zog Jamies besondere Aufmerksamkeit auf sich.

Es war ein stämmiger, bärtiger Mann, der ein großes, vermutlich bis zum Rand mit *uisge beatha* gefülltes Trinkhorn in die Höhe hielt und mit breitem Grinsen alle Anwesenden dazu herausforderte, das starke alkoholische Gebräu in einem Zug hinabzustürzen.

Jamie beobachtete ihn und runzelten die Stirn, weil er annahm, der Mann habe sich das berühmte Horn der Zeit seines Clans ausgeborgt. Eine Kostbarkeit, die nur angefasst werden durfte, wenn der Laird der Macphersons die Führung des Clans an seinen Nachfolger übergab. Jamie war überzeugt, dass der Mann die Bedeutung dieses Horns nicht kannte, und er ging auf ihn zu. Als er dann jedoch näher hinsah, stellte sich heraus, dass das Trinkhorn des Feiernden ein ganz gewöhnliches Ochsenhorn war.

Der Mann zechte einfach nur gern – wie alle Gälen.

Doch dessen schallende Stimme verstärkte den Lärm noch, und der ganze Rummel wurde so erdrückend laut, dass Jamie einen Arm um seine Braut legte und sie dicht an seiner Seite hielt, während er sich mit zusammengekniffenen Augen in der rauchverhangenen Halle umsah. Es dauerte einen Moment, bis seine Augen sich an das Halbdunkel und das Fackellicht gewöhnt hatten und das Geschrei und Gebrüll seinen Ohren nicht mehr so wehtat.

Das ausgelassene Gelächter, das Stimmengewirr und die bierseligen Lieder.

Dieses Beisammensein lärmender, fröhlicher Menschen, wie Baldreagan es vermutlich schon seit Jahren nicht mehr erlebt hatte.

Tatsache war, dass der Lärm und das Durcheinander im Großen Saal sich schon fast mit dem Chaos auf dem Burghof messen konnten. Und Jamie war nie im Leben dankbarer gewesen, sich in einem solchen Wirbel lärmender Betriebsamkeit verlieren zu können.

Er war froh über jede Zerstreuung, die ihn von seinen Gedanken an das nasse Plaid und an einen Verdacht ablenkte, der so beharrlich und bedrückend war, dass er sich wie ein eisernes Joch um seinen Hals zu legen schien.

Aber morgen war noch früh genug, um über diese verstörenden Gefühle nachzudenken.

Bis dahin würde er sich ein Lächeln abringen und sich so gut gelaunt wie möglich zeigen. Und ansonsten würde er auf der Hut sein und ein scharfes Auge auf allzu dunkle Ecken haben.

Und auch auf Ecken, die er gut zu kennen glaubte – so sehr ihm dieser Gedanke auch missfiel.

Aber wie hatte Kenneth MacKenzie einmal gesagt? Noch niemand hat Schweine fliegen sehen. Und auch nasse Plaids flogen nicht in dunkle Mausoleen und ließen sich auf den Gräbern längst verstorbener Ritter nieder.

Jamie holte tief Atem und stieß ihn langsam wieder aus. Und er zog Aveline noch fester an sich.

O ja, irgendetwas stimmte hier nicht.

Und bis er dieses Rätsel gelöst hatte, würde er seine Verlobte nicht von seiner Seite weichen lassen.

»Oh, oh! Wie ich sehe, haben die Klatschmäuler diesmal sogar recht gehabt!«, rief eine helle weibliche Stimme direkt neben ihm. »Du hast dir wirklich eine schöne *Fee* gesucht!«

Jamie fuhr herum und stieß beinahe mit einer rothaarigen jungen Frau mit blitzenden Augen zusammen, von der niemand zu behaupten wagen würde, sie sei eine Fee.

»Gelis!«, begrüßte er Duncan MacKenzies jüngste Tochter. »Grundgütiger, wie erwachsen du geworden bist!«

Er betrachtete sie erstaunt. Wie fraulich sie in den wenigen Monaten seit seinem letzten Besuch auf Eilean Creag geworden war! »Du bist wie eine entfesselte Naturgewalt – schleichst dich an uns heran, während ich meine zukünftige Gemahlin ganz vornehm an den Hohen Tisch führen wollte.«

Das Mädchen warf sein flammend rotes Haar zurück und wandte sich Aveline zu, um sie mit unverhohlener Neugier, aber auch mit einem warmen, spitzbübischen Lächeln im Gesicht, zu mustern.

»Ach, weißt du was? Das werde ich übernehmen«, trillerte sie und nahm Aveline an der Hand, um sie mit sich zu ziehen, geradewegs durch das Gewühl der Feiernden und auf den Hohen Tisch zu.

»Er wird gleich nachkommen, keine Angst«, sagte sie mit einem verschwörerischen Augenzwinkern. »Unser Jamie braucht hin und wieder einen kleinen Anstoß, um auf Trab gebracht zu werden«, fügte sie hinzu und drängte Aveline, an der Tafel Platz zu nehmen. »Er sorgt sich viel zu sehr um Schicklichkeit und Anstand.«

»Und Ihr nicht?« Aveline betrachtete die junge Frau fasziniert und dachte, noch nie ein lebhafteres, atemberaubenderes Geschöpf gesehen zu haben.

Mit dem glänzenden kupferfarbenen Haar, den funkelnden Augen und den entzückenden Grübchen war sie überaus bezaubernd.

Und auch sinnenfroh, das konnte Aveline in ihren Augen sehen. »Dann kümmert es Euch also nicht, was die verheirateten Frauen sagen?«

Gelis lachte und setzte sich neben sie auf die Bank. »Nicht, wenn ich es vermeiden kann!«, erwiderte sie, während sie ihre Röcke glatt strich. »Sich sorgen ist etwas für Graubärte und – Jamie!«

»Ha! Und der Mond ist gerade vom Himmel gefallen«, warf eine schwarzhaarige Schönheit von der anderen Seite des Tisches ein. »Meine Schwester sorgt sich unaufhörlich. Leider nur viel zu oft um Dinge, die sie überhaupt nichts angehen.«

Sie hob lächelnd den Weinkelch. »Ich bin Arabella«, stellte sie sich vor und wirkte dabei ebenso ruhig und gelassen, wie ihre Schwester aufgedreht und ausgelassen war. »Und das ist Lady Juliana, die Gemahlin unseres Bruders Robbie«, sagte sie und deutete auf eine etwas ältere, aber nicht minder gut aussehende Frau am Ende der langen Tafel. »Genau wie ich ist sie mitgekommen, um unsere kleine Gelis aus Schwierigkeiten herauszuhalten.«

»Die *›kleine‹?*« Gelis beugte sich vor, bis ihre vollen Brüste aus dem tief ausgeschnittenen Mieder hervorzuquellen drohten. »Ich bin nicht mehr so klein, dass gewisse kühne Männeraugen meine Reize nicht bereits bewundert hätten!«

Arabella stellte den Kelch auf den Tisch zurück. »Wie Ihr sehen könnt, ist meine Schwester auch überaus bescheiden.«

Gelis zuckte mit den Schultern. »Würdest du deine Reize nicht ständig unter einem Schultertuch verbergen, würden ein paar Männer bestimmt auch in deine Richtung schauen«, entgegnete sie schnippisch, ergriff ihren langen Zopf und schwenkte ihn vor ihrer Schwester hin und her. »Du weißt so gut wie ich, dass deine *Vorzüge* sogar noch größer sind als meine.«

Dann legte die die Hände um ihren Weinkelch und schaute unter halb gesenkten Wimpern einem vorübergehenden MacKenzie nach.

Einem ganz besonders gut aussehenden.

»Und deine wippen auch mehr«, bemerkte Gelis, als sie ihre Aufmerksamkeit wieder ihrer Schwester zuwandte. »Zumindest täten sie das, wenn du sie besser zur Geltung bringen würdest«, fügte sie hinzu.

Arabella errötete. »Wir sind nicht hierhergekommen, um glutäugigen Wachen zuzulächeln«, ermahnte sie ihre Schwester, und es lag etwas in ihrem Ton, bei dem es Aveline kalt über den Rücken lief.

Aber das Gesicht der dunkelhaarigen Schönheit verriet ihr nichts. Arabella saß kerzengerade da, ein Bild der Wohlerzogenheit und Würde, und ihre Aufmerksamkeit galt allein der Scheibe Brot, die sie mit Moragს köstlichem Heidekrauthonig bestrich.

Ihre rothaarige Schwester hingegen schien nicht stillsitzen zu können.

Gelis rutschte auf der Bank herum und warf immer wieder kesse Blicke zu dem Tisch hinüber, an dem die jungen Leibgardisten der MacKenzies saßen.

Und auch einige von Jamies draufgängerischen Cousins, wie Aveline wusste.

Sie wusste aber auch, dass kein Mann *sie* jemals mit derart unverhohlenem Verlangen angesehen hatte.

Denn anders als die MacKenzie-Schwestern hatte sie kleine Brüste, von denen sie nie würde befürchten müssen, dass sie so aufreizend aus dem Ausschnitt ihres Kleids hervorzuquellen drohten. Eine Art und Weise, die Männer vermutlich schon von Anbeginn der Zeit an betört und fasziniert hatte.

In Avelines Fall war das ein wirklich höchst bedauernswerter Mangel, der ihr schwer zu schaffen machte und sie sogar mit einem gewissen Neid erfüllte, über den sie nicht näher nachzudenken wagte.

Als jemand Jamies Namen erwähnte, erinnerte sich Aveline daran, wie seine Augen sich vor Leidenschaft verdunkelt hatten, als er sie im Burgherrenzimmer ihres Vaters geküsst hatte und ihr Kleid heruntergerutscht war und ihre Brustwarze entblößt hatte.

Und sie erinnerte sich auch, wie unendlich sanft er sie berührt hatte.

Sogleich durchflutete sie eine süße, träge Hitze, die ein schon fast schmerzhaftes Sehnen in ihr weckte, seine warmen Hände wieder auf ihrer Haut zu spüren. Nicht einmal in ihren kühnsten Träumen hätte sie gedacht, dass die Berührung eines Mannes derart verwirrend sein könnte. Allein schon die Erinnerung daran löste ein Prickeln zwischen ihren Beinen aus, eine ganz eigenartige, aber angenehme Hitze, die sich tief in ihrem Innersten zu bündeln schien. Sie veränderte ganz unwillkürlich ihre Haltung auf der Bank und hoffte, dass niemand den Grund für ihre Unruhe erriet.

Und dass sie später Gelegenheit bekommen würde, dieses merkwürdige Prickeln näher zu erforschen …

»Baldreagans Rinder, eh?«

Munros dröhnende Stimme riss Aveline aus ihrer Träumerei, und sie schaute zum Ende des Tisches, wo sie den alten Herrn in ein angeregtes Gespräch mit Lady Juliana vertieft sah. Zu Avelines Erleichterung sah er alles andere als schwach oder verängstigt aus. Und sie kannte auch nur allzu gut das Glitzern, das in seinen Augen stand. Es war ein Blick, den sie auch von ihrem Vater kannte, aber Juliana MacKenzie sah ganz so aus, als wäre sie Munro durchaus gewachsen.

Diese wohlgestaltete, ausgesprochen gut aussehende Frau hatte makellose, glatte Haut und üppiges rotgoldenes Haar, das im Schein der Fackeln wie feinste Seide schimmerte und glänzte. Und wie ihre beiden jungen Schützlinge war sie von der Natur mit einem der üppigsten, verführerischsten Busen ausgestattet worden, die Aveline je gesehen hatte.

»Mein Schwiegervater Duncan MacKenzie möchte im kommenden Frühjahr einen neuen Zuchtstier kaufen«, sagte sie gerade und beobachtete Munro über den Rand ihres Kelches. »Möglicherweise würde er sogar zwei nehmen, wenn die Bedingungen annehmbar sind.«

»*Annehmbar?*« Munro schlug mit der Hand auf den Tisch und brach in schallendes Gelächter aus. »Meine Bedingungen ...«

»Werden mehr als annehmbar sein«, verkündete Jamie in einem Ton, der keinen Widerspruch zuließ. »Sie werden fair und angemessen sein.«

Munro funkelte ihn an. »Was verstehst du schon vom Viehhandel?«

»Ich weiß mehr darüber, als du glaubst.«

Jamie nickte Lady Juliana zu, als er an den Tisch trat, und schenkte sich dann einen Becher Bier ein, den er in einem

Zug leerte, bevor er ihn mit einem dumpfen Klirren wieder auf den Tisch zurückstellte.

Den Blick noch immer auf seinen Vater gerichtet fuhr er sich langsam mit der Hand über den Mund.

Seine Braut sah im goldenen Licht des Kaminfeuers viel zu verführerisch aus, und er konnte eine solche Ablenkung jetzt nicht gebrauchen – nicht, solange ihm das Bild dieses verdammten nassen Plaids im Kopf herumspukte.

Aber seinen Vater wollte er unbedingt ablenken. Nur so konnte er mehr als Geschwätz, Gezeter und Geschnaube aus ihm herausholen.

Deshalb nahm Jamie am Tisch Platz, nahm ein Stückchen Käse von einer Platte und warf es Cuillin zu. Dann setzte er sich bequem hin und eröffnete die Offensive.

»Wer sich solch prasselnde Feuer in jedem einzelnen Kamin erlauben kann, der kann es sich auch leisten, freigebig zu sein, wenn er einem langjährigen Verbündeten Vieh verkauft.«

Wie Jamie es erwartet hatte, presste sein Vater die Lippen zusammen und funkelte ihn böse an.

Aber er sagte nichts.

»Und ich hoffe«, fuhr Jamie fort, während er langsam mit dem Zeigefinger über den Rand seines Bechers strich, »dass du ein mindestens ebenso warmes Feuer in deinem Schlafzimmer brennen hast. Die Nacht ist kalt, und ich möchte nicht, dass du dir eine Erkältung holst.«

Munro krallte die Hände um den Rand des Tisches und beugte sich zu Jamie vor. »Da ich nie wieder in besagtem Zimmer schlafen werde, besteht auch keine Gefahr, dass ich mich dort erkälte.«

Nachdem er Morag ein Zeichen gegeben hatte, ihm Bier nachzuschenken, lehnte er sich auf seinem thronähnlichen

Burgherrensessel zurück und schenkte Jamie eines seiner seltenen Lächeln.

Ein selbstzufriedenes, überlegenes Lächeln.

Schmallippig und rebellisch.

»Genau genommen ist es so«, fuhr er fort, den Blick noch immer auf seinen Sohn gerichtet, »dass ich in diesem Moment beschlossen habe, in *deinem* Zimmer zu nächtigen. Du kannst dafür das meine haben.«

Jamie wolle sich nicht provozieren lassen und zuckte nicht einmal mit der Wimper. »Wie du willst. Ehrlich gesagt bin ich sogar sehr erleichtert, denn ich habe von deiner Absicht erfahren, die Nacht im Großen Saal zu verbringen. Und dass hätte ich nicht geduldet. Zu viele Männer bereiten sich heute hier ihr Lager, und ich will nicht, dass deine Nachtruhe gestört wird.«

Nicht, wenn einer dieser Männer womöglich zwei Gesichter zur Schau trug.

Und etwas Übles plante, bei dem ein nasses Plaid eine Rolle spielte.

Jamie, der sich dessen nahezu sicher war, streckte die Hand aus legte sie auf die mit Altersflecken übersäte Hand seines Vaters. »Ich möchte etwas wissen«, sagte er leise. »Als Neill das letzte Mal bei dir war, hat er da sein Totenhemd oder sein Plaid getragen?«

»Sein Plaid, du Narr!«, fauchte Munro und zog seine Hand zurück. »Und es war triefnass!« Er schaute sich nach der alten Morag um und warf ihr einen ärgerlichen Blick zu. »Wie jeder in diesem Großen Saal weiß!«

»Dann werde ich ein trockenes für ihn bereithalten, falls er es wagen sollte, wieder zu erscheinen«, erklärte Jamie und wappnete sich gegen den nächsten Zornesausbruch seines Vaters. »Und du kannst auch ganz beruhigt in meinem Zimmer schlafen. Du und zwei vertrauenswürdige Wachen.«

»*Zwei vertrauenswürdige Wachen!*«, äffte Munro ihn nach und sah sich Beifall heischend um. »Niemand auf dieser Welt kann eine Flut aufhalten, wenn das Wasser sich erst einmal in Bewegung gesetzt hat. Ich bin in meinem Bett fast ertrunken, und keine noch so kräftigen Wachleute hätten mir helfen können, wenn das Wasser nicht von selbst zurückgegangen wäre.«

»Aber auch so tückische Gewässer wie der Garbh Uisge können keinen Schaden anrichten, wenn man sie meidet.« Lady Juliana nahm eine Platte mit gefüllten Waffeln und setzte Munro vor, dabei wandte sie ihren eindringlichen Blick nicht von Jamie ab. »Manch einer würde ruhiger schlafen, wenn du schwören würdest, das Wildwasser zu meiden«, sagte sie zu ihm, und irgendetwas in ihrem Blick machte, dass sich alles in ihm zusammenkrampfte.

»Glaub mir«, sagte er, »ich habe nicht den Wunsch, dorthin zu gehen. Wenn je ein übler Wind durch diese Berge blies, dann dort. Aber ich werde mir den Schaden an der Brücke ansehen«, fügte er hinzu und spürte die Blicke aller Anwesenden am Hohen Tisch auf sich. »Die Brücke muss auf jeden Fall repariert werden.«

»Dieses gottverdammte Ungetüm lässt sich nicht mehr reparieren«, brummte Munro und biss in eine Waffel. »Ich habe das verfluchte Ding ins Feuer der Hölle geschickt, wo es hingehört!«

»›Ins Feuer der Hölle‹?« Jamie wechselte einen Blick mit Aveline, aber sie sah so ratlos aus wie er.

»O ja. Geradewegs zu Luzifer persönlich«, knurrte Munro und griff nach einer zweiten Waffel.

»Das soll heißen, dass er sie hat verbrennen lassen«, warf

Beardie ein, der jetzt die Treppe zum Hohen Tisch heraufkam. »Die ganze Brücke. Bis auf den allerletzten Splitter.«

Die ganze Brücke. Bis auf den allerletzten Splitter.

Die Worte gingen Jamie im Kopf herum, und eine böse Ahnung erfasste ihn, als Beardie näher kam und das rote Glühen des Feuerscheins dessen große, massige Gestalt umrahmte.

Jamie blickte von seinem Cousin zu seinem Vater und wieder zurück. »Sag nicht, dass die dicken Holzscheite, die in den Kaminen brennen, von dieser Brücke sind!«

Munro holte tief Luft und murmelte etwas Unverständliches. Aber das ärgerliche Funkeln in seinen Augen bestätigte Jamie, dass sein Verdacht richtig war.

Sein knauseriger Vater hatte kein Geld für Feuerholz für die Dutzenden von Kaminen auf Baldreagan ausgegeben. Das anheimelnde Glühen, das Jamie hinter allen Turmfenstern gesehen hatte, waren die brennenden Überreste dessen, was seine Brüder umgebracht hatte.

Und Beardies heftiges Nicken bestätigte es ihm.

Sichtlich erfreut, der Überbringer bisher noch nicht bekannter Neuigkeiten zu sein, trat er mit seinem verrosteten Wikingerhelm in den Händen hinter Gelis.

»Was glaubst du, wo wir alle in den letzten Tagen waren?«, fragte er und deutete mit erhobener Augenbraue auf einige andere Clanangehörige, die in einem etwas dunkleren Teil des Saales saßen.

Der Tod lauert in diesen Schatten. Jamie hätte schwören können, dass jemand ihm diese Worte zugeflüstert hatte. Jemand, der dicht hinter ihm stand und in dessen leiser Stimme eine klare Warnung lag. Doch als er sich halb umwandte und über die Schulter schaute, stand niemand nahe genug, um ihm die Warnung zugeflüstert zu haben.

Hughie Mac hielt auf der anderen Seite des Saales Hof und spielte flott und schwungvoll auf seiner Fidel. Und einer von Jamies Cousins hatte eine dralle Küchenmagd in die relative Ungestörtheit einer Fensterlaibung gezogen, wo das flackernde Fackellicht nicht nur den hellen Schimmer ihrer nackten Brüste offenbarte, sondern auch die unter ihren hochgeschobenen Röcken herumgrabschende Hand seines Cousins. Andere Cousins waren damit beschäftigt, zwei MacKenzies anzufeuern, die sich eine Runde Armdrücken an einem der langen Tische lieferten.

Morag stand in der Nähe der Stufen zum Hohen Tisch und behielt Beardies ältere Jungen im Auge, die einige der spielfreudigeren Burghunde um die hölzerne Trennwand herumjagten, die den Großen Saal vom Eingang abgrenzte.

Nichts schien anders zu sein, als es sein sollte.

Trotzdem hätte Jamie schwören können, dass unheilvolle, böse Augen ihn beobachteten.

»Das waren schlimme Stunden da unten am Garbh Uisge«, bemerkte Beardie gerade, und einige andere Clanangehörige nickten schaudernd. »Auseinanderzunehmen, was von der Brücke noch geblieben war, und den Rest aus dem Wasser herauszufischen ... ich würde das nicht noch einmal tun wollen.«

Jamie legte den Kopf in den Nacken und blickte mit einem frustrierten Seufzer zu den rauchgeschwärzten Deckenbalken hoch.

Ich würde das nicht noch einmal tun wollen, hatte Beardie gesagt.

Ein Muskel zuckte an Jamies Wange. Wäre es doch überhaupt nie getan worden!

Er wünschte sich, es wäre so, als er die Schultern straffte, um sich gegen das ungute Gefühl zu wappnen, das wie eine kalte Hand an seinem Rücken hinunterglitt. Seit dem Moment, in dem er das nasse Plaid entdeckt hatte, war er fest entschlossen gewesen, die eingestürzte Brücke genauestens zu untersuchen.

Sich jeden Zentimeter des altersmorschen, zersplitterten Holzes anzusehen, um festzustellen, ob irgendetwas darauf hindeutete, dass die Brücke mutwillig beschädigt worden war.

Aber jetzt konnte er nur noch die Asche der Brücke aus Baldreagans Kaminen fegen.

Und dafür sorgen, dass der verdammte Bastard, der ihn aus den Schatten mit finsteren, hasserfüllten Blicken durchbohrte, von seiner Braut und seinem Vater ferngehalten wurde.

Jamie machte sich auf eine heftige Auseinandersetzung mit Letzteren gefasst, als er über den Tisch fasste und die Platte mit den Waffeln außer Reichweite seines Vaters schob.

»Wessen Idee war es, die Überreste der Brücke zu verbrennen?«

»Die der Geister«, antwortete Beardie, der inzwischen neben Gelis Platz genommen hatte. »Neill war wegen dieser furchtbaren Geschehnisse sehr wütend auf deinen Vater und gab ihm zu verstehen, dass er keinerlei Erinnerung an die Tragödie wollte.«

»Blödsinn! Das war meine Idee«, widersprach Munro und ließ seine Faust auf den Tisch krachen. »Meine und Alan Mors. Ich bezahle den Bau einer neuen Brücke, und er kümmert sich um die Anfertigung der Sarkophage für meine Söhne. Das gehört zu unserer Abmachung«, erklärte er mit einem Blick auf Jamie. »Um die Geister zu besänftigen.«

Jamie runzelte die Stirn und biss sich auf die Lippen.

Beardie machte ein zweifelndes Gesicht. »Aber Ihr sagtet doch, sie wären wütend ...«

»Und das sind sie auch!«, versetzte Munro scharf und sah ihn finster an. »Ich kann beim besten Willen nicht verstehen, warum sie nicht auch Alan Mor heimsuchen. Er trägt schließlich die gleiche Schuld daran, dass die Brücke so verfallen war. Gott weiß, dass wir das Ding gemeinsam benutzt haben!«

»Und hat irgendjemand die Brücke untersucht, bevor ihr sie in Feuerholz verwandelt habt?«, beharrte Jamie, was ihm einen weiteren finsteren Blick seines Vaters eintrug.

Als er keine andere Antwort erhielt als diesen Blick, erhob er sich.

»Ich werde Lady Aveline zu Kendricks früherem Zimmer begleiten«, sagte er und trat bereits hinter sie, um ihr aufzuhelfen. »Es liegt dem deinen am nächsten, Vater, und da ich mich über einen Besuch von Neill oder wer auch immer sonst erscheinen möchte, freuen würde, nehme ich dein Angebot, die Zimmer zu tauschen, gerne an.«

Munro grunzte etwas und griff nach seinem Bier. »Es wird dir noch leid tun, dass du dich über die Geister deiner Brüder lustig machst«, warnte er düster und nahm einen tiefen Zug aus seinem Becher. »Sie *gehen* hier um und werden über deinen Spott nicht erfreut sein.«

Jamie zuckte die Schultern. »Und ich werde nicht erfreut sein, wenn ich dem Garbh Uisge einen Besuch abstatte und Anzeichen dafür finde, dass dort etwas nicht mit rechten Dingen zugegangen ist!«

Er legte seinen Arm um Avelines Taille und zog sie an sich, weil er das Gefühl hatte, er müsste sie beschützen. »Ob die Brücke abgerissen wurde oder nicht, vielleicht ist trotzdem noch etwas zurückgeblieben, was die *Geister* uns nicht sehen lassen wollen. Und wenn das so ist, dann werde ich es finden, darauf könnt ihr euch verlassen.«

Um sicherzugehen, dass auch alle Verwandten und Freunde ihn gehört hatten, blickte er sich langsam um.

Und er hoffte, dass auch jene ihn gehört hatten, die ihm *nicht* freundlich gesinnt waren.

»Und wenn ich etwas finde, werde nicht *ich* es sein, dem das leid tun wird«, fügte er noch hinzu, bevor er sich abwandte und mit Aveline auf die Wendeltreppe zuging.

Doch sie wurden von Gelis aufgehalten, die aufgesprungen und ihnen nachgelaufen war.

»Nein!«, rief sie und packte Jamie am Arm. »Du darfst nicht zu den Wasserfällen gehen! Versprich mir, dass du das nicht tun wirst!«

Verwundert wandte er sich zu ihr um. Doch die Furcht, die er in ihren Augen sah, und die Blässe ihres Gesichts bestärkten ihn noch in seinem Entschluss, der Ursache des Brückeneinsturzes auf den Grund zu gehen. Denn Gelis war Linnet MacKenzies Tochter.

Und Jamie hütete sich davor, Warnungen in den Wind zu schlagen, die aus dieser Richtung kamen. Andererseits wusste er, dass er besonders vorsichtig sein musste. Er nahm Gelis' Hand, drückte sie beruhigend und lächelte das Mädchen an.

»Mach dir keine Sorgen«, sagte er und dachte, dass er wohl schon zum hundertsten Mal in den letzten Tagen eine nichtsahnende junge Frau belog. »Ich werde nicht einmal in die Nähe des Garbh Uisge gehen.«

Aber vielleicht schaue ich mich ein wenig auf dem Hang oberhalb des Flusses um.

Das Letztere ließ er natürlich ungesagt.

»Es gefiel mir nicht, wie sie dich angesehen hat«, sagte Aveline, nachdem sie die Wendeltreppe hinaufgegangen waren.

»Wer? Gelis?« Jamie sah sie erstaunt an. »Die kesse kleine Tochter des Schwarzen Hirschen?«

Aveline nickte und strich mit den Händen über ihre Röcke. Sie ärgerte sich darüber, dass ihre Handflächen plötzlich feucht geworden waren. Und über die Tatsache, dass sie an Gelis MacKenzie ganz und gar nichts ›Kleines‹ gesehen hatte.

Aber eigentlich spielte das keine Rolle.

Sie mochte das Mädchen. Und Jamie – der natürlich mit den Ohren eines Mannes hörte – hatte sie völlig falsch verstanden.

Trotzdem wünschte sie, sie könnte ihre Worte ungeschehen machen. Aber da das unmöglich war, ließ sie sich von Jamie über den nur schwach beleuchteten Gang zu dem leeren Zimmer führen, das einmal seinem Bruder Kendrick gehört hatte.

Sie biss sich auf die Lippen, als sie über die Schwelle traten, und ihre eigene innere Erregung war sofort vergessen. O Gott, die Stille in dem Zimmer zerriss ihr fast das Herz!

Sie hatte Kendrick immer gut leiden können, auch wenn sie sich, wie ihre Schwestern und jede andere Frau mit einem Fünkchen Verstand, immer darüber im Klaren gewesen war, dass man ihn nicht hatte ernst nehmen dürfen. Dieser unverbesserliche Schürzenjäger, charmant, blasiert, aber auch immer amüsant, war der draufgängerischste der Macpherson-Brüder gewesen.

Stets ein Lächeln auf den Lippen hatte er auf Teufel komm raus mit allen Frauen geflirtet und selbst der ältesten von ihnen das Gefühl gegeben, schön zu sein.

Aveline schluckte und kämpfte gegen die Enge in ihrer Kehle an.

Selbst bei den wenigen Malen, da sie seinen Geist gesehen hatte, war er ihr so leibhaftig vorgekommen, so unglaublich lebendig.

Ganz und gar nicht wie ... tot.

»Komm, Mädchen.« Jamie sah sich über die Schulter nach ihr um. »Du musst dir keine Sorgen wegen Gelis machen. Und du musst auch keine Angst vor diesem Zimmer haben. Kendrick ist nicht hier.«

Aber Aveline war sich dessen nicht ganz so sicher.

Gelis beunruhigte sie nicht wirklich, aber dieses Zimmer strahlte noch so viel von Kendricks Wesen und seiner Lebensfreude aus, dass sie nur schwer dem Impuls widerstehen konnte, sich suchend nach ihm umzusehen.

Das Gefühl, dass er jeden Augenblick auf sie zukommen könnte, um ihnen eine Erfrischung anzubieten und frivole kleine Geschichten zu erzählen, war so stark, dass sie fröstelte und die Hände ineinander verschränkte, während Jamie die Tür schloss und dann verriegelte.

Er stieß einen zufriedenen Seufzer aus, nachdem er den Riegel vorgeschoben hatte, aber abgesehen von diesem Laut schien er nichts weiter sagen zu wollen.

Und tatsächlich ging er wortlos durch das Zimmer, nahm die Kerze vom Tisch neben dem Bett und zündete sie am Kaminfeuer an. In einer Ecke des Zimmers zischte und glühte ein Kohlenbecken, und auch einige der Wandfackeln brannten und spendeten Licht. Jamie ging mit der brennenden Kerze herum und zündete auch die anderen Kerzen im Zimmer an.

»Um die *Gespenster* besser sehen zu können«, glaubte Aveline ihn sagen zu hören.

Sie hatte nach anderen Stimmen gelauscht, weil es ihr so schwerfiel, sich vorzustellen, dass Kendrick nicht mehr war.

Und weil ihr gar nicht wohl bei dem Gedanken war, sein Zimmer für sich zu beanspruchen. Allein bei dem Gedanken, hier zu schlafen, durchrieselte es sie kalt, egal, wie viele Kerzen Jamie angezündet hatte.

Es war zudem eine unnötige Extravaganz, weil genügend Mondlicht in das Zimmer fiel, um dessen prunkvolle Einrichtung mit seinem silbrigen Schein zu erhellen.

Und prunkvoll war sie in der Tat.

Als Aveline sich umsah, dachte sie, dass sie selten eine so verschwenderische Pracht und Eleganz in einer Burg gesehen hatte.

Statt der üblichen Binsenstreu bedeckten weiche Tierfelle die Bodendielen, und weitere Felle, die sogar noch weicher und kostbarer aussahen, machten das große Himmelbett zu einer fast unwiderstehlichen Versuchung.

Mit wild pochendem Herz ging sie zu einem der hohen Bogenfenster, um tief die kühle, feuchte Nachtluft einzuatmen. Sie brachte den Geruch von Regen, nassem Gemäuer und Asche mit, aber auch eine Spur des anregenden Dufts von Heidekraut und Kiefern.

Von weichem Nebel und dunklen, tief hängenden Wolken.

Es waren die einem jeden Highlander vertrauten Gerüche, die ganz ähnlich waren wie jene, die sie von Fairmaiden kannte. Nur dass sie hier, in diesem feudalen Zimmer mit den schweren Eichenmöbeln und den kostbaren Behängen an den Wänden, eine fast schon berauschende Wirkung auf sie hatten.

Und die tiefe, elementare Sehnsüchte in ihr weckten. Sehnsüchte, die auch Kendricks Geist nicht auszulöschen vermochte. Besonders nicht, als James von der Heide jetzt auf sie zukam und sie unter seinem Blick zu zerfließen glaubte.

»Du musst dich wegen Gelis nicht sorgen«, betonte er noch einmal, als er nur einen Schritt weit entfernt vor ihr stehen blieb. Er beugte sich zu ihr herunter und strich unendlich zart mit den Lippen über ihren Mund. »Ich glaube, du hast schon in jener Nacht im Wald gewusst, wer mich verzaubert hat.«

Er hob den Kopf, um Aveline anzusehen. Sie machte einen zittrigen Atemzug, als sie seinen Geschmack noch immer berauschend süß auf ihren Lippen spürte.

»Ich meinte nicht ...«

»Ich weiß, was du gemeint hast«, unterbrach er sie und strich ihr mit dem Handrücken über die Wange. »Aber du sorgst dich ganz umsonst. Duncan MacKenzies Töchter sind wie Schwestern für mich. Ich könnte nie etwas anderes in ihnen sehen. Obwohl ich zugeben muss, dass sie sehr hübsch sind!«

Aveline wandte den Blick ab.

Aber Jamie legte eine Hand unter ihr Kinn und hob ihr Gesicht zu einem weiteren Kuss zu sich empor. Einem ebenso zärtlichen, aber sehr viel innigeren diesmal, bei dem er mit der Zungenspitze zwischen ihre Lippen glitt. »Du musst wissen«, sagte er, als er den Kuss beendete, »dass die beiden Mädchen schon bei ihrer Geburt versprochen worden sind.«

Er legte einen Arm um Aveline und zog sie näher. »Oder zumindest stand schon immer außer Zweifel, dass sie einmal mit hochrangigen Männern verheiratet werden. Falls ihr Vater nicht damit aufhört, sie hinter den mächtigen Mauern seiner Burg zu verstecken.«

Aveline sah ihn fragend an. »Ich dachte, sie wären in den Norden gereist, um sich nach möglichen Heiratskandidaten umzusehen?«

»Aber nein, Liebste. Sie sind aus einem anderen Grund hierhergekommen.« Jamie zog sie noch fester an sich und streichelte ihr beruhigend den Rücken. »Und dieser Grund hat nichts mit Heiraten zu tun, falls ihr Vater ihnen so etwas überhaupt jemals erlauben sollte.«

»Du kennst den wahren Grund?«

Nun war es Jamie, der den Blick abwandte und ihn auf die hohen Fenster und die Dunkelheit dahinter richtete. »Ich glaube, dass ich ihn erraten habe.«

»Und wirst du mir sagen, warum sie wirklich hier sind?«

Er schwieg, doch der kleine Muskel an seinem Kinn zuckte, und Aveline hätte schwören können, dass Jamie sich angespannt hatte.

O ja, sie spürte die Beklommenheit, die ihn jetzt erfüllte. Die nervöse Unruhe und Anspannung, die sie fast auf der Zunge schmecken konnte und die beunruhigend genug waren, um auch ihr Herz zum Rasen zu bringen.

Deshalb schlang sie die Arme um seinen Nacken und verschränkte die Finger unter seinem Haar. Aveline war entschlossen, ihn nicht eher wieder loszulassen, bis er ihr gesagt hatte, was sie wissen wollte.

Wissen *musste*.

»Hat es vielleicht damit zu tun, wie Lady Gelis dich angesehen hat?« Aveline sah ihm prüfend in die Augen. »Als sie uns im Großen Saal nachgelaufen ist?«

»War das der Blick, den du vorhin gemeint hast?« Jamie streckte die Hand aus und strich ihr über das Haar. »Du warst gar nicht eifersüchtig? Nur beunruhigt wegen ihrer Warnung?«

»Dann *war* es also eine Warnung?«

Er zog die Schultern hoch. »Ich kann nur raten, aber ich würde sagen, ja. Die Frauen sind nur aus einem Grund hierhergekommen. Um mich zu warnen, mich von der Wildwasserklamm fernzuhalten.«

Aveline erschauderte.

Jamie entzog sich ihr und begann, nervös im Zimmer hin und her zu gehen, wobei er in alle Winkel und Ecken spähte und immer wieder zu der verschlossenen und verriegelten Tür hinübersah.

Das Licht um sie herum schien plötzlich dunkler zu werden, die Schatten schienen näher zu kommen. Jamie ging an einem der Fenster vorbei, und Aveline erhaschte einen Blick auf den Mond, der sich hinter den Wolken hervorschob und das Zimmer sogleich wieder mit seinem schwachen, silbrigen Licht erfüllte.

Es war ein kaltes Licht, da selbst das so munter prasselnde Feuer im Kamin seine Wärme verloren zu haben schien.

Aveline biss sich auf die Lippen und rieb sich die Arme, um sich gegen die jähe Kälte im Zimmer zu schützen. »Aber gewiss befürchten sie doch nicht, dass auch dir dort etwas Schlimmes zustoßen könnte?«

Jamie wandte sich langsam zu ihr um. »Ich sage es dir nur ungern, Liebste, aber ich bin davon überzeugt, dass sie *wissen*, dass etwas Unerfreuliches geschehen wird«, sagte er. Es lag ihm fern, Aveline zu beunruhigen, aber er hielt es für besser, ihr die Wahrheit nicht zu verschweigen. »Die Mutter der Mädchen hat das zweite Gesicht. Ihre hellseherischen Fähigkeiten sind so unfehlbar und wahr, wie ich hier vor dir stehe. Ich habe viele Male selbst gesehen, dass ihre Visionen sich auf schreckliche Weise bewahrheitet haben.«

Aveline blieb fast das Herz stehen. »Und du denkst, sie hat etwas gesehen?«

»Ich kann mir keinen anderen Grund für den Besuch der

MacKenzies denken.« Jamie rieb sich den Nacken. »Selbst der Vorwand, im Auftrag des Schwarzen Hirschen mit meinem Vater über den Kauf einiger Stiere verhandeln zu wollen, klingt für mich sehr unglaubhaft.«

»Weil Duncan MacKenzie für derlei Dinge bisher immer seine Männer geschickt hat?«

»Genau.«

»Dann musst du sie dazu bringen, dir zu sagen, was sie wissen.« Aveline lief zu ihm und packte ihn am Arm. »Wenn sie wissen, dass du es bereits erraten hast, werden sie es dir nicht länger verschweigen.«

Jamie schüttelte den Kopf. »Sie haben ohnehin schon mehr gesagt, als ratsam ist«, entgegnete er, griff nach ihrer freien Hand und führte sie an seine Lippen. »Als Highlanderin müsstest du wissen, dass es nicht klug ist, in Dingen herumzustochern, die Menschen mit hellseherischen Fähigkeiten offenbart wurden. Die Mädchen haben mich gewarnt, und diese Warnung will ich gern beherzigen.«

Aveline runzelte die Stirn. »Aber ...«

»Es genügt. Und es ist eine größere Hilfe, als viele andere sie erhalten.«

Mit einem kleinen Lächeln hauchte er einen Kuss auf die Innenfläche ihrer Hand und schloss dann ihre Finger. »Bewahre diesen Kuss«, riet er lächelnd. »Er wird dich beruhigen, wenn du dir Sorgen machst. Und bewahre bitte auch für dich, worüber wir eben gesprochen haben.«

Avelines Augen weiteten sich vor Schreck. »Du befürchtest, es könnte einen Verräter auf Baldreagan geben?«

Jamie legte ihr die Hände auf die Schultern. »Seit ich gesehen habe, wie sich der Himmel über Neville's Cross von englischen Pfeilen verdunkelte, gibt es kaum noch etwas, das mich schrecken kann«, erwiderte er ehrlich. »Schon gar nicht elende Feiglinge, die sich einen nassen Plaid umlegen, um einen alten Mann in Panik zu versetzen.«

Aber mich erschreckt der Gedanke, was ein solcher Schurke dir antun könnte.

Ohne diese Befürchtung laut zu äußern, ging Jamie zum Kamin und versuchte, nicht darüber nachzudenken, was für Holz es war, das dort so munter brannte.

»Ich stelle nicht infrage, was du mir erzählst hast, Aveline.« Nervös fuhr er sich mit der Hand durchs Haar und hoffte nur, dass sie ihm glauben würde. »Ich glaube dir, dass du Neill und Kendrick mit Hughie Mac bei den Gräbern hast tanzen sehen. Und dass du sie auch unten am Garbh Uisge gesehen hast. Aber trotzdem …«

»Ich *habe* sie gesehen. Das schwöre ich«, beharrte sie. »Und es können nur Geister gewesen sein, denn sie sind vor meinen Augen auch wieder verschwunden. Ich habe gesehen, wie sie sich in Nichts auflösten.«

Aveline ging zu ihm, und Jamie zog sie fest an sich. »Auf dem Friedhof jedenfalls war es so. Bei den Wasserfällen dagegen verloren sie sich einfach irgendwie zwischen den Bäumen.«

»Nun ja, wie dem auch sei …« Jamie strich ihr über das Haar. »Es sind nicht die Geister meiner Brüder, die mir Sorgen machen. Es ist dieser verdammte Bastard, der sich als Gespenst verkleidet, der mir keine Ruhe lässt.«

Aveline machte ein zweifelndes Gesicht. »Glaubst du ernsthaft, dass es ein Mensch aus Fleisch und Blut ist?«

Jamie zog die Augenbraue hoch und sah seine Braut an. »Kannst du ernsthaft glauben, dass es kein Mensch aus Fleisch und Blut ist? Nach dem, was wir in der Kapelle gefunden haben und bei unserer Rückkehr hier vorgefunden haben?«

Zu seiner großen Erleichterung schüttelte Aveline den Kopf.

»Aber was gedenkst du zu tun?«

Jamie grinste. »Das, was ich am besten kann, wenn es nötig ist«, erwiderte er und schlug sein Plaid zurück, um ihr den mit vielen Kerben bedeckten Schaft seiner Wikingeraxt und den lederbezogenen Griff seines Schwertes zu zeigen. »Dafür sorgen, dass den Menschen, die mir am Herzen liegen, nichts geschieht.«

»Und was ist mit denen, die mir am Herzen liegen?«, gab sie zurück und berührte seine Wange. »Oder die dein Vater liebt? Du bist der Einzige, der Lady Linnets Warnung erhalten hat.«

Jamie nahm wieder ihre Hand und küsste die Fingerspitzen. »Ich werde vorsichtig sein, mach dir also bitte keine Sorgen.«

Er lächelte zufrieden und dachte an die Vorsichtsmaßnahmen, die er getroffen hatte.

»Während wir uns hier unterhalten, müssten Beardie und ein weiterer Cousin bereits ihren Posten vor dieser Zimmertür eingenommen haben. Und Beardie«, fügte er augenzwinkernd hinzu, »kann sogar noch besser mit der Streitaxt umgehen als ich. Falls du es noch nicht bemerkt haben solltest, aber er ist mächtig stolz auf seine Wikinger-Vorfahren. Und er kann äußerst unangenehm werden, wenn jemand einer Frau auch nur einen schiefen Blick zuwirft.«

Eher verwirrt als beruhigt blickte Aveline durch ihre dichten, wie in Gold getauchten Wimpern zu ihm auf. »Du hast zwei Wachen vor der Tür postiert, um mich zu beschützen? Wie die zwei, denen du befohlen hast, deinen Vater zu bewachen?«

Jamie grinste wieder. »Ich lasse diese Tür von zwei vertrauenswürdigen Männern bewachen. Beschützen werde ich dich selbst.«

»Oh!« Ihr Blick glitt zu dem großen, mit edlen Fellen bedeckten Bett. »Du meinst, du wirst hier übernachten?«

Jamie folgte ihrem Blick und verspürte fast augenblicklich ein scharfes Ziehen in seinen Lende.

Und genau das war der Grund, warum er die Nacht nicht im selben Zimmer wie Aveline verbringen würde. Und schon gar nicht in diesem prunkvoll ausgestatteten Bett, das sich sein Bruder hier als Liebesnest geschaffen hatte.

Zumindest jetzt noch nicht.

Jamie räusperte sich und ging zum Kamin, froh darüber, sich lenken zu können, bevor seine sinnliche Erregung die Oberhand über seine Vernunft gewann.

»Ich werde im Zimmer meines Vaters schlafen, so wie es sein Wunsch war«, erklärte er und hob einen schweren Wandbehang an, unter dem eine massive Eichentür zum Vorschein kam. »Dieses Zimmer gehörte einmal meiner Mutter, musst du wissen. Deshalb ist es so prunkvoll eingerichtet. Du wirst hier sicher sein, das kann ich dir versprechen.«

Aveline machte große Augen, als er die Tür zu einem kleinen Vorraum öffnete, auf dessen gegenüberliegender Seite sich ebenfalls eine Tür befand.

»Die Schlafgemächer sind miteinander verbunden«, erklärte Jamie. Er nahm eine Wandfackel aus ihrer Halterung und betrat – nicht ohne vorher den Kopf eingezogen zu haben – die kleine Kammer. »Wir werden die Türen offen und die Fackeln brennen lassen.«

»Um die Geister abzuschrecken?«

Jamie zog eine Braue hoch, verzichtete aber auf eine Erwiderung. Er kannte sich gut genug mit Frauen aus, um zu wissen, dass es jetzt das Beste war, Aveline denken zu lassen, was sie wollte, wenn sie sich dadurch getröstet fühlte.

Auch wenn im Grunde er derjenige war, der Trost benötigte.

Sie war ihm zu der Tür des kleinen Raums gefolgt, und ihr verführerischer Veilchenduft und ihre Nähe ließen ihn schon fast bereuen, die Verbindungstüren erwähnt zu haben.

Er hätte auch einfach mit ihr in Kendricks Zimmer bleiben können. Und wenn er in seinen Plaid gehüllt vor dem Kamin geschlafen hätte. Gott wusste, dass er schon an sehr viel unbequemeren Orten genächtigt hatte als auf diesem mit Fellen bedeckten Boden.

Aveline verharrte noch immer auf der Schwelle zur kleinen Kammer und beobachtete Jamie mit großen Augen.

»Und du wirst es merken, falls sich etwas regt?«

Er fuhr zusammen, als hätte sie die Hand nach ihm ausgestreckt und sie um seinen harten Schaft gelegt. Wenn sie wüsste, *welche* Regungen allein schon ihre Nähe in ihm hervorrief, würde sie ihn weit, weit weg wünschen – egal, wie leidenschaftlich sie seine Küsse erwidert hatte.

Sie war schließlich noch Jungfrau, und er war fest entschlossen, ihr überaus behutsam zu begegnen.

»Mylady«, erwiderte er mit rauer Stimme, »ich werde jeden Regentropfen hören, den der Wind gegen das Sims Eures Fensters treibt.«

Nachdem er ihr das versichert hatte, hielt er die rauchende Fackel an die beiden Wandleuchter und war froh, dass die Kerzendochte gleich Feuer fingen und die kleine Kammer mit dem gleichen goldenen Licht wie in Kendricks Schlafzimmer erfüllten.

Und in ein paar Minuten würde auch das Zimmer seines Vaters hell erleuchtet sein.

Aber nicht, um Geister abzuschrecken.

O nein, er hoffte sogar, dass sie kommen würden.

Zumindest der, der gern in einen nassen Plaid gehüllt erschien.

Und sollte der Kerl sich tatsächlich blicken lassen, würde Jamie ihn schon erwarten.

Er, seine Streitaxt und sein Schwert – welche Todesart auch immer der *Geist* bevorzugen mochte.

8. Kapitel

Eine Woche später trug Aveline auf einem üppig beladenen Tablett das Abendessen zu Munro Macpherson hinauf, der noch immer Jamies früheres Zimmer bewohnte. Vor seiner Tür blieb sie stehen und lauschte.

Da im Zimmer alles still war, vermutete Aveline, dass er schlief.

Als sie aber, das Tablett auf ihre Hüfte gestützt, die Tür öffnete, sah sie, dass Munro im Bett saß und in einer kleinen, eisenbeschlagenen Truhe kramte, die vor ihm stand.

Es war eine verbeulte, schon ein wenig rostige Schatulle, die ähnlich aussah wie jene, die ihr Vater Munro als Brautpreis hatte überbringen lassen. Aveline war überzeugt, dass sie nichts anderes enthielt als Steine.

Und tatsächlich lagen Dutzende von Steinen auf dem Bett verstreut.

Aveline holte tief Luft und überlegte, ob sie wieder hinausgehen oder bleiben sollte.

»Sir«, rief sie schließlich. »Ich habe Euch ...«

»Herrgott noch mal!« Munros Kopf fuhr hoch, und er schrak zusammen, als hätte irgendetwas ihn gestochen.

Er klappte den Deckel der Schatulle zu und griff nach den Pergamenten vor sich, von denen er eines schnell zerknüllte, während die anderen beiden zu Boden flatterten.

»Du liebe Güte, Mädchen«, sagte er mürrisch, »ich hatte heute Abend eigentlich nichts mehr zu essen erwartet.« Er warf einen Blick auf die Platte mit dem dampfend heißen Rinderbraten und das frisch gebackene Fladenbrot, aber ihm war anzusehen, dass er in Gedanken ganz woanders war. »Morag sagte, sie müsse noch einmal fort, um nach einer kranken Frau im Tal zu sehen, und Jamie – also *der* hat behauptet, er habe noch etwas zu erledigen.«

Aveline zwang sich zu einem Lächeln. »Ihr hättet wissen müssen, Sir, dass ich Euch nicht ohne eine warme Mahlzeit schlafen gehen lassen würde«, sagte sie, wobei sie sich die größte Mühe gab, die Geldschatulle ihres Vaters zu ignorieren, so gut es ging.

Mit hochroten Wangen trug sie das Tablett ans Bett. »Ich weiß, dass gewöhnlich Morag oder Jamie Euch das Essen bringen, aber ich dachte, es würde Euch nichts ausmachen, wenn ich das während ihrer Abwesenheit übernähme«, sagte sie, als sie das Tablett auf einem kleinen Tisch neben dem Bett abstellte. »Ich kann mich auch gerne zu Euch setzen, während Ihr ...«

Sie unterbrach sich, als plötzlich eine Flut von Zweifeln sie bestürmte.

Die Schatulle ihres Vaters stand nicht auf dem Bett, sondern auf dem Boden daneben, und ihr schweres eisernes Vorhängeschloss schien völlig unberührt zu sein.

»Ich nahm an, Ihr würdet Euch die Geldschatulle meines Vaters ansehen«, sagte sie und bemerkte jetzt erst, dass die kleine Truhe, die vor Munro auf dem Bett stand, viel älter aussah als die mit ihren *Brautsteinen*.

Munro, der ihrem Blick gefolgt war, fluchte und erhob sich. »Das hier hat nichts mit Alan Mor zu tun, und Ihr werdet auch niemandem erzählen, was Ihr hier gesehen habt«, sagte er und hob rasch die auf den Boden gefallenen Pergamente auf, bevor er sich daranmachte, die auf dem Bett liegenden Steine einzusammeln.

Es waren sehr schöne Steine, die, wie Aveline jetzt feststellte, alle herrlich glatt und rund waren und die verschiedensten Farben hatten. Einige waren grün, andere rötlich, und auch der eine oder andere schwarze mit glitzernden Quarzeinlagerungen war dabei.

Es waren Steine wie jene, die sie und ihre Schwestern als Kinder auf den Hochmooren gesammelt hatten. Richtige Schätze waren diese hübschen kleinen Steine einst für sie gewesen. Und der Eifer, mit dem Munro die seinen einsammelte und an sich drückte, legte die Vermutung nahe, dass er diese Steine ebenso hoch schätzte wie früher einmal sie und ihre Schwester.

Und das Gleiche galt auch für die zerfledderten Pergamente, die er schnell unter ein Kissen gestopft hatte.

»Kein Wort«, warnte er sie noch einmal und hob den Deckel der Schatulle gerade so weit an, dass er die Steine hineinfallen lassen konnte. »Ich will nicht, dass diese alte Ziege da unten über mich lacht, und Jamie muss nicht wissen …«

»Was muss er nicht wissen?« Aveline ging zu dem kleinen Tisch und schenkte Bier in einen Becher. »Ich weiß nicht, was Ihr meint«, setzte sie hinzu, als sie dem alten Herrn den Becher reichte.

»Niemand würde das verstehen.« Munro setzte sich auf die Bettkante und trank einen großen Schluck von seinem Bier. »Nicht nach all diesen Jahren.«

»Nach all diesen Jahren?«

Ein Brummeln war die einzige Antwort, die sie von Munro bekam.

Er presste die Lippen fest aufeinander und vermied es, Aveline anzusehen.

Sie aber sah ihn prüfend an, und ihr fiel nicht nur der trotzige Zug um seinen Mund auf, sondern auch ein verräterischer Glanz in seinen Augen.

Und sie nahm jetzt auch einen leichten Duft wahr, den sie

bisher noch nicht bemerkt hatte. Jedenfalls nicht, bevor Munro den Deckel der Schatulle geöffnet hatte.

Es war der herbe, würzige Geruch von Heidekraut.

Altem Heidekraut.

Verwundert schnupperte sie erneut, denn sie war sich ganz sicher, dass dieser unverwechselbare Duft aus der Schatulle des alten Burgherrn kam.

Und dann begriff sie plötzlich.

Die Steine und der Geruch nach Heidekraut ... Jeder, der auch nur ein Fünkchen Empfindsamkeit besaß, hätte es sogleich erraten. Besonders jemand, der aus dieser Gegend stammte – Menschen, die wussten, wie gern Munro auf den Hochmooren umherwanderte.

Vor allem auf dem mit dichter Heide bestandenen Moor, das von den Einheimischen *Ionas Heide* genannt wurde. Dort hatten sich Munro und seine verstorbenen Gemahlin Iona in den lang zurückliegenden Tagen ihrer Jugend angeblich sehr oft zu einem Stelldichein getroffen.

Iona. Die Frau, die bei Jamies Geburt gestorben war.

Was Munro, wenn man den Klatschmäulern glauben wollte, nie hatte verwinden können.

»O nein.« Avelines Herz verkrampfte sich, als sie dem alten Herrn den Becher abnahm und ihn auf den Tisch zurückstellte. »Sagt mir nicht, dass diese Schatulle gefüllt ist mit ...«

»Es ist alles, was ich habe«, unterbrach er sie, und der sture Zug um seinen Mund verblasste, als die ersten Tränen über seine Wangen liefen. »Meine Erinnerungen«, fügte er rau hinzu und öffnete den Deckel der Schatulle. »Eine Hand voll Heidekraut und ein Stein für jedes Jahr, das meine Iona nicht mehr bei mir ist. Ich sammele sie jedes Jahr an ihrem Todestag, dort oben auf dem Hochmoor.«

»An Jamies Geburtstag.« Auch Avelines Augen wurden

feucht, als sie in die Schatulle schaute, auf die Sträußchen aus getrocknetem Heidekraut und die Steine.

Sie schluckte, weil ihr die Kehle plötzlich fast schmerzhaft eng geworden war, ehe sie sich neben Munro setzte und ihn umarmte. »Es war nicht seine Schuld«, sagte sie leise und hoffte, dass sie seinen Kummer nicht noch größer machte. Aber sie konnte nicht anders, sie musste dem alten Mann sagen, was sie dachte. »Jamie liebt Euch. Und ich vermute, dass er das schon immer getan hat. Wenn Ihr vielleicht ...«

»Ich bin keine vertrocknete alte Hülle ohne Herz.« Munro griff hinter sich, zog eines der Pergamente unter dem Kissen hervor und drückte es Aveline in die Hand. »In all den Jahren habe ich mich immer über den Jungen auf dem Laufenden gehalten.«

Avelines Herz schlug schneller, als sie das halb zerknüllte Pergament entfaltete und zu lesen begann. Das vor etwa einem Jahr datierte Schriftstück war von einem Mann unterzeichnet, der, soweit sie wusste, einer von Munros Verbündeten war, und enthielt eine lebhafte Beschreibung von Jamies Mut und Tapferkeit während der tragischen Niederlage der Schotten in der Schlacht von Neville's Cross nahe der englischen Stadt Durham.

Aveline sah Munro an und wusste nicht, was sie sagen sollte.

Aber er schnaubte nur wieder und griff in die Schatulle, wo er zwischen den Heidekrautsträußchen herumkramte, um schließlich eine weitere Hand voll zerfledderter und vergilbter Pergamente herauszunehmen.

»Wie Ihr sehen könnt, gibt es noch mehr davon«, erklärte er mit störrisch vorgeschobenem Kinn, und in seinen Augen war wieder der alte Trotz zu sehen. »Berichte, die ich über all die Jahre hinweg bekommen habe.«

Aveline legte das Pergament mit dem Bericht über Neville's Cross beiseite und atmete tief ein.

Munro starrte sie nur schweigend an, er hatte die Lippen fest zusammengepresst.

»Ihr müsst diese Papiere Jamie zeigen«, sagte sie und war zutiefst enttäuscht, als der Gesichtsausdruck des alten Herrn nicht nachgiebiger wurde.

»Dass es sie gibt, muss reichen«, sagte er. »Und Ihr werdet kein Wort darüber verlieren. Das müsst Ihr mir versprechen.«

Aveline seufzte, aber schließlich nickte sie.

»Wie Ihr wünscht«, sagte sie leise und voller Mitgefühl für Jamie.

Und für seinen Vater.

Denn Munro Macpherson irrte sich. Die bloße Existenz der Pergamente genügte ganz und gar nicht, um die Kluft zwischen ihm und seinem einzigen noch lebenden Sohn zu überbrücken.

Aber dass es sie gab, war immerhin ein Anfang.

Sie waren eine Tatsache, die alles andere als erfreulich wäre für die vermummte Gestalt, die in den Nebelschleiern hoch über dem Garbh Uisge stand und zu den wild herabstürzenden, weiß aufschäumenden Wasserfällen hinunterstarrte.

In die Stromschnellen, die der Gerechtigkeit Genüge getan hatten. Sie waren jetzt still, bis auf das betäubende Rauschen des Wassers und das Pfeifen der scharfen Windböen, die durch die Birken und Ginstersträucher an den steilen Abhängen der Schlucht fuhren.

Nichts sonst rührte sich.

Die Flüche und die Schreie, die die Stille der Klamm an

jenem schicksalhaften Tag zerrissen hatten, waren längst verstummt, und die, die es verdient hatten zu sterben, lagen jetzt kalt und steif in ihren Gräbern.

Alle bis auf einen.

Und auch er würde schon sehr bald nicht mehr sein.

Sein Vater, dieser aufgeplusterte Feigling, würde sich ganz allein ins Grab bringen. *Seine* Feinde waren Angst und Schuldgefühle, und es würde keine große Anstrengung erfordern, diese Berge von ihm zu befreien.

Womöglich würden ihm auch noch einige andere folgen.

Falls sich ein größeres Sühneopfer als notwendig erweisen sollte.

Um die Mundwinkel der Gestalt, die unverwandt auf die Wasserfälle hinabstarrte, begann ein zufriedenes Lächeln zu spielen. Das Lächeln wurde zu einem leisen Lachen. Warum hätte sie diesen wohlverdienten Moment auch nicht genießen sollen? Diese überwältigende Freude, die sich mit jeder Rückkehr an den Schauplatz ihres kolossalen Triumphes noch vertiefte.

Ja, dies war ein Augenblick, den sie genießen musste.

Und bis auf den weiten, dunklen Umhang und die tief ins Gesicht gezogene Kapuze waren auch keine weiteren Vorsichtsmaßnahmen vonnöten. In den vergangenen Tagen hatte es in Kintail genügend Regen und Nebel gegeben, um sich jederzeit in einer der tiefen Felsnischen verbergen zu können, falls irgendein Narr es riskieren sollte, dieser gottverfluchten Schlucht einen Besuch abzustatten.

Die vermummte Gestalt rümpfte die Nase. Nein, unerwartete Besucher waren hier ganz gewiss nicht zu erwarten.

Weder von Baldreagan noch von Fairmaiden.

Der gewundene, schmale Fußpfad nach Fairmaiden war unter den langsam dahinziehenden, dichten Nebelschwaden kaum noch zu erkennen. Niemand aus dieser Hochburg geläuterter Strolche, Plünderer und Diebe, die sich gerade erst an das komfortable Leben auf der Burg gewöhnten, würde an diesem grauen, feuchten Nachmittag einen Fuß vor die Tür setzen

Und wenn doch, dann gewiss nicht, um sich durch den kalten, undurchdringlichen Nebel ausgerechnet zu dieser gefahrvollen Klamm mit ihren heimtückischen Stromschnellen zu begeben. Wer auf Fairmaiden lebte, liebte viel zu sehr seine Bequemlichkeit, um sich, außer vielleicht bei schönem, klarem Wetter, auf den schmalen Pfaden über den steilen Abhängen der Schlucht herumzutreiben.

Und die Narren, die zwischen Baldreagans gottverdammten Mauern hausten, wurden von zu vielen anderen Dingen auf Trab gehalten, um eine ernsthafte Bedrohung darzustellen. Sie waren viel zu sehr damit beschäftigt, ihre Schlafzimmer zu tauschen und Lichter anzuzünden, weil sie glaubten, rauchende Pechfackeln und verschlossene Türen könnten ihnen Schutz geben.

Ha! Die einsame Gestalt erfreute sich an der düsteren Atmosphäre dieses grauen Tages, als sie zum Garbh Uisge hinunterstarrte und ungeduldig die Finger krümmte. Denn die simple Wahrheit war, dass alles Heidekraut und alle Steine Schottlands diese elenden Feiglinge nicht würden verbergen können, wenn ein *Geist* sie finden wollte.

Ob sie der Schlucht je wieder einen Besuch abstatten sollten oder nicht.

Bedauerlicherweise war allerdings davon auszugehen, dass *er* nicht kommen würde, weil ihm seine dumme kleine Braut wie ein Wachhund an den Fersen hing und jeden seiner Schritte überwachte.

Seine Fee.

Die Gestalt verzog das Gesicht und ballte aufgebracht die Fäuste.

Nur jemand wie dieser große, fantasielose James von der Heide konnte sich ein so hirnverbranntes Kosewort einfallen lassen!

O ja, dieser Hüne von einem Mann war ritterlicher als ihm guttat, und er würde nicht riskieren, dass die Kleine ihm durch den Nebel folgte und sich womöglich ihren zarten Fuß an einer unter Laub verborgenen Baumwurzel verrenkte.

Oder Schlimmeres.

Wie sie von einer jähen Windbö fortgeweht zu sehen.

Oder in hilflosem Entsetzen mitansehen zu müssen, wie sie an einem der rutschigen, vom Regen aufgeweichten Hängen den Halt verlor und kopfüber in das eisige, aufgewühlte Wasser stürzte. Und mit dem hübschen Gesicht auf einem der vielen, dort unten wartenden Felsen aufschlug.

Scharfkantige schwarze Felsen.

Todbringende Felsen.

Und zugleich so unschuldig. Denn wer würde schon den scharfen Kanten eines Felsens die Schuld zuschreiben, wenn jemand so unvorsichtig war, auf ihn zu fallen?

Ganz gewiss nicht die Schafsköpfe, die die Überreste der Brücke eingesammelt hatten und dann auch noch dumm genug gewesen waren, sie zu verbrennen, ohne die frischen Spuren einer Säge und die gebohrten Löcher in dem wurmzerfressenen, verwitterten alten Holz zu bemerken, die erforderlich gewesen waren, um die Brücke einstürzen zu lassen.

Wieder lächelte die einsame Gestalt.

Und trat noch näher an den Rand der Abgrunds.

Wenn man sich nur ein wenig vorbeugte und in das schäumende Wildwasser hinunterblickte, konnte man durchaus glauben, einen Wirbel aus langem blondem Haar in der

Strömung treiben zu sehen. Eine zierliche Hand, die sich Hilfe suchend nach dem Retter ausstreckte, der nie kommen würde.

Oder, was noch befriedigender wäre, einen Schopf rötlich braunen Haars und das Gesicht eines Mannes, dessen Augen groß waren vor Entsetzen und dessen Mund zu einem stummen, vom Wasser erstickten Schrei aufgerissen war.

Aber alles Schreien würde sich als vergeblich, alle Versuche, sich zu retten, als sinnlos erweisen.

Es hatte auch seinen Brüdern nicht geholfen, als die Brücke unter ihnen zusammengebrochen war. Die Lippen der verhüllten Gestalt verzogen sich erneut zu einem Lächeln, und ein warmes, wohliges Gefühl der Zufriedenheit ließ die Kälte des Nachmittags vergessen.

Die Macpherson-Brüder waren untergegangen wie Steine.

Und die meisten hatten nicht einmal gekämpft – trotz ihres großspurigen Gehabes und ihrer Prahlerei, die sie zu Lebzeiten an den Tag gelegt hatten. Trotz ihrer boshaften Unverfrorenheit und gewissenlosen Verlogenheit. Sie hatten Wasser gespuckt und nach Luft geschnappt, hatten sich wie Treibgut herumschleudern und von der reißenden Strömung in eine andere Welt befördern lassen.

Einige von ihnen hatten sich zur Wehr gesetzt, hatten verzweifelt um sich getreten und schreiend und fluchend mit den Armen um sich geschlagen.

Aber niemand hatte sie gehört.

Nur die einsame Gestalt oben am Rand der Schlucht, die ihnen mit einem Lächeln auf den Lippen beim Sterben zugesehen hatte.

Ein Lächeln, das ihr allerdings vor einer Woche wieder vergangen war, als sie ungewollt einen schier unerträglich leidenschaftlichen Kuss hatte mitansehen müssen.

Einen so unerhört schamlosen Kuss, dass die Erinnerung daran auch jetzt noch schmerzte.

Und es hatte sich an einem auserwählten Ort zugetragen, vor der Kapelle des heiligen Maelrhuba, in Sichtweite des Na-Clachan-Breugach-Steins.

Die Gestalt erschauderte und wich einen Schritt vom Rand des schroffen Abgrunds zurück. Sie wollte nicht die alten, dunklen Mächte wecken, die vielleicht missbilligen würden, dass sie sich das Recht genommen hatte, selbst Gerechtigkeit zu üben. Sie zog den weiten Umhang noch enger um sich und verschmolz wieder mit dem Nebel und den Schatten.

Denn mochte auch der Einfluss des heiligen Maelrhuba im Laufe der Jahrhunderte ein wenig nachgelassen haben, so gab es doch keinen Highlander auf Erden, der die immer noch starke Macht der Alten anzweifeln würde.

Der geheimnisvollen Pikten und anderer.

Angehörige einer Schattenwelt, die man besser nicht gegen sich aufbrachte.

Bei jedem Besuch der halb verfallenen Kapelle am uralten Na-Clachan-Breugach-Stein vorbeigehen zu müssen war schon furchteinflößend genug. Sich im Schatten eines solchen Steins zu küssen, dazu auf eine so wollüstig Art, konnte dazu angetan sein, tausend Teufel wachzurufen.

Ungeachtet dessen, dass in grauen Vorzeiten vermutlich noch viel wollüstigere Dinge innerhalb des geheiligtes Kreises dieser altehrwürdigen Steine stattgefunden hatten.

Von den Steinen der Weisheit hatte nur einer die Zeit überdauert, und die Gestalt in dem schwarzen Umhang war überzeugt, dass der Stein nicht erfreut gewesen war, einen solchen Kuss mitansehen zu müssen.

Diese schamlose, hemmungslose Leidenschaft.

Und damit das nicht noch einmal geschah, beschloss die

dunkle Gestalt Maßnahmen zu ergreifen. Maßnahmen, die dafür sorgen würden, dass eine solche Leidenschaft nie wieder aufflammte.

Erst dann würde der Stein besänftigt sein.

Erst dann würde der Groll der einsamen Gestalt vergolten und gerächt sein.

☆ ☆ ☆

Etwa um die gleiche Zeit und nicht allzu weit von den reißenden Wassern des Garbh Uisge entfernt folgte Jamie Alan Mor in dessen Gemach auf Fairmaiden Castle. Wieder einmal staunte er über die anheimelnde Wärme und Gemütlichkeit des kleinen Zimmers. Und diesmal stellte er sich auch die Frage, ob er seinen Gastgeber nicht falsch beurteilt hatte.

Ihn nicht vielleicht sogar zu Unrecht verdächtigt hatte.

Denn so schwer es ihm auch fiel, es zu glauben, die Wahrheit war, dass der Clanchef der Mathesons über die Maßen erschüttert und empört aussah.

Und völlig schuldlos wirkte.

Zumindest was den Tod der Brüder Jamies betraf.

Wie Alan Mor nach Atem gerungen und von seinem Platz am Hohen Tisch aufgesprungen war, nachdem Jamie ihm den Anlass seines Besuchs genannt hatte, waren Beweis genug für seine Überraschung. Selbst jetzt noch war sein bärtiges Gesicht auffallend blass.

Sichtlich erschüttert fuhr er sich mit der Hand durchs Haar und ging zu einem der geschlossenen Fenster, um sich dann fast sofort wieder Jamie zuzuwenden. »An einer solchen Schandtat würde ich mich nicht einmal beteiligen, wenn mein Leben davon abhinge!«, schwor er. »Oder das Leben meiner braven Töchter.«

»Aber Ihr versteht, warum ich herkommen musste?«

»Das schon«, erwiderte Alan Mor. »Ich kann mir nur nicht denken, wer eine solch üble Tat begehen würde.«

Er nahm seine Wanderung durch das Zimmer wieder auf und rieb sich ratlos den Nacken. »Ich mache gar kein Hehl daraus, dass Euer Vater und ich unsere Reibereien hatten, aber wenn es Streitereien zwischen uns gab, dann immer nur gewaltlose. Das kann Euch jeder hier in diesen Bergen bestätigen. Obwohl ich gar nicht leugnen will, dass wir einander argwöhnisch im Auge behalten. Aber Munros Söhnen den Tod zu wünschen oder diesen sogar herbeizuführen?«

Er blieb vor dem Kaminfeuer stehen und schüttelte den Kopf. »Nein, mein Junge, mit dieser Sache hatte ich nichts zu tun.«

Jamie runzelte die Stirn.

Noch nie hatte er jemanden einer solch abscheulichen Tat bezichtigt.

Nicht einmal in Gedanken.

Aber er hatte viel gesehen und gehört.

Seine Brüder waren tot, so tot, wie sie nur sein konnten. Er durfte jetzt nicht aufgeben. Wenn er sie schon nicht hatte retten können, dann konnte er ihnen jetzt doch wenigstens Gerechtigkeit widerfahren lassen, indem er ihren Mörder fand.

Und dadurch hoffentlich weitere Tragödien verhinderte.

Jemand war in das Schlafzimmer seines Vaters eingedrungen, eingehüllt in ein triefend nasses Plaid – ein Plaid, das derselbe Jemand später über den Sarkophag eines der Vorfahren Jamies geworfen hatte.

Und obschon er Avelines hartnäckige Beteuerungen, sie und auch andere hätten die Geister seiner Brüder gesehen, durchaus nicht unberücksichtigt lassen würde, war Jamie überzeugt, dass der *Geist*, der Munro heimsuchte, ein Mann aus Fleisch und Blut war.

Es war jemand, der körperlich dazu imstande war, sich an einer altersschwachen Fußbrücke zu schaffen zu machen.

Und der aller Wahrscheinlichkeit nach auch für die Fischgräten verantwortlich war, die vor Kurzem in der für Baldreagans Hohen Tisch bestimmten Schüssel Haferbrei gefunden worden waren.

Ein Vorfall, der zu einer Tragödie hätte führen können, die nur dank des wachsamen Auges der Köchin abgewendet worden war.

Im Moment war es jedoch der wachsame Blick aus Alan Mors Augen, der prüfend auf ihm ruhte. Jamie straffte die Schultern und zwang sich, ruhig weiterzusprechen.

»Auch ich kann mir beim besten Willen nicht vorstellen, wer das getan haben könnte, Sir«, sagte er wahrheitsgemäß. »Ich ...« Er unterbrach sich, als die Tür aufging und Sorcha ihnen eine große Kanne warmen Gewürzwein brachte.

Jamie nickte ihr zu und bedankte sich, als sie ihm einen Becher reichte. Er bemühte sich, nicht schon wieder die Stirn zu runzeln. Was aber gar nicht leicht war, da ihre Gegenwart ihm den Verlust seiner Brüder nur allzu deutlich zu Bewusstsein brachte.

Und den Anlass seines Besuchs bei Alan Mor.

Nachdem Jamie sich mit einem Schluck Wein gestärkt hatte, wandte er sich wieder seinem Gastgeber zu. »Nach dem, was ich Euch erzählt habe, seid Ihr doch vermutlich auch zu dem Schluss gelangt, dass irgendjemand seine Hände mit im Spiel hatte?«

»So will es scheinen«, stimmte ihm Alan Mor nach kurzer Überlegung zu. Dann riss er plötzlich den Dolch aus seinem Gürtel und hielt ihn Jamie hin, das Heft voran. »Ihr könnt mir ebenso gut auch meine eigene Klinge ins Herz stoßen, falls Ihr glaubt, meine Hände wären mit dem Blut Eurer Brüder besudelt.«

Jamie nahm den Dolch und steckte ihn vorsichtig wieder unter den breiten Ledergürtel des älteren Manns. »Ich kann sehen, dass es nicht Euer Werk war«, erwiderte er ruhig und meinte es auch so.

Aber die Angelegenheit blieb weiter ungeklärt.

Er warf einen unbehaglichen Seitenblick auf Sorcha, denn er wollte ihren Vater in ihrer Gegenwart nicht danach fragen, welche Verbindungen er zu anderen Clans pflegte, und ihn möglicherweise damit beleidigen. Aber wie es schien, schenkte sie ihm und ihrem Vater ohnehin keine Beachtung.

Sie war mit dem Feuer beschäftigt und stocherte mit einem langen, eisernen Schürhaken im Kamin herum, was Jamie unwillkürlich wieder an die vielen Kamine in Baldreagan denken ließ, in denen die Überreste der Fußbrücke verbrannt worden waren. Dieser Gedanke ließ ihn sogleich wieder an seine Brüder denken, und fast meinte er, sie vor sich zu sehen und ihre Blicke auf sich zu spüren. Sie wollten und verdienten es, dass ihr Tod gerächt wurde.

Was ihm jedoch vermutlich nie gelingen würde, solange er Bedenken hatte, die Menschen, die vielleicht Antworten für ihn hatten, mit seinen Fragen zu beleidigen.

Er holte tief Luft und räusperte sich. »Was ist mit Euren Männern?«, begann er mit einem durchdringenden Blick auf Alan Mor. »Könnte unter ihnen nicht einer sein, der einen solchen Hass auf meinen Clan verspürt?«

»Meine Männer aus Pabay? Die ›geläuterten Strolche‹, wie die Frauen hier im Tal sie nennen?« Alan Mor schüttelte den Kopf und winkte ab. »Es gibt nicht einen einzigen unter ihnen, dem ich eine so barbarische Tat zutrauen würde.«

»Aber sie wären nicht von Pabay – der Räuberinsel – zu Euch gekommen, wenn sie nicht schon jede Menge Schurkereien auf dem Gewissen hätten.«

»Schurkereien, ja. Aber sogar unter Gaunern gibt es Unterschiede.«

Jamie zog zweifelnd eine Braue hoch. »Davon habe ich noch nie etwas gehört.«

Zu seiner Überraschung grinste Alan Mor und klopfte ihm auf die Schulter. »Tja, mein Junge, jetzt seht Ihr, warum ich meine Kleine Eurer Obhut anvertraut habe. Man braucht Euch nur anzusehen, um zu wissen, dass Ihr niemals etwas tun würdet, was sie verletzen könnte.«

Jamie verschluckte sich beinahe an seinem Wein. »Selbstverständlich würde ich ihr niemals wehtun. Und ich würde jeden umbringen, der es versuchte!«

»Na also! Ist das nicht genau das, was ich gerade meinte?« Alan Mor grinste ihn an. »Und es gibt tatsächlich sogar unter Gaunern Unterschiede, und zumindest meine Männer aus Pabay haben mit den Zeiten, in denen sie gelogen und betrogen haben, abgeschlossen. Auch wenn ein paar von ihnen Schlitzohren sind, das will ich gar nicht erst bestreiten.«

Er warf einen vielsagenden Blick auf seine Tochter und schwieg, bis Sorcha das Zimmer verlassen und die Tür hinter sich zugezogen hatte.

»Trotzdem gibt es keine Mörder unter meinen Männern«, fuhr er dann fort und verschränkte die Arme vor der Brust. »Das war immer eine Grenze, die zu überschreiten ich mich strikt geweigert habe. Wenn Ihr mehr über diese Männer wüsstet, die Fairmaiden ihr Zuhause nennen, würdet Ihr verstehen, dass sie niemals etwas tun würden, wodurch sie ihren Platz auf dieser Burg gefährden oder gar verlieren könnten.«

Er fixierte Jamie mit einem durchdringenden Blick. »Denn wisst Ihr, ich habe diesen Männern eine Chance gegeben, sich ein völlig neues Leben aufzubauen. Da wäre es doch ausgesprochen dumm von ihnen, mich zu verärgern.«

Jamie erwiderte ruhig seinen Blick. »Aber es gibt etwas, was Ihr mir noch nicht gesagt habt«, wandte er ein und war sich seiner Sache völlig sicher.

Alan Mor stieß einen tiefen Seufzer aus. »Nur, dass es so einige in dieser Gegend gibt, die in der Tat einen Groll gegen Euren Vater hegen.«

»Wer?« Jamie trat einen Schritt vor. »Nennt mir ihre Namen, falls sie Euch bekannt sind.«

»Ach, Junge, ich wünschte, ich könnte das«, versetzte Alan Mor. »Aber das würde bedeuten, Euch jeden Lehnsherrn und Clanchef aufzuzählen, der jemals Rinder von Eurem Vater erworben hat.«

Jamie starrte ihn an. »Ihr sprecht von all den Männern, die sich über den Preis geärgert haben, den er für sein Vieh verlangt hat.«

Alan Mor nickte und schenkte ihnen Gewürzwein nach. »Munros Gefeilsche und seine Winkelzüge, um auch noch den letzten Penny aus einem Käufer herauszuquetschen, hat schon sehr viel böses Blut verursacht«, sagte er und reichte Jamie einen der wieder aufgefüllten Becher. »Genau wie seine Schadenfreude, wenn es ihm gelungen ist. Wenn Ihr je gesehen hättet, wie er sich aufplustert und in die Brust wirft, wenn er seine prall gefüllten Geldbeutel einsteckt, dann würdet Ihr verstehen, was ich meine.«

»Oh, ich verstehe es durchaus«, versicherte ihm Jamie.

Sein Vater *war* ein aufgeblasener Wichtigtuer, der gern viel Wind um sich machte und große Töne spuckte.

»Schön, dass Ihr es versteht«, sagte Alan Mor. »Trotzdem

kann ich mir nicht vorstellen, dass einer dieser rechtschaffenen Viehzüchter zu solch extremen Mitteln greifen würde, um seinem Ärger Luft zu machen. Die Ehre eines Highlanders verbietet ihm ein derart niederträchtiges Handeln, ob ein Mann zu Recht empört ist oder nicht.«

Er hielt inne, um einen Schluck Wein zu trinken, und fuhr sich dann mit dem Ärmel über den Mund. »Nein, mein Junge, ich glaube nicht, dass Ihr den Mörder unter Munros Kunden finden werdet.«

»Ich auch nicht.« Jamie nahm seinen Wein und trat an eines der Fenster.

Nachdem er seinen Becher abgestellt hatte, entriegelte er die Fensterläden und öffnete sie weit. Eine beißende Kälte lag in der Luft, und schon bald würde die Dunkelheit das gespenstische Halbdunkel mit seinen Schatten und dem feuchten, wie leise Seufzer klingenden Wind verschlucken.

Hoch aufgerichtet stand er vor dem Fenster und starrte zu der grauen Nebelwand hinaus, die in dichten Schwaden langsam heranzog und sich über Fairmaidens Burghof und die umliegenden Wälder legten.

Wälder, die an einige der besten, saftigsten Weidegründe in Kintail angrenzten. An Fairmaidens wertvollsten Besitz, von dem er fast nicht glauben konnte, dass er schon bald ihm gehören würde.

Oder zumindest doch ein großer Teil davon.

Jamie war überzeugt, dass sein Vater sich von keinem Zentimeter eines so üppigen, hervorragenden Weidelands getrennt hätte. Egal, wie viele Töchter er mit einer Aussteuer versehen musste.

Und das war eine weitere Frage, die er Alan Mor stellen musste.

Ein für alle Mal.

Er wandte sich von der unheimlichen Stille draußen vor dem Fenster ab. »Ich werde den Mörder meiner Brüder finden«, erklärte er entschlossen. »Keine Finsternis wird schwarz genug sein für diesen Schurken, um sich lange darin verbergen zu können. Aber ich möchte Euch noch eine letzte Frage stellen.«

Alan Mor zuckte mit den Schultern. »Ich habe nichts zu verbergen.«

»Bis auf die Steine in den Truhen, die Ihr meinem Vater als Teil der Mitgift für Aveline überreicht habt.«

Zu Jamies Überraschung lachte der ältere Mann. »Das war nur ein kleiner Scherz«, sagte er und schien kein bisschen verlegen darüber, dass Jamie davon wusste. »Nennt es eine Abrechnung für all die Jahre, in denen Euer Vater mich geschröpft hat, wann immer ich dumm genug war, den einen oder anderen Stier bei ihm zu kaufen.«

Wieder lachte er und hob einen Finger. »Und genau das wird der Grund sein, warum dieser aufgeblasene Strolch sich noch nicht beschwert hat. Er weiß, dass er mir etwas schuldig ist.«

Jamie verschränkte die Arme vor der Brust. »Was ich gerne wüsste, ist, warum Ihr dieses Bündnis überhaupt vereinbart habt? Warum Ihr zuerst Eure Tochter Sorcha Neill geben wolltet und nun mir Aveline gebt?«

Jamie warf einen raschen Blick auf die geschlossene Tür und wünschte, sie wäre auch verriegelt. Oder besser noch, sie stünde offen. Nur um sicherzustellen, dass sich dahinter keine neugierigen Lauscher verbargen.

Vor allem Sorcha nicht, da er den Kummer des Mädchens nicht noch größer machen wollte.

»*Aye*«, fuhr er fort, indem er sich wieder Alan Mor zuwandte, »es will mir einfach nicht in den Kopf, wieso Ihr überhaupt bereit wart, ein Bündnis zwischen unseren Familien zu schließen. Das hat mich schon beunruhigt, als ich auf Cuidrach Castle Eure Botschaft erhielt, und es lässt mir auch jetzt noch keine Ruhe. Obwohl ich mehr als froh und glücklich bin, Eure Aveline zur Braut zu haben.«

»Warum sollte ich denn keinen Frieden zwischen unseren Clans wollen?«, versetzte Alan Mor. »Eine dauerhafte Verbindung zwischen unseren Familien? Vielleicht bin ich die ewigen Streitereien einfach leid?«

»Die *gewaltlosen* Streitereien«, erinnerte Jamie ihn.

»Das sagte ich ja bereits.«

»Ihr besitzt das bessere Weideland«, gab Jamie zu bedenken. »Und Eurer eigenen Aussage nach müsstet Ihr im Laufe der Jahre genügend Baldreagan'sche Stiere erworben haben, um Eure eigene Zuchtlinie zu stärken und widerstandsfähiger zu machen.«

»Würdet Ihr mir glauben, wenn ich Euch sagte, es hätte etwas damit zu tun, dass Eure Rinder durch den Vogelbeerenzauber der alten Devorgilla geschützt sind?«

Jamie schüttelte den Kopf. »Nicht eine Sekunde lang.«

Alan Mor legte die Hände an seinen Gürtel. »Bei Gott und allen Heiligen, Junge, ich kann nur hoffen, dass meine kleine Tochter niemals mit Euch in Konflikt gerät!«, sagte er, wobei in seiner Stimme nichts als Belustigung mitschwang. »Wenn Ihr die Wahrheit wissen wollt ... es gibt da schon noch einen anderen Grund, warum ich dieses Bündnis wollte. Aber es hat nichts mit Euren Brüdern zu tun, das schwöre ich Euch.«

»Womit hat es dann zu tun?«

Alan Mor presste die Lippen zusammen, kratzte sich das bärtige Kinn ... und schwieg.

Aber die feine Röte, die in seine Wangen stieg, war für Jamie ein sicheres Anzeichen dafür, dass Alan Mor noch mehr zu sagen hatte.

Und deshalb wartete er ab. »Welcher Grund wäre das?«

»Ach, einfach das alles hier«, erwiderte Alan Mor mit einer weit ausholenden Geste, die das ganze, so prachtvoll eingerichtete Gemach mit einschloss. Die Tapisserien, die die Wände schmückten, die kostbaren Leuchter mit den angenehm duftenden Bienenwachskerzen und die reich geschnitzte Bank neben der Tür mit ihren weichen, einladenden Kissen.

Sogar die Kanne mit dem Würzwein, von dem sie getrunken hatten. Oder die großzügig belegten Platten mit Käse, eingekochten Früchten und anderen Süßigkeiten, die auf einem Tisch vor dem Fenster standen.

Alan Mor liebte seine Bequemlichkeit, aber trotzdem konnte Jamie sich beim besten Willen nicht vorstellen, was der anspruchsvolle Geschmack des Mannes mit dessen Wunsch zu tun hatte, mit seinem langjährigen Gegenspieler Frieden zu schließen.

Mochten ihre Streitereien stets von gewaltloser Natur gewesen sein oder nicht.

Es sei denn ...

Nachdenklich zog Jamie die Brauen zusammen. Der Gedanke, der in seinem Kopf Gestalt anzunehmen begann, war zu absurd, um ihn auszusprechen.

»Ihr werdet mir doch wohl nicht erzählen wollen, dass Ihr Euch von meinem Vater bedroht fühlt?«, fragte Jamie trotzdem. »Dass Ihr befürchtet, er könnte Eure Burg erobern? Und Euch Euren Reichtum nehmen?«

»So wahr ich hier stehe, genau das ist der Grund, warum ich eine Allianz mit diesem querköpfigen Teufel wollte«, gestand Alan Mor und errötete noch heftiger. »Obwohl es nie Euer Vater selbst war, der mir Sorgen machte. Gott weiß, dass er sich seit undenklichen Zeiten nicht mehr dazu aufgerafft hat, eine benachbarte Festung anzugreifen.«

Jamie runzelte die Stirn. »Das erklärt die Allianz noch immer nicht.«

»Nein?« Alan Mor lachte. »Ich denke schon, dass es das tut. Wenn Ihr nur einmal darüber nachdenkt! Wisst Ihr, ich bin ein Mann, der seine Ruhe liebt. In jüngeren Jahren habe ich genug gekämpft, bin sogar mit Robert the Bruce in seinen entbehrungsreichen, hungrigen Jahren, bevor er König wurde, im ganzen Land herumgezogen und war auch mit ihm auf den Inseln.«

Er nahm seine Wanderung durch das Zimmer wieder auf. »Und auch ich habe meinen Teil an Dummheiten begangen, wie Rinderdiebstähle und Ähnliches. Warum, glaubt Ihr, öffne ich meine Türen den Männern von Pabay und anderen wie ihnen? Gestrauchelte Menschen können hier ein Zuhause finden, sich an meinem Kamin aufwärmen, mein Bier trinken und in meinem Großen Saal auf ihren Strohsäcken schlafen.«

Er sah Jamie herausfordernd an. »Natürlich immer vorausgesetzt, dass sie ihre Herumtreiberei und ihr gesetzwidriges Tun aufgegeben haben. Ich will durch nichts verlieren, was ich mir so schwer erarbeitet habe. Meinen nächtlichen Frieden –«, er unterbrach sich kurz, um sich auf die dicken Kissen der Bank fallen zu lassen –, »und meine Bequemlichkeit.«

»Nichts für ungut«, sagte Jamie, »aber ich bezweifle, dass es meinen Vater kümmert, ob Fairmaiden voller Luxus und Bequemlichkeiten ist oder ob Ihr und Eure Männer die Nacht auf Strohsäcken verbringt.«

Ich glaube nicht einmal, dass es ihn interessiert, wo und wie ich die Nacht verbringe.

Aber Letzteres behielt er für sich.

»Ich sagte Euch ja schon – es ist nicht wegen Eures Vaters«, sagte Alan Mor und bediente sich von den Süßigkeiten. »Es sind seine gottverdammten Geschäfte und die Feinde, die er sich damit geschaffen hat. In einigen Fällen Feinde in hohen Ämtern, und ich kann mir wirklich nicht erlauben, dass neugierige Schnüffler ihre langen Nasen in meine Angelegenheiten stecken.«

Mit einer weiteren Hand voll Süßigkeiten ließ Alan sich von Neuem auf der Bank nieder und sah mit einem Mal sehr müde aus. »Denn wisst Ihr, auch wenn meine Männer aufgehört haben, in den Highlands Unheil anzurichten, so gibt es doch nicht einen unter ihnen, dessen Name nicht die Aufmerksamkeit gewisser Leute in gewissen hohen Positionen erregen würde. Deshalb habe ich mir Sorgen gemacht, dass die Geschäfte Eures Vaters die falschen Leute dazu veranlassen könnte, irgendwann einmal scharenweise diese Gegend heimzusuchen.«

Jamies Augenbrauen fuhren in die Höhe. »Und deshalb wolltet Ihr ein Bündnis mit ihm schließen? Um die Vertreter des Gesetzes von Euch fernzuhalten?«

Alan Mor nickte. »Ich will nicht, dass irgendein verärgerter Rinderbaron einen Sheriff über mein Land schickt, um auf Eures zu gelangen, und dabei zufällig entdeckt, wie viele geläuterte Spitzbuben an meinem Tisch dinieren!«

»Aber wieso würde ein Bündnis so etwas verhindern?«

»Weil«, Alan Mor wischte sich den Mund ab und beugte sich zu Jamie vor, »Euer Bruder Neill einen viel vernünftigeren Kopf auf den Schultern hatte als Euer Vater und weil er wusste, wie man ehrliche Geschäfte macht. Ich hatte gehofft, dass Neill als Munros ältester Sohn nach seiner Heirat den Großteil der Geschäfte seines Vaters übernehmen würde. Das hätte die Gefahren und die Probleme verringert, die Euer Vater jedes Mal heraufbeschwört, wenn er den Mund aufmacht.«

»Ich verstehe«, sagte Jamie, was langsam auch tatsächlich an dem war. »Ihr glaubt also, dass meine Heirat mit Aveline die gleichen Vorteile mit sich bringen wird?«

»Das hoffe ich.« Alan Mor stand auf. »Ja, das hoffe ich wirklich sehr.«

»Dann werde ich mein Bestes tun, um Euch nicht zu enttäuschen«, erwiderte Jamie zu seiner eigenen Überraschung.

Weil er nie gedacht hätte, dass er eines Tages bereit sein würde, Baldreagans grantigem Nachbarn die Hand zu reichen.

Und alles in seiner Macht Stehende zu tun, um Frieden zwischen den Familien zu stiften.

Während er noch darüber nachdachte, ging die Tür wieder auf, und Sorcha kam herein. »Es ist fast schon Abendbrotzeit«, sagte sie mit einem Blick auf die inzwischen dunklen Fenster. »Das Essen ist bereits angerichtet, falls Ihr in den Großen Saal herunterkommen möchtet? Und ich wüsste auch gern, ob ich ein zusätzliches Bett für unseren Gast vorbereiten lassen soll?«, fragte sie mit einem Blick auf ihren Vater und auf Jamie.

»Das ist sehr freundlich von Euch, aber ich muss nach Baldreagan zurück«, erwiderte Jamie. »Ich habe mich schon viel zu lange aufgehalten. Aber ich bleibe gern noch ein paar Minuten auf ein schnelles Bier und ein Stück Brot, wenn Euch das recht ist.«

Als er sich wenig später von Alan Mors Tafel erhob, gingen ihm noch immer seine letzten Worte durch den Kopf, die ihm einfach keine Ruhe lassen wollten.

... schon viel zu lange aufgehalten.

Und ihm fiel auch noch etwas anderes ein, das schon viel zu lange angedauert hatte.

Die Unstimmigkeiten zwischen ihm und seinem Vater.

Das war noch eine Angelegenheit, der er mehr Aufmerksamkeit widmen musste – und es auch tun würde, sobald er Baldreagan von seinen falschen Gespenstern befreit und den Tod seiner Brüder gerächt hatte.

Was ihm in den kommenden Tagen hoffentlich gelingen würde.

Und da alles andere für ihn nicht hinnehmbar war, würde er eben dafür sorgen müssen, dass es so geschah.

9. Kapitel

Gunna aus dem Tal?«

Aveline ließ ihre Stickarbeit sinken und hob den Kopf. Ihre Frage schwebte in der rauchverhangenen Luft des Großen Saales, hallte ihr in den Ohren wider und schien sie zu verhöhnen und zu verspotten. Das Herz klopfte ihr bis zum Hals, und sie glaubte, dass die anderen es ihr ansehen müssten.

Aber sie hatte diese Frage stellen müssen.

Irgendetwas an der Art, wie Gelis den Namen der Frau ausgesprochen hatte, hatte Aveline Angst gemacht.

Ebenso wie die strafenden Blicke, die Arabella und Lady Juliana dem Mädchen daraufhin zugeworfen hatten. Ganz zu schweigen davon, dass Gelis heftig errötet war und es vermieden hatte, Aveline anzusehen.

»Wer ist sie?« Avelines Blick glitt zwischen den drei MacKenzie-Frauen hin und her.

»Niemand«, antwortete Lady Arabella schließlich und sah ihre jüngere Schwester wieder missbilligend an. »Gunna aus dem Tal ist eine Witwe, die in einem Seitental in der Nähe von Cuidrach Castle lebt, der Burg unseres Cousins Kenneth. Sie ist bekannt für ihre wunderbaren Räucherheringe.«

Gelis rümpfte die Nase und begann, sich wieder ihrer Stickerei zu widmen. »Heringe – bah!«

Ohne sie zu beachten, legte Arabella ihre Stickarbeit beiseite und erhob sich, um ihr steifes Kreuz zu reiben. »Es sind die besten Räucherheringe weit und breit«, erklärte sie und sah sich dabei um, als wollte sie jeden der Anwesenden im Großen Saal warnen, etwas anderes zu behaupten.

Doch Gelis richtete sich auf und nahm die Herausforderung an. »Aber nicht nur ihre Räucherheringe sind viel gepriesen, sondern auch ihr ... Können im Bett. Unser eigener Vater gibt zu, dass es in ganz Kintail keinen Mann gibt, der sich noch nicht an ihren Reizen erfreut hat! Sie hat langes, seidig glänzendes schwarzes Haar und Brüste, von denen es heißt, ein einziger Blick auf sie genüge, um selbst den standhaftesten Recken des Highlands in die Knie zu zwingen. Einige behaupten sogar, sie liefe immer nackt in ihrem Haus herum und ihre Stimme allein schon genüge ...«

»Du hast sie doch noch nie gesehen«, fuhr Arabella ihr erbost über den Mund. »Mutter sagt, sie hat ein gutes Herz.«

»Pah!«, schnaubte Gelis. »Mutter mag jeden. Hast du nie gehört, dass die Leute aus dem Tal sie schon die Heilige Linnet nennen?«

»Nicht so laut«, warf Lady Juliana mahnend ein. Sie hatte ihre Stickarbeit inzwischen beendet und aus der Hand gelegt. »Ich bin sicher, dass Lady Aveline kein Interesse daran hat, etwas über diese Liebesdienerin zu erfahren.«

Aber das hatte Aveline sehr wohl.

Besonders, nachdem Gelis die Bemerkung entschlüpft war, dass Jamie diese üppige Schönheit angeblich sehr oft besucht hatte. Eine Frau, von der es hieß, sie sei geradezu unwiderstehlich. Und ob Linnet MacKenzie sie nun nett fand oder nicht, Aveline missfiel jedenfalls das, was sie über sie hörte.

Aber das Thema schien beendet, denn die drei MacKenzie-Frauen schwiegen und pressten die Lippen so fest zusammen, als hätten sie auf etwas Bitteres gebissen.

»Ihr werdet gewiss verstehen, warum wir schon morgen weiterreisen müssen«, sagte Lady Juliana schließlich und beendete damit das unbehagliche Schweigen. »Der Zweck unseres Besuches hier ist erfüllt. Jamie weiß jetzt, dass es unklug wäre, an den Garbh Uisge zu gehen, und Ihr habt versprochen, ihn zur Vorsicht zu mahnen, falls er sich doch dorthin begeben sollte.«

Aveline biss sich auf die Lippen. Da sie selbst mit mehreren Schwestern aufgewachsen war, die bis auf Sorcha alle schon verheiratet und aus dem Haus waren, war sie über die Gesellschaft der MacKenzie-Frauen hocherfreut gewesen. Auch wenn deren Besuch es mit sich gebracht hatte, dass sie von dieser Liebesdienerin erfahren hatte, machte es sie traurig, sich von ihnen verabschieden zu müssen.

Sie schaute hinüber zum Hohen Tisch, an dem Munro vor seinem Abendessen saß. Auch er würde die Abreise der Frauen bedauern. Selbst jetzt, da er mit Käsepastetchen und Brathühnchen beschäftigt war, konnte niemandem entgehen, wie oft sein Blick zu den lebhaften jungen Damen hinüberwanderte. Oder die Freude, die er an ihrer Gesellschaft fand.

Eine Freude, die ihm eine willkommene Ablenkung gebracht hatte.

Aveline schluckte.

»Ich werde Euch vermissen.« Sie wandte sich wieder den Besucherinnen zu. »Alle werden das. Ihr wart nur so kurze Zeit auf ...«

»Glaubt mir«, unterbrach Lady Juliana sie mit einem Blick auf Gelis, »es ist besser, wenn wir weiterreisen, bevor wir hier nicht mehr so gern gesehen sind. Einen brodelnden Kessel kann man noch vom Feuer nehmen, aber ist er erst überkocht, ist der Schaden nicht mehr wiedergutzumachen.«

Sie erhob sich und strich mit einer energischen Bewegung ihre Röcke glatt. »Ja, wir sollten uns jetzt zurückziehen und unsere Sachen packen. Der Weg nach Norden ist lang und beschwerlich. Früh zu Bett zu gehen wird uns guttun.«

»Ich bin aber noch nicht müde«, widersprach Gelis und

machte keine Anstalten, sich zu erheben. »Außerdem haben wir Aveline noch gar nicht von unserem Hochzeitsstein erzählt. Vielleicht möchte sie etwas darüber hören, schließlich wird sie im Frühjahr heiraten, und Jamie hat als Knappe auf Eilean Creag gedient.«

Sie war von diesem Gedanken sichtlich begeistert, denn sie beugte sich vor und strahlte Aveline an. »Vielleicht würde sie sogar gern nach Eilean Creag kommen, um dort zu heiraten? Dann könnte die Zeremonie dort stattfinden und der Stein …«

»Nur MacKenzies dürfen den Stein benutzen«, erinnerte Arabella sie. »Dass Jamie als Knappe auf Eilean Creag gedient hat, macht ihn noch nicht zu einem MacKenzie, so gern wir ihn auch haben.«

Aveline versuchte, Interesse zu zeigen, obwohl sie eigentlich viel lieber mehr über Gunna aus dem Tal erfahren wollte.

Und vor allem über Jamies Besuche bei dieser Frau.

»Ein Hochzeitsstein?«, fragte sie höflich.

Gelis nickte. »Um ihn rankt sich eine Geschichte, die romantischer ist als jede französische Ballade.«

Aber Aveline hörte ihr kaum zu.

Ihr klang noch immer in den Ohren, was das Mädchen über die schwarzhaarige Liebesdienerin mit der sinnlichen Stimme und den üppigen Brüsten gesagt hatte. Sehr viel verunsicherter, als sie es sich anmerken lassen wollte, schaute sie sich verstohlen im Saal um. Ihr Blick glitt zu der von Fackeln erhellten Eingangstür und suchte nach einem ganz besonders breitschultrigen Mann mit langen, rötlich braunen Haaren.

Doch sie konnte nur Hughie Mac entdecken, dessen einst ebenso rötlich braunes Haar im Alter heller geworden und jetzt von grauen Strähnen durchzogen war.

Die Fidel in der einen und den Spazierstock in der anderen Hand bahnte er sich seinen Weg zu ihnen, in die warme und hell beleuchteten Ecke, die die Frauen für sich und ihre Stickarbeit beansprucht hatten.

Und für ihr angeregtes Geplauder unter Frauen.

Ein Geplauder, von dem Aveline jetzt wünschte, es hätte nie begonnen.

Aber Hughie Mac hatte mit seinen lachenden Augen und seiner unerschütterlichen guten Laune etwas sehr Aufmunterndes an sich. Hochbetagt und, wie viele meinten, dementsprechend weise, kam er, auf seinen Stock gestützt, zu ihnen gehumpelt.

Aveline sprang auf, holte einen Schemel für ihn herbei und stellte ihn vor ein eines der wärmenden Kohlenbecken.

»Ihr habt vom Hochzeitsstein der MacKenzies gesprochen?« Hughie sah sich flüchtig um, während er sich auf dem Schemel niederließ. »Ich habe ihn einmal gesehen«, berichtete er und legte sich die Fidel auf die Knie. Seinen Stock hatte er gegen die Wand gelehnt. »Es ist ein wunderschöner, sehr geheimnisvoller Stein.«

»Geheimnisvoll?«, fragte Aveline, die wieder ihren Platz auf einer der Bänke in der Fensterlaibung eingenommen hatte. »Ich dachte, es sei ein gewöhnlicher Hochzeitsstein?«

»Das ist er auch. Ein *Schwörstein* wie so viele andere, die man hier und da in unseren Bergen und Tälern findet«, erklärte er und streckte seine alten Beine aus, um sie vor dem Kohlenbecken zu wärmen. »Der Stein der MacKenzies ist schöner als die meisten anderen seiner Art. Er ist mannshoch und mit uralten keltischen Runen bedeckt. Wie alle anderen hat auch er ein Loch in seiner Mitte. Aber nur er hat einen ganz eigenen bläulichen Schimmer.«

»Der Stein ist das Glanzlicht einer jeden Hochzeitsfeier der MacKenzies«, schwärmte Gelis und setzte sich zu Aveline.

Sie zog die Beine an, nahm eines der dicken Kissen von der Bank, schlang die Arme darum und drückte es an ihre Brust. »Auf dem Höhepunkt der Feier bringen vier unserer stärksten Krieger den Stein in den Großen Saal und tragen ihn herum, damit alle ihn bewundern können. Währenddessen tritt unser Seneschall an den Hohen Tisch und bietet der Braut und dem Bräutigam in einem Prunkkelch den gewürzten Wein dar, den sie miteinander teilen müssen.«

»Das glückliche Paar und gewisse junge Mädchen, für die es sich nicht ziemt, einem so starken Getränk zuzusprechen!«, warf Arabella ein, die auf der Bank ihnen gegenüber Platz genommen hatte.

Gelis verdrehte ihre Augen. »Vater hat mir selbst einen kleinen Becher davon zu trinken gegeben – das weißt du ganz genau!«

»Unser Vater würde dir den Mond vom Himmel holen, wenn du ihn darum bitten würdest«, versetzte Arabella und warf ihren dicken schwarzen Zopf über die Schulter. »Und vermutlich auch die Sonne – selbst wenn er sich dabei die Hände arg verbrennen würde.«

Gelis grinste ihre Schwester an. »Gib nicht mir die Schuld daran, dass er mich am meisten liebt.«

»Er liebt euch beide und keine mehr als die andere«, mischte sich Lady Juliana ein, bevor sie sich mit einem entschuldigenden Achselzucken Hughie Mac zuwandte. »Sie sind noch jung«, sagte sie, und Hughie nickte, wobei er für einen kurzen Moment fast genauso jung wirkte.

Sein Haar wirkte im Fackelschein wieder voll und glänzend, und sein wettergegerbtes Gesicht war glatt und fast schon schön zu nennen.

»Ja, sie sind noch sehr jung«, stimmte er Lady Juliana zu, und der Moment verstrich. »Und deshalb haben sie wohl auch den interessantesten Teil der Zeremonie ausgelassen.«

Aveline sah ihn an. »Den interessantesten Teil?«

Hughie schüttelte den Kopf. »Das Geheimnis um die Herkunft des Hochzeitssteines«, sagte er und nickte den Clanangehörigen zu, die sich um sie versammelt hatten, um zuzuhören. Einer von ihnen reichte Hughie einen bis an den Rand gefüllten Bierkrug, den der alte Mann dankend annahm und auf einen Zug leerte.

»Das Interessanteste ist, wenn sie sich küssen.« Gelis beugte sich vor und schlug mit einem Kissen nach ihrer Schwester. »So ist es doch, nicht wahr?«

Arabella errötete. »Für *dich* vermutlich schon.«

Gelis streckte ihr die Zunge heraus. »Es ist das Beste von allem«, sagte sie, während sie sich die Röcke über die Knie zog. »Auch wenn vorher diese dumme alte Legende vorgetragen werden muss.«

»Was für eine dumme alte Legende?«, fragte Aveline und zog die Augenbrauen hoch.

»Die Geschichte, wie unser Clan in den Besitz des Hochzeitssteines gekommen ist«, antwortete Gelis. »Aber das mit dem Küssen ist viel besser.« Mit einem Lächeln wandte sie sich an Hughie. »Kennst du den Teil mit dem Küssen?«

»Aber ja«, erwiderte der alte Mann und griff nach seiner Fidel. »Nachdem das Brautpaar den Kelch mit dem gewürzten Wein geleert hat und die Legende vorgetragen worden ist, wird der Stein dreimal feierlich um den Hohen Tisch getragen. Dann bleiben die Männer, die ihn tragen, hinter dem Sessel des Burgherrn stehen, und die Frischvermählten reichen sich durch das Loch im Stein die Hände. Dabei schwören sie, die alten Götter zu ehren, und bitten sie um ihren Segen.«

Er zwinkerte Gelis zu und spielte dann einige Takte einer fröhlichen Melodie für das junge Mädchen. »Dann nimmt der Bräutigam seine Braut in die Arme, und sie küssen sich . . .«

»Und dann werden sie nach oben geführt, wo die Entkleidungszeremonie stattfindet!«, rief Gelis mit leuchtenden Augen. »Nur leider erlaubt Mutter uns nicht, an dieser Zeremonie teilzunehmen«, fügte sie schmollend hinzu.

»Ach ja?« Arabella verdrehte ihre Augen. »Soviel ich weiß, hast du dir keine einzige Entkleidungszeremonie auf Eilean Creag entgehen lassen, seit du alt genug warst, zu merken, dass alle im Schlafzimmer zu betrunken sind, um dich hereinschleichen zu sehen!«

Gelis schwenkte ihren langen Zopf vor dem Gesicht ihrer Schwester hin und her. »Aber ich habe dabei wenigstens etwas gelernt! Und das ist mehr, als du von dir behaupten kannst.«

»Ich warte gerne mit dem Lernen, bis es Zeit für meine eigene Entkleidungszeremonie ist«, gab Arabella mit hochrotem Gesicht zurück.

»Was ist denn nun das Geheimnis dieses Steins?«, fragte Aveline, die Lady Julianas fest aufeinandergepressten Lippen bemerkt hatte und das Gespräch in eine ungefährlichere Richtung lenken wollte.

Sie schaute Hughie an, und es überraschte sie nicht, dass er jetzt eine langsamere, fast herzzerreißend süße Melodie anstimmte. »Sagtest du nicht, es ginge um die Herkunft dieses Steins?«

Hughie nickte. »Niemand kennt seine wahre Geschichte oder weiß, woher er kam. Aber es gibt eine Legende darüber, das ist wahr.«

Er hielt inne, bis es still im Saal geworden war. »So imposant der Stein auch ist, sein Boden ist so zersplittert und von Rissen durchzogen, als wäre er irgendwann von seinem ursprünglichen Standort losgerissen worden. Gewiss ist nur, dass der Stein eines Tages am Strand von Eilean Creag angespült wurde und dass er seitdem so etwas wie ein Glücksbringer für die Ehen der MacKenzies ist. Es heißt, die Macht und die Güte der alten Götter hätten sich auf den Stein übertragen.«

»Dann erzähl uns die Geschichte«, ermunterte einer der jüngeren MacKenzies Hughie. Er löste sich aus der Menge und setzte sich zu Füßen des alten Mannes. Einige andere Männer folgten seinem Beispiel.

Selbst Munro sah von seinem Platz am Hohen Tisch aus zu, auch wenn er keine Anstalten machte, seinen Sessel zu verlassen.

»Also gut ...« Hughie warf Lady Juliana einen Blick zu und zog fragend eine seiner buschigen Augenbraue hoch. »Falls es nicht zu spät ist, Mylady?«

Lady Juliana sah aus, als wollte sie Widerspruch erheben, aber dann lächelte sie nur und zuckte mit den Schultern. »Die Mädchen würden jetzt ohnehin nicht schlafen – und wenn ich sie an ihrem Bett festbände!«, sagte sie, aber die unüberhörbare Zuneigung, die in ihrer Stimme mitschwang, nahm ihrer Antwort die Schärfe.

Sichtlich zufrieden legte Hughie seine Fidel aus der Hand und ließ seine Fingerknöchel knacken. Dann griff er wieder nach dem Instrument und begann, eine weiche, sehr ergreifende Melodie zu spielen.

»Der Legende nach stammt der Hochzeitsstein der MacKenzies aus einer längst vergangenen Zeit«, hob er mit wohltönender Stimme an zu erzählen. »Aus einer Zeit, in der Schottland noch jung war und noch die alten Götter herrschten.«

Eine gespannte Stille lag über dem Großen Saal, und die

Zuhörer, die sich um sie geschart hatten, rückten noch ein wenig näher. »Es gibt Leute, die behaupten, der Stein käme aus dem Reich der Schatten. Wenn dem so ist, wird seine wahre Herkunft nie ans Licht kommen«, fuhr Hughie mit dem Erzählen fort, und der Klang seiner Stimme war jetzt so getragen und fließend wie seine Musik. »Andere wiederum sagen, der keltische Meeresgott Mananan hätte den MacKenzies den Stein als Belohnung für ihre Tapferkeit auf dem Schlachtfeld geschickt. Aber die meisten glauben, dass der Stein eine tragischere Vergangenheit hat, und das ist die Version der Geschichte, die bei den Hochzeitsfeiern der MacKenzies vorgetragen wird.«

Hughie beugte sich herunter, um Cuillin zu streicheln, der sich neben ihm niedergelassen hatte, dann nahm er seine Erzählung wieder auf.

»Vor undenklichen Zeiten, noch vor Beginn der Zeitrechnung, lebte ein stolzer keltischer König nicht weit entfernt von dem Ort, an dem sich heute die Burg Eilean Creag erhebt«, fuhr er mit kraftvoller Stimme fort, die bis in alle Winkel des Großen Saales trug. »Er war ein mächtiger und kühner Mann, den kein Feind herauszufordern wagte. Selbst der Teufel, so sagt man, sei ihm aus dem Weg gegangen, denn auch der wusste, dass er einen so furchtbaren Gegner niemals hätte besiegen können.

Der König hatte vier Töchter, und auch sie hatten große Ehrfurcht vor ihm. Manche würden vielleicht sogar sagen, sie fürchteten ihren Vater. Nur seine jüngste Tochter lachte über seine Wutausbrüche und tat, was sie wollte. Sie war sich seiner Liebe so sicher, dass sie keinen Grund sah zu verheimlichen, dass sie einen jungen Mann heiraten wollte, den ihr Vater, wie sie wusste, als ihrer unwürdig betrachtete.«

Hughie warf Gelis einen Blick zu. »Diese Tochter war seine

Lieblingstochter. Und sie war auch sein Ruin. So groß war seine Liebe zu ihr, dass er sieben Tage und Nächte tobte, als er von ihrem Verrat erfuhr. Denn obwohl der Liebste seiner Tochter ein prächtiger und herzensguter Bursche war, hätte das doch niemals aufwiegen können, dass er seiner Braut nicht die Zukunft bieten konnte, die ihr der edlen Herkunft wegen zustehen würde.«

Avelines Blick glitt zu Gelis, die wie gebannt an Hughies Lippen hing.

Hughie hatte diese Wirkung auf seine Zuhörer. Er beherrschte die Kunst des Erzählens – eine Kunst, die mit zunehmendem Alter immer vollkommener wurde. Nur Cuillin schien ein bisschen unruhig zu sein, was allerdings verständlich war, da aller Augen auf Hughie ruhten und er von niemandem beachtet wurde. Und gespannte Zuhörer verteilten für gewöhnlich keine Leckereien an Hunde.

Auch Aveline gönnte Cuillin nur einen kurzen Blick, ehe sie sich wieder Hughie zuwandte, um kein Wort seiner Geschichte zu verpassen.

Bestürzt darüber, wie sehr sie sich in ihrem Vater getäuscht hatte, liefen das Mädchen und der junge Mann davon und flüchteten sich zum Hochzeitsstein. Sie glaubten fest daran, dass dieses Heiligtum sie würde retten können.

Und so wäre es wohl auch geschehen, weil die Magie des Steins fürwahr sehr mächtig war. Allen, die den geheiligten Boden betraten, auf dem er stand, und sich durch das Loch im Stein die Hände reichten, würde der Segen der Götter zuteil werden. Und ebenso dem Bund, den sie eingegangen waren.«

Hughie legte die Fidel aus der Hand, seine Stimme war Musik genug, die Geschichte zu beenden. »Nun war aber der Vater des Mädchens gewarnt worden. Er folgte den beiden

Liebenden und überraschte sie in dem Moment, als sie sich durch das Loch im Stein die Hände reichten.«

Wieder hielt Hughie inne, und er schien mit der atemlosen Stille im Großen Saal sehr zufrieden zu sein.

»Von unbändigem Zorn ergriffen stürzte sich der König auf den Stein, und seine Wut verlieh ihm die Kraft, den Stein aus seinem felsigen Untergrund zu reißen und ins Meer zu stoßen – und mit ihm auch den Liebsten seiner Tochter.« Hughie erhob sich langsam und stützte sich auf seinen Stock. »Die Tat zerriss dem alten König fast das Herz, da es nie seine Absicht gewesen war, den jungen Mann zu töten, ganz gleich, wie wütend er gewesen war. In aufrichtiger Reue fiel er auf die Knie und flehte seine Tochter um Vergebung an. Aber der Schmerz des Mädchens war zu groß. Ohne ihrem Vater auch nur einen Blick zu gönnen, folgte sie ihrem Liebsten in den Tod. Ruhig und entschlossen trat sie über den Rand der Klippe, um im Reich der Toten die Liebe wiederzufinden, die ihr im Reich der Lebenden verwehrt worden war.«

»Und die Götter waren über des Königs Missachtung des steinernen Heiligtums so erzürnt«, beendete Gelis für Hughie die Geschichte, »dass sie ihm alles nahmen, was ihm lieb und teuer war. Und sie machten seine Burg so gründlich dem Erdboden gleich, dass kein einziger Stein zurückblieb, den Ort anzuzeigen, an dem er einst regiert hatte.«

»Aber nicht alles war verloren«, ergriff jetzt Arabella das Wort, »denn viele Jahrhunderte später wurde der Hochzeitsstein an unserer kleinen Insel angespült, und seitdem befindet er sich in der Obhut unseres Clans.« Sie hob das Kinn und sah sich um. »Wir glauben, dass die Magie des Steins heute sogar noch machtvoller ist als damals, und wir bewachen ihn gut, denn wir betrachten ihn als unseren wertvollsten Besitz. Jedes frischvermählte MacKenzie-Paar reicht sich durch den

Stein die Hände und schwört den rituellen Eid, um die alten Götter zu erfreuen und um miteinander einen Bund zu schließen, den kein menschliches Wesen je zerstören kann. Denn die alten Götter wachen über sie und gewähren ihnen bis ans Ende ihrer Tage ihre Gunst.«

»Ich habe Euch ja gesagt, dass es eine sehr romantische Geschichte ist«, sagte Gelis und strahlte Aveline an. »Und was Hughie erzählt hat, ist die wahre Geschichte unseres Steins. Das spüre ich in meinem Herzen«, erklärte sie und legte eine Hand auf ihre Brust. »Es gab wirklich einen König, der unseren Stein ins Meer geworfen hat, nachdem er den Mann getötet hatte, der die große Liebe seiner Tochter gewesen war, und sie danach in den Tod gesprungen war. Ich *weiß* einfach, dass es so war.«

»Der Stein könnte von überallher gekommen sein«, gab Arabella zu bedenken. »Wir können uns glücklich schätzen, ihn auf Eilean Creag zu haben, und das sollte uns genügen.«

Aber Aveline bezweifelte, dass irgendjemand in der Großen Halle diese Worte gehört hatte, denn es war ein ohrenbetäubender Applaus aufgebrandet, und die Menge bestürmte Hughie mit lauten Zurufen, noch eine Geschichte zu erzählen.

Aber der alte Mann, dem anzusehen war, dass seine Kraft für diesen Abend verbraucht war, lächelte nur und humpelte zu seinem Stuhl zurück.

»Ein andermal«, versprach er und nahm dankbar die heiße Fleischpastete und den Krug Heidekrautbier an, die ihm einer der MacKenzies brachte. »Ich bin froh, dass ich vor vielen Jahren Gelegenheit hatte, an einer Hochzeit der MacKenzies teilzunehmen. Wenn dem nicht so wäre, hätte ich der Geschichte nicht gerecht werden können, so wohlbekannt, wie sie in den Bergen von Kintail ist.«

»Wir haben gehört, dass es auch hier einen Stein ungewisser Herkunft gibt«, rief Gelis. »Bei der Familienkapelle der Macphersons.«

Aveline dachte an das nasse Plaid und erschauderte.

Und sie dachte an Neill und Kendrick, deren Geister sie auf dem Friedhof hatte tanzen sehen ... zusammen mit dem alten Hughie Mac.

Nur dass *der* jetzt zufrieden auf dem Schemel neben dem kleinen Kohlenbecken saß, mit großem Appetit seine Fleischpastete verspeiste und zu Gelis' Bemerkung schwieg.

Obwohl Aveline hätte schwören können, dass er einen Wimpernschlag lang so ausgesehen hatte, als wollte er noch etwas sagen. Etwas, das er dann aber doch für sich behalten hatte, denn sein faltiges Gesicht wirkte jetzt verschlossen, ja, sogar ein wenig misstrauisch.

Aveline zog ihren *arisaid* noch fester um die Schultern. Sie fröstelte, weil sie plötzlich zu fühlen glaubte, dass jemand sie anstarrte. Irgendjemand – oder *irgendetwas* – beobachtete sie aus den Schatten heraus.

Sie fühlte sich wie *durchbohrt* von diesem Blick – von diesem feindseligen, fast schon bösartigen Blick.

»Gibt es einen solchen Stein?«, beharrte Gelis, und ihre eifrige junge Stimme brach den Bann.

Aveline blinzelte und konnte nur mit Mühe ein Schaudern unterdrücken. »Ihr meint den Na-Clachan-Breugach-Stein«, antwortete sie schließlich auf Gelis' Frage, wobei sie Hughie Mac unter halb gesenkten Wimpern scharf beobachtete.

Denn wer oder was auch immer sie so böse angesehen haben mochte, sie war überzeugt, dass auch Hughie die Bosheit dieses Blicks gespürt hatte.

»Der Na Clachan Breugach?«

Aveline nickte. »Er steht auf dem Friedhof des Clans und bewacht den Eingang zur Kapelle des heiligen Maelrhuba.«

»Die nur ein paar Schritte entfernt von meiner Kate steht«, bemerkte Hughie und sah die beiden Frauen an. »Der Friedhof ist uralt, und die Kapelle ist schon halb verfallen.«

Jetzt sah Aveline ihn ganz offen an, aber seine blauen Augen lächelten wieder, und er aß genussvoll seine Pastete weiter, warf hin und wieder Cuillin und den anderen Burghunden ein paar Stückchen zu und war sich scheinbar keines Grundes bewusst, warum er sich bei der Erwähnung des Steines unbehaglich fühlen sollte. Oder des kleinen Friedhofs mit der Reihe der neun frisch aufgeworfenen Gräber, den keltischen Kreuzen und dem alles einhüllenden Nebel.

Ganz im Gegenteil. Der Blick, den Hughie ihr zuwarf, war alles andere als traurig.

Aveline blieb jedoch keine Zeit, weiter darüber nachzudenken, denn Lady Juliana trat jetzt zu ihnen, und ihr Blick verriet, dass sie keinen Widerspruch mehr dulden würde.

Offensichtlich war sie fest entschlossen, die MacKenzie-Schwestern jetzt ins Bett zu schicken.

Wie zum Beweis dafür blieb sie vor Gelis stehen und stemmte die Hände in die Hüften. »Du bist ein raffiniertes kleines Ding«, erklärte sie. »Du weißt doch schon alles über den Na-Clachan-Breugach-Stein der Macphersons. Wir haben erst vor ein paar Tagen darüber gesprochen, als Morag von der Vergangenheit des Steins erzählte. Dass es heißt, er sei der letzte noch verbliebene Überrest eines geheiligten Steinkreises aus der Zeit der Pikten, der einst auch als Kreis der Weisheit bekannt gewesen war. Und dass dieser Stein auch der *Lügenstein* sein könnte, wie die frühen Christen ihn nannten.«

Juliana verschränkte ihre Arme vor der Brust. »Es ist nicht nötig, dass du diese Geschichten noch einmal hörst. Aber nötig ist, dass du jetzt nach oben gehst, damit du etwas Schlaf bekommst.«

Gelis runzelte die Stirn. »Es ist noch früh, und ...«

»Für dich ist es schon viel zu spät.« Juliana warf einen vielsagenden Blick in Richtung Treppe. »Also sag jetzt Gute Nacht und komm mit uns nach oben.«

Arabella erhob sich widerspruchslos.

Nach kurzem Zögern stand auch Gelis auf, aber nicht ohne noch einen sehnsüchtigen Blick auf die bequeme Bank mit ihren weichen, reich bestickten Kissen zu werfen.

»Aveline hat die Geister von zwei von Jamies Brüdern in der Nähe des Na-Clachan-Breugan-Steins gesehen«, sagte sie, während sie ihr Stickzeug einsammelte.

»Viele Highlander sehen das eine oder andere Gespenst in ihrem Leben«, hielt Juliana dem entgegen und zog Gelis am Arm mit sich.

»Er hat sie auch gesehen!«, sagte die sich heftig sträubende Gelis, als sie an Hughie vorbeigingen. »Aveline hat es mir erzählt.«

»Dann hat sie die Wahrheit gesagt.« Hughie blickte von seiner zweiten Fleischpastete auf. »Ich habe die Jungen ein oder zwei Mal gesehen. Oft genug, um zu wissen, dass es ihnen dort, wo sie sind, gut geht und dass sie sich wohlfühlen.«

Aveline bezweifelte, dass Gelis Hughies Worte noch hörte, denn Juliana führte die Mädchen energisch zur Treppe. Aber Aveline hatte sie gehört, und es dauerte einen Moment, bis ihr auffiel, was nicht stimmte, als sie wieder zu ihm hinübersah.

Cuillin war nicht mehr da.

Obwohl Hughie Mac noch immer eine ordentliche Portion Fleischpastete in den Händen hielt.

Es gab nur einen Grund für Cuillin, der stets für eine Leckerei zu haben war, seinen Platz zu Füßen des alten Mannes zu verlassen.

Jamie war zurückgekehrt.

Und Aveline entdeckte ihn auch sofort. Er stand am Eingang zum Großen Saal vor dem Waschbecken und wusch sich die Hände. Cuillin, dessen Wahrnehmung offenbar sehr viel ausgeprägter war als ihre, strich um die Beine seines Herrn und wedelte erfreut mit der zotteligen Rute.

Auch wenn Aveline nicht die Erste gewesen war, die Jamie entdeckt hatte, so war ihre Freude nicht minder überschwänglich als die Cuillins. Nicht einmal Munros finstere Miene und dass er demonstrativ den Saal verließ, vermochten ihrer freudigen Erregung einen Dämpfer aufzusetzen. Schon jetzt begann ihr Herz fast schmerzhaft hart zu pochen, und das Verlangen, von Jamie in die Arme genommen und wieder von ihm geküsst zu werden, war so überwältigend, dass es ihr den Atem raubte.

Jetzt hatte auch Jamie sie entdeckt. Er grinste und hob grüßend die Hand. Doch kaum hatte Aveline den ersten Schritt auf ihn zu gemacht, stieg ein überaus deutliches Bild vor ihrem inneren Auge auf und ließ sie stocken.

Durchsichtig und schimmernd, aber irgendwie auch sehr lebendig, war zwischen den Tischenreihen die Vision einer Frau aufgetaucht.

Aveline blinzelte ein paarmal, aber das Bild verblasste nicht.

Es wurde nur noch klarer. Sie sah eine hochgewachsene Frau mit üppigen Kurven und prachtvollem rabenschwarzen Haar. Ihr verwirrender moschusartiger Duft umgab sie wie eine Wolke rätselhafter Sinnlichkeit.

Schlimmer noch – die Frau war splitterfasernackt!

Und ohne die geringste Scham, deutete man das aufreizende Lächeln um ihre vollen roten Lippen richtig.

Und den glutvollen Blick ihrer dunkelblauen Augen.

Aveline blieb abrupt stehen, als der Saal mitsamt allen Anwesenden sich wie wild um sie zu drehen begann. Selbst der Boden unter ihren Füßen schien ins Schwanken zu geraten. Als der Schwindel schließlich nachließ, war auch die erschreckende Vision verschwunden.

Und Aveline war genau dort, wo sie sein wollte.

In Jamies Armen, die sie fest umschlungen hielten.

»Um Himmels willen, Aveline, ich dachte, du würdest ohnmächtig!«, sagte er und zog sie noch enger an sich. »Du bist plötzlich kreidebleich geworden und hast angefangen zu schwanken. Du wärst gefallen, wäre ich nicht zu dir gelaufen, um dich aufzufangen.«

Aveline tat einen unsicheren Atemzug und lehnte sich zurück, um zu Jamie aufblicken zu können. »Und das kannst du sehr gut – wie du mir bereits bewiesen hast. In der Kapelle, falls du das vergessen hast.«

»Ich habe gar nichts vergessen«, erwiderte er und hob ihre Hand an seine Lippen, um einen Kuss darauf zu hauchen. »Und ich habe etwas Wichtiges mit dir zu besprechen. Bist du bereit, mir dein Vertrauen zu schenken?«

Sofort tauchte wieder das Bild der aufreizenden Schönen vor Avelines innerem Auge auf, aber sie wappnete sich gegen die Beharrlichkeit der Erscheinung und sah Jamie mit einem strahlenden Lächeln an.

»Ich werde dir immer vertrauen«, versicherte sie ihm aus tiefstem Herzen.

Sie hoffte nur, dass er auch *ihr* vertrauen würde.

Dass er auf sie hören würde, wenn sie ihn beschwor, seinem Vater gegenüber nachsichtiger zu sein.

Doch zunächst beschränkte sie sich darauf, sich von Jamie an der Hand nehmen und aus dem Saal führen zu lassen. Vorbei am Hohen Tisch und Munros leerem Burgherrensessel, hin zur Treppe und in Kendricks Zimmer, wie sie wusste.

Waren sie erst dort oben, würde sie schon herausfinden, was Jamie so Wichtiges mit ihr zu besprechen hatte. Und dann würde sie ihm auch einige ihrer eigenen Sorgen anvertrauen. Fest entschlossen, sich durch nichts davon abbringen zu lassen, straffte sie die Schultern und ließ sich von ihm die Wendeltreppe hinaufführen.

Wenn sie ihren ganzen Mut zusammennahm, würde sie auch in Erfahrung bringen, wie nah er einer gewissen Liebesdienerin gestanden hatte.

Denn seinen Feind zu kennen bedeutete, schon die halbe Schlacht gewonnen zu haben.

Und Aveline wollte siegen.

Sie wollte den vollkommensten, bestmöglichen Triumph erringen.

10. Kapitel

Im Zimmer seines Bruders stand Jamie Aveline gegenüber und hatte Mühe, unter ihrem durchdringendem Blick nicht die Stirn zu runzeln. Zudem fragte er sich, ob seine Ohren ihm nicht einen Streich spielten. Genau genommen wünschte er sogar, es wäre so, denn er wusste nicht, wie er sich verhalten sollte, falls dem nicht so war.

Er verschränkte die Arme vor der Brust und versuchte, eine möglichst unschuldige Miene aufzusetzen.

Es gab Dinge, von denen Frauen nichts wissen mussten, und Unwissenheit vorzuschützen würde die ganze Sache mit etwas Glück vielleicht im Sand verlaufen lassen.

Aber der Ausdruck in Avelines schönen Augen und ihre immer steifer werdende Haltung verrieten ihm, dass das ganz sicher nicht geschehen würde, bis die Angelegenheit geklärt war.

Jamie stieß einen Seufzer aus.

Einen Seufzer, der, zusammen mit Jamies Gesichtsausdruck, Aveline genau das verriet, was sie wissen wollte.

Oder besser gesagt, das, was sie nicht wissen wollte.

Sie verschränkte die Arme vor der Brust und erwog ihre Möglichkeiten. James Macpherson war mit dieser Liebesdienerin offensichtlich gut bekannt. Und noch offensichtlicher war, dass er alles andere als erpicht darauf war, sich mit ihr über diese Frau zu unterhalten.

Sein Pech war nur, dass *sie* es wollte.

Nicht dass sie sich etwas Gutes davon erwartete, über diese Sache Bescheid zu wissen. Vermutlich wäre es sogar weniger schmerzhaft, die Hand in ein Wespennest zu halten. Aber das

Bild dieser aufreizenden Frau ging ihr einfach nicht mehr aus dem Kopf, und sie konnte auch nicht aufhören, ihre eigene zierliche Statur mit der dieser umso sehr viel beeindruckenderen Frau zu vergleichen, die ihr als Vision erschienen war.

Entschlossen trat Aveline an den gedeckten Tisch neben dem Kamin und schenkte sich einen großen Becher Heidekrautbier ein. Ein Impuls, den sie fast augenblicklich bereute, weil die Kerze in dem silbernen Leuchter auf dem Tisch ihr verräterisches Licht auf ihre Hände warf und deren Zierlichkeit noch unterstrich.

Diesen Makel, der ihr jedoch nicht annähernd so unangenehm war wie ihre viel zu kleinen Brüste.

Und sehr zu ihrem Ärger beschien das Licht dieses verdammten Kandelabers auch ihr Mieder. Ein unbestreitbar hübsches Mieder, aus feinstem Leinen und mit einem exquisiten Stickmuster verziert.

Einem Muster, das sie selbst entworfen hatte, um das Auge des Betrachters davon abzulenken, dass die Brüste unter diesem Mieder nicht so voll und üppig waren wie die der meisten anderen Frauen.

Aveline runzelte die Stirn und stellte den noch unberührten Becher wieder zurück auf den Tisch.

Das Bier würde ihr nicht helfen, einen größeren Busen zu bekommen. Und auch ihre anderen Probleme konnte es nicht lösen.

Früher oder später würde Jamie ihr Antworten auf ihre Fragen nach der Frau geben müssen – seiner Buhle, wie es schien.

Aveline widerstand der Versuchung, mit dem Fuß aufzustampfen, und beschränkte sich auf einen durchdringenden Blick. Wie ihr Vater oft zu sagen pflegte, machte sie das, was ihr an körperlicher Größe fehlte, durch ihre Geduld und Ruhe wieder wett. Durch ihre Fähigkeit, auch ohne Worte überzeugend sein zu können.

Doch anstatt ihr von der wollüstigen Witwe zu erzählen, schien Jamie es für ausreichend zu halten, mit abweisender Miene und fest zusammengepressten Lippen dazustehen.

Jamie hingegen wünschte sich in diesem Moment weit weg und strich sich mit der Hand nervös über das Gesicht. Er wünschte sich irgendwohin, wo nicht der Teufel los und darauf aus war, ihn zu kriegen.

Herrgott, sogar der alte Cuillin fixierte ihn mit einem bösen, unheilvollen Blick. Einem *anklagenden* Blick, wie Jamie ihn noch nie an seinem Hund gesehen hatte. Und dass diese Missfallensäußerung von einem *männlichen* Tier kam, das sich sein eigenes Vergnügen nie versagt hatte, machte das Ganze nur noch ärgerlicher.

Alle Männer suchten hin und wieder eine gefällige und bereitwillige Dirne auf, und Jamie hatte schließlich einen sehr viel *größeren* Grund als die meisten, dies zu tun. Er bemühte sich jedoch nach Kräften, diesen Grund zu ignorieren, als er jetzt zu Aveline ging, die neben dem Kamin stand.

»Wer hat dir von ihr erzählt?«, fragte er und legte ihr die Hände auf die Schultern. »Es war Gelis, habe ich recht?«

Aveline reckte das Kinn noch ein wenig höher. »Dann gibst du also zu, dass es diese Gunna aus dem Tal gibt?«

Jamie atmete tief ein und wandte den Blick zur Zimmerdecke. »Natürlich gibt es sie«, sagte er, als er den Atem wieder ausstieß und wieder Aveline ansah.

»Sieh mal, Mädchen«, sagte er, »es hat schon immer solche Frauen gegeben, und daran wird sich auch nichts ändern. Solange Männer gewisse Bedürfnisse haben, wird es solche Frauen wie die schöne Witwe von Glenelg geben.«

Er erschrak, als ihm sein Fehler bewusst wurde, kaum dass er die Worte gesagt hatte.

Seine kleine Aveline war eifersüchtig.

Was sie auch sogleich bewies, indem sie sich ihm entzog, an das Fenster trat und weit die Läden öffnete, um in die dunkle Nacht hinauszublicken.

»Dann ist sie also so schön, wie Gelis behauptet hat?«, fragte sie in noch steiferer Haltung als zuvor.

Jamie unterdrückte einen Fluch und ging zu ihr. »Die meisten Freudenmädchen sind hübsch«, sagte er, als er dicht hinter ihr stehen blieb, ohne den Versuch zu machen, sie zu berühren. »Auch wenn einige der älteren wahrscheinlich nicht so anziehend sind.«

»Der älteren?« Irritiert fuhr Aveline zu ihm herum. »Wie viele solcher Frauen kennst du eigentlich?«

»Nur eine«, antwortete er wahrheitsgemäß. »Ich bin immer nur zu der Witwe in Glenelg gegangen. Sie ist die einzige Frau von dieser Sorte, die ich je gekannt habe.«

Zwei dunkelrote Flecken erschienen auf den Wangen seiner Braut. Sie senkte ihren Blick und zupfte an ihren Röcken.

Ohne etwas zu erwidern.

Nicht, dass das nötig gewesen wäre, denn alles an ihr sprach von einem so überwältigenden Kummer, dass es Jamie fast das Herz zerriss.

Er hatte sie beschwichtigen und beruhigen, aber nicht alles noch viel schlimmer machen wollen.

Mit finsterer Miene fuhr er sich mit der Hand durchs Haar. Er war so wütend, dass er für einen Moment versucht war, seine Ritterlichkeit zu vergessen und der rothaarigen kleinen MacKenzie, die Aveline von Gunna aus dem Tal erzählt hatte, eine saftige Ohrfeige zu geben.

Jamie schluckte, als ihm immer elender zumute wurde. Der

Halsausschnitt seiner Tunika schien ihm von Minute zu Minute enger zu werden, und das Atmen fiel ihm immer schwerer.

Duncan MacKenzie hatte einmal gesagt, sich mit der Eifersucht einer Frau konfrontiert zu sehen sei eine größere Herausforderung, als mit einem männlichen Gegner das Schwert zu kreuzen. Und jetzt erkannte Jamie, wie zutreffend diese Bemerkung des Schwarzen Hirschs gewesen war.

Jamies Unbehagen wuchs, und er begann, sich im Zimmer umzuschauen, ob es hier nicht irgendetwas gäbe, das ihm helfen könnte, dem Abend vielleicht doch noch eine Wendung zum Besseren zu geben.

Damit er wieder atmen konnte und diesen furchtbaren Druck auf seine Brust loswurde.

Sein Blick fiel auf ein kleines Loch im Fensterbogen. Es war nur ein kleiner Fehler im Mauerwerk, wo sich im Laufe der Jahre ein Stückchen Mörtel oder ein kleiner Stein gelöst hatte und herausgefallen war.

Aber vielleicht war es seine Rettung.

Zumindest setzte er seine ganze Hoffnung darauf, als er die Schultern straffte und sich räusperte. »Möchtest du dich nicht lieber über den Hochzeitsstein der MacKenzies unterhalten?«, fragte er und streckte die Hand aus, um seiner zukünftigen Gemahlin eine Haarlocke aus der Stirn zu streichen. »Ich habe ihn oft gesehen und kann dir ein paar Geschichten über den Stein und die Hochzeitsfeiern dieses großen Clans erzählen.«

Avelines Kopf fuhr hoch, ihre Miene verriet, dass ihr Ärger nicht weniger geworden war.

»Wie lange warst du im Großen Saal?« Sie sah ihn prüfend an. »Denn wenn du schon eine Weile da warst, müsstest du eigentlich wissen, dass Hughie Mac uns die Legende des MacKenzie-Steins bereits erzählt hat.«

Jamie runzelte die Stirn. Er wusste nicht, ob er sie für ihre Beharrlichkeit bewundern oder ob er sie erwürgen sollte, weil sie so schwierig war.

»Ich habe jedes Wort von Hughies Geschichte gehört«, gab er schließlich zu und war nicht überrascht, als sie die Augenbrauen hochzog. »Ich habe mich im Hintergrund gehalten, weil ich nicht stören wollte. Und dann habe ich mich zu einigen Verwandten gesetzt, um ein paar gebratene Rippchen und Fladenbrot mit Honig zu essen. Du hast mich erst bemerkt, als ich mir nach dem Essen die Hände wusch.«

Avelines Miene glättete sich, zog sich aber sofort wieder zu einem Stirnrunzeln zusammen, das nichts Gutes zu verheißen schien. »Da du so viele Jahre als Knappe auf Eilean Creag gedient hast, wirst du die Traditionen dort wohl zur Genüge kennen«, sagte sie, doch irgendetwas in ihrem Ton verriet ihm, dass ihn noch mehr Schwierigkeiten erwarteten.

»Von den Geschichten der MacKenzies habe ich heute Abend auf Monate hinaus genug gehört.« Sie senkte den Blick und zupfte einen nicht vorhandenen Fussel von ihrem Ärmel. »Was mich interessiert, ist diese Gunna aus dem Tal«, sagte sie, hob den Kopf und sah Jamie auffordernd an. »Und was *du* mir über sie erzählen kannst.«

Jamie seufzte und rieb sich den Nacken. Jetzt *wusste* er, dass es keine Möglichkeit mehr gab, dem leidigen Thema aus dem Weg zu gehen.

Einen Moment lang spielte er mit dem Gedanken, seine Braut einfach in die Arme zu nehmen und sie zu küssen, bis sie ihre lächerliche Eifersucht vergaß.

Aber diese Möglichkeit verwarf er sogleich wieder.

So aufgebracht, wie Aveline war, würde sie ihm bei einem solchen Beschwichtigungsversuch vielleicht die Zunge abbeißen.

Wieder zog er die Augenbrauen zusammen.

Sie war wirklich ausgesprochen unvernünftig.

Schließlich hatte er nichts Unrechtes getan. Soweit er wusste, gingen alle Männer hin und wieder zu einer Dirne, und die meisten besuchten sogar mehr als nur eine.

Viele edle Ritter und Lehnsherren, die er kannte, hielten sich mehrere Mätressen, und einige zogen ihre Konkubinen und den mit ihnen gezeugten Kindern ihren rechtmäßig angetrauten Ehefrauen sogar vor.

Das war etwas, das Jamie nie in Betracht ziehen würde, schon gar nicht bei einer so entzückenden Braut wie Aveline.

Gott wusste, wie vernarrt er in sie war.

»Du bist nicht fair«, sagte er und machte einen Schritt auf sie zu. »Dass Männer gewisse Bedürfnisse haben, ist dir doch bestimmt bekannt? Bedürfnisse, die sie manchmal befriedigen, indem sie Frauen wie Gunna aus dem Tal aufsuchen.«

Anstatt etwas zu sagen, ging seine Braut an ihm vorbei zum Kamin und starrte in die Flammen.

»Ich weiß von den leidenschaftlichen Gefühlen, die zwischen einem Mann und einer Frau entstehen können – und was sie miteinander machen!«, sagte sie, ohne Jamie anzusehen. »Ich bin nicht dumm.«

Ihre blauen Augen blitzten, als sie jäh zu ihm herumfuhr. »Aber ich *bin* noch unberührt – falls du dich das fragen solltest.«

Jamie seufzte. »Ach, Liebste, etwas anderes wäre mir gar nicht in den Sinn gekommen«, versicherte er, was allerdings nur die halbe Wahrheit war, denn er hatte schon des Öfteren über ihre Unschuld nachgedacht, wenn auch nicht aus dem Grund, den sie vermutete.

Nein, was er viel eher befürchtete, war, dass sich an ihrer Unberührtheit nichts ändern würde.

Er sah an sich hinunter und wünschte sogleich, es nicht getan zu haben, als sein Blick auf seine Hände fiel. Gott, bei seiner Größe und Avelines Zierlichkeit bestand die Gefahr, dass er ihr eine Rippe brach, sollte er sich vergessen und sie zu fest in die Arme nehmen.

Jamies Stimmung sank. Allein schon der Gedanke, Aveline Schmerz zuzufügen, verursachte ihm Kopfschmerzen. Lieber rührte er sie gar nicht an, als zu riskieren, ihr wehzutun.

»Aveline«, begann er, »was mir Sorgen macht, ist ...«

»Du hast gesagt, diese Gunna aus dem Tal sei die einzige dieser Frauen, die du je besucht hast«, unterbrach sie ihn, den Blick wieder auf das Kaminfeuer gerichtet. »Hast du denn nur bei ihr gelegen? Hat es keine anderen gegeben?«

Jamie fuhr sich mit der Hand durchs Haar.

»Natürlich hat es andere gegeben«, gab er zu und konnte die Augen des Teufels jetzt ganz deutlich auf sich spüren.

»Und wer waren diese Frauen?«

»Küchenmägde und Wäscherinnen. Dralle Mädchen, üppig und mit breiten Hüften, Frauenzimmer, die mit ihren Reizen sehr freizügig sind«, erklärte er, und sein Herz begann fast schmerzhaft hart zu pochen. »Ich erinnere mich nicht einmal mehr an ihre Namen. Und seit ich in die Dienste von Sir Kenneth MacKenzie, meines Lehnsherrn und des Hüters von Cuidrach, getreten bin, habe ich nur noch bei besagter Witwe Entspannung gesucht.«

»Bei keiner anderen Frau?«

Jamie schüttelte den Kopf. »Bei keiner anderen.«

»Dann musst du sie ja sehr gern gemocht haben?«

»Ja, und daran hat sich nichts geändert«, sagte Jamie und rieb sich nachdenklich das Kinn. »Sie ist eine gute Frau mit einem großen Herzen. Sie vermisst ihren verstorbenen Ehemann und das körperliche Zusammensein mit ihm. Das ist der

Grund, warum sie ab und zu den einen oder anderen Mann empfängt.«

»Das war unverblümt genug«, sagte Aveline mit einem schrägen Blick auf ihn. »Dann ist sie also eine *sinnesfrohe* Frau?«

Jamie nickte und verwünschte sich im Stillen für seine unerschütterliche Ehrlichkeit. »Das ist sie, *aye*.«

Und eine so erfahrene Geliebte, dass sogar ich mit erstaunlicher Leichtigkeit den Liebesakt mit ihr vollziehen kann.

Etwas, das er Aveline unbedingt erklären musste, so unangenehm es ihm auch war. Denn er konnte seiner Braut ansehen, dass ihr schon jetzt eine Menge anderer Interpretationen durch den Sinn gingen.

Falsche Vorstellungen, die der Wahrheit gar nicht ferner sein könnten.

Und deshalb nahm er seinen ganzen Mut zusammen und ging zu ihr. Bevor sie sich abwenden konnte, legte er eine Hand unter ihr Kinn und hob ihr Gesicht zu sich empor, um sie anzusehen. »Es ist nicht so, wie du denkst«, begann er und versuchte, sie dazu zu bringen, es zu verstehen. »Ich habe die Witwe nicht aufgesucht, weil ich zärtliche Gefühle für sie hegte. Sie kam mir nur allein aus einem Grund gelegen.«

Aveline blinzelte und wartete nur schweigend ab.

Jamie schluckte. Wenigstens hatte sie nicht weggesehen oder versucht, sich von ihm loszureißen.

Das war immerhin ein Anfang.

Etwas, worauf er aufbauen konnte.

»Dann hast du sie also nicht geliebt?«, fragte sie schließlich, und eine leise Röte stieg in ihre Wangen.

»Sie geliebt?« Jamies Brauen fuhren in die Höhe. »Ich mag sie«, gab er wieder wahrheitsgemäß zu. »Aber sie ist nur eine gute Freundin.«

»Eine intime Freundin.«

»*Aye*, das ja. So intim, wie ein Mann und eine Frau miteinander sein können.« Jamie sah Aveline prüfend in die Augen. »Ich werde dich nie belügen, meine Liebste. Also stell mir bitte keine Fragen, wenn du befürchtest, die Antwort könnte dir missfallen.«

Sie hob das Kinn. »Wirst du sie wiedersehen?«

»Nein, ganz sicher nicht.« Jamie schüttelte den Kopf. »Das schwöre ich dir. Jedenfalls nicht aus dem Grund, aus dem ich sie früher gesehen habe.«

Aveline machte ein zweifelndes Gesicht. »Wirst du mir sagen, was für ein Grund das war?«

»Aber ja.« Jamie legte die Hände so fest um seinen Waffengurt, dass seine Knöchel weiß hervortraten. »Wenn ich ehrlich sein soll, muss ich es dir sogar sagen.«

»Du *musst* es mir sagen?«, fragte sie mit großen Augen.

Wieder nickte Jamie. Dann ließ er seinen Gürtel los, zog Aveline an sich und ließ langsam seine Hände über ihren Rücken bis zu ihrem Po hinuntergleiten. Ihn mit beiden Händen umfassend, zog er sie gerade fest genug an sich, um sie die beachtliche Ausbuchtung seiner Männlichkeit spüren zu lassen.

Ein *Problem*, das im Augenblick zum Glück noch ganz entspannt war.

In der Hoffnung, dass Avelines Nähe und ihr zarter Veilchenduft diesen Zustand nicht allzu schnell ändern würden, richtete er den Blick wieder zur Zimmerdecke und suchte nach den richtigen Worten.

»Im Großen Saal sagtest du, du hättest etwas Wichtiges mit mir zu besprechen.« Aveline sah mit großen, erwartungsvollen Augen zu ihm auf. »Hat es etwas mit dieser Frau zu tun? Oder mit dem Hochzeitsstein der MacKenzies? Ich frage das nur, weil Hughie Mac seine Geschichte gerade erzählte, als du zurückkamst.«

Jamie schloss sie noch fester in die Arme und drückte sie an sich. »Es hat alles und gar nichts mit diesen Dingen zu tun«, erwiderte er rätselhaft. Er hob Aveline hoch und trug sie zu Kendricks großem Himmelbett hinüber, auf dessen Kante er sie dann behutsam absetzte.

»Das Einzige, was dies alles mit dem MacKenzie-Stein zu tun hat, ist, dass ich nicht erst deine Hand durch ein Loch in einem Stein ergreifen muss, um zu wissen, dass unsere Ehe eine sehr, sehr glückliche sein wird«, sagte er, als er, die Daumen wieder unter den Schwertgurt geschoben, vor dem Bett auf und ab zu gehen begann. »Ich muss nur die Gewissheit haben, dass ich dir nicht wehtun werde. Das und nichts anderes ist es, was mir Sorgen macht.«

Für einen Moment war Aveline sprachlos. »Mir wehtun?«, fragte sie dann und starrte ihn verwundert an.

Das war das Letzte, was sie von ihm zu hören erwartet hatte.

Er warf ihr einen Blick zu. »Du weißt, dass wir schon so gut wie rechtmäßig verheiratet sind?«, fragte er und blieb am Fuß des Bettes stehen. »Ist dir bewusst, dass wir jetzt, in diesem Moment, schon beieinander liegen könnten und niemand etwas daran auszusetzen hätte?«

Aveline nickte. Jamies Worte lösten ein warmes, erregendes Kribbeln tief in ihrem Inneren aus, das sie *wünschen* ließ, bei ihm zu liegen.

Und sie wollte auch noch mehr von seinen Küssen.

Vielleicht sogar von diesen völlig *anderen* Küssen, von denen eine ihrer Schwestern ihr eines Nachts erzählt hatte – und behauptet hatte, eine der größten Freuden ihres Ehemannes sei, sie mit seinem Mund und seiner Zunge zwischen ihren Beinen zu liebkosen!

Ein Erschauern durchlief Aveline bei dem Gedanken.

Die Vorstellung hatte sie erregt, als Maili ihr von diesen Dingen zwischen Mann und Frau erzählt hatte … und nun, nachdem sie Jamie in diesen letzten Wochen so nahe gekommen war, war sie geradezu wie berauscht von dem Gedanken, dass *er* etwas so unerhört Intimes mit ihr tun könnte.

Ja, die Vorstellung, von seinen Lippen *dort* berührt zu werden, löste ein eigenartiges Flattern und eine solch unerträgliche Hitze in ihr aus, dass sie ihre Beine zusammenpressen musste.

»Hast du gehört, was ich gesagt habe?«, fragte er und sah sie aufmerksam an. »Wir sind jetzt ein Paar. Vor Gott und den Menschen und all diesen wunderbaren Bergen überall um uns herum. Nichts zwischen uns ist eine Sünde, auch wenn wir erst im Frühjahr heiraten. Mit unserer Verlobungszeremonie haben wir unsere Gelübde besiegelt und sind schon so gut wie Mann und Frau.«

»Ja, das weiß ich«, erwiderte sie mit rauer Stimme, als das Flattern in ihrem Magen sich immer weiter ausbreitete und sich dann irgendwo tief in ihrem Innersten zu bündeln schien.

Jamie kam näher und blieb ganz dicht vor ihr stehen. »Dann würde es dir also nichts ausmachen, wenn wir ganz offen über gewisse Dinge sprechen?«

»Was für Dinge?«

Avelines Herz schlug schneller.

Sie veränderte ihre Haltung auf dem Bett, als sie spürte, dass sie einen trockenen Mund bekam. Sie konnte nur hoffen, dass Jamie nicht erraten hatte, was sie dachte. Da sie sich dessen jedoch beinahe sicher war, befeuchtete sie sich nervös die Lippen. Aber Jamies Nähe und sein verwirrend männlicher Duft, die ihr allzu stark bewusst waren, lösten eine noch größere Unruhe in ihr aus. Deshalb blinzelte sie verwirrt und wiederholte ihre Frage: »Was für Dinge?«

Jamie trat noch näher, so nahe, dass seine Knie jetzt ihre berührten. »Die Dinge zwischen Mann und Frau«, sagte er. »Du hast gesagt, du seiest nicht völlig ahnungslos, was diese Dinge angeht?«

Sie nickte. »Meine Schwestern haben mir erzählt, was zwischen einem Mann und einer Frau im Bett geschieht. Und manchmal habe ich auch gesehen, wie sich die Männer meines Vaters in den dunklen Ecken des Großen Saals und auch in den Ställen mit den Wäscherinnen ... vergnügt haben.«

»Aber hast du auch schon unbekleidete Männer gesehen?« Aveline biss sich auf die Lippen und spürte, wie ihr eine heiße Röte in den Nacken kroch. Aber weitaus schlimmer war, dass das heiße Prickeln zwischen ihren Beinen noch stärker wurde, wenn sie so offen über diese Dinge sprachen.

Und dass ihr dieses Gefühl gefiel.

Sie atmete tief durch und zwang sich, ihrer Stimme einen ruhigen Tonfall zu verleihen. »Ja, ich habe die Männer meines Vaters auch schon unbekleidet gesehen. Meistens abends im Großen Saal, wenn sie sich zum Schlafen niederlegten.«

Sie senkte den Blick und strich eine Falte in der Bettdecke glatt. »Und ich war auch schon vielen der hochrangigeren Gäste meines Vaters bei ihrem Bad behilflich.«

»Aber diese Gäste waren bestimmt nicht körperlich erregt.« Jamie ließ Avelines Blick nicht los, und seine Knie pressten sich noch immer an ihre. »Hast du schon einmal einen Mann gesehen, der erregt ist?«

»Nur einen«, sagte Aveline schnell, bevor sie den Mut dazu verlor. »Er stand hinter einem Baum in der Nähe des Brunnens der heiligen Brigida, als meine Schwestern und ich dort badeten. Er war erregt, ganz ohne Zweifel, und er ... berührte sich.«

»Männer tun das manchmal, Liebste«, sagte Jamie mit

belegter Stimme. »Um sich Erleichterung zu verschaffen. Aber sich so etwas zu erlauben, während er dich und deine Schwestern beobachtete, war schlicht unentschuldbar, und ich hoffe, dass er streng dafür bestraft wurde.«

Avelines Finger umklammerten die Bettdecke, und sie vermied es, Jamie anzusehen.

»Er lief weg, bevor wir sein Gesicht sehen konnten«, flunkerte sie, weil sie ihm nicht erzählen wollte, wie schamlos zwei ihrer Schwestern sich zur Schau gestellt hatten, indem sie sich mit voller Absicht und nur notdürftig bekleidet neben dem Brunnen gesonnt hatten.

Jamie nickte, und es juckte ihm förmlich in den Fingern, den Strolch zu fassen, der es gewagt hatte, sich solch niederträchtiger Mittel zu bedienen, um sich Erleichterung zu verschaffen. Aber irgendwie war er auch froh darüber, dass ein nackter Männerkörper seiner Braut nichts Unvertrautes war.

Ohne den Blick von Aveline abzuwenden, nahm er die kleine Flasche von seinem Gürtel, um daraus einen großen Schluck des guten, feurigen *uisge beatha* zu nehmen. Vom Wasser des Lebens, diesem hochprozentigen Getränk der Highlands, das bekanntermaßen nicht nur alles Erdenkliche kurieren, sondern einem Mann auch die Zunge lösen und ihm seine Befangenheit nehmen konnte.

Er bot auch Aveline einen Schluck aus der kleinen Flasche an, zögerte aber kurz, weil er nicht daran gedacht hatte, einen Becher für sie zu holen. Doch sie überraschte ihn, indem sie die Flasche nahm und sie ohne Zaudern an die Lippen setzte.

»Wie du siehst«, sagte sie, nachdem sie einen Schluck getrunken und ihm die Flasche zurückgegeben hatte, »weiß ich sehr wohl, was ich im Bett zu erwarten habe, und ich habe keine Angst davor. Und ich weiß auch, dass du mir nicht wehtun wirst – dass du mich nie so roh behandeln würdest, wie ich es einige der Männer meines Vaters mit den Wäscherinnen und Küchenmägden tun sah.«

Jamie räusperte sich. »Das ist nicht die Art von Wehtun, die ich meinte«, sagte er, und es überraschte ihn nicht, dass sie ihn daraufhin fragend anschaute. »Selbstverständlich würde ich dich nie so roh behandeln. Es ist meine ... Größe, die mir Sorgen macht, verstehst du? Ich habe Angst, dich zu verletzen, weil mein ... Glied ungewöhnlich groß ist.«

Erstaunlicherweise wirkte Aveline nicht schockiert. Sie presste nur die Lippen zusammen und wandte den Blick von ihm ab, um wieder in das Kaminfeuer zu starren.

»Ist das der Grund, warum du so gern zu dieser Witwe gegangen bist?«, fragte sie in einem Ton, der verriet, dass sie wieder verärgert war. »Weil sie deine ... Größe mochte?«

Jamie setzte sich zur ihr aufs Bett. »Ich habe dir bereits gesagt, warum ich diese Frau eine Freundin nenne. Ihrer guten, großzügigen Gesinnung wegen«, erwiderte er wahrheitsgemäß. »Und wenn ich zu ihr ging, dann nicht, weil sie mir besonders zugetan war, sondern weil ich mir bei ihr keine Sorgen zu machen brauchte, ihr Schmerzen zu verursachen.«

»Ich verstehe.« Aveline sah ihn immer noch nicht an und zupfte an der Bettdecke herum.

»Das hoffe ich. Meine Größe hat schon mehr als einer Frau ein gewisses ... Unbehagen bereitet«, erklärte er. »Das hat mir so viel Kummer gemacht, dass ich es schließlich aufgegeben habe, Frauen beizuliegen, und mir stattdessen auf die Weise Linderung verschafft habe, wie du es bei dem Mann im Wald gesehen hast. Obwohl ich das natürlich nur getan habe, wenn ich sicher sein konnte, ganz allein zu sein.«

Jamie wollte, dass sie versuchte, ihn zu verstehen. Wie schon zuvor legte er die Hand unter ihr Kinn, sodass sie ihn ansehen musste. »Als ich dann schließlich Gunna aus dem Tal einen Besuch machte, war ich froh, eine Frau gefunden zu haben, die mich nicht nur mit Leichtigkeit und ohne Unbehagen in sich aufnehmen konnte, sondern auch selbst Vergnügen daran hatte.«

Aveline schaute ihn aus großen Augen an. »Du meinst, du bist zu ihr gegangen, weil du … problemlos in sie eindringen konntest?«, fragte sie unverblümter, als es ihre Absicht war.

»*Aye*, genauso war es«, gestand Jamie. »Es gab keinen anderen Grund dafür. Es waren keine zärtlichen Gefühle dabei im Spiel, wie ich dir bereits sagte. Ich war einfach nur froh, eine Frau zu haben, der ich beiliegen konnte, ohne ihr Schmerzen zu bereiten.«

»Hast du Angst, du könntest *mir* Schmerzen bereiten?«

Jamie nickte. »Du bist so klein und zart, dass ich mir nicht vorstellen kann, mit dir zusammen zu sein, ohne dir wehzutun«, erwiderte er ganz offen. »Und auch wenn es mich meinen letzten Atem kostet, der Versuchung, die du für mich darstellst, zu widerstehen, werde ich dir ganz bestimmt nicht wehtun. Es gibt andere Wege für einen Mann und eine Frau, intim miteinander zu sein. Andere Möglichkeiten …«

»›Der Versuchung widerstehen‹?« Aveline öffnete den Mund, um noch etwas zu sagen, doch dann erschien zu Jamies Bestürzung unerwartet ein verdächtiger Glanz in ihren Augen. Sie presste eine Faust an ihre Lippen und blinzelte einige Male schnell, während sie ihn anstarrte, als wäre ihm ein zweiter Kopf gewachsen.

Oder, dem unsicheren Lächeln auf ihren Lippen nach zu urteilen, das er sah, als sie ihre Hand schließlich wieder sinken ließ, als hätte er ihr gerade die Sonne, den Mond und die Sterne auf einem Silbertablett überreicht.

»Das hört sich an, als begehrtest du mich«, sagte sie leise, während sie mit einer Hand ihre Tränen abwischte und dann ein bisschen ärgerlich die Stirn krauste, als die Tränen nicht aufhörten, unter ihren Wimpern hervorzuquellen.

»Bei Gott, Mädchen!« Jamie zog sie in seine Arme und drückte sie so fest an sich, wie er es wagte. »Habe ich dich nicht leidenschaftlich genug geküsst, um dir zu zeigen, wie sehr ich dich begehre? Wie sehr du mir gefällst?«

Um sie zu beruhigen, streichelte er ihr sanft den Rücken. »Hast du schon vergessen, wie betört ich von diesem einen kurzen Blick auf deine Brust war?«, erinnerte er sie mit tiefer, vor Verlangen rauer Stimme. »Du musst doch wissen, wie sehr ich mich danach sehne, diese wundervollen Brüste wieder zu sehen!«

»Du möchtest meine Brüste sehen?« Ihre Worte waren so leise, dass Jamie nicht sicher war, sie überhaupt gehört zu haben.

Deswegen lehnte er sich ein bisschen zurück, um Aveline anzusehen. »Und diesmal vielleicht sogar so, dass ich beide Brustwarzen sehen kann?«

Als sie sich ein wenig anspannte, streckte er die Hand aus und berührte mit einer Fingerspitze die zarte Rundung ihrer Brust. Um sie so zu liebkosen wie im Gemach ihres Vaters, wenn auch diesmal durch den Stoff ihres Kleids hindurch.

»Mmmm …«, seufzte sie, und ihr schlanker, geschmeidiger Körper schmiegte sich wie von selbst an ihn. Aber fast ebenso schnell besann sie sich auch wieder, griff nach seiner Hand und schob sie entschlossen von ihrer Brust herunter.

»Meine Brüste sind zu klein«, erklärte sie, und wieder stiegen ihr die Tränen in die Augen. »Sie sind der Grund, warum ich wegen dieser Gunna aus dem Tal so beunruhigt war. Gelis hatte sie mir so genau beschrieben, dass ich sie im Geiste immer wieder vor mir sah, mit ihren üppigen Rundungen und ihren großen, vollen Brüsten.«

Sie entzog sich ihm, senkte den Blick und ballte ihre kleinen Hände. »Brustwarzen von der Größe meiner Fäuste ...«

»Ha! Genau so sind sie!« Jamie warf den Kopf in den Nacken und lachte. Ein Bild der großen, dunklen Brustspitzen der Witwe schoss ihm durch den Sinn.

Oh, die Stunden, die er damit verbracht hatte, diese Brustwarzen zu liebkosen und zu küssen oder sie einfach nur zu streicheln.

Doch diese Bilder und Erinnerungen erregten ihn nicht.

Sein Glied, das für gewöhnlich augenblicklich reagierte, wenn er an die vielfältigen Reize dieser in Liebesdingen so erfahrenen Witwe dachte, regte sich nicht einmal.

Aveline legte für einen Moment die Hand auf seinen Oberschenkel. »Dann sind ihre Brüste also wirklich so groß und so üppig?«

»Und deine sind wie von Götterhand geschaffen«, sagte Jamie und meinte das auch völlig ernst. »Seit ich dich in jener Nacht im Wald gesehen habe, könnten tausend noch so vollbusige und gut gepolsterte Frauen vor mir herumstolzieren und mir ihre Reize präsentieren, und trotzdem würde ich keine andere sehen als nur dich, meine wunderschöne Aveline.«

Aveline wandte den Blick ab, aber ihr heftiges Erröten verriet ihm ihren Zweifel.

»Das ist die volle Wahrheit.« Jamie beugte sich zu ihr und hauchte einen Kuss auf ihre Schläfe. »Ich bin rettungslos betört von dir.«

Er griff nach ihrem Zopf und begann ihn zu entflechten,

ließ das glänzende blonde Haar durch seine Finger gleiten, bis es ihr wie ein seidiger, im Mondlicht wie Silber schimmernder Wasserfall über die Schultern bis zu den Hüften fiel.

Jamies Herz pochte heftig und ein scharfes Ziehen ging durch seine Lenden, als er Aveline mit gelöstem Haar vor sich auf dem Bett sitzen sah.

Aber er würde sie nicht berühren.

Jedenfalls nicht *so*.

Was die körperliche Liebe anging, so hatte er nach wie vor Bedenken. Aber er konnte ihr zumindest einen langen, leidenschaftlichen Kuss geben.

»Du bist ein unvergleichlich kostbares Juwel«, schwor er, als er sie schließlich wieder freigab.

Ohne den Blick auch nur für eine Sekunde von ihr abzuwenden, griff er in ihr weiches Haar, wand sich eine silbern schimmernde Strähne um die Hand und hob sie an sein Gesicht, um den Duft der seidigen Fülle zu genießen.

»Du raubst mir den Atem«, murmelte er, während er ihr Haar küsste und die Wange daran rieb.

»Und du machst mich überglücklich.« Aveline strich mit der Fingerspitze über sein Kinn, und Jamie glaubte, ihm müsse das Herz stehen bleiben, als er das Staunen in ihren schönen blauen Augen sah.

Sie schaute zu, wie er ihr Haar streichelte und küsste, und biss sich auf die Lippen, als seine Hände zu den Bändern ihres Mieders glitten.

»Du bist bezaubernd«, versicherte er ihr, und seine Hände zitterten vor Verlangen, ihr das Mieder zu öffnen. »Ich habe nie eine schönere Frau als dich gesehen, und ich werde niemals müde werden, dich zu betrachten.«

Endlich lächelte Aveline und begann selbst damit, die kleinen Schleifen an ihrem Mieder zu lösen. »Wenn ich dir gefalle, kannst du mich ansehen, so viel du willst«, sagte sie und errötete trotz ihrer kühnen Worte noch heftiger.

»Aber ich möchte dich auch sehen«, fügte sie mit abgewandtem Blick hinzu.

»Mich?« Jamie atmete schwer, denn er war sich ihrer Nähe bewusster, als gut für ihn war.

War sich bewusst, wie sehr er sie begehrte.

Und wie leicht sie ihn dazu bringen könnte, die Beherrschung zu verlieren.

Vor allem, weil ihr Blick ihm deutlich zu verstehen gab, für welchen Teil seines Körpers sie sich besonders zu interessieren schien.

Wie zum Beweis streckte sie die Hand aus und berührte ihn. Nicht *dort*, nur an seiner Brust. Aber er spürte die Wärme ihrer Finger durch sein Plaid hindurch, und die sanfte Berührung erregte ihn, obwohl ihre Hand noch weit über seinem Schwertgurt lag.

»Du sagst, du hast Angst, mir wehzutun.« In ihrer Stimme klang unüberhörbar eine Herausforderung mit. »Warum lässt du nicht mich entscheiden, ob ich Angst vor deiner Berührung habe oder nicht?«

Jamie runzelte die Stirn.

»Du weißt nicht, was du sagst«, protestierte er.

Aber sie lächelte nur und begann, sich wieder mit den Bändchen ihres Mieders zu beschäftigen, bis das Oberteil ihres Kleids vorn auseinanderfiel. Ihre nackten, im Feuerschein golden schimmernden Brüste boten sich seinen Blicken dar. Die festen kleinen Spitzen reckten sich ihm entgegen.

»Nun?« Sie sah Jamie an und wartete.

»Mein Gott!« Er konnte sie nur anstarren.

Er war nicht imstande, sich zu rühren.

Noch nie hatte er etwas Schöneres gesehen.

Und noch nie war er so schnell so hart geworden.

So hart, dass er glaubte, schon die sanfteste Berührung oder kleinste Bewegung würde seinen Schaft zerbrechen lassen. Aber andererseits hatte er darauf gehofft, Aveline heute Abend mit den intimsten Stellen seines Körpers vertraut machen zu können. Auch wenn er sich den Ablauf ganz anders gedacht hatte, sehr viel langsamer.

Auf jeden Fall hatte er zunächst ganz entspannt bleiben wollen. Später vielleicht hätte er sie dann wie zufällig gestreift. Sie hätte dabei sein Glied spüren können und dann verstanden, warum ihn solche Ängste plagten.

Vielleicht hätte er aber auch einfach nur sein Plaid beiseitegeschoben und seine Strumpfhose und Bruche ein Stück herabgezogen, um ihr einen kurzen Blick auf sein intimstes Körperteil zu erlauben. Später, wenn dieser Anblick sie dann nicht mehr erschreckte, hatte er sie dazu ermutigen wollen, ihn zu berühren und zu erkunden – vorausgesetzt, dass sie geneigt gewesen wäre, das zu tun.

Sie mit entblößten Brüsten vor sich auf dem Bett sitzen zu sehen und voller Erwartung, dass er sich ihr zeigte, war allerdings eine ganz andere Geschichte.

Es war eine unerwartete Entwicklung, die seine Entschlossenheit ins Wanken brachte und in ihm ein so hemmungsloses Verlangen nach ihr weckte, dass er befürchtete, Aveline zu zerbrechen, nähme er sie jetzt in die Arme.

»Ich bin nicht so zerbrechlich, wie ich vielleicht aussehe. Und ich habe auch keine Angst vor Dingen, die ganz natürlich sind«, erklärte sie und befeuchtete ihre Lippen auf eine Art und Weise, die seine Qualen noch vergrößerte. »Wenn es dir Freude macht, mich anzusehen«, fügte sie mit einem raschen Blick auf ihre Brüste hinzu, »warum sollte es mich dann nicht ebenso sehr erfreuen, dich anzusehen?«

Jamie presste die Lippen zusammen und tat einen tiefen Atemzug.

Sie richtete einen Blick auf ihn, der eine größere unerschütterliche Ruhe verriet, als er sie bei einem so jungen Mädchen je für möglich gehalten hätte. Sie zeigte eine so bewundernswerte Haltung, dass allein sie anzusehen eine Versuchung war, der er nicht sehr viel länger würde widerstehen können.

»Ich werde dich berühren, wenn du das möchtest«, sagte sie, als wüsste sie, was er dachte. »Wo immer es dir gefällt.«

Das genügte.

Wie ein Besessener sprang Jamie auf, schnallte seinen Schwertgurt ab und warf ihn achtlos in die Binsenstreu.

Sein Herz klopfte wild, als er, den Blick auf Avelines vollkommene, wunderschöne Brüste gerichtet, die große Schließe seines Plaids löste und diesen auf den Boden neben seinem Schwert fallen ließ.

Dann griff er nach dem Saum seiner Tunika, um auch diese abzulegen. Doch noch bevor er sie abgestreift hatte oder auch nur daran denken konnte, seine Beinlinge herunterzuziehen, klopfte jemand laut und fordernd an die Tür.

»Himmeldonnerwetter noch einmal!« Jamie zog seine Tunika wieder herunter und warf einen bösen Blick zur Tür. »Wir brauchen nichts!«, brüllte er und zog grimmig die Brauen zusammen, als das Klopfen nur noch heftiger wurde. »Kommt morgen wieder!«

»Es geht um deinen Vater, Jamie!«, rief Morag unerbittlich. »Du solltest besser kommen. Sofort!«

Jamie erstarrte, weil der Ton der alten Frau ihm das Blut in den Adern gefrieren ließ.

»Geh!« Aveline schob ihn zur Tür und begann rasch, ihr Mieder wieder zuzubinden. »Morag würde dich nicht rufen, wenn es nicht etwas Ernstes wäre!«

»Das weiß ich«, erwiderte Jamie, der schon zur Tür geeilt war, sie entriegelte und öffnete.

»Bei Gott und allen Heiligen!«, rief er, als er Morag sah. Die Augen der alten Frau funkelten, und ihr sonst so ordentlich frisiertes graues Haar war zerrauft, als wäre sie in einen Wirbelsturm geraten.

Jamie schaute kurz zu Aveline, bevor er sich wieder Morag zuwandte. »Was zum Teufel ist passiert?«, erkundigte er sich grimmig.

»O ja, der Gehörnte hat ganz gewiss etwas damit zu tun!« Morag packte Jamie am Arm, ihre gichtgekrümmten Finger schlossen sich wie Krallen um seinen Arm. »Beeil dich! Und bring dein Schwert und deine Axt mit«, sagte sie mit einem Blick auf das am Boden liegende Schwert und die Streitaxt, die an der Wand lehnte. »Wir werden angegriffen.«

Jamie riss die Augen auf. »Angegriffen?«

Morag nickte. »Das denken alle«, sagte sie und wandte sich ab. So schnell ihre spindeldürren Beine es vermochten, lief sie den schwach beleuchteten Gang entlang und auf die Treppe zu.

Jamie und Aveline sahen sich beunruhigt an.

»Der Teufel soll mich holen«, fluchte Jamie, als er zur anderen Seite des Zimmers lief, um Schwert und Axt zu holen.

»Morag – warte!«, rief er und nahm Avelines Hand. »Warte!«, rief er wieder, als sie der alten Frau eilig folgten. Es war erstaunlich, wie schnell die alte Frau noch laufen konnte. »Du hast gesagt, es ginge um meinen Vater? Was ist mit ihm? Ist er verletzt?«

Aber Morag war ihnen schon zu weit voraus. Die Dunkelheit auf der Wendeltreppe hatte ihre zierliche Gestalt verschluckt, und nur der flackernde Schein der Kerze in ihrer Hand verriet, dass Aveline und Jamie sie überhaupt gesehen hatten.

Bis ihre Stimme wieder zu ihnen heraufdrang und ihre Worte von den Wänden der Turmtreppe widerhallten.

»Ich weiß nicht, wie es ihm geht. Nur, dass er vom Pfeil einer Armbrust getroffen worden ist.«

11. Kapitel

O nein! Und es ist mir egal, wie viele Wunden Ihr schon genäht habt! Bleibt mir mit Eurer Nadel weg von meinem Arm!«

Munros Proteste hallten von den Mauern des Großen Saales wider, sein Gebrüll übertönte das aufgeregte Stimmengewirr und drang schon an Jamies Ohren, bevor er und Aveline den Fuß der Wendeltreppe erreicht hatten. Als sie den Großen Saal betraten, der von aufgeregten Menschen nur so wimmelte, stürmte das Chaos auf sie ein.

Ein rascher Blick verriet Jamie, dass die gesamte MacKenzie-Garde und mindestens die Hälfte der Männer seines Vaters nicht anwesend waren, wobei er stark vermutete, dass sie losgerannt waren, um die Wehrgänge zu besetzen.

Die Männer, die noch im Saal waren, liefen fluchend und Befehle brüllend hin und her, einige schürten die bereits wild prasselnden Feuer und erhitzten in großen Kesseln Wasser, das eine nützliche Waffe dort oben auf den Zinnen war.

»Bei allen Heiligen, Morag hat die Wahrheit gesagt! Sie bereiten sich auf eine Belagerung vor!«, stieß Aveline hervor, als ihr Blick auf eine Gruppe in der Nähe stehender Männer fiel, die sich mit Schwertern und anderem Kriegswerkzeug bewaffneten.

Jamie runzelte die Stirn. »Wenn das so ist, bezweifle ich, dass unsere Angreifer aus dem Jenseits kommen«, bemerkte er und war sich seiner Sache völlig sicher.

Überall hetzten Männer umher und griffen nach den verschiedensten, gefährlich aussehenden Waffen. Waffen, von denen Jamie nicht einmal gewusst hatte, dass die Wachen seines Vaters sie besaßen. Einige Männer hatten bereits an Fenstern und Türen Stellung bezogen, andere rannten zur Turmtreppe hinüber, und deren polternden Schritte waren bis in den Saal zu hören, als sie zu den Wehrgängen hinaufstürmten.

Aveline sah Jamie an. »Ich weiß, dass du nicht glaubst, dass Neill und Kendrick ...«

»Pah!«, schnaubte Jamie. »Gespenster schießen nicht mit Armbrüsten – oder tragen nasse Plaids«, sagte er, und sein Griff um Avelines Arm wurde ein wenig fester, als er sich einen Weg durch das Chaos bahnte, um den Hohen Tisch am Ende des Großen Saals zu erreichen.

Und Gespenster mischen auch keine Fischgräten unter den Haferbrei, setzte er in Gedanken hinzu, denn um Aveline nicht zu belasten, hatte er ihr bislang nichts von diesem merkwürdigen Zwischenfall gesagt.

Von dieser Gefahr, die gerade noch rechtzeitig erkannt worden war und die von einigen als Unsinn abgetan worden war. Als ein Unsinn, den er nicht noch einmal zulassen würde.

Ebenso wenig wie er zulassen würde, dass mit Armbrüsten auf alte Männer geschossen wurde ...

Jamie biss die Zähne zusammen, um seinen Zorn nicht laut hinauszuschreien, als sie sich dem Hohen Tisch näherten.

»Geht endlich – und nehmt Eure gottverdammte Nadel mit!«, brüllte sein Vater wieder, sodass Jamie ihn im Gewühl sofort entdeckte.

Er stand hinter dem Hohen Tisch, den linken Arm rot von frischem Blut und die Hände so fest um die Rückenlehne seines Burgherrnstuhls geklammert, dass die Fingerknöchel weiß hervortraten.

Mit wildem Blick und aufs Äußerste erregt, funkelte und fauchte er jeden an, der sich ihm zu nähern versuchte.

Was im Moment Lady Juliana zu sein schien.

»Es ist nur ein Kratzer, das sagte ich doch schon!«, schnarrte Munro aufgebracht. »Der verheilt auch so – ohne dass Ihr noch mehr Löcher in mich hineinstecht!«

Ohne den Zorn des alten Mannes zu beachten, trat Lady Juliana noch zwei Schritte näher an den Tisch. »Das ist nur eine ganz feine Nadel«, sagte sie und hielt sie hoch, damit Munro sie sehen konnte.

Mit blassen Gesichtern folgten ihr Gelis und Arabella, die beide noch mit ihren Nachthemden bekleidet waren. Arabella hielt einen Stapel sauberer Leintücher unter dem Arm, während Gelis einen Eimer kochend heißen Wassers trug.

Munro maß die beiden mit einem nicht minder finsteren Blick. »Geht wieder ins Bett, Mädchen!«, schrie er sie an. »Ich brauche eure Fürsorge nicht.«

»Oder eure!«, fauchte er, als er zu Jamie und Aveline herumfuhr. »Ich mag Euch«, sagte er, den Blick auf Aveline gerichtet, »also bringt mich nicht dazu, meine Meinung über Euch zu ändern. Bleibt einfach, wo Ihr seid, und lasst mich in Ruhe.«

»Aber Euer Arm muss behandelt werden, Sir.« Aveline ging auf ihn zu. »Wie Lady Juliana kann auch ich …«

»Was Ihr *könnt*, ist, dort stehen zu bleiben und Euch nicht mit dieser Tyrannin und ihrer Nadel zu verbünden!«, fiel Munro ihr grob in Wort.

»Nun beruhigt Euch doch, Sir Munro«, versuchte Lady Juliana ihn mit leiser Stimme zu beschwichtigen. »Ich mache die Stiche so fein und so schnell, dass Ihr sie nicht einmal bemerken werdet.«

»Sagte der Wolf, bevor er das Lamm verschlang!« Munro

zog den Dolch aus seinem Gürtel und hielt ihn abwehrend in ihre Richtung. »Den kriegt jeder zu spüren, der auch nur einen Fuß auf dieses Podium setzt. Auch die Frauen!«

Der alten Morag warf er einen besonders bösen Blick zu. »Und auch Alter schützt nicht vor Strafe!«

Weit entfernt davon, sich einschüchtern zu lassen, maß die alte Frau ihn mit einem ähnlich finsteren Blick und stützte die Hände in die dürren Hüften. »Ich denke, dieser *Kratzer* erfordert mehr als ein paar feine Nähte«, sagte sie und blickte hinüber zum großen Kamin, wo ein junger Stallbursche bereits einen Dolch mit besonders breiter Klinge in das Feuer hielt.

»Lady Juliana meint es gut, aber die Wunde ist zu tief, und an den Rändern viel zu zerfetzt, um mit ein paar kleinen Stichen etwas ausrichten zu können«, fügte sie hinzu. »Leider wird das Ausbrennen der Wunde sehr viel schmerzhafter sein, als sie nur zu vernähen!«

Munro steckte seinen Dolch wieder unter seinen Gürtel und zückte stattdessen sein Schwert. »Zum Teufel mit euch elender Bagage! Sollte einer von euch Schwachköpfen es wagen, mir mit einer heißen Klinge zu nahe zu kommen, kriegt er mein Schwert zu spüren, das schwöre ich!«

Mit finsterer Miene blickte er sich um, als er dann aber drohend sein Schwert vor den Freunden und Verwandten schwenken wollte, die sich vor den Stufen zum Podium versammelt hatten, geriet er plötzlich ins Schwanken. Das mächtige Schwert entglitt seinen blutverschmierten Händen und fiel klirrend auf den Boden.

Munro griff schnell nach seinem Sessel und lehnte sich schwer gegen dessen kunstvoll geschnitzte Rückenlehne. »Was ich gesagt habe, war mein voller Ernst«, bekräftigte er mit wutblitzenden Augen. »Wagt es nicht, euch mir zu nähern!«

Plötzlich wurde er kreidebleich und sackte entkräftet in die Knie.

»Verdammt!« Jamie schwang sich über eine Bank hinweg und sprang aufs Podium.

»Mach den Tisch frei!«, rief er Aveline zu, die ihm gefolgt war, während er seinen Vater stützte.

»Jemand soll mir *uisge beatha* bringen! Wir brauchen eine Menge – einen ordentlichen Becher voll für meinen Vater und noch sehr viel mehr, um seine Wunde zu reinigen. Und Ihr«, wandte er sich an die MacKenzie-Frauen, »helft Morag, ihre Salben, das Verbandszeug und was immer sie noch braucht, zu holen. Sie weiß besser als jeder andere, was getan werden muss.«

Jamie hielt inne, um Atem zu schöpfen, und schaute sich suchend nach Hughie Mac um. Als er ihn nicht entdecken konnte, wandte er sich an Morag. »Wo ist Hughie? Auch er wird wissen, was zu tun ist. Er kennt sich fast so gut mit diesen Dingen aus wie du.«

Morag rümpfte die Nase. »Der ist schon vor Stunden heimgegangen«, erwiderte sie und nahm Gelis den Eimer mit dem dampfend heißen Wasser ab. »Er hat hier schon eine ganze Weile nicht mehr übernachtet. Er jammert über Schmerzen in seinem Bein, die er nachts angeblich nur in seinem eigenen Haus ertragen kann.«

»Hughie *jammert?*«, fragte Jamie ungläubig.

Er hatte den einstigen Viehhirten noch nie über irgendetwas jammern gehört. Wie jeder echte Highlander besaß auch Hughie Mac eine angeborene Gelassenheit, die so unerschütterlich war wie die Berge, die er sein Zuhause nannte.

Jamie sah seine einstige Amme zweifelnd an. »Das kann ich nicht glauben«, sagte er. »Hughie würde sich nie über irgendwas beklagen.«

Morag zuckte nur die Schultern. »Wenn du mich fragst, ist Hughie in letzter Zeit sehr sonderbar geworden«, erwiderte sie. »Aber zerbrich dir deswegen nicht den Kopf. Ich weiß sehr gut, was hier zu tun ist.«

»Verdammt! Hier *gibt* es nichts zu tun!« Munros Stimme schwoll zu einem wütenden Geschrei an, als Jamie ihn eisern festhielt, während Aveline und Lady Juliana ein sauberes Leintuch auf dem Hohen Tisch ausbreiteten.

Munro schaute sich wütend in der Runde um, und seine Miene wurde noch grimmiger, als Jamie ihn kurzerhand hochhob und auf den Tisch legte.

»Sag diesen Trotteln, sie sollen aufhören, wie schnatternde Weibsbilder durcheinander zu laufen!«, brüllte er, während er sich fast den Hals verdrehte, um das Menschengewimmel im Großen Saal zu überblicken. »Dazu besteht kein Grund. Baldreagan steht nicht unter Belagerung. Es war Neills Geist, der mich angeschossen hat, und niemand sonst – das habe ich diesen Schwachköpfen schon oft genug gesagt!«

Morag verzog das Gesicht. »Da würde ich noch eher glauben, dass es Gott der Allmächtige war. Ihr habt Ihm schließlich Grund genug gegeben, verärgert über Euch zu sein!«

»Es war Neills Geist, so wahr du mich hier vor dir siehst!« Munro sah die alte Frau aus schmalen Augen an.

Jamie und Aveline wechselten einen Blick.

»Geister schießen nicht mit einer Armbrust«, sagte Jamie, während er vorsichtig den Saum von Munros blutdurchtränktem Plaid anhob. »Und falls du es vergessen haben solltest – soweit ich mich erinnern kann, war Neill ein meisterhafter Schwertkämpfer, der nie in seinem Leben eine Armbrust abgeschossen hat.«

Wieder warf er Aveline einen Blick zu. »Die meisten Ritter

halten nichts von Armbrüsten«, erklärte er ihr. »Und Neill verschmähte und verachtete sie sogar noch mehr als andere.«

Munro rümpfte die Nase. »Und woher willst du wissen, was er im Leben *nach dem Tod* tut? Wo er jetzt doch ein Gespenst ist oder was auch immer?«

»Meine Brüder mögen tot sein, aber ich muss erst noch den Beweis dafür sehen, dass sie als Gespenster hierher zurückkehren. Trotz aller gegenteiligen Behauptungen.« Jamie unterdrückte seinen Ärger und nahm seine Bemühungen wieder auf, seinen Vater von dem blutigen Plaid zu befreien, ohne ihm mehr Beschwerden zu verursachen, als nötig war.

Der alte Mann war schon verwirrt genug. Wäre sein Verstand nicht so angeschlagen, würde er sich an den legendären Stolz seines ältesten Sohnes erinnern.

Denn Neill hatte Armbrüste verachtet und sie stets eine Waffe für Feiglinge genannt, von der nur nichtswürdige Söldner und Briganten Gebrauch machten.

Und Neill hatte seinen Vater geliebt. Er würde nie versuchen, ihm etwas anzutun. In tausend Leben nicht – ob Munro nun versäumt hatte, die alte Fußbrücke reparieren zu lassen oder nicht.

Jamie rieb sich die Schläfen, hinter denen es wieder zu pochen begonnen hatte.

»Glaubst du, es war einer der Männer meines Vaters? Einer der Männer aus Pabay?« Aveline war näher gekommen, damit niemand anderer ihre Frage hörte.

Jamie sah sie an. Der Gedanke war ihm auch schon gekommen, aber nun verwarf er ihn.

»Nein, Liebste, ganz bestimmt nicht«, erwiderte er genauso leise. »Einer der geläuterten Briganten deines Vaters hätte nicht sein Ziel verfehlt. Mein Vater lebt noch, weil der Schuss danebenging. Ein guter Armbrustschütze hätte besser gezielt und meinen Vater ins Herz getroffen, statt nur in den Arm.«

Aveline biss sich auf die Lippen, als wäre sie noch immer nicht ganz überzeugt.

Jamie schüttelte den Kopf und versuchte, sie zu beruhigen. »Ich würde meinen letzten Atemzug darauf verwetten, dass keiner der Männer von Pabay diese feige Tat begangen hat. Mach dir keine Sorgen. Ich wollte eigentlich nur sagen, dass es auch nicht Neills Geist gewesen ist.«

Stolz, wie er gewesen war, hätte Neill niemals eine Armbrust angerührt, weil er das als Edelmann und kampferprobter Ritter für unter seiner Würde gehalten hätte.

Wenn Neill oder Kendrick eine Rechnung mit jemandem zu begleichen gehabt hatten, waren sie – wie auch jeder andere Macpherson –, ihrem Widersacher offen entgegengetreten. Es widersprach der Ehre ihres Clans, sich im Schatten zu verbergen und die Dunkelheit zu nutzen, um ihr Tun zu vertuschen.

Genau genommen passte ein solches Vorgehen zu überhaupt *keinem* Highlander.

Und dieses Wissen bereitete Jamie noch heftigere Kopfschmerzen, als er sich wieder seinem Vater zuwandte.

»Papa, trug Neill wieder sein nasses Plaid, als er auf dich geschossen hat?«, fragte er und war so gut wie sicher, dass derjenige, der als Geist seines Bruders herumspukte, auch die Armbrust abgeschossen hatte. »Hast du ihn gesehen?«

»Natürlich habe ich ihn gesehen.« Munros Augen blitzten, aber seine Stimme klang pfeifend und rau und wurde immer schwächer. »Glaubst du, ich würde sagen, dass er es war, wenn ich ihn nicht gesehen hätte?«

Er stützte sich mühsam auf die Ellbogen und maß Jamie mit einem grimmigen Blick. »Ich bin hier nicht der Einzige, der Neill und auch Kendrick hat herumgeistern sehen. Also rede gefälligst nicht mit mir, als wäre ich verrückt.«

Jamie ignorierte die ärgerlichen Worte seines Vaters und zog eine Augenbraue hoch. »Und das Plaid?«

Munro presste die Lippen zusammen, als Jamie ein weiteres blutdurchtränktes Stück Stoff von der Wunde löste. »Nein, er hatte sein Plaid nicht an«, gab er schließlich mit zusammengebissenen Zähnen zu. »Er ... *auuuhhh!*«

Der Schrei versetzte Jamie einen scharfen Stich ins Herz. »Es tut mir leid«, sagte er. Die Tränen, die er in den Augen seines Vaters sah, betrübten ihn zutiefst. »Aber der Stoff musste herunter.«

Er sagte nicht, dass noch mehr davon aus der Wunde herausgeholt werden musste, denn die eiserne Spitze des Armbrustpfeils war glatt durch Munros Arm hindurchgegangen.

Morag, Lady Juliana oder auch Aveline würden sich dieser Aufgabe mit größter Vorsicht widmen, sobald die Wunde gereinigt war, aber Jamie bezweifelte, dass sein Vater diese Behutsamkeit zu schätzen wissen würde.

»Ich lasse nicht zu, dass die Wunde ausgebrannt wird.« Munro griff nach Jamies Handgelenk und blickte aus tränenfeuchten, angsterfüllten Augen zu ihm auf. »Sag es ihnen. Niemand drückt mir eine heiße Klinge auf mein Fleisch.«

Während Jamie zu ihm herabblickte, zersprang etwas in ihm. Heiß und scharfkantig wie Scherben riss sich dieses Etwas los, um unaufhaltsam in ihm aufzusteigen und sich in seiner Kehle festzusetzen, die so eng wurde, dass nun auch ihm die Tränen kamen.

Jamie blinzelte, bis er wieder klar sehen konnte.

Und er erkannte, dass es die Panik in den Augen seines Vaters war, die ihm das Herz zerriss. Und ihn wütend machte. Munro Macpherson hatte noch nie vor irgendetwas Angst gehabt.

Verdammt, aber es hätte Jamie nicht überrascht, hätte er seinen Vater den Teufel höchstpersönlich herausfordern hören. Zu einem Duell auf Leben und Tod und mit von Luzifer gewählten Waffen!

Aber jetzt war jeder Atemzug des alten Mannes von Furcht durchdrungen.

Es war ein bedauernswerter Zustand, in dem Munro sich befand, seit ein gesichtsloser Feigling begonnen hatte, den tragischen Tod seiner Söhne zu nutzen, um ihn zu quälen und zu zerbrechen. Ein elender Dreckskerl, der, wie Jamie stark vermutete, auch den Tod seiner Brüder herbeigeführt hatte.

Aber er würde diesen Schuft finden, wer immer er auch war. Und wenn er dazu jeden Stein in Schottland umdrehen musste.

»Heilige Maria Mutter Gottes!«, brüllte Munro und begann, wie wild mit seinem gesunden Arm um sich zu schlagen. »Ihr verdammten Nervensägen«, fluchte er und versuchte, Morag und Lady Juliana fortzustoßen.

Aber die beiden Frauen ignorierten sein Gefluche und nickten nur schweigend, als vier starke Männer Jamie zu Hilfe eilten, um seinen Vater festzuhalten, während die Frauen die Wunde reinigten.

»Kommt, Sir, trinkt einen Schluck – mir zuliebe.«

Jamie hörte die Stimme seiner Braut, die in all dem Chaos sanft, süß und beruhigend war wie ein warmer Frühlingsregen. Er blickte auf und sah, wie sie versuchte, Munro etwas von dem *uisge beatha* einzuflößen.

Ein Trank, den er bitter nötig hatte, denn sobald die Frauen die Wunde gereinigt hatten, würde das Ausbrennen erfolgen.

Ob es Munro passte oder nicht.

Denn sonst würde er sterben, weil nichts anderes die Blutung zum Stillstand bringen würde.

Jamie erschauderte. Auch ihm war einmal eine Schwertverletzung am Oberschenkel mit einem heißen Eisen ausgebrannt worden, und er hätte seinem Vater diese Qualen gern erspart, aber er wusste auch, dass sie ihm nur so das Leben retten konnten. Deshalb nickte er den vier Männern zu, die Munro festhielten, und ging zum Kopfende des Tischs, um Aveline die Flasche mit dem starken Highland-Schnaps abzunehmen.

»Trink«, sagte er, während er das Kinn seines Vaters umfasste und dessen Kopf nach hinten bog. Mit sanftem Druck hielt er die Flasche an die zusammengepressten Lippen des alten Mannes. »Trink, so viel du kannst.«

Munro funkelte ihn böse an und presste die Lippen noch fester aufeinander.

Jamie erwiderte seinen Blick nicht minder grimmig. »Du weißt, dass ich dich zwingen werde, den Mund zu öffnen, und dir dann die ganze Flasche in die Kehle gießen werde, wenn du nicht freiwillig ein paar Schlucke trinkst.«

Anscheinend glaubte Munro ihm, denn er schloss die Augen und öffnete den Mund. Nicht sehr weit, aber doch immerhin so, dass Jamie ihm einen ordentlichen Schluck des starken Alkohols einflößen konnte.

Bevor er seinem Vater jedoch einen zweiten Schluck verabreichen konnte, zog ein plötzlicher Tumult die Aufmerksamkeit aller auf sich.

Der Verursacher des Aufruhrs war Beardie, der schnaufend und mit hochrotem Gesicht, den rostigen Wikingerhelm seines Ur-Urgroßvaters auf dem Kopf und die riesige Streitaxt in der Hand, zum Hohen Tisch hinaufgestürmt kam.

»Die Belagerung ist beendet!«, verkündete er, als er atemlos vor dem langen Tisch stehen blieb. »Und ohne auch nur eine Sturmleiter an unseren Mauern zurückschlagen zu müssen! Oder einen feindlichen Brandpfeil durch die Luft sausen zu sehen!«

Er grinste über das ganze Gesicht, während er sich den Schweiß von der Stirn wischte. »Mein Wikingerhelm muss den Feind verjagt haben! Ein einziger Blick auf einen waschechten Wikinger, der auf dem Wehrgang seine Streitaxt schwingt, und schon kneifen diese Feiglinge den Schwanz ein und machen sich aus dem Staub!«

Jamie, der nicht glauben konnte, dass die Burg tatsächlich angegriffen worden war, starrte seinen Cousin an.

»Hast du sie gesehen?«, fragte er, während er schon die möglichen Konsequenzen überdachte, sollte Beardie die Wahrheit gesagt haben.

»Na ja …« Beardie senkte den Blick und nahm sich einen Moment Zeit, um seinen Waffengurt zurechtzuziehen. »Wir müssen sie vertrieben haben, weil nirgendwo etwas von ihnen zu sehen war«, gab er zu, während er seinen Helm abnahm und sich den Kopf kratzte. »Wir haben weder ein Schwert sehen noch ihre Rüstungen klirren oder ihre Pferde wiehern hören. Wir haben auch keine Schlachtrufe oder Schmähreden gehört, als wir nach ihnen Ausschau gehalten haben.«

Mit verwirrter Miene setzte er seinen verrosteten Helm wieder auf. »Also ganz offen gesagt haben wir nicht einmal die Burghunde bellen hören.«

»Ich habe euch doch gesagt, dass es ein Geist war!«, fauchte Munro. »Der Geist von Neill. Verdammt, ich habe doch gesehen, dass er auf mich gezielt hat! Er trug sein Leichenhemd und stand mitten auf dem Burghof. Nur ein Geist kann an der Torwache vorbeigekommen sein.«

Ein Geist oder jemand, der kommt und geht, wie es ihm beliebt.

Und ein Recht dazu besitzt.

Jamie lief es kalt über den Rücken.

Er hätte schon vorher fragen müssen, wo der Angriff stattgefunden hatte.

Nun wusste er es.

Und die Antwort war beunruhigender, als wäre eine ganze Horde feindlicher Clans erschienen, um Baldreagans Mauern zu erstürmen; solche Gegner konnte man bekämpfen. Unsichtbare Feinde in der eigenen Mitte dagegen waren weitaus schwerer zu bezwingen.

»Aber ich verstehe nicht...« Aveline berührte Jamies Arm.

Er wandte sich ihr zu. »Was verstehst du nicht?«

»Das mit dem Burghof«, erwiderte sie mit einem Seitenblick auf Munro. »Er hat geschworen, dass er die Burg keinen Augenblick verlassen hat, und trotzdem ist er auf dem Burghof angegriffen worden.«

Munro versuchte, sich halb aufzurichten, und stützte sich dabei auf seinen unverletzten Arm. »Natürlich war ich auf dem Burghof«, schnaufte er. »Neill hatte mir gesagt, ich solle dorthin gehen.«

»Er hat mit Euch gesprochen?« Aveline eilte zum Kopfende des Tisches zurück, um dem alten Mann das feuchte Haar aus der Stirn zu streichen. »Wann war das? Und warum habt Ihr uns nichts davon erzählt?«

»Er kam in *seinem* Schlafzimmer zu mir«, erwiderte Munro mit einem vielsagenden Blick zu Jamie. »Er sagte, wenn ich so viele Kerzen, wie ich tragen kann, zur Kapelle des heiligen Maelrhuba bringen und dort anzünden würde, um Buße zu tun, dann würde er mich nicht mehr quälen.«

»›Kerzen‹?« Aveline sah Jamie an.

Aber der zuckte nur die Schultern.

Morag hielt in ihrer Arbeit kurz inne und wies in eine dunkle

Ecke des Podiums. Ein bis an den Rand mit Kerzen gefüllter Weidenkorb, der Aveline sehr bekannt vorkam, stand dort.

Es waren Kerzen aus echtem Bienenwachs, die ebenso rot besprenkelt waren wie der Korb.

»Dort sind die Kerzen, die Lady Aveline ihm aus Fairmaiden mitgebracht hat«, erklärte Morag, während sie das saubere Tuch nahm, das Gelis ihr reichte, und das blutige in einen Eimer fallen ließ.

Die alte Frau presste das frische Tuch auf Munros zerfetztes Fleisch und wandte ihren Blick wieder den Umstehenden zu. »Wir haben den Pfeil in dem Korb mit den Kerzen gefunden. Munro trug ihn, als er getroffen wurde.«

Aveline schnappte entsetzt nach Luft und drückte eine Hand an ihre Brust.

Jamie runzelte die Stirn.

Er konnte sich sehr gut vorstellen, warum Neills *Geist* gewollt hatte, dass Munro keine Hand frei gehabt hatte, nachdem er ihn aus der Burg gelockt hatte.

Auch wenn er nicht mehr der Jüngste und schon ein wenig wirr im Kopf war, so war Munro Macpherson doch immer noch ein Mann, der nicht leicht zu schlagen war, hatte er eine Waffe in der Hand

Und jeder hier wusste das.

Bevor Jamie sich jedoch weiter damit auseinandersetzen konnte, rissen ein Räuspern und eine zaghafte Berührung an seinem Arm ihn aus seinen Überlegungen. Er wandte sich um und sah sich dem Stallburschen gegenüber, der den Dolch im Kaminfeuer erhitzt hatte.

Der Junge zeigte nun auf diesen Dolch, dessen Griff er mit mehreren Schichten Stoff und Leder umwickelt hatte und den er so weit wie möglich von seinem Körper entfernt hielt.

Was Jamie nur zu gut verstehen konnte.

Denn die breite, zweischneidige Klinge glühte heißer als das Tor zur Hölle.

»Allmächtiger«, murmelte Jamie, dem sich bei diesem Anblick der Magen umdrehte. Alles andere war vergessen, als er dem Jungen zunickte.

Er wagte nicht, seinen Vater anzusehen.

Aber er musste es tun.

Als er es schließlich tat, starrte Munro an ihm vorbei, und um dessen Lippen lag ein fast ehrfürchtiges Lächeln. »Iona«, flüsterte er, den Blick auf eine dunkle Ecke des Podiums gerichtet.

Ein kalter Schauder griff an Jamies Herz, und die feinen Härchen an seinem Nacken richteten sich auf. Iona war der Name seiner Mutter. Und sie stand ganz gewiss nicht auf der anderen Seite des Podiums und sah Munro an.

Sie war bei Jamies Geburt gestorben. Eine Tragödie, die sein Vater ihn nie hatte vergessen lassen.

»Meine Iona«, sagte Munro wieder, und eine Träne lief ihm die Wange hinunter. »Nein, ich habe keine Angst«, fügte er hinzu, und seine kraftlose, leidende Stimme klang mit einem Mal ein wenig fester.

Dann klärte sich sein Blick, und er sah Jamie direkt an. »Das Ausbrennen«, sagte er mit fester Stimme. »Tu es jetzt, mein Sohn, und wir haben es hinter uns.«

»Also gut.« Jamie nahm dem Stalljungen den Dolch aus der Hand. Er zuckte zusammen, als seine Finger sich um den Griff schlossen, da die von der Klinge ausstrahlende Hitze ihm fast die Hand versengte. Und dabei berührte er nur Stoff und Leder! Unvorstellbar, was für grauenhafte Qualen die glühende Klinge dem wunden Fleisch seines Vaters zufügen würde.

Jamie erschauderte erneut und warf den vier Männern, die seinen Vater festhielten, einen warnenden Blick zu. Auch

Morag machte sich sofort bereit, indem sie die Ränder der klaffenden Wunde mit beiden Händen zusammendrückte. Bevor ihn der Mut verlassen würde, trat Jamie an den Tisch und presste die Klinge auf die Wunde.

»Aaaaaaaahhh!«

Munros gellender Schrei und das widerliche Zischen von verbranntem Fleisch zerrissen die Stille. Zum Glück verlor der alte Mann fast im selben Moment das Bewusstsein, und sein Körper erschlaffte. Doch der Widerhall seines Schreies und der schreckliche Geruch von verbranntem Fleisch hingen noch lange in der Luft.

Nachdem es vollbracht war, trat Jamie zurück und ließ das Messer angewidert in einen Wassereimer fallen, den ihm jemand hinhielt. Dann wandte er sich abrupt ab und blieb mit dem Rücken zum Tisch stehen, bis sein Magen sich wieder beruhigt hatte.

Aus den Augenwinkeln sah er, dass Morag und die MacKenzie-Frauen sich jetzt wieder um seinen Vater kümmerten. Seine einstige Amme und Lady Juliana strichen behutsam eine heilende Salbe auf das versengte Fleisch, und Gelis und Arabella standen neben ihnen und hielten sauberes Verbandszeug bereit.

»Komm, lass uns hinaufgehen.«

Jamie drehte sich zu Aveline um, die mit einem schwer zu deutenden Versprechen in ihren blauen Augen und einem sanften Lächeln um die Lippen zu ihm aufschaute.

Sie griff nach seiner Hand und verschränkte ihre Finger mit seinen blutbefleckten. Ihr Blick ging zu Munro und dann wieder zu Jamie. »Du kannst heute Nacht nichts mehr für ihn tun«, sagte sie und schmiegte sich an ihn, damit nur er sie hören konnte. »Nun möchte ich mich gern um *deine* Bedürfnisse kümmern. Falls du mit mir kommen willst.«

»Um meine Bedürfnisse?«, fragte Jamie und zog die Augenbraue hoch. Er wünschte, er hätte sich nicht anmerken lassen, wie sehr das Ausbrennen der Wunde ihn mitgenommen hatte. »Es musste getan werden, Liebste. Ich bedaure nur, dass ich ihm Schmerz zufügen musste ...«

»Du hast mich missverstanden. Das meinte ich nicht – obwohl ich natürlich weiß, wie schwer es dir gefallen ist«, sagte sie und schlug die Augen nieder, was in einem gewissen Teil von Jamies Körper eine ganz andere Art von Hitze aufglimmen ließ. »Ich dachte nur, du würdest dich jetzt vielleicht gern in einem warmen Bad entspannen?«

Die glimmende Hitze wurde zu einem nicht mehr zu ignorierenden Pochen. Jamie warf einen Blick auf die hohen Kamine des großen Saals, auf die schweren Eisenkessel voller heißem Wasser, die über den knisternden Feuern hingen.

Das heiße Wasser, das eine Belagerung hatte abwehren sollen, die niemals stattgefunden hatte.

Nachdenklich richtete er den Blick wieder auf seine Braut, und sein Puls begann zu rasen, obwohl sich sein Gewissen dagegen sträubte, seinen Vater jetzt allein zu lassen.

»Er wird nicht vor morgen früh aufwachen«, sagte Aveline, was Jamie sich einmal mehr fragen ließ, ob sie erraten konnte, was er dachte. Und als ihr Blick dann auch noch zu den dampfend heißen Wasserkesseln glitt, war er überzeugt, dass es so war.

»Das Wasser ist schon heiß«, fügte sie mit sanfter, ein wenig heiserer Stimme hinzu, die ihn jetzt vollends überzeugte. »Es wird für ein ausgiebiges Bad reichen.«

Jamie nickte. Er stimmte völlig mit ihr überein.

Seine Liebste lächelte, und Jamie überließ sich nur zu gern ihrer Führung. Er konnte jetzt ein Bad gebrauchen. Und morgen war immer noch Zeit genug, seine Bemühungen wieder aufzunehmen, den mysteriösen *Geist* zu entlarven.

Den Geist von Neill. Aber auch noch einige andere Dinge, die Jamie auf der Seele lagen.

Eine dieser Fragen löste sich jedoch auf halbem Weg die Wendeltreppe hinauf von selbst, und die Antwort traf ihn wie ein Faustschlag in den Magen.

Als hätte er Scheuklappen getragen, die ihm plötzlich vom Gesicht gerissen wurden, erkannte er jetzt, warum es ihm fast das Herz zerrissen hatte, als er die Furcht in den Augen seines Vaters gesehen hatte.

Diese grauenhafte Enge in seiner Brust war mehr als bloßes Mitgefühl gewesen.

Weil sein Herz gehört hatte, was seine Ohren nicht mitbekommen hatten.

Papa, trug Neill wieder sein nasses Plaid ...

Seine eigenen Worte fielen ihm so jählings wieder ein, dass er stehen blieb, um sich mit einer Hand an den kalten Stein der Turmmauer zu stützen, bevor seine Knie ihm den Dienst versagten.

Der Pfeil einer Armbrust und ein glühend heißes Messer waren nicht gerade die Mittel, zu denen er gegriffen hätte, um zu einer so verblüffenden Erkenntnis zu gelangen.

Zu einer so absolut erstaunlichen Erkenntnis, dass er versucht war, in Freudenschreie auszubrechen.

Was er unter anderen Umständen auch getan hätte.

Aber so, wie die Dinge lagen, atmete er nur tief durch und riss sich zusammen, bevor er wieder die Hand seiner Braut ergriff, und ihr die Wendeltreppe hinauf und in Kendricks Zimmer folgte.

Nein, Jamie musste nicht in Jubelrufe ausbrechen oder Luftsprünge machen, um seiner Freude Ausdruck zu verleihen. Er brauchte keine Nacht ausgelassenen Feierns, bei der Bier und Wein in Strömen flossen. Was ihm gerade bewusst geworden war, war mehr als genug.

Mehr, als er jemals erwartet hatte.

Zum ersten Mal, seit er sich erinnern konnte, hatte er seinen Vater *Papa* genannt.

Und noch erstaunlicher war, dass sein Vater ihn ›mein Sohn‹ genannt hatte.

12. Kapitel

An jenem Abend schleppten Baldreagans Küchenjungen viele Eimer mit dampfend heißem Wasser die schmale Wendeltreppe hinauf in Kendricks früheres Schlafzimmer. Während sie die mit Leinentüchern ausgekleidete Wanne damit füllten, siedete und brodelte es auch in einem Kessel an einem ganz anderen Ort. Jenseits der Berge und stillen Täler, auf die sich die Dunkelheit herabzusenken begann, stieg ein alles andere als wohlriechender Dampf daraus auf. Denn die trübe Brühe in diesem großen, rußgeschwärzten Kessel war nicht für das Badevergnügen eines edlen Herrn bestimmt.

So wie auch die unsäglichen Dinge, die an der Oberfläche trieben, nicht dazu bestimmt waren, einen hungrigen Magen zu füllen.

Nein, dieser Kessel war ein Zauberkessel, und er diente nur einem Zweck und nur einer unbeugsamen Seele.

Und seine Hüterin, Devorgilla von Doon, die berühmteste *cailleach* oder weise alte Frau der Highlands, hatte sich seine Macht an diesem Abend schon früh zunutze gemacht.

So wie sie es schon seit geraumer Zeit jeden Abend tat, in der Hoffnung, einen Blick auf einen treuen Freund zu erhaschen. Einen tapferen, ihr treu ergebenen Freund, der in einer schwierigen Mission unterwegs war und eigentlich längst zurück sein müsste.

Seit Tagen hatte sie versucht, sein Bild heraufzubeschwören, immer in der blauen Stunde der Abenddämmerung, wenn der Schleier zwischen Fantasie und Wirklichkeit am dünnsten ist. Und heute war es ihr ebenso misslungen wie an den Abenden zuvor.

Selbst die besonders mächtigen Zauber, die sie in den Kessel gegeben hatte, um die magische Wirkung des Gebräus zu verstärken, hatten dessen ohnehin nie sehr angenehmen Geruch in einen schier unerträglichen Gestank verwandelt. Sie versuchte, dieses Ärgernis zu beseitigen, indem sie die Fensterläden weit öffnete und viel früher als gewöhnlich ihr Strohlager aufsuchte, um ein wenig *Traumdeuterei* zu betreiben. Es war eine Methode, die nicht annähernd so zuverlässig war wie das Lesen der Zukunft aus dem Dampf ihres Kessels, aber es war das Beste, was sie tun konnte, wenn der Dampf ihr seine Mithilfe verweigerte.

Doch leider gehorchten ihr auch ihre Träume nicht, und statt der Rückkehr ihres tapferen, abenteuerlustigen Freundes sah Devorgilla die ferne Burg Baldreagan. Ihr Traum führte sie durch deren Mauern zu einer der ältesten Turmtreppen, und plötzlich war ihr Traum von Bildern erfüllt. Sie sah Füße, die mühsam die Treppe hinaufstapften, und bis zum Rand mit heißem Wasser gefüllte Eimer.

Aber sie sah auch aufgewühltes, wild wirbelndes Wasser.

Weiß schäumend und tödlich.

Die Müdigkeit, die ihr in den Knochen steckte, ließ sie schließlich in einen tiefen, traumlosen Schlaf hinübergleiten. Einen Schlaf, der nicht von Bildern dieses teuflischen Gewässers heimgesucht wurde – auch wenn die schweren Schritte nicht verstummen wollten und ihr unablässig in den Ohren dröhnten.

Und das, obwohl sie weit entfernt von Kintail und den dunklen Kiefernwäldern Baldreagans lebte.

So weit entfernt, dass jeder, der ihren weisen Rat suchte, tagelang über raues, tückisches Gelände reisen und Meilen glitzernden Wassers überqueren musste, um die mächtigen Klippen der Insel Doon zu erreichen. Stolz und abweisend erhoben sie sich dunkel aus dem Meer, diese schroffen Felswände, die in so manches uralte Geheimnis eingeweiht waren.

Jetzt, da Devorgilla schlief, verbarg dichter Nebel die schroffen Klippen, und auch der Nachtwind hatte nachgelassen. Besonders auf dem Stück Land entlang der zerklüfteten Küste, das der alten Devorgilla gehörte. Dort, wo noch die alten Mächte lebten und atmeten und nur die kleine Kate der weisen Frau die Einsamkeit der rauen Landschaft unterbrach.

Nur wenige wagten es, dem schmalen, steinernen Pfad zu folgen, der zu dem nebelverhüllten, versteckt zwischen hohem Heidekraut und dunklen Felsen liegenden Haus der alten Frau führte. Aber wer mutig genug war, es zu wagen, durfte mit einem freundlichen Willkommen rechnen.

Alle Besucher wurden sehr gastfreundlich empfangen.

Auch jene, deren Herz ein dunkles Geheimnis barg und die wenig Glück im Leben hatten, denn so verlangte es der Brauch im Hochland.

Einige Besucher indessen waren Devorgilla natürlich willkommener als andere und wurden daher auch viel freudiger begrüßt.

Ein solcher Besucher trat jetzt aus dem dunklen Wald heraus auf die Lichtung vor dem strohgedeckten kleinen Haus. Er wusste, dass er gern gesehen würde, und ging bis zur Mitte der Lichtung, die im hellen Mondschein lag. Der Besucher war überzeugt, schon bald bemerkt zu werden.

Schließlich wurde er erwartet.

Und das offenbar voller Ungeduld.

Er erkannte das an dem dünnen bläulichen Rauchfaden, der aus dem Schornstein des strohgedeckten Häuschens aufstieg, und am Geruch einiger der stärkeren Zaubermittel Devorgillas, den er wahrnahm.

Erfreut über diesen eindeutigen Beweis der Wertschätzung der alten Frau streckte der Besucher sich und gähnte, bevor er sich in das vom Nachttau feuchte Gras setzte und wartete.

Sie würde ihn loben, weil er seine Sache gut gemacht hatte.

Und die Ungeduld, mit der Devorgilla ihn erwartete, könnte vielleicht sogar bedeuten, dass er eine großzügigere Belohnung erhalten würde als gewöhnlich – vor allem wenn sie hörte, wie erfolgreich er gewesen war.

Nicht, dass jemand, der nach dem großen Somerled, dem König der Inseln, benannt war, etwas anderes als erfolgreich sein könnte.

Aber er war hungrig. Und durstig. Schließlich war er weit gereist, und seine Aufgabe war nicht leicht gewesen. *O ja*, dachte er, während er zusah, wie sich der Mond hinter den Wolken hervorschob, ich kann jetzt wirklich ein bisschen von der liebevollen Fürsorge gebrauchen, die mir die *cailleach* immer dann zuteil werden lässt, wenn ich eine Aufgabe zufriedenstellend erfüllt habe.

Und heute Nacht würde sie mehr als zufrieden sein.

Er schaute sich um und vergewisserte sich, dass keiner seiner Freunde oder Verwandten in der Nähe war und ihn vielleicht hier sah. Nachdem er sich überzeugt hatte, dass er allein war, erlaubte er sich etwas, was er nur sehr selten tat, da er es eigentlich für unter seiner Würde hielt.

Er bellte.

Devorgilla öffnete die Augen.

Somerled! Er war zurückgekehrt!

Von überwältigender Erleichterung durchflutet, stützte die alte Frau sich auf ihre Ellbogen und spähte in der Dunkelheit nach ihrem kleinen Freund. Nach einigen Augenblicken erkannte sie, dass er nicht im Haus, sondern draußen im Mondschein sein würde.

Somerled liebte die silbrigen, mondhellen Nächte und behauptete, sie seien ebenso maßgeblich für seine Magie wie für Devorgilla die blaue Stunde, die Zeit des Tages, wenn die Nacht hereinbrach und die Nebel aufzusteigen begannen.

Als er noch einmal bellte, kicherte Devorgilla entzückt, und die Freude half ihr, auf die alten Beine zu kommen.

»Er ist hungrig«, sagte sie und sah ihre andere vierbeinige Freundin an, die dreifarbige Katze Mab. Ein Geschöpf, das fast so alt war wie Devorgilla selbst, aber sehr viel launischer.

Zumindest Devorgillas Ansicht nach.

Die Katze, die sich am bequemsten Ende des Strohlagers zusammengerollt hatte, ignorierte die Rückkehr ihres Rivalen ganz bewusst.

Sie öffnete nur kurz ein Auge, um Devorgilla mit einem hochmütigen Blick zu verstehen zu geben, dass ihr Schlaf ihr weitaus wichtiger war als der Hunger eines gewissen abenteuerlustigen Rotfuchses.

»Du hast schon jede Menge Heringe zum Abendessen gehabt, altes Mädchen«, erinnerte Devorgilla sie, während sie ihre Stiefel anzog. »Deshalb wirst du Somerled doch gewiss nicht eine Schale Tölpelfleisch missgönnen?«

Ein weiterer hochmütiger Blick von Mab besagte, dass sie das sehr wohl tat. Der Eintopf aus dem Fleisch des Seevogels war eines von Mabs Lieblingsgerichten – und wohlschmeckend genug, um auch bei Somerled Anklang zu finden.

Devorgilla humpelte zur Tür und öffnete sie weit. Ihr kleiner Freund saß im hellen Mondschein mitten auf der Lichtung, deren hohes Gras Devorgilla vor unerwünschten neugierigen Blicken schützte.

Somerled beobachtete sie.

Der kleine rote Fuchs hatte magische Augen.

Diese schönen, ausdrucksvollen, klugen Augen konnten mit einem einzigen Blick ganze Geschichten erzählen, und als er sich erhob und auf sie zukam, wusste Devorgilla schon, dass er mit seiner Mission Erfolg gehabt hatte.

Großen Erfolg.

»Ah, mein Schöner«, schmeichelte sie und trat beiseite, um ihn ins Haus zu lassen, »wie ich sehe, ist alles ganz nach Plan verlaufen.«

Somerled drehte einige Runden durch das Haus, bevor er beschloss, es sich in der Wärme neben Devorgillas Kohlenbecken bequem zu machen. Seine Miene bestätigte Devorgilla, dass er in der Tat Erfolg gehabt hatte.

Seine Aufgabe war nicht leicht gewesen, und als Devorgilla eine Holzschale mit dem köstlich duftenden Tölpeleintopf für ihn füllte, ließ er sie wissen, dass sie seiner Ansicht nach schon sehr bald wieder Grund haben würde, ihn nach Baldreagan zurückzuschicken.

Genau genommen war er sich dessen so sicher, dass er gleich dort geblieben wäre und die lange Heimreise nach Doon gar nicht angetreten hätte, wenn er nicht gewusst hätte, wie sehr die alte Frau sich um ihn sorgte.

Letzteres würde er natürlich für sich behalten, schließlich wusste er, wie stolz die *cailleach* war.

Obwohl sie ein erstaunlich liebevolles und sentimentales Herz besaß, wusste er doch, dass es ihr insgeheim auch großen Spaß bereitete, zu wissen, wie Furcht erregend sie auf manche Leute wirkte.

»Darüber werden wir heute Nacht nicht nachdenken«, sagte sie, als sie ihm den Eintopf brachte und noch einen Teller mit Fladenbrot dazustellte, die mit Honig und Brombeermarmelade bestrichen waren. »Sollte es nötig sein, dass du nach Baldreagan zurückkehrst, werden die alten Götter es uns wissen lassen.«

Sie brachte ihm noch eine große Schüssel mit frischem Quellwasser und eine etwas kleinere, die bis zum Rand mit ihrem selbst gebrauten Heidekrautbier gefüllt war.

Aber Somerled verdiente heute eine ganz besondere Belohnung, und deshalb wartete sie, bis er sich über den Seevogeleintopf hermachte, bevor sie zu einer von den Dachbalken herunterhängenden Strohmatte schlurfte, die als Trennwand zu einer kleinen Speisekammer diente.

Devorgilla schob die Strohmatte zur Seite und suchte in der dämmrigen kühlen Speisekammer rasch nach einigen besonders leckeren Happen ihrer besten Käse- und Dörrfleischsorten, um dann zum Schluss noch eine Hand voll selbst gemachter Süßigkeiten dazuzulegen.

All diese Leckereien richtete sie nicht auf einem, sondern sogar auf zwei Tellern an, die sie dann mit der ganzen Feierlichkeit und Würde, die eine Frau ihres Alters noch aufzubringen vermochte, zu dem hübschen kleinen Fuchs hinübertrug.

»So, mein feiner kleiner Krieger«, säuselte sie und verzog das runzlige Gesicht zu einem Lächeln, »zur Feier deines Erfolgs bekommst du heute sogar *zwei* Teller mit Leckereien.«

Somerled dankte ihr mit erhobener Pfote und begann sich dann in aller Eile über seine Belohnung herzumachen.

Die wohlverdient war, wenn er das selbst einmal so sagen durfte.

In seiner Begeisterung schenkte er nicht einmal Mabs feindseligem Blick Beachtung, während er sich den Rest des Eintopfs schmecken ließ. Die Siegesprämien auf den beiden Tellern würde er sich in einem langsameren, gemächlicheren Tempo einverleiben.

Wie es sich für einen großen Helden gehörte.

Und er hegte keinen Zweifel daran, dass er einer war.

Genau genommen war er sogar davon überzeugt, dass er, hätte er zwei lange Beine wie ein Mensch statt seiner vier kurzen, für seine jüngste ritterliche Leistung geadelt worden wäre.

Sir Somerled.

Er konnte fast die Jubelrufe hören. Die Trompeten und die Hörner, das entzückte Lachen edler Damen ...

Doch dann wurde ihm schlagartig bewusst, dass die Trompeten- und Hörnerklänge nur die Schnarchgeräusche der alten Devorgilla waren.

Die Arme war auf dem dreibeinigen Schemel neben ihrem Kochfeuer eingeschlafen. Und da Somerled nicht wollte, dass sie steifer als nötig erwachte, richtete er seinen goldenen Blick auf sie und ließ seine Magie wirken, bis Devorgilla sich erhob und, noch immer schlafend, zu ihrem mit einem Plaid bedeckten Strohlager hinüberging.

Ein eindringlicher Blick auf ihre schwarzen Stiefel genügte, um diese von ihren Füßen gleiten zu lassen. Und ein letzter Blick von Somerled brachte auch das Plaid dazu, sich sanft auf die alte Frau zu legen und sie bis zu ihrem runzligen Kinn warm zuzudecken.

Nachdem das vollbracht war, dachte der Fuchs zufrieden, dass er nun wirklich damit beginnen konnte, sich als *Sir* Somerled zu betrachten.

Immerhin war er der klügste, kühnste und, was seine Zauberkräfte anging, auch der mächtigste Fuchs in den Highlands.

Und der erfolgreichste.

Ein echter Sieger, wie die Belohnungen auf den beiden Tellern bewiesen.

Er hoffte nur, dass er das nächste Mal genauso siegreich sein würde.

Auf Baldreagan war es inzwischen Nacht geworden. Eine schneidende Kälte drang durch die Schlitze der Fensterläden des Schlafzimmers und ein eisiger Herbstregen trommelte dagegen. Die hölzernen Läden waren aufwändig bemalt, und die strahlenden, kräftigen Farben glänzten im Schein der Kerzen und Fackeln, die das Zimmer erhellten. Auch diese Extravaganz erinnerte daran, dass dieses Zimmer einmal Kendrick gehört hatte.

Dass es sein ganz privates Schlafzimmer und Liebesnest gewesen war.

Und der Schauplatz vieler leidenschaftlicher Umarmungen und anderer sinnlicher Vergnügungen, daran hegte Aveline nicht den kleinsten Zweifel. Kendricks Bettgeschichten waren legendär, obwohl ein nachdenklicher Betrachter einige der wilderen Geschichten vielleicht auch nur hoffnungsvollen Frauenherzen zuschreiben würde.

Prahlerischen Frauenherzen, dachte Aveline.

Denn genau genommen hätte Kendrick *unmöglich* all den Mädchen beiliegen können, die für sich in Anspruch nahmen, seine Gunst gewonnen zu haben. Und Aveline war auch noch nie einem der zahllosen Bastarde begegnet, die er in den benachbarten Bergen und Tälern angeblich gezeugt hatte.

Kendrick war ein Hüne von Mann gewesen, wenn auch nicht ganz so groß wie Jamie, mit roten Haaren, funkelnden blauen Augen und einem Lächeln, mit dem er auf den ersten Blick jede Frau hatte betören können. Und falls sein ausgesprochen gutes Aussehen noch nicht gereicht hatte, so hatte er darüber hinaus auch noch ein fröhliches, gewinnendes

Wesen und eine wunderbar weiche Stimme gehabt, die für einen Mann diesseits des Himmels fast zu melodiös gewesen war.

Wäre es nicht so traurig gewesen, Aveline hätte vielleicht darüber schmunzeln können, wenn sie sich Jamies lebenslustigen Bruder vorstellte, wie er sich jetzt vielleicht sogar im Himmel bei den Engeln amüsierte.

Kendrick sollte hier sein, sollte Frauen aus Fleisch und Blut umwerben und umgarnen, sollte gleichermaßen Kuhmägde wie Rittertöchterlein verführen, sie zu seinem Liebesnest hoch oben im Turm hinauflocken und viele Stunden mit nichts anderem zubringen als mit Fröhlichkeit, Musik und hemmungsloser Fleischeslust.

So herrlich hemmungslos, wie gewisse Darstellungen auf den ansonsten unschuldig aussehenden Landschaftsbildern auf Kendricks Fensterläden es anzudeuten schienen.

Auf den ersten Blick stellte das Bild eine friedvolle Waldlandschaft dar, in der sich vor einem fernen, verwunschen aussehenden Schloss allerlei Fabelwesen tummelten. Bei näherem Hinsehen entdeckte man jedoch auch unbekleidete Wassernymphen in schamlosen Posen. Einige von ihnen kopulierten mit gut aussehenden Rittern, die genauso nackt waren wie die Nymphen.

Aveline spürte, wie ihre Haut zu prickeln begann, als sie die gemalten Bilder so deutlich vor sich, als stünde sie direkt vor den Fensterläden und betrachtete sie aus der Nähe. Was sie auch schon getan hatte. Sie hatte jedes der dargestellten Paare so lange und so eingehend betrachtet, bis sich alle Einzelheiten für immer in ihr Gedächtnis eingebrannt hatten.

Die vielen *erotischen* Möglichkeiten.

Bilder von Sinnenrausch und nacktem Fleisch, ineinander verschlungener Körper und lustvolle Ekstase widerspiegelnden Gesichtern. Aveline hoffte nur, dass auch sie diese Wonnen empfinden würde, wenn sie und Jamie sich vereinten.

Sie wünschte es sich mit jeder Faser ihres Seins, und sie musste die Hand an ihre Brust drücken, um ihr wild pochendes Herz und die prickelnde Erregung zu besänftigen, die sie jedes Mal erfasste, wenn sie versuchte, sich und Jamie in einer dieser intimen Stellungen vorzustellen.

O ja, Kendricks Schlafzimmer war eindeutig das eines Mannes, der alle Arten sinnlicher Vergnügungen zu schätzen gewusst hatte. Und Aveline konnte nur hoffen, dass es ihn nicht gestört hätte, wenn sie sich sein Liebesnest heute Nacht für ihre eigenen sinnlichen Erfahrungen ausborgte.

Den ersten Schritt dazu hatte sie getan, indem sie für Jamie ein Bad hatte bereiten lassen und überall im Schlafzimmer ihre feinsten Bienenwachskerzen aufgestellt hatte, die jetzt ein sanftes Licht verbreiteten. Und sie hatte eine Hand voll wohlriechender Kräuter in das Kaminfeuer geworfen. Am Ende all dieser Vorkehrungen hatte sie, nachdem der letzte Küchenjunge gegangen war, die Tür verriegelt.

Mit einem prüfenden Blick auf die massive Eichentür vergewisserte sie sich noch einmal, dass diese auch wirklich gut verschlossen war. Die verriegelte Tür war nicht nur eine schützende Barriere, die ihr und Jamie Ungestörtheit garantierte, sondern vor allem auch ein eindeutiges Zeichen für ihr neues Leben. Des glücklichen, erfüllten Lebens, das sie von nun an als James Macphersons Braut führen wollte.

Als seine Braut und zukünftige Ehefrau.

Und in jeder nur denkbaren Art und Weise.

Aveline atmete tief ein und schüttelte den Kopf. Seine Befürchtungen, ihr vielleicht wehzutun, waren absurd. Denn trotz ihrer Unerfahrenheit wusste sie eines genau: dass kein Kind das Licht der Welt erblicken würde, wenn eine Frau nicht in der Lage wäre, sich weit genug zu dehnen, um das Kind aus sich herausgleiten zu lassen.

Und so großzügig James von der Heide auch von der Natur bedacht worden sein mochte, sein Glied konnte unmöglich größer als eines der vielen Neugeborenen, die sie schon auf dem Arm gehalten hatte.

Sie musste Jamie nur davon überzeugen, dass eine Frau, wenn sie ein Kind gebären konnte, sich auch mit einem noch so großen Mann vereinen konnte.

Und deshalb beendete sie nun das, was der Grund gewesen war, weshalb sie Jamie so lange den Rücken zugekehrt hatte, als hätte sie nur abgewartet, bis das Geklapper der Eimer und die Schritte der Küchenjungen auf der Turmtreppe verklungen waren.

In Wahrheit hatte sie die Zeit dazu genutzt, die Bändchen und Verschlüsse ihres Kleides zu lösen. Und nun, da der große Augenblick gekommen war, biss sie sich auf die Unterlippe und nahm ihren ganzen Mut zusammen. Langsam ließ sie ihr Kleid auf den Boden gleiten.

Sie hörte Jamie scharf einatmen und deutete es als ein sicheres Zeichen ihres Sieges.

Und ihr nächster Triumph würde kommen, sobald sie sich umdrehte und er sie mit nichts als ihrem fast durchsichtigen Unterhemd bekleidet vor sich stehen sah.

Und mit einem verführerischen Lächeln auf den Lippen.

Einem Lächeln, das hoffentlich kühn genug sein würde, um ihn zu reizen und zu erregen, bis er die furchtbaren Vorfälle dieser Nacht vergaß und an nichts anderes mehr denken konnte als an das sinnliche Vergnügen, das sie ihm schenken wollte.

Aber wenn sich seine Augen verengten oder sie gar Enttäuschung darin sähe, würde sie ihr Kleid sofort wieder anlegen.

Und ihn dann auf so keusche Art waschen, wie sie es bei den Edelleuten getan hatte, die auf Fairmaiden Castle zu Besuch gewesen waren.

»Sie sind fort«, sagte sie und wandte sich zu Jamie um. »Und Ihr, Mylord, werdet nun in den Genuss eines unvergleichlich wohltuenden Bades kommen.«

Wie berauscht von ihrem eigenen Wagemut, streifte sie die Träger ihres Hemdes über die Schultern und zog langsam das Oberteil hinunter, bis ihre Brüste entblößt waren.

Jamie stockte der Atem, und er starrte sie wie gebannt an. Seine Reaktion schien sie zu freuen, denn sie machte keine Anstalten, sich wieder zu bedecken. Sie stand nur da, ihr Hemd herabgefallen bis auf die Hüften und ihre Brüste herrlich nackt.

Und er sah nicht nur ihre festen kleinen Brüste mit den rosig angehauchten Spitzen, sondern auch das verführerische Dreieck rotgoldener Locken zwischen ihren Schenkeln, das sich unter dem dünnen Stoff des Hemdes abzeichnete.

»Bei allen Heiligen!« Er wusste, er sollte sie nicht so anstarren, aber er konnte nicht anders. »Meine süße Aveline, weißt du, dass ich alles von dir sehen kann?«

»Natürlich weiß ich das.« Sie sah ihn an und schob das Kinn ein wenig vor. »Hätte ich mich entkleidet, wenn ich nicht wollte, dass du mich so siehst?«

Jamie zögerte, als ihm ein sehr unerfreulicher Gedanke durch den Sinn ging.

Du liebe Güte, jetzt war *er* der Eifersüchtige!

»Hast du auch die Freunde deines Vaters *so* gebadet?«, fragte er und verwünschte sich für seine Neugier, aber er musste es einfach wissen.

Aveline schüttelte den Kopf. »Nein, ich war immer züchtig gekleidet, wenn ich für die Bequemlichkeit der Gäste sorgte.«

»Das freut mich«, gab Jamie mit einer Erleichterung zu, die ihn selbst überraschte.

Und bei der sich sehr demütig vorkam. Denn wenn er Gunna aus dem Tal besucht und bei ihr gelegen hatte, war ihr Bett oft noch warm von der Fleischeslust eines anderen Mannes gewesen – und es hatte ihn nie gekümmert. Ihn hatte nur die Befriedigung seiner Lust interessiert.

Bei Aveline jedoch war alles ganz anders.

Er begehrte ihren Körper, ja, aber mehr noch als das wollte er ihre Gesellschaft und ihre Zuneigung, ihren Humor und ihre Intelligenz. Ihre Art, ihn zum Lachen zu bringen. Ihre Freude an der Schönheit dieser großartigen Berge und Moorlandschaften, in denen sie zu Hause waren. Den Respekt, den sie den alten Göttern und Gebräuchen entgegenbrachte, indem sie nackt in einem heiligen Brunnen badete, mit nichts als ihrem langen Haar und dem silbernen Schein des Mondes bekleidet.

Auch ihre Liebenswürdigkeit seinem Vater und Hughie Mac gegenüber gefiel ihm und berührte ihn. Oder wie weich ihre Augen wurden, wenn sie spürte, wie sehr ihm seine Brüder fehlten.

Und obwohl er das nie zugegeben hätte, war er auch sehr angetan davon, wie sie die besten Stücke ihres Abendessens Cuillin oder den anderen Hunden der Burg zuwarf, die um einen Leckerbissen bettelnd zu ihr kamen.

Jamie holte tief Luft, als ihm bewusst wurde, wie erstaunlich tief Aveline sich schon in sein Herz geschlichen hatte.

Als erriete sie seine Gedanken, schaute sie auf ihre nackten Brüste und wirkte scheu, als sie Jamie wieder ansah. Aber ebenso schnell fasste sie sich wieder und schenkte ihm ein hinreißendes Lächeln.

Dann trat sie an die Wanne, hielt prüfend einen Finger in

das dampfend heiße Wasser und wandte sich wieder ab, um ein irdenes Schälchen mit nach Veilchen duftendem Öl zu füllen, das sie neben das rot glühende Kohlenbecken stellte.

»Warmes Duftöl, mit dem ich dich einreiben werde, wenn du gebadet hast«, sagte sie zu Jamie. »Das und mehr.«

»Mehr?«

»Du wirst schon sehen.« Sie zog einen dreibeinigen Schemel heran, um ihn als Ablage für eine kleine Schale mit Seife und einige Tücher zu benutzen. »Aber zuerst will ich dich sehen. Also, heraus aus deinen Kleidern und ab mit dir ins Wasser.«

Jamie nickte, doch er war sich noch immer unschlüssig, ob er sich vor ihr entkleiden sollte. Es war nicht schwer für sie, so kühn zu sein, solange seine Kleider das Bedrohliche verbargen. Aber es war etwas völlig anderes, wenn sie die *Gefahr* sah, unbedeckt und in ihrer ganzen beängstigenden Größe.

Zum Glück war er körperlich noch nicht erregt, aber diesen Zustand zu bewahren, begann sich schon jetzt als ein harter Kampf herauszustellen.

Jamie runzelte die Stirn.

Mit einem ermunternden Blick auf ihn steckte Aveline wieder einen Finger in das Badewasser. »Du warst kurz davor, dich mir zu zeigen, als Morag an der Tür klopfte«, erinnerte sie ihn.

»Meine Süße, das Problem ist nicht, mich auszuziehen«, sagte er und fuhr sich mit der Hand durchs Haar. »Ich gebe mir nur alle Mühe, nicht erregt zu werden, das ist alles. Glaubst du etwa, ich könnte mich ausziehen und in diese Wanne setzen, mich intim von dir berühren lassen und *nicht* den Wunsch empfinden, das Gleiche auch bei dir zu tun?«

Aveline lächelte. »Dann tu es doch.«

»Ich kann kaum noch atmen vor Verlagen nach dir und …« Er sah sie überrascht an. »Was hast du gesagt?«

Ein ernster Ausdruck erschien auf ihrem schönen Gesicht. »Hast du nicht gesagt, wir wären schon so gut wie verheiratet? Dass nichts, was wir tun, eine Sünde ist, weil wir Verlobte sind?«

Jamie nickte, denn er konnte seine eigenen Worte weder zurücknehmen noch bestreiten. Weil er davon überzeugt war, dass es so war.

So, wie er davon überzeugt gewesen war, dass Aveline von dem Moment an die seine gewesen war, seit er sie über die mondbeschienene Lichtung bei Hughie Macs Kate hatte laufen sehen.

Oder dass auch er seit jenem Augenblick der ihre war.

Zudem würden sie im Frühjahr getraut und ihre Verbindung von der Kirche, Gott und den Menschen abgesegnet werden. Und bis dahin würde er eigenhändig jeden töten, der es wagen sollte, sich zwischen sie zu stellen.

Sei es ein Mensch, ein Drache oder ein Gespenst.

Insbesondere Gespenster. Ob sie nun mit Engelsflügeln und Heiligenschein oder mit langem Schwanz und Hörnern ihr Unwesen trieben. Er würde diese Kreaturen aus der Welt schaffen, egal, in welcher Gestalt sie auftraten.

Aveline tippte ihm an die Brust und lächelte erfreut. »Wenn du also nach wie vor der Meinung bist, dass wir schon so gut wie Mann und Frau sind, dann steig in diese Wanne und lass uns sehen, was geschieht.«

Jamie stöhnte. Sie war diejenige, die sich sorgen müsste, was geschehen würde. Er konnte bereits fühlen, was geschah.

Genauer gesagt, was sich rührte.

Aber daran ließ sich nichts mehr ändern. Nicht, wenn ihre

wohlgeformten kleinen Brüste so entzückend auf und nieder wippten, wenn sie sich über die Wanne beugte.

Und deshalb machte er jetzt kurzen Prozess und entkleidete sich mit einer Geschwindigkeit, die ihn selbst in höchstem Maße überraschte.

Nackt wie am Tag seiner Geburt sprang er förmlich in die Wanne. Aber doch nicht schnell genug, um nicht zu bemerken, dass Aveline schockiert die Augen aufriss und dass ein Ausdruck der Bestürzung über ihr Gesicht huschte.

Jamies Mut sank.

Die Hände an die Wangen gepresst, stand sie da und starrte auf ihn herab.

»Heilige Maria Mutter Gottes«, wisperte sie schließlich und schüttelte den Kopf. »Du …«

»Ich habe versucht, dich zu warnen«, sagte Jamie, der glaubte, die Welt würde einstürzen, weil er nur noch Avelines Entsetzen und die Tränen sah, die jetzt an den goldfarbenen Spitzen ihrer Wimpern glänzten.

Er ließ sich so tief wie möglich in das Wasser gleiten und verfluchte seine ungewöhnliche Körpergröße mitsamt seiner überlangen Beine, die es ihm unmöglich machten, so in der hölzernen Wanne zu sitzen, dass er verbergen konnte, was Aveline schockierte und erschreckte.

Und sie war schockiert. Ihr stand ein solch unverhohlenes Entsetzen ins Gesicht geschrieben, dass er es ihr nicht hätte verübeln können, wäre sie ohnmächtig geworden. Oder sich bekreuzigt hätte und schreiend hinausgelaufen wäre.

Er griff nach einem der Waschtücher und versuchte, sich so gut wie möglich damit zu bedecken. »Hab keine Angst, Liebste«, begann er und suchte nach den richtigen Worten. »Ich habe dir versprochen, dir niemals wehzutun. Es gibt andere Möglichkeiten …«

»Ach, Jamie!« Sie ließ sich neben der Wanne auf die Knie fallen, schlang ihre Arme um seinen Nacken und küsste ihn – auf seine Lippen, seine Schläfen, seine Stirn, seine Augenlider, seine Ohren, ja, sogar auf seine Nase. »Jamie, Jamie, es ist nicht deine Größe, was mich erschreckt hat«, sagte sie und schloss die Hände um sein Gesicht, ohne ihren Tränen länger Einhalt zu gebieten. »*Darauf* war ich gefasst, und ich bin so entzückt und aufgeregt, dass ich es kaum erwarten kann, dich zu berühren und zu erkunden!«

Jamie blinzelte.

Sein Herz zog sich zusammen, und eine versengende Hitze sammelte sich hinter seinen Augenlidern. »Aber wenn das so ist«, sagte er mit belegter Stimme, »warum bist du dann so blass geworden?«

»Deswegen.« Sie tauchte den Arm in das Wasser und strich mit den Fingern über die hässliche lange Narbe an der Außenseite seines linken Oberschenkels. »Du hast mir nie gesagt, dass dir auch schon einmal eine Wunde ausgebrannt wurde. Es bekümmert mich, diese Narbe zu sehen, besonders nach allem, was heute Abend geschehen ist.«

»Ach, Aveline.« Jamie lehnte sich wieder gegen den mit Tüchern gepolsterten Rand der Wanne. »Diese Narbe habe ich mir in Crossgate Moor geholt«, sagte er mit einem tiefen Seufzen und wünschte, er könnte die Bilder von Neville's Cross und dem Pfeilhagel der englischen Langbogen aus seiner Erinnerung auslöschen.

Die verheerende Niederlage dort und die unglaubliche Schmach, dass Schottlands junger König David vor den Augen der hochrangigsten Edelleute des Reiches überwältigt und gefangen genommen worden war. Und keiner von ihnen hatte etwas anderes tun können, als in sprachlosem Entsetzen zuzusehen, wie die Engländer sie aufspürten und niedermetzelten, bevor sie sich ihren König holten, der sich unter einem Brückenbogen versteckt hatte.

Jamie erschauderte bei der Erinnerung daran und griff nach Avelines Hand, um ihre zarten Finger und die glatte, seidenweiche Haut an ihrem Handgelenk zu küssen.

Und wie er gehofft hatte, half ihm die Süße ihrer glatten weißen Haut, die düsteren Bilder von blutüberströmtem Verwundeten aus seinem Bewusstsein zu verdrängen. Oder von den grausam verstümmelten Gefallenen, von den starren, grauen unzähligen Toten, deren Seelen der Tod auf diesem gottverfluchten englischen Moor für sich gefordert hatte.

»Ich hatte vergessen, dass du mit dem König in Neville's Cross warst«, sagte Aveline ernst.

Jamie zuckte mit den Schultern. »Verglichen mit den meisten anderen bin ich noch gut dabei weggekommen«, sagte er und meinte es auch so. »Was mich gerettet hat, war das Glück, unter Robert Stewarts Befehl zu stehen. Er befehligte die linke Seite des Schlachtfeldes, und uns erging es besser als vielen anderen, weil wir das Glück hatten, auf festem Boden kämpfen zu können. Und dennoch konnten wir König Davids Gefangennahme nicht verhindern.«

Jamie betrachtete seine Narbe und sah dann wieder Aveline an. »Das Gemetzel, das ich an jenem Tag mitansehen musste, war so fürchterlich, dass ich meine Verwundung dagegen nur geringfügig nennen kann. Genau genommen kann ich mich nicht einmal mehr an den Moment erinnern, in dem es passiert ist.«

»Das ist gut.« Wieder schlang sie die Arme um seinen Nacken und küsste ihn, und diesmal war ihr Kuss ganz anders, sanft und zärtlich, wenn auch nicht ohne Leidenschaft.

Als sie sich von ihm löste, streichelte sie seine Wange. »Es ist besser, nicht über schmerzliche Dinge nachzudenken, die wir weder ungeschehen machen noch verändern können. Gott in seiner Güte hat sie dich vergessen lassen.«

»Ah, aber an das Ausbrennen der Wunde erinnere ich mich sehr wohl«, gab Jamie zu, obwohl ihre Zärtlichkeiten ihn schon auf ganz andere Gedanken brachten. »Deshalb war es so schmerzlich für mich, meinem eigenen Vater das Gleiche antun zu müssen. Ich wusste, welchen Schmerz ich ihm zufügen würde.«

»Du hast ihm damit aber auch das Leben gerettet.« Aveline stand auf. »Darüber wird er von Herzen froh sein, wenn er wieder zu sich kommt.«

Zu ihrer Überraschung lachte Jamie. »Aber nicht froh genug, um sich bei Lady Juliana und Morag für seine Morddrohungen zu entschuldigen, wette ich!«

Aveline erwiderte sein Lächeln und beugte sich vor, um ihn auf die Wange zu küssen. »Dann entschuldige ich mich dafür, dass ich wegen deiner Narbe so schockiert aussah und dich glauben machte, es sei aus einem anderen Grund.«

Er zog eine Augenbraue hoch. »Und dir ist wirklich nicht bang vor diesem ›anderen Grund‹?«

»Bang?« Aveline tauchte eines der feuchten Tücher in den Tiegel mit der Seife und begann, Jamies Schultern einzuseifen. »Das Einzige, was mir Angst macht, ist, dass du dich mir verweigern könntest –«, ihr Blick glitt zu Kendricks bunt bemalten Fensterläden, »– weil ich schon ganz gespannt darauf bin, gewisse ... sinnliche Vergnügungen mit dir zu teilen.«

»Gespannt genug, um dein Hemd auszuziehen und zu mir in Wanne zu steigen?« Das Glimmen in seinen Augen und seine tiefe, noch rauer als sonst klingende Stimme lösten ein schon vertrautes Kribbeln in ihr aus.

Das es ihr unmöglich machte, Nein zu sagen.

»O ja«, sagte sie zu und griff nach ihrem Hemd, um es auszuziehen.

Aber Jamie steckte die Hand aus und legte sie fest um ihr Handgelenk. »Aber erst, nachdem du mich gewaschen hast«, erklärte er mit einem mutwilligen Grinsen.

»Natürlich«, stimmte Aveline zu und ging, um eine Karaffe mit gewürztem Wein zu holen.

Als sie zur Wanne zurückkam, reichte sie Jamie einen gefüllten Kelch und sah zu, wie er ihn trank. Zwei dicke Wachskerzen brannten auf einem in der Nähe stehenden Tisch, und deren weiches Licht warf ein verführerisches Muster aus Licht und Schatten auf seine breiten Schultern und seinen Rücken.

Über seine Brust rannen Wassertropfen, deren Weg Aveline fasziniert verfolgte, als sie durch das rötlich braune Haar auf seiner Brust liefen, in dem einige der Tropfen sich verfingen und wie glitzernde kleine Diamanten hängen blieben, bis sie sich daraus lösten und ins Wasser fielen.

Avelines Blick folgte ihrem Weg. Als er tiefer glitt, lächelte Jamie und machte keinen Versuch mehr, sich zu bedecken. Oder seine unverkennbare Erregung vor ihr zu verbergen. Der immer schneller pochende Puls an seiner Kehle verriet sein Verlangen schließlich ebenso deutlich wie die heiße Härte zwischen seinen Schenkeln.

Und auch in Aveline begann etwas zu pochen. Mit wild klopfendem Herz tauchte sie die Hand noch tiefer in das Wasser und strich mit den Fingerspitzen über das üppige, rötlich braune Haar zwischen Jamies Beinen.

Diese intime Berührung brachte ihr Herz zum Rasen und das heiße Prickeln zwischen ihren Schenkeln wurde noch stärker, als ihr Handrücken die seidig glatte Haut des beeindruckenden Beweises seiner Begierde streifte.

Aveline stockte der Atem, und ihre Finger gruben sich noch tiefer in das krause Haar um seine pulsierende Härte, als diese sich plötzlich an sie drängte und noch größer und härter wurde.

»Großer Gott«, flüsterte Aveline und wandte keinen Blick von der großen, samtene Spitze seines Gliedes, die aus dem Wasser herausragte und auf der ein glitzerndes Tröpfchen Feuchtigkeit zu sehen war. Feuchtigkeit, die, wie sie wusste, nichts mit den an seiner Brust hinabrieselnden Wassertropfen zu tun hatte.

Aveline schluckte und befeuchtete sich fasziniert die Lippen. Auch wenn sie es kaum erwarten konnte, ihn zu berühren und zu streicheln, so war sie von dieser vollkommenen männlichen Schönheit viel zu beeindruckt, um sich zu trauen.

Jamie schien ihr Zögern gespürt zu haben, denn er veränderte seine Haltung in der Wanne und spreizte ein wenig mehr die Beine, um ihr einen besseren Blick zu ermöglichen. Oder sie aufzufordern, ihn zu berühren. Bei diesem Gedanken durchflutete Aveline eine fiebergleiche Hitze. Auf jeden Fall versuchte er jetzt nicht mehr, sich vor ihr zu verbergen.

Was er auch nicht nötig hatte.

Denn sie wusste, dass sie noch nie einen schöneren Mann gesehen hatte.

Jamie griff nach einer Strähne ihres langen Haars und wickelte sie um seinen Finger. »Fass mich an«, forderte er Aveline mit heiserer Stimme auf, und der Schein des Feuers spiegelte sich nun auch in seinem dichten, rötlich braunen Haar. »Ich hatte vor, zu warten und mich zurückzuhalten – ich wollte es zumindest versuchen! Aber jetzt ist es zu spät, mein Liebling.«

Sein Blick glitt zu dem Schälchen Duftöl neben dem Kohlenbecken, dessen schwerer, berauschender Veilchenduft den ganzen Raum erfüllte.

»Auch für eine Massage mit warmem Öl ist es zu spät«, fügte Jamie rau hinzu. »Und auch dafür, dein Hemd auszuziehen.«

Das Lächeln, das er ihr schenkte, verwandelte sich in ein mutwilliges Grinsen, als er sah, dass auch Avelines blaue Augen vor Verlangen dunkel wurden. Unerwartet stand sie auf, um die kleine Schale zu holen.

»Ich habe noch eine andere Verwendung für das Öl«, sagte sie, stellte einen Fuß auf den Schemel und hob ihr feuchtes Hemd hoch. Das üppige Haar zwischen ihren Schenkeln war plötzlich nur noch eine Handbreit von Jamies Gesicht entfernt.

»Allmächtiger!«, stieß er zwischen zusammengebissenen Zähnen hervor, als er erkannte, was sie vorhatte. »Von wem hast du etwas so Frivoles gelernt?«

»Von meiner Schwester Maili«, erklärte Aveline lächelnd, während sie zwei Finger in das Schälchen tauchte. »Ihr Ehemann ist auch recht stattlich, obwohl ich nicht glauben kann, dass er so groß ist wie du. Maili meinte, falls ich je einen so von der Natur begünstigten Mann heirate, könne sie mir nur empfehlen, mich vor den ersten Malen mit angewärmtem Öl einzureiben, um das Eindringen zu erleichtern.«

Jamie schluckte.

Aveline hielt ihre ölig glitzernden Finger an ihr Geschlecht, und ohne Jamies Blick loszulassen, begann sie, das Öl behutsam einzureiben. Ein wenig gab sie auch auf die zarte Haut an den Innenseiten ihrer Schenkel.

Und im Bruchteil von Sekunden wusste Jamie, was er wollte.

»Nein, lass mich das tun, Liebling«, sagte er und tauchte rasch zwei Finger in das warme Öl. »Ich werde dich einreiben.«

Und auf eine Art und Weise, die sie besser auf ihn vorbereiten würde als alles warme Öl der Welt.

»Komm näher«, bat er, »und spreiz deine Beine. Nur so weit, dass ich dich sehen und berühren kann.«

Sie tat es ohne Zögern und trat so nahe an ihn heran, dass ihre süße Weiblichkeit ihn fast berührte. Die leidenschaftliche Erregung, die ihr Duft verriet, überflutete seine Sinne und machte ihn trunken vor Verlangen.

Und dann berührte er sie, und ein überraschter kleiner Laut entrang sich ihrer Kehle. Jamie sah Begehren in ihren Augen aufflackern und begann, das warme Öl mit sanften, kreisenden Bewegungen auf ihr empfindsames Geschlecht zu streichen.

Ein Beben durchlief Aveline, und ihre Hände gruben sich in den Stoff ihres Hemdes, das um ihre Taille bauschte.

»O Gott«, wisperte sie, und ein heißer Schauer durchlief ihren Schoß, als Jamie mit einem Finger über die empfindsame Stelle strich, die seiner Berührung am stärksten entgegenfieberte.

»Das ist erst der Beginn der sinnlichen Freuden, die du mit mir kennenlernen wirst«, murmelte er, als er die Handfläche an ihre intimste Körperstelle presste und sie in fast quälend langsamen Kreisen zu bewegen begann.

In immer erregenderen Liebkosungen, bis Aveline die Augen schloss und ihre Hüften bewegte, ganz leicht nur zunächst, dann immer fiebriger und kühner. In einer stummen Einladung bog sie sich seiner Hand entgegen, und ihr schweres, flaches Atmen und die Feuchtigkeit an seinen Fingern verrieten ihm, dass der Moment gekommen war.

»Ich kann nicht länger warten«, sagte er und hob Aveline zu sich in die Wanne. »Tut mir leid, Mädchen, ich wünschte, es könnte anders geschehen.«

»Nein, es ist vollkommen, so wie es ist«, rief sie. Sie schaute hinunter, dorthin, wo er sie über seine heiße Härte hielt. »*Du* bist vollkommen. Der schönste Mann, den ich kenne. Ich würde keinen anderen wollen.«

Sie bewegte sich ungeduldig, wobei ihr heißes, pochendes Geschlecht die Spitze seines Glieds berührte und ihn mit einer solch lodernden Hitze durchflutete, dass ihm fast die Kontrolle zu entgleiten drohte. Von seinem Verlangen überwältigt warf er den Kopf in den Nacken und biss die Zähne zusammen, während er sehr vorsichtig und nur mit der Spitze seines Schafts in sie eindrang.

Nicht so ungestüm und leidenschaftlich, wie es ihn drängte, sie zu nehmen, nur sehr, sehr zart und so behutsam, wie er glaubte, es ihr bei dieser ersten Vereinigung zumuten zu können.

Bis sie die Arme um seinen Nacken schlang, ihn küsste und sich ihm ungeduldig entgegenbog, um seine heiße Härte ganz in sich aufzunehmen.

»*Gott!*«, schrie er, als sich seine Leidenschaft im selben Augenblick entlud, in dem er die spürbare Barriere ihrer Tugend durchbrach. Avelines zierlicher Körper erschauerte und erbebte über ihm, und ihre lustvollen kleinen Schreie zu hören erschütterte ihn stärker als sein eigener schwindelerregender Höhepunkt.

Ein Wunder war geschehen, etwas ganz Erstaunliches, mit dem er nie gerechnet hätte.

Auch wenn sie ihn bei diesem ersten Mal noch nicht ganz in sich aufgenommen hatte.

Aber was machte das schon? Sie hatten alle Zeit der Welt, um miteinander vertraut zu werden. Und Jamie wusste nun, dass Avelines Leidenschaft der seinen in nichts nachstand.

Ja, es ist ein Wunder, dachte er wieder, während er das Gefühl genoss, ihren warmen, schlanken Körper in seinen

Armen zu halten. Das Herz wurde ihm vor Glück eng, und mit absoluter, unerschütterlicher Sicherheit erkannte er, dass er nie genug von ihr bekommen würde.

Dass er sie nie fest genug in seinen Armen halten oder nie tief genug in ihr sein könnte, sie nie lange genug küssen oder jeden süßen Zentimeter ihrer Haut mit Händen, Lippen und Zunge liebkosen könnte. Dass die Spanne seine Lebens nicht reichen würde, sie so zu lieben, wie er es sich wünschte – bis in alle Ewigkeit.

Und er hoffte, dass sie ihn irgendwann würde lieben können.

Er verzehrte sich nach ihr, und noch nie hatte er so wie jetzt den glühenden Wunsch verspürt, eine Frau zu der seinen zu machen, ganz allein zu der seinen.

Sie saß noch immer mit gespreizten Beinen über ihm; ihre rosigen, noch immer harten kleinen Brustwarzen drückten sich an seine Brust, und ihr empfindsames Geschlecht stellte eine unwiderstehliche Versuchung dar. Jamie hatte sie waschen und sie liebevoll umsorgen wollen, um sicherzugehen, dass er sie nicht verletzt hatte. Aber er begann schon wieder hart zu werden, und mit jeder Berührung ihrer samtenen Weichheit über seinem Schaft verstärkte sich das schon fast schmerzhafte Ziehen in seinen Lenden noch.

»Du weißt nicht, was du tust, Liebste«, sagte er warnend, während er sich aus der Wanne erhob und Aveline mit sich auf die Beine zog. »Ich bin nicht mehr verantwortlich für das, was hinter verschlossenen und verriegelten Türen zwischen uns geschieht.«

»Und jenseits dieser Türen?« Sie stieg aus ihrem nassen Hemd und schob es mit dem Fuß beiseite.

»Jenseits?«

Sie trat näher und strich mit den Fingern über das nasse

Haar auf seiner Brust. »Ich kenne da eine schöne Waldlichtung«, begann sie und ließ ihre Hand tiefer gleiten, während ihr Blick zu den erotischen Bildern auf Kendricks Fensterläden glitt.

»Hast du nicht selbst gesagt, es gäbe noch viele andere Möglichkeiten, miteinander intim zu sein?« Fragend sah sie Jamie an.

Er nickte nur, da seine Kehle viel zu eng für Worte war.

Er war Avelines Blick gefolgt und wusste nur zu gut, was auf Kendricks Fensterläden zu sehen war.

Der Gedanke, auch nur eine dieser Schamlosigkeiten mit ihr ausprobieren zu dürfen, raubte ihm den Atem.

»Für ein liebendes Paar gibt es viele Arten, einander Lust zu schenken«, sagte er, als er wieder dazu in der Lage war. Er beobachtete aufmerksam, wie sie auf seine unausgesprochene Frage reagierte.

Als er das freudige Begreifen in ihrem Blick erkannte, zwang ihn das nahezu in die Knie.

Aveline warf einen raschen Blick auf die Fensterläden. »Ich hoffe, dass du mir alle diese Arten zeigen wirst.«

»Euer Wunsch ist mir Befehl, Mylady«, sagte er und bedankte sich im Stillen bei Kendrick für den Kauf der Fensterläden.

Aveline musste nicht wissen, wie oft er und seine Brüder Kendrick wegen dieser Läden aufgezogen hatten.

»*Aye*, meine Schöne, dein Wunsch ist mir Befehl«, sagte er noch einmal, einfach nur, weil es ihn glücklich machte. »Es gibt nichts, was ich dir abschlagen würde.«

13. Kapitel

»Du hast gesagt, es gäbe nichts, was du mir abschlagen würdest.«

Jamies Versprechen holte ihn schon wenige Tage später ein. Fest entschlossen, sich seine Würde zu bewahren, straffte er in bester Highland-Tradition die Schultern und verschränkte die Arme vor der Brust. Doch nicht einmal so konnte er vermeiden, dass seine Mundwinkel zuckten, und nur die Feierlichkeit dieses Tages bewahrte ihn davor, zu lachen.

Das und das Gewimmel von Clanangehörigen und Freunden, die sich auf den Burghof von Baldreagan drängten.

»Nichts, hast du gesagt«, erinnerte ihn seine Liebste.

Jamie beschränkte sich darauf, mit einem unverbindlichen *Hmmpff* zu antworten.

Er hätte wissen müssen, wie unklug es war, einer Frau ein solch umfassendes Versprechen zu machen.

Aveline Matheson eingeschlossen.

Nein, ganz besonders ihr.

Zum Glück hatte sie sich zu ihm vorgebeugt und so leise gesprochen, dass nur er sie hören konnte. Da er jedoch wusste, was für scharfe Ohren die MacKenzie-Mädchen hatten, war er ziemlich sicher, dass sie es auch gehört hatten.

Genau wie die Wachen ihres mächtigen Vaters, die keinen Moment von ihrer Seite wichen, egal, wie beschäftigt sie damit waren, die Reisetruhen und all die anderen Dinge zu verstauen, die die verwöhnten Töchter des Schwarzen Hirschen für unentbehrlich für ihr Wohlbefinden hielten. Auch Jamies Vater hatte Avelines Bemerkung vermutlich gehört, genau wie Morag und alle anderen, die sich versammelt hatten, um die abreisenden Gäste zu verabschieden und ihnen die besten Wünsche für die Reise mitzugeben.

»Es wäre so schön, sie wiederzusehen«, beharrte Aveline, während sie das Gewimmel auf dem Hof beobachtete.

Jamie warf ihr einen Blick zu und wappnete sich gegen noch geschicktere Überredungsversuche. Sie standen im Schatten des Torhauses, und deshalb trat er näher, legte einen Finger unter Avelines Kinn und hob ihr Gesicht zu sich empor, damit sie ihn ansehen musste.

»Die MacKenzies haben bereits versprochen, zu unserer Hochzeit im Frühjahr herzukommen«, sagte er mit gedämpfter Stimme.

Nicht, weil es ihn kümmerte, ob die neugierige Gelis und die anderen MacKenzies hörten, was er zu sagen hatte, sondern weil er nicht wollte, dass sein Vater zuhörte.

Auch wenn der sture alte Bock in einiger Entfernung stand. Mit noch starrsinnigerer Miene als gewöhnlich stützte er sich auf Morags Arm, nachdem er es beharrlich abgelehnt hatte, eine Krücke zu benutzen. Aber ob er die nun brauchte oder nicht, mit Munros Gehör war jedenfalls alles in bester Ordnung, soweit Jamie wusste.

Tatsächlich hatte er schon oft den Verdacht gehabt, dass sein alter Herr durch Wände hören konnte.

Denn nur das würde erklären, wie er es immer wieder schaffte, die anderen Highland-Viehzüchter zu übervorteilen und stets zu wissen, was sie hinter seinem Rücken flüsterten.

»Ich war noch nie auf den Hebriden«, bedrängte Aveline ihn auch schon wieder und schob bittend ihren Arm unter den seinen. »Lady Gelis sagt, ihr Vater oder sein Freund Sir Marmaduke würden uns sicher gern dorthin mitnehmen. Vielleicht könnten wir sogar bis ganz nach Süden segeln, bis zur Insel Doon? Wir könnten Devorgilla besuchen …«

Jamie musste wider Willen lachen. »Die weise alte Frau von Doon? Mein liebes Kind, diese Frau hat noch nie ein Hochzeitsfest in den Highlands oder auf den Inseln versäumt«, sagte er und war sich irgendwie sogar ziemlich sicher, dass die unbeugsame *cailleach* selbst bei zwei Feiern gleichzeitig erscheinen konnte, wenn sie wollte. »Du wirst sie bestimmt im Frühjahr sehen. Ohne ...«

»Aber ...«

»Ohne die lange Reise nach Eilean Creag und die noch längere zu Devorgillas schöner Insel machen zu müssen«, schloss er und schien mit seiner logischen Begründung sehr zufrieden zu sein.

Aveline warf einen sehnsüchtigen Blick auf die Packpferde der MacKenzies. Die schwer bepackten Tiere tänzelten nervös und schienen es kaum erwarten zu können, sich auf den Weg zu machen. Bei ihrem Anblick wurde auch Aveline von einer jähen Aufregung erfasst und schenkte Jamie ein hoffnungsvolles Lächeln.

»Die MacKenzies zu besuchen wäre ein Abenteuer«, sagte sie.

Aber Jamie schüttelte nur wieder den Kopf.

»Nein, Liebste«, widersprach er dicht an ihrem Ohr. »Es wäre ein anstrengendes Unternehmen, das schlicht zu viel für meinen Vater wäre.«

»Oh.« Aveline machte ein langes Gesicht. »Da hast du natürlich recht. Und er würde gewiss nicht auf Baldreagan bleiben wollen.«

»So ist es.«

Jamie seufzte und warf seinem Vater einen raschen Blick zu. Obwohl der alte Mann sein bärtiges Kinn stolz erhoben hielt und sich bemühte, freundlich und charmant zu den drei MacKenzie-Damen zu sein, war Jamie sicher, dass er sich jetzt noch schwerer auf Morags Arm stützte als noch vor wenigen Minuten.

Das Beunruhigendste von allem aber war der Glanz in Munros Augen, den andere für ein Zeichen guter Laune halten mochten, von dem Jamie aber wusste, dass er das nicht war.

Denn Munros Augen waren feucht vor Abschiedsschmerz.

Er bedauerte es, die Mädchen abreisen zu sehen, und Jamie befürchtete, dass ohne ihre Fröhlichkeit, ihr Lachen und ihr lebhaftes Geplauder abends im Großen Saal die Stimmung seines Vaters sich noch mehr verdüstern würde.

Zum Glück hatte er Aveline sehr gern. So wie auch jeder andere auf Baldreagan, wie es schien. Der Clan hatte sie freundlich aufgenommen. Doch Aveline war ein Teil der Familie geworden, während die MacKenzies eine willkommene Ablenkung gewesen waren.

Eine höchst willkommene Ablenkung. Und eine dringend benötigte, insbesondere für Munro.

Jamie fuhr sich mit der Hand durchs Haar und presste die Lippen zusammen. Sein Vater war noch nicht so weit genesen, wie er es sein müsste, und eine strapaziöse Reise zu Lande und zu Wasser wäre auf jeden Fall zu viel für ihn, jetzt ganz gewiss und vielleicht sogar auch noch im Frühling,.

»Es tut mir leid, Liebste.« Jamie wandte sich wieder seiner Braut zu. »Eine Reise im Frühjahr nach Eilean Creag ist eine Freude, die ich dir nicht machen kann.«

Er strich mit dem Handrücken zärtlich über ihre Wange. »Oder zumindest nicht in diesem Jahr.«

»Aber du wirst Wort halten und heute Nachmittag mit mir zu der Kapelle gehen?«, fragte sie, den Blick ihrer blauen Augen noch immer unverwandt auf ihn gerichtet. »Wir könnten deiner Mutter einen Strauß Heidekraut bringen.«

Jamie runzelte die Stirn.

Und er erinnerte sich auch prompt an noch einige der klugen Worte des Schwarzen Hirschen von Kintail: Dass Frauen die erstaunliche Fähigkeit besäßen, den kleinsten Versprecher zu bemerken, um ihn sogleich so auszuschmücken, wie es ihnen am besten gefiel. Und das fast immer zum Nachteil eines arglosen Mannes.

Jamie seufzte ärgerlich und strich sich das lange Haar zurück. Es stimmte, dass er angedeutet hatte, dem alten Hughie Mac einen Besuch machen zu wollen. Weil Hughies kleines Haus dicht am Garbh Uisge lag, hatte er ihm einige Fragen stellen wollen.

Immerhin behauptete ja auch Hughie, die Geister von Jamies Brüdern gesehen zu haben.

Das allein war einen Besuch bei ihm der Mühe wert.

Aber zum alten Friedhof der Macphersons mit der dunklen, modrig riechenden Kapelle zu gehen, davon war nie die Rede gewesen. Zudem verspürte Jamie wenig Neigung, dort den Tag mit seiner Braut zu verbringen.

Schon gar nicht, wenn ein solcher Ausflug mit einem Besuch am Grab seiner Mutter verbunden war, um ihr ein Sträußchen Heide zu bringen. Bei diesem Gedanken versteifte Jamie sich innerlich. Diese Torheit gehörte zu den Dingen, die er sich nicht mehr erlaubt hatte, seit er ein kleiner Junge gewesen war. Munro hatte ihn damals in der Kapelle erwischt und ihn hinausgejagt. Er hatte getobt und geschrien, dass Jamie kein Recht habe, Blumen auf das Grab der Mutter zu legen, die er getötet hatte.

Aber bevor Jamie Aveline sagen konnte, er wolle nicht dorthin, kam Gelis zu ihnen.

»Das ist doch wirklich nicht zu fassen!«, rief sie lachend und strich sich das vom Wind zerzauste Haar aus der Stirn. »Habt ihr schon einmal solche Griesgrame gesehen?«, fragte sie mit einem Blick auf die finster dreinblickenden Männer ihres Vaters. »Sie beschweren sich, ich hätte zu viel Gepäck mitgebracht! Aber Arabella und ich waren ja vorgewarnt«, sagte sie, während sie lächelnd einen Arm um Aveline legte. »Schließlich heißt es, je weiter man nach Norden reise, desto unwahrscheinlicher sei es, dass einen dort mehr als ein klumpiges Strohlager erwartet, von einem genießbaren Essen ganz zu schweigen!«

»Niemand hat uns so etwas gesagt«, berichtigte Arabella sie, die sich nun auch zu ihnen gesellt hatte.

Sie streckte die Hand aus, um Gelis über das störrische Haar zu streichen. Ihr eigenes war wie immer zu einem perfekten schwarzen Zopf geflochten, aus dem kein Härchen vorwitzig hervorlugte. »Ihr wisst, dass wir Lady Mariotas Vater in Assynt besuchen werden. Archibald Macnicol ist ein ebenso stolzer Clanchef wie unser Papa. Seine Festung Dunach Castle wird also gewiss so bequem sein wie Eilean Creag.«

Gelis schob die Hand ihrer Schwester fort. »Loch Assynt ist auch für sein gefürchtetes Wasserpferd bekannt – falls du das vergessen hast!«, rief sie und verzog das Gesicht. »Und falls wir uns danach auch noch zu Lady Julianas Verwandten in Strathnaver weiterwagen, solltest du wissen, dass die Gegend dort mit den Grabhügeln der *Sithe* übersät ist und dass die Geister furchtloser und blutrünstiger Wikinger in den hohen Dünen der Strände schlummern!«

Arabella rümpfte die Nase. »Schlummernde Wikinger, die du mit deinem unaufhörlichen Geplapper zweifelsohne wecken wirst.«

Jamie verschluckte sich und verbarg sein Lachen hinter der vorgehaltenen Hand.

»Lacht nur«, sagte Arabella zu ihm. »Ihr wisst sehr gut, dass es so ist.«

Ungerührt schüttelte Gelis ihre Röcke auf. »Die Wikinger waren tapfere Männer. Große blonde Hünen mit funkelnden blauen Augen und riesigen Schwertern, denen sie Namen wie Wolfzahn oder Beinbeißer gaben. Sie …«

»Sie waren heidnische Seeräuber«, stellte Arabella richtig.

Sie warf ihren glänzenden schwarzen Zopf über die Schulter zurück und warf einen vielsagenden Blick auf Beardie, der den MacKenzie-Männern beim Beladen der Packpferde behilflich war. Wie immer trug er stolz seine mächtige Wikingeraxt am Gürtel, auch wenn er heute auf seinen geflügelten Helm verzichtet hatte. Als er die Blicke der Mädchen bemerkte, hob er grüßend die Hand, aber sein sonst so gutmütiges Lächeln wirkte heute gezwungen.

Arabella schaute wieder zu ihrer Schwester und schüttelte den Kopf. »Ich wage zu behaupten, dass du *ein* Wikingerherz bereits gebrochen hast, und du kannst gewiss sein, dass Lady Juliana und ich dich nicht aus den Augen lassen werden, wenn wir in Dunach sind.«

Gelis verdrehte die Augen. »Ich befürchte allen Ernstes, dass wir im Norden nichts anderes als trockene Hafermehlplätzchen und gesalzenen Fisch bekommen werden!«, ereiferte sie sich, und die blauäugigen Wikinger und ihre Schwerter schienen für den Augenblick vergessen. »Ich würde wirklich lieber hierbleiben.«

Sie unterbrach sich kurz und sah Jamie an. »Mutter hat uns aus einem bestimmten Grund hierhergeschickt. Und …«

»Und wir haben ihre Warnung überbracht«, unterbrach Lady Juliana sie in strengem Ton. »Und nun kommt. Die Männer eures Vaters warten schon auf uns. Sie sind bereit zum Aufbruch.«

Sie legte beiden Mädchen eine Hand auf die Schulter und

sah Jamie und Aveline entschuldigend an. »Ihr werdet vorsichtig sein?«, fragte sie, an beide gewandt, obwohl ihre Worte offensichtlich Jamie galten.

Er nickte und wünschte, die Sonne hätte nicht ausgerechnet diesen Moment gewählt, um hinter einer Wolke zu verschwinden, was den Burghof in Schatten hüllte und den beißend kalten Wind noch stärker spürbar machte.

»Es wird alles gut.« Aveline zog die etwas ältere Frau ganz impulsiv in ihre Arme. »Gott sei mit Euch, und lasst es uns wissen, wenn Ihr wieder sicher nach Kintail zurückgekehrt seid.«

Als sie zurücktrat, nahm Jamie Lady Julianas Hand und hob sie zu einem Abschiedskuss an seine Lippen. »Wir freuen uns schon darauf, Euch im Frühling wiederzusehen, Mylady. Hier auf Baldreagan, so Gott will.«

Ich werde die alten Götter bitten, Euch zu beschützen, glaubte Jamie sie sagen zu hören, als er ihre Hand freigab. Aber sie hatte sich schon abgewandt und ging mit großen Schritten zu den wartenden MacKenzies – und zu den Männern seines Vaters, die jetzt herbeieilten, um die Tore zu öffnen.

»Bis zum Frühjahr!«, rief Gelis und schlang die Arme um Jamie und Aveline, um sie noch einmal an sich zu drücken. »Ich werde die ganze Nacht auf Eurer Hochzeit tanzen!«

»Falls du nicht mit einem gut aussehenden Wikinger davonläufst, bevor wir heimkehren!«, sagte Arabella, die darauf wartete, dass die Reihe an sie kam, ihre Gastgeber zum Abschied zu umarmen.

Als sie vor Jamie und Aveline stand, blinzelte sie heftig und wischte die Tränen weg, die plötzlich über ihre Wangen rannen. »Tut nichts Unüberlegtes, James Macpherson«, warnte sie. »Mein Vater hat ein unbeherrschtes Naturell, wie Euch nur zu gut bekannt ist – Ihr werdet ihn doch sicher nicht verärgern wollen, indem Ihr Mutters Botschaft nicht beherzigt.«

Dann drehte sie sich auf dem Absatz um und eilte, dicht gefolgt von Gelis, zu den anderen hinüber. Pferde, die sich nervös in Bewegung setzten, zu einem letzten Gruß erhobene Hände und laute Abschiedsrufe, und schon hatte die Reisegesellschaft der MacKenzies das große Tor passiert und war verschwunden.

Verschwunden von einem Augenblick zum anderen, verschluckt vom herbstlichen Nebel, der die Geräusche ihrer Abreise erstickte und sie vor den Blicken der Zurückgebliebenen verbarg.

Fast augenblicklich legte sich eine tiefe Stille über den Burghof Baldreagans ... bis Munro sich laut die Nase schnäuzte.

Jamie wollte auf ihn zugehen, aber Munro setzte eine finstere Miene auf und winkte ihn weg. »Hast du nichts Besseres zu tun, als einen alten Mann anzuglotzen?«, fauchte er mit ungewöhnlich rauer Stimme.

Mit grimmiger Miene und seinem feindseligsten Blick starrte er Jamie an. »Wie die Wehrgänge zu patrouillieren, beispielsweise? Oder dein Schwert zu schärfen?«

»Bei Luzifer!«, fluchte Jamie unterdrückt. »Er würde sogar die Geduld des heiligen Columban auf eine harte Probe stellen. Weiß er denn nicht, dass ich ...«

»Lass ihn«, bat Aveline und legte besänftigend die Hand auf Jamies Arm. »Er ist nur traurig über die Abreise der MacKenzies. Heute Abend wird er bei besserer Laune sein.«

»Zweifelsohne«, stimmte Jamie ihr trocken zu, während er beobachtete, wie Morag seinem Vater in den Großen Saal zurückhalf. »Sobald er hungrig ist und merkt, dass niemand ihm auch nur ein Stück trockenes Brot geben wird, bis er nicht ein etwas freundlicheres Gesicht aufsetzt.«

Nicht, dass Munro der Einzige mit schlechter Laune war.

Auch fast alle anderen, die noch auf dem Burghof waren, runzelten die Stirn.

Oder sahen zumindest nicht sehr glücklich aus.

Die schwache Wärme der herbstlichen Sonne hatte sie im Stich gelassen, und die nachmittägliche Kälte nahm mit den immer länger werdenden Schatten zu. Zudem hatte ein feiner Nieselregen eingesetzt und benetzte das Kopfsteinpflaster. Der Wind begann aufzufrischen und dichte Schleier aus feuchtem grauen Nebel über Burg und Hof zu legen. Zudem schien irgendetwas die Burghunde zu veranlassen, wild zu kläffen und zu knurren.

Das düstere Wetter entsprach der Stimmung jener, die jetzt langsam in die Burg zurückkehrten, um sich wieder ihren alltäglichen Aufgaben zu widmen.

Nur eine Menschenseele lächelte.

Eine große Gestalt, das Gesicht unter einer Kapuze verborgen, stand unbemerkt im tiefen Schatten eines der Stallgebäude, die sich an die Burgmauer schmiegten.

Die Abreise der MacKenzie-Weiber und ihres Rudels hohlköpfiger, muskelbepackter Wachhunde würde das Blatt der Macphersons wenden.

Bei so vielen Gästen auf der Burg war es verdammt anstrengend gewesen, unbemerkt auf Baldreagan ein- und auszugehen.

Bei so vielen neugierigen, aufmerksamen Augen und viel zu vielen zusätzlichen Bewaffneten.

Und der ständigen Gefahr, gestört zu werden.

Die in den dunklen Umhang gehüllte Gestalt biss sich verärgert auf die Lippen. Wäre nicht im denkbar ungünstigsten Moment ein betrunkener MacKenzie aus dem Schatten des hinteren Tores getorkelt gekommen, mit einer nur halb bekleideten, kichernden Küchenmagd im Arm, dann hätte der Pfeil der Armbrust sein Ziel gewiss nicht verfehlt.

Zum Glück waren die beiden viel zu betrunken gewesen, um etwas Ungewöhnliches zu bemerken.

O ja, der Besuch der MacKenzies war ein echtes Ärgernis gewesen, aber nun waren sie endlich fort.

Bei diesem Gedanken lächelte die Gestalt.

Alle anderen Schwierigkeiten und Störungen waren problemlos aus der Welt zu schaffen. Wie zum Beweis dafür drohte die Gestalt den Hunden, die knurrend vor ihr hockten, mit dem Finger und begann dann, in einem alten Lederbeutel herumzukramen, den sie für derartige Zwecke aufbewahrte.

Sekunden später zog sie einen Fleischknochen daraus hervor und warf ihn auf die nassen Steine.

Wie nicht anders zu erwarten, hörte das ärgerliche Bellen und Knurren sofort auf. Die Gestalt im Dunkeln war vergessen, als die immer hungrigen Burghunde sich augenblicklich auf den Knochen stürzten, weil ihre Gier weit größer war als ihre Wachsamkeit.

Die Gestalt sah ihnen mit Vergnügen und der unerschütterlichen Überzeugung zu, dass es keine Rolle spielte, wie viele Hunde sich auf Baldreagan herumtrieben oder wie oft der konfuse alte Burgherr sein Schlafzimmer wechselte.

Und es würde auch keinem von ihnen etwas nützen, dass einer seiner Söhne noch am Leben war.

Noch.

Denn bald schon würde ein schwerer Verrat vergolten und grausame Rache geübt werden.

Und diesmal würde es nicht misslingen.

Tut nichts Unüberlegtes.

Arabellas Warnung hallte Jamie immer lauter in den Ohren wider, je länger er im kalten, feuchten Dunkel der Kapelle stand, einen Arm voll Heidekraut fest an die Brust gedrückt und seine Füße wie festgefroren auf dem steinernen Boden. Diese verdammten Füße, die ihm den Dienst verweigerten, die seine Bemühungen ignorierten und die letzten Schritte bis zum Grabmal seiner Mutter einfach nicht gehen wollten.

Aveline spürte eine solche Schwäche offensichtlich nicht. *Sie* schien nicht das geringste Unbehagen zu verspüren, als sie durch die Kapelle ging, die Kerzen in den schmiedeeisernen Haltern erneuerte und allein durch ihre Anwesenheit einen willkommenen Hauch von Leben in die feuchte, nach Moder riechende kleine Kapelle brachte.

Dutzende kleiner Motivlichter hatten bei ihrem Eintreten schon gebrannt, und Jamie dachte, dass diese funkelnden Lichter Aveline wie eine Feenprinzessin auf einer von goldenem Licht erhellten, verwunschenen Lichtung aussehen ließen.

Aber dann runzelte er die Stirn.

In Wahrheit war es ein dunkler, regennasser Abend mit dichtem Nebel, der den Friedhof einhüllte. Unheimliche, langsam dahintreibende Nebelwände, die bei leichtgläubigen Menschen durchaus den Eindruck erwecken konnten, dass ein Geist über den Kirchhof schwebte.

Jamie straffte die Schultern und befahl seinem Herz, sich zu beruhigen.

Er war alles andere als leichtgläubig.

Aber wenn es nicht tollkühn war, hierherzukommen, was war es dann?

Er schluckte und wünschte augenblicklich, es nicht getan

zu haben, weil es ihn nur wieder daran erinnerte, wie trocken sein Hals geworden war. Wie verunsichert er war. Aber diesmal lag zumindest auf keinem der Sarkophage seiner Vorfahren ein nasses Plaid, auch wenn jemand da gewesen war und die Vogelbeerzweige erneuert hatte.

Frische, mit roten Bändern zusammengebundene Zweige steckten in allen Nischen der Kapelle, und sogar der Na-Clachan-Breugach-Stein vor dem Kapelleneingang war mit einer Girlande aus frischen Vogelbeerzweigen geschmückt worden.

Vogelbeerzweige mit roten Bändern.

Wer auch immer sie erneuert hatte – und Jamie nahm an, dass Hughie Mac dieser Jemand war –, kümmerte sich auch um die Kapelle, denn ein Hauch erst kürzlich verbrannten Weihrauchs überlagerte den Geruch nach altem Rauch und feuchtem Stein, und selbst der Altar war mit einem feinen, sauberen Tuch bedeckt.

Trotzdem war die Atmosphäre so beklemmend, dass Jamie daran zu ersticken glaubte. Er dachte daran, von hier zu fliehen, und schaute zum Eingang, obwohl er wusste, dass er davonlaufen würde.

Nicht, wenn Aveline mit ehrfürchtig gesenktem Kopf am Grabmal seiner Mutter stand. Sie hatte andächtig die Hände gefaltet, und ihre mit leiser Stimme gesprochenen Gebete waren ein herzergreifender Kontrast zum feuchten Gemäuer der Kapelle und der von ihm ausstrahlenden, alle durchdringenden Kälte.

Als Jamie den Blick zur Seite wandte, bemerkte er, dass die Tür des kleinen Sakramenthauses in der Ostwand der Kapelle nur angelehnt und dieses anscheinend gut gefüllt mit Kerzen war. Er legte den Heidekrautstrauß aus der Hand und ging hinüber, um einige dieser Kerzen anzuzünden und so die Düsternis der Kapelle zu vertreiben.

Die langen Wachskerzen warfen ein warmes, goldenes Licht auf das verwitterte Gestein der Mauern. Leider fiel es aber auch auf die in Stein gehauenen starren Gesichter seiner toten Vorfahren.

Ein Frösteln lief über Jamies Rücken, und er atmete tief durch, ehe er sich zwang, nicht zu den Sarkophagen zu sehen. Und er bemühte sich, nicht an die neun Sarkophage zu denken, die auch bald hier stehen würden.

Besonders die schönste Grabstätte von allen versuchte er zu ignorieren, den prächtigen Marmorsarkophag, der gar nicht weit von ihm entfernt hinter dem hohen Altar und dem dunklen Eichenlettner stand.

Dort, wohin seine Füße ihn nicht tragen wollten.

Fest entschlossen, den Besuch nun endlich hinter sich zu bringen, versuchte er wieder, dorthin zu gehen – und konnte es noch immer nicht.

Plötzlich fuhr er erschrocken zusammen, weil sich die Luft mit einem Mal so anders anfühlte. Er glaubte, eine Bewegung darin wahrzunehmen, fast so, als hätten die alten Mauern plötzlich zu atmen begonnen. Fröstelnd rieb er sich die Arme und sah sich um.

Der Wind musste die nächtlichen Wolken vertrieben haben, denn jetzt fiel helles Mondlicht durch die bogenförmige Eingangstür und die schmalen Fenster der Kapelle und sorgte für eine Beleuchtung, auf die Jamie auch gut hätte verzichten können.

Komm näher, Jamie ... ich will dich sehen.

Er erstarrte, sein Herz begann wie wild zu pochen.

Neben der Grabstätte seiner Mutter stand eine Frau, schön und hochgewachsen und umhüllt vom silbernen Licht des Mondes. Ihr langes Haar schimmerte im gleichen Kupferrot wie das seine.

Sie streckte ihm lächelnd ihre weiße Hand entgegen, und der Frieden und die Liebe, die diese Frau ausstrahlte, machten es ihm unmöglich, nicht zu ihr zu gehen.

Doch Jamie hatte kaum den ersten Schritt getan, da verfinsterte sich der Mond, und die Vision verblasste. Die Frau, die vor ihm stand, war auch schön, doch ihr Haar war blond und nicht leuchtend rot wie tausend Sonnenuntergänge über den Highlands.

»Komm näher«, sagte sie lächelnd und streckte die Hand nach Jamie aus. »Ich möchte, dass du siehst, wie wunderschön sie ist.«

Aber das wusste Jamie schon.

So wie er auch Avelines Worte schon vernommen hatte, bevor sie sie ausgesprochen hatte.

Falls es wirklich ihre Worte gewesen waren.

Doch eines *wusste* er jetzt: dass es gut war, nach so vielen Jahren endlich wieder an der letzten Ruhestätte seiner Mutter zu stehen. Ihr bestrickend schönes, in Stein gehauenes Abbild auf dem Sarkophag anzusehen, das er als Junge aus seiner Erinnerung verbannt hatte, weil er es nicht verkraften konnte, für ihren Tod verantwortlich zu sein.

»Das Heidekraut, Jamie.« Aveline berührte ihn am Arm. »Du hast es fallen lassen.«

Er hatte es nicht einmal gemerkt.

Die zarten Zweige mit den winzigen roten und weißen Blüten lagen auf dem Steinboden verstreut.

Jamie kniete sich hin, um sie einzusammeln, und sein Ärger darüber, den Strauß fallen gelassen zu haben, verwandelte sich in Bestürzung, als er sah, in welch schlechtem Zustand der Boden unter dem Grabmal seiner Mutter war.

Die gesprungenen und unebenen Steinplatten mussten unbedingt erneuert werden. Einige der Steine waren losgebrochen, und die fehlenden Stücke hatten dunkle Löcher im Boden hinterlassen.

Der Boden war in einem unannehmbaren und zudem gefährlichen Zustand, insbesondere, wenn er daran dachte, dass Aveline während ihres letzten Besuchs in der Kapelle auf dem nassen Boden ausgeglitten war.

»Nein, bleib dort stehen«, sagte er, als sie sich neben ihm hinknien wollte. »Ich habe die Blumen«, fügte er hinzu, als er nach den letzten Zweigen griff und sich erhob. »Wir werden sie auf das Grab legen und gehen.«

Er sah Aveline aus schmalen Augen an und sagte dann in einem Ton, der keinen Widerspruch erlaubte: »Und du wirst die Kapelle erst wieder betreten, wenn der Boden erneuert worden ist.«

»Dann komm«, fügte sie sich, ergriff seine Hand und führte ihn zum Grab. »Sie ist wunderschön, nicht wahr?«

»Ja, das ist sie«, stimmte Jamie zu, als er auf das in Marmor gemeißelte Gesicht seiner Mutter herunterblickte und dabei die Frau vor sich sah, die ihm erschienen war.

Er dachte an ihr sanftes, liebevolles Lächeln und wusste, dass es ihn von jetzt an immer wärmen würde.

»Du bist auch schön«, sagte er mit einem Blick auf seine Braut, als er das Heidekraut auf den Sarkophag legte. »Und ich weiß, dass meine Mutter uns ihren Segen zu unserer Heirat geben würde«, fügte er hinzu, denn er war davon überzeugt, dass sie das soeben getan hatte.

Aveline sah im goldenen Schein der flackernden Kerzenflammen so allerliebst aus, dass Jamie jetzt ganz andere, kühnere Gedanken kamen. Besonders, als ihre Lippen sich zu einem leisen Lächeln verzogen und sie unter gesenkten Wimpern zu den schmalen, hohen Fenstern der Kapelle hinüberblickte.

»Der Mond steigt immer höher«, sagte sie. »Und es sieht so aus, als hätte es aufgehört zu regnen. Wenn wir jetzt gehen, bleibt uns vielleicht noch ein bisschen Zeit, uns am Brunnen der heiligen Brigida zu erfrischen, bevor wir uns auf den Heimweg machen.«

Jamie sog scharf den Atem ein, als er sich Aveline vorstellte, die nackt in dem Brunnen badete. Ein jähes, heftiges Verlangen erwachte in ihm.

Er streckte die Hand aus und berührte ihre Wange. »Wir schauen nur kurz bei Hughie Mac vorbei, und danach werden wir zu dem Brunnen gehen«, versprach er ihr und strich mit dem Daumen über ihre volle, weiche Unterlippe.

Aber dann ließ er die Hand schnell wieder sinken, denn die Versuchung, seine entzückende junge Braut an sich zu ziehen und sie zu küssen, war fast zu verlockend, um ihr zu widerstehen. Und es wäre unziemlich gewesen, ihr an diesem Ort nachzugeben.

»Ja, wir werden auch dem Brunnen einen Besuch abstatten«, bekräftigte er noch einmal und griff nach Avelines Hand. »Aber lass dich warnen«, setzte er hinzu, als sie in die kalte, mondhelle Nacht hinaustraten. »Unsere Urahnen, denen solche Orte heilig waren, waren nicht so fromm wie Maelrhuba und andere Heilige. Diesen Brunnen aufzusuchen könnte mich also durchaus zu ... gewissen Dingen inspirieren.«

»Das würde mich freuen«, erwiderte Aveline lächelnd, als er sie in den Sattel hob.

Als sie kurze Zeit später vor Hughie Macs Tür anhielten, hatte der Regen tatsächlich aufgehört, und eine Hand voll glitzernder Sterne ließ sich hinter den dünnen Wolkenfetzen sehen. Über dem Gras und den Ginsterbüschen, die den dunklen Kiefernwald säumten, in dem Hughies Kate stand, lagen noch immer Nebelschwaden.

Das kleine Haus mit den dicken, weiß getünchten Mauern und dem Strohdach, das Hughies bescheidenes Zuhause war, hätte eigentlich so freundlich und einladend wie immer wirken sollen, aber seltsamerweise erweckte es den Anschein, als wäre es verlassen.

Und das trotz der dünnen blauen Rauchsäule, die aus dem Schornstein aufstieg – und trotz des gelben Lichtscheins, den Aveline und Jamie gesehen zu haben glaubten, als sie sich dem Haus genähert hatten.

Es war das Licht einer Kerze gewesen, das jemand entweder schnell gelöscht oder mit Absicht hinter geschlossenen Fensterläden versteckt hatte.

Jamie spürte ein Kribbeln in seinem Nacken, als er aus dem Sattel stieg. Er war sicher, Licht in Hughies Fenstern gesehen zu haben, und ein kurzer Blick auf seine Braut bestätigte ihm, dass auch sie es wahrgenommen hatte.

»Könnte es sein, dass er keine Besucher sehen will?«, fragte sie.

»Hughie?« Jamie zog die Augenbrauen hoch und machte Aveline ein Zeichen, zu bleiben, wo sie war. »Seine Tür steht immer offen«, sagte er, und ein ungutes Gefühl breitete sich in seinem Magen aus, als er den Blick über die regennassen Bäume und die tiefen Schatten zwischen ihnen gleiten ließ.

Irgendetwas stimmte hier nicht.

Hughie Mac würde niemals einen Gast abweisen. Das war einfach nicht die Art eines Highlanders, und Hughie war ein gestandenerer Highlander als so manch anderer. Der alte Mann *liebte* diese Berge, und jeder wusste, dass er für sein geliebtes Heimattal lebte und atmete. Für dieses kleine Stück Land aus Fels und Heide, das er zeit seines Lebens nicht verlassen und wonach er auch nie den Wunsch verspürt hatte.

Jamie runzelte die Stirn. Irgendetwas stimmte hier nicht.

Sein Herz begann zu rasen, als er das dunkle Haus anstarrte. Hughie ließ seine Fensterläden immer weit geöffnet, um einen Besucher schon von Weitem zu bemerken. Damit er rechtzeitig wusste, wann er noch einen Brocken Torf ins Feuer legen und die selbst gemachten Haferplätzchen, den Käse und einen Krug mit kühlem Bier bereitstellen musste. Und natürlich auch seinen größten Stolz – den schon etwas verbeulten Zinnbecher, eine Kostbarkeit, die er ausschließlich für Gäste aufhob.

Aber jetzt waren die Fensterläden fest geschlossen.

Und irgendwie wusste Jamie, dass auch die Tür der Kate verriegelt sein würde.

Aber er wollte es wenigstens versuchen.

»Hughie!«, rief er und hämmerte mit der Faust an die verschlossene Tür. »Ich bin's, Jamie – ich wollte dich besuchen!«

Doch nur Schweigen antwortete ihm.

Schweigen und eine dunkle Leere, das Seufzen des Nachtwindes und das verdrossene Blöken der Schafe, die Hughie hinter der Kate hielt.

Eine Gänsehaut kroch über Jamies Arme und Beine. Er hätte schwören können, dass er Augen spürte, die ihn beobachteten. *Verborgene Augen*. Und es waren nicht die von Hughie Mac.

Eine quälende Unentschlossenheit beherrschte Jamie, als er auf das Häuschen starrte. Einen Moment lang erwog er, einfach die Tür einzutreten, was kein leichtes Unterfangen, aber auch kein unmögliches Unterfangen wäre.

Nicht für einen Mann von seiner Kraft und Größe.

Aber Hughie Mac war alles andere als ein Narr, und wenn er heute Abend nicht gestört werden wollte, dann musste er seine Gründe dafür haben.

Trotzdem konnte Jamie nicht umhin, seinen Fuß zu heben und zu einem Tritt auszuholen – bis Avelines leise Stimme ihn innehalten ließen.

»Er könnte eine Frau bei sich haben.«

Jamie drehte sich so abrupt zu ihr um, dass er fast über eine Baumwurzel gestolpert wäre.

Aveline stand im Mondschein vor ihm, und ihr gelassener Gesichtsausdruck verriet ihm deutlicher als Worte, dass sie völlig ernst meinte, was sie gesagt hatte.

»Hughie ist älter als mein Vater!«, stieß Jamie verblüfft hervor. »Er ...«

»Er hat schon immer seine kleinen Techtelmechtel gehabt«, klärte Aveline ihn auf, während sie an ihm vorbei zum Fenster sah. »Selbst in den letzten Jahren noch. So etwas kann man geheim gehalten. Die Menschen hier haben scharfe Ohren, und interessante Neuigkeiten verbreiten sich wie ein Lauffeuer.«

Aber Jamie konnte es immer noch nicht glauben.

Irritiert rieb er sich das Kinn und blickte finster in die immer weiter vorrückende Dunkelheit. Auch wenn Aveline sich ihrer Sache ganz sicher zu sein schien, so konnte er spüren, wie sich seine Brauen furchten.

»Ich selbst habe schon Frauenlachen hinter diesen geschlossenen Fensterläden gehört«, beharrte sie. »Und ich weiß von zwei Wäscherinnen aus Fairmaiden und einem unverheirateten Mädchen aus dem nächsten Tal, die ganz unverhohlen zugeben, dass sie Hughies Charme erlegen sind.«

Sie stellte sich auf die Zehenspitzen, um Jamie einen Kuss zu geben. »Mehr als einmal, sagte man mir, und nur allzu gern.«

»Nun ja ...« Mehr sagte Jamie nicht dazu, obwohl er Mühe hatte, ihr zu glauben.

»Dann komm«, sagte sie mit einem verführerischen Lächeln und berührte ihn wie zufällig an seiner empfindsamsten Körperstelle. »Du kannst morgen nach Hughie sehen, falls du dir dann noch immer Sorgen machst. Lass uns zum Brunnen der heiligen Brigida reiten, bevor die Nacht noch kälter wird.«

Und damit wandte sie sich auch schon ab und ging zu ihren Pferden, wobei die Art, wie sie sich in den Hüften wiegte, keinen Zweifel daran ließ, warum sie an dem heidnischen Heiligtum anhalten wollte.

Als Jamie ihr folgen wollte, stolperte er erneut über die Baumwurzel und ruderte wie wild mit den Armen, um einen Sturz abzufangen und nicht kopfüber ins Gras zu fallen.

In das nasse Gras, das hier, wo Hughies Schafe es nicht kurz gehalten hatten, fast kniehoch wuchs.

Als Jamie sich genauer umsah, wurde ihm plötzlich klar, dass ihn unmöglich eine Baumwurzel zum Stolpern gebracht haben konnte.

Die nächststehenden Bäume waren die hohen Kiefern am steil abfallenden Hang zur Linken von Hughies Kate und das kleine Wäldchen aus Birken und Erlen an einem schmalen Bach ein gutes Stück zur Rechten.

Andere Bäume gab es nicht.

Jamies ungutes Gefühl kehrte schlagartig zurück, als er die vermeintliche *Wurzel* suchte, über die er gestolpert war. Das Rätsel löste sich schnell, als er, halb verborgen im Gras, Hughies Spazierstock liegen sah.

Dieser Fund warf zugleich die nächste Frage auf, da der alte Mann ohne die Hilfe seines Stockes kaum in der Lage war, zu gehen.

Jamie bückte sich nach dem Stock und atmete erleichtert auf, als er sah, dass es nicht der Gehstock war, den Hughie immer benutzte, sondern ein ganz neuer.

Ein schöner Stock aus Haselnussholz, den Hughie ganz offensichtlich selbst geschnitzt und dann wohl versehentlich im Gras hatte liegen lassen.

Jamie fragte sich, ob seine Vermutung wohl richtig war, als er den Stock zur Kate trug und ihn an die Tür lehnte.

Erst eine ganze Weile später, als er und Aveline auf die mondbeschienene Lichtung beim Brunnen der heiligen Brigida zuritten, wurde ihm bewusst, warum der Stock ihn so sehr irritiert hatte.

Es war nicht der Stock gewesen.

Etwas anderes hatte ihn irritiert.

Es war ein schöner Spazierstock gewesen, kunstvoll geschnitzt und angenehm glatt in der Hand.

Jeder wusste, dass Hughie sich von Zeit zu Zeit einen neuen Stock anfertigte. Aber der Stock, den er gefunden hatte, konnte nicht Hughie gehören.

Denn Hughie reichte Jamie gerade mal bis zur Schulter, und außerdem ging er stark gebeugt.

Der Stock aus Haselnussholz, den Jamie an Hughies Tür gelehnt hatte, musste jedoch für einen viel größeren Mann bestimmt sein.

Für jemanden, der ungefähr so groß wie Jamie war.

14. Kapitel

Jamie vergaß jeden Gedanken an Hughies neuen Stock, als er und Aveline aus dem Schutz des Waldes auf die mondbeschienene Lichtung ritten, auf er sich der Brunnen der heiligen Brigida befand.

Nachdem sie abgesessen waren, gingen sie langsam auf die altehrwürdige keltische Kultstätte zu. Sie bestand aus einer Ansammlung glatter, von Flechten überwachsener Felsen und einer Altarplatte, die das Alter hatte verwittern lassen. Die kunstvollen Darstellungen schlangenähnlicher Kreaturen und schneckenförmiger Ornamente waren jedoch noch immer zu erkennen. Ähnliche Verzierungen schmückten auch das kleine steinerne Becken, in dem sich das klare Wasser einer Quelle sammelte, bevor es wieder in den verborgenen Tiefen der heiligen Erde verschwand.

Dunkler, schwerer Erde, die von längst vergessenen Erinnerungen gesättigt war.

Von schmerzlichen Erinnerungen, die auf Jamie einstürmten, als er den Geruch der alten Kultstätte einatmete. Dieser magische Ort berührte wie kein anderer die Seele. Dieses Zusammenspiel aus nassem Stein, schwarzem Torf, klarem Wasser und üppigem, von glitzernden Regentropfen übersätem Gras.

Wenn Jamie tief einatmete, glaubte er zu spüren, wie die Jahre von ihm abfielen und er wieder ein junger Bursche wurde.

Ein leichtgläubiger, verletzlicher Knabe mit großen, unschuldigen Kinderaugen.

Aber er war jetzt ein erwachsener Mann. Jamie straffte die

Schultern und zog sein Plaid vor der Brust zusammen, um sich gegen den kalten Nachtwind zu schützen. Auch wenn das nicht viel nützte, weil gewisse Mächte nicht verleugnet werden konnten. Besonders jene, die älter waren als die Zeit. Außerdem hatte die große Zahl von Weihgaben sein Interesse geweckt, und er ging näher, sie sich anzusehen.

Die Weihgeschenke, die meisten von ihnen waren aus Metall, glitzerten im Mondlicht, und jedes einzelne zeugte von der Fürbitte oder dem größten Wunsch einer hoffnungsvollen Seele. Es war ein Sammelsurium von Anstecknadeln, kunstvoll geschnitzten Holzfiguren und Münzen, selbst bunte Fäden und kleine, polierte Steine fehlten nicht. Überall, auch in den kleinsten Nischen und auf den schmalsten Felsvorsprüngen, fanden sich diese Gaben.

Andere wiederum, insbesondere Geldstücke, waren in die Borke einer in der Nähe stehenden Stechpalme hineingedrückt worden.

Auch die alte römische Münze, die Jamie vor vielen Jahren in die Rinde gesteckt hatte, befand sich darunter.

Er strich sich nervös durch das Haar und erinnerte sich so an jenen Tag so genau, als wäre seither nicht einmal eine Stunde verstrichen. Ein Freund seines Vaters hatte ihm die Münze geschenkt, als er noch ein junger Bursche gewesen war, und gleich am nächsten Morgen hatte er sich ungesehen aus der Burg geschlichen und war den ganzen Weg bis zu der Lichtung gerannt. Dort hatte er sich am Brunnen niedergekniet und die heilige Brigida um die Liebe und Anerkennung seines Vaters gebeten.

Als er die kostbare alte Münze tief in die aus den Felsen herauswachsende Stechpalme gesteckt hatte, war er davon überzeugt gewesen, dass sein Vater ihn von nun an mit Wohlwollen betrachten würde.

Was er aber natürlich nicht getan hatte.

Nicht lange danach hatte Munro ihn mit den Worten vor die Tür gesetzt, er solle in die Heide zurückkehren, von der er seinen Namen hatte.

Deshalb war Jamie gegangen.

Deshalb hatte er Freunde, Verwandte und das einzige Heim verlassen, das er je gekannt hatte, und sich auf den Weg nach Süden gemacht. Irgendwann hatte er dann auf Eilean Creag Castle angeklopft und das große Glück gehabt, schon kurz darauf als Knappe in die Dienste Duncan MacKenzies, des Schwarzen Hirschen von Kintail, aufgenommen zu werden.

Jamie runzelte die Stirn, als er spürte, wie sehr ihn die Altehrwürdigkeit des Ortes anrührte.

»Ich bin seit Jahren nicht mehr hier gewesen«, sagte er schließlich, und die im Mondschein funkelten Weihgaben waren ebenso vergessen wie die alten Erinnerungen, als Aveline begann, ihr Haar zu entflechten.

Dieses vielversprechende Zeichen ließ Jamies Herz gleich schneller schlagen.

Er trat ein wenig näher, weil er ihr gern geholfen hätte. Aber es war auch schön, sie einfach nur zu betrachten. Vor allem jetzt, als sie mit den Fingern durch ihr blondes Haar strich, das ihr in seidig glänzenden, sanften Wellen bis zu den Hüften fiel.

»Wann *ich* das letzte Mal hier war, weißt du ja.« Sie sah ihn unter halb gesenkten Wimpern an und lächelte. »Ich habe dich durch diese Bäume dort gesehen«, fügte sie hinzu und zeigte auf die Stelle am Waldrand, an der er damals auf seinem Pferd gesessen und sie beobachtet hatte.

Ganz und gar betört und wie berauscht von ihrem Anblick hatte er sie angestarrt und geglaubt, eine Feenprinzessin zu sehen, die auf den Mondstrahlen durch das Tal schwebte.

Jetzt neigte sie den Kopf ein wenig und ließ ihren Blick über ihn gleiten. »Damals dachte ich, dass ich nie einen imposanter aussehenden Mann gesehen hatte.«

»Und jetzt?«

»Jetzt weiß ich, dass du das auch bist.«

»Imposant?« Jamie fand sich ganz und gar nicht *imposant*, aber dass sie es dachte, freute ihn.

»Mehr als imposant.« Ihre schönen, wie in Gold getauchten Wimpern senkten sich wieder, und ihr Blick richtete sich auf die Stelle seines Körpers, an der es Jamie am stärksten aus der Fassung brachte. »Du bist wirklich ein sehr beeindruckender Mann«, sagte sie, und der Ausdruck, der dabei in ihre Augen trat, durchflutete ihn mit einer Hitze, die ihn fast zu versengen drohte.

Und ihn seiner Fähigkeit beraubte, auch nur ein einziges vernünftiges Wort zu äußern.

Wieder neigte sie den Kopf zur Seite, und das Mondlicht tanzte silbern über ihre weichen Locken, die sie wie ein seidener Schleier umhüllten. »Ja, ein sehr beeindruckender Mann – und das überall.«

Jamie sog scharf den Atem ein, als Avelines Blick wieder zu der gewissen Stelle zwischen seinen Schenkeln glitt und er die Lust wie eine heiße Welle in sich aufsteigen fühlte.

Trotz des kalten Windes und der feuchten, dunstigen Nachtluft durchlief es ihn so heiß, dass sich sogar das nasse Gras unter den Sohlen seiner Stiefel warm anfühlte.

Für einen Moment schloss er die Augen und atmete tief ein, weil ihm beinahe schwindlig wurde von der ungestümen Leidenschaft, die ihn erfasste. Von der Heftigkeit seines Begehrens und dem seltsamen Gefühl, dass sich die Erde und die Luft um ihn plötzlich veränderten und der Boden unter seinen Füßen, das Gras und die Bäume, ja, selbst die Sterne am Himmel im gleichen Rhythmus mit dem wilden Pochen seines Blutes zu vibrieren schienen.

Er öffnete den Mund, um Aveline zu sagen, dass er sich vor Verlangen nach ihr verzehrte und es kaum erwarten konnte, sie und sich von ihren Kleidern zu befreien, um sie nackt, wie Gott sie geschaffen hatte, zu lieben, bis die Welt aufhörte, sich zu drehen und die Sterne am Himmel über ihnen erloschen.

Oder etwas viel Romantischeres, wie es sein Bruder Hamish in einer solchen Situation vielleicht gesagt hätte. Dass sie das Licht seines Lebens war, die Frau, ohne die er nicht mehr sein wollte. Dass er sie bis ans Ende aller Tage lieben und selbst mit seinem letzten Atemzug noch ihren Namen rufen würde.

Aber er brachte die Worte nicht über die Lippen, weil er wie gelähmt von dem eigenartigen Knistern und Summen war, das die Luft erfüllte. Von diesem leisen, schwachen Wispern, das aus der Erde aufzusteigen schien.

Aveline allerdings schien nichts davon zu merken.

Oder spürte sie es auch und schenkte dem vielleicht nur keine Beachtung? Sie hatte sich abgewandt und begonnen, ihre Satteltasche zu öffnen, aus der sie dann ein zusammengefaltetes Plaid zog.

»Ja, du bist ein schöner Mann«, stellte sie lächelnd fest, als sie das Plaid ausschüttelte. »Aber schön oder nicht, du hast den ganzen Tag fast nichts gegessen. Ich konnte deinen Magen knurren hören, als wir in der Kapelle und bei Hughie Mac waren.«

Sie ging zu einem besonders hübschen Fleckchen Gras in der Nähe des Brunnens und warf Jamie über die Schulter einen koketten, einladenden Blick zu. »Aber nun werden wir etwas gegen deinen Hunger tun.«

Jamie verschluckte sich beinahe.

Sie hatte recht. Er hatte bisher kaum etwas gegessen, aber es waren nicht Brot noch Bier, wonach es ihn jetzt verlangte.

Ganz und gar nicht.

Das Einzige, wonach er hungerte, war, seine schöne Braut an sich zu ziehen, seinen Mund auf die empfindsame Haut unter ihrem Ohrläppchen zu pressen und durch den seidigen Vorhang ihres Haars mit seinen Lippen ihren schlanken Nacken zu liebkosen.

Mit Händen, Mund und Zunge unendlich liebevoll und zärtlich jeden Zentimeter ihres wundervollen Körpers zu erkunden, ihre im Mondschein wie Silber schimmernde Haut zu kosten, bis er sich in den dunkleren geheimeren Regionen ihrer Weiblichkeit verlor.

Ja, besonders diese *geheimeren Regionen* lockten ihn. Mit einem unterdrückten Aufstöhnen bückte er sich, um die Falten seines Plaids zu ordnen.

Aveline, die von seinen Nöten nichts zu merken schien, strahlte ihn mit einem übermütigen, verheißungsvollen Lächeln an.

»Ich habe uns etwas zu essen mitgebracht«, erklärte sie, als sie das Plaid auf dem feuchten Gras ausbreitete. »Ein wahres Festessen, um dich für den harten langen Ritt zurück nach Baldreagan zu stärken.«

Jamies Augenbrauen fuhren in die Höhe, als ein jähes, ganz und gar ursprüngliches Begehren ihn durchzuckte, das so heftig war, dass er unbewusst die Fäuste ballte und nach Atem rang. Gott, aber er konnte wirklich fast nicht mehr atmen, so stark war das überwältigende Verlangen, Aveline zu nehmen, ihre Röcke hochzuschieben und seinen Mund von ihrer süße Weiblichkeit kosten zu lassen, bis sein grenzenloses Verlangen nach ihr gestillt und er befriedigt und ermattet auf die Knie fallen würde.

Sein ganzer Körper war so hart und angespannt, dass er sich nicht einmal zu bewegen wagte, als er Aveline ansah. Ihre Worte machten ihn noch ganz verrückt.

Ein harter langer Ritt …

Mit schmalen Augen betrachtete Jamie seine Braut und begann sich vorzustellen, wie seine Zunge ihr heißes, süßes Geschlecht berührte. Wie ihr femininer, leicht moschusartiger Duft seine Sinne erfüllen würde, bis jeder Atemzug ihn mehr berauschte als der stärkste Wein.

Allein der Gedanke daran ließ ihn fast die Kontrolle über sich verlieren.

Aber weil er nicht zu den Schwächlingen gehören wollte, die ihre Lust nicht beherrschen konnten, nahm Jamie sich zusammen und beschränkte sich darauf, seine schöne Braut im Mondschein zu betrachten. Doch wenn er sich dann vorstellte, wie ihr nackter Körper in diesem weichen, silbrigen Licht aussehen würde, wie er sich weich und warm an seinen schmiegen würde, brachte dies sein Blut erneut in Wallung.

Jamie lächelte.

Ein wollüstiges Lächeln, wie ihm sehr wohl bewusst war, aber das kümmerte ihn jetzt nicht. Denn er *war* wollüstig. Denn ihn verzehrte eine glutvolle Leidenschaft, von der er nicht sagen konnte, dass er sie jemals würde stillen können. Und ob er das je wollte.

Er wusste nur, dass er Aveline besitzen musste, immer und immer wieder. Auf dieser Lichtung, neben diesem Brunnen im hellen Schein des Mondes.

Im breiten, mit weichen Fellen bedeckten Bett, wenn sie wieder auf Baldreagan waren. Oder auf der Wendeltreppe auf dem Weg in Kendricks Zimmer. Aber nicht auf einem der Treppenabsätze, sondern auf den schmalen, gewundenen Stufen, über die der kühle Wind strich, der durch die schmalen Fensteröffnungen wehte, der ihre erhitzten Körper kühlen würde. Und nur die flackernden Fackeln an der Wand würden die einzigen Zeugen ihres Liebesspiels sein.

Ja, er brauchte Aveline.

Sie war wieder zu den Pferden gegangen und mühte sich mit einem Weidenkorb ab, den sie hinten an ihrem Sattel gebunden hatte.

»Unser Essen«, erklärte sie, als sie mit dem Korb in der Hand zurückkam und sich auf der Decke niederließ. Mit einem triumphierenden Lächeln öffnete sie den Deckel des Korbes und zeigte Jamie die darin enthaltenen Schätze.

Wobei Aveline nicht umhin konnte, sich zu fragen, ob Jamie wohl erriet, dass *er* der größte Schatz für sie war.

Ein Schatz, von dem sie sich niemals hätte träumen lassen, dass er einmal ihr gehören würde.

»Ich habe eine Flasche vom besten Wein deines Vaters – aus Frankreich«, berichtete sie stolz und hoffte, dass Jamie sich darüber freute. »Um auf unsere erste Begegnung zu trinken«, fügte sie hinzu und schaute dabei zur gegenüberliegenden Seite des kleinen Tals hinüber.

Zu der Stelle, an der Jamie sein Herz an sie verloren hatte.

Aveline schluckte, als eine wundervolle Wärme sie bei dem Gedanken durchflutete.

»Ich werde nie wieder an jener Stelle dort drüben oder an dieser Lichtung vorbeigehen können, ohne mich daran zu erinnern«, sagte sie, während sie weitere Leckereien aus dem Korb zutage förderte. Einen Laib Käse, zwei kalte Fleischpasteten, frisch gebackenes Fladenbrot, einen kleinen Tiegel mit Butter und einen weiteren mit Blaubeermarmelade, kandierte Mandeln und Honigkuchen.

Nachdem sie alles auf dem Plaid angerichtet hatte, sah sie Jamie an und wusste dabei, dass er ihr ihre so sorgsam unter Kontrolle gehaltenen Gefühle nur allzu deutlich vom Gesicht ablesen konnte.

Sie errötete und zeigte auf die Köstlichkeiten. »Ein wahres Festessen, nicht wahr?«

»O ja, ein wahrhaft königliches Mahl«, stimmte er ihr zu und ließ sich neben ihr nieder – und begann, all die Köstlichkeiten zurück in den Korb zu legen.

Aveline blinzelte, als ihr auffiel, dass sein Lächeln mit jeder Speise, die er wegräumte, immer mutwilliger und *frivoler* wurde.

So frivol, dass er schon fast so aussah, als hätte er sogar dem Herzensbrecher Kendrick noch das eine oder andere über amouröse Abenteuer beibringen können.

»Was tust du da?«, fragte sie, obwohl ihr natürlich schon ein Verdacht gekommen war.

Ein äußerst anregender, wenn sie ehrlich war.

Aber Jamie musste doch schon halb verhungert sein. Und sie hatte sich die Mühe gemacht, Baldreagans Köchin all seine Lieblingsspeisen abzuschwatzen.

Avelines Verdacht verstärkte sich, als Jamie, ohne mit der Wimper zu zucken, auch die kleinen Honigkuchen in den Korb zurücklegte.

Und das, obwohl er Honigkuchen über alles liebte, wie die Köchin ihr geschworen hatte.

Die kandierten Mandeln verschwanden genauso schnell, und dann sprang Jamie auf und begann ungeduldig an seinem Schwertgürtel zu zerren. Dabei sah er Aveline mit einem

Blick an, der ihr Innerstes in Flammen setzte und ein warmes Prickeln zwischen ihren Schenkeln weckte.

Ein Prickeln, gegen das sie nichts einzuwenden hatte.

Ebenso wenig wie gegen die Hitze, die sie erfüllte und zu verzehren drohte, und die so herrlich war, dass Aveline vor leidenschaftlicher Begierde der Atem stockte.

O nein, sie störten sie überhaupt nicht, diese wunderbaren Empfindungen, die Jamie in ihr weckte.

Schließlich hatte sie selbst geplant, ihn hier auf dieser Lichtung zu verführen.

Nur aus diesem Grund hatte sie ihn dazu überredet, beim Brunnen haltzumachen.

Allerdings hatte sie sich diese Verführung etwas anders ausgemalt – langsamer, abwartender. Ein romantisches Essen bei Kerzenschein unter freiem Himmel, lange, glutvolle Blicke und zärtlich geflüsterte Liebesworte, während sie Wein tranken und sich mit Honigkuchen fütterten.

Eine sanfte Werbung.

Sie wusste schließlich, was für sanfte und geschickte Hände Jamie hatte.

Aber es war so gar nichts Sanftes an der Art, wie diese Hände jetzt an dem Verschluss des Waffengurtes zerrten.

»Bist du nicht hungrig?« Aveline blickte zweifelnd auf den Weidenkorb. »Möchtest du nichts essen?«

»Und ob ich hungrig bin«, entgegnete Jamie, während er seinen Gürtel fallen ließ und sich seiner Stiefel entledigte. »Und du kannst dir sicher sein, dass ich meinen Hunger auch stillen werde.«

Aveline befeuchtete sich nervös die Lippen. Alles, was ihre Schwester Maili ihr über die Art und Weise erzählt hatte, wie ihr Ehemann sie manchmal liebte, schoss ihr plötzlich in allen Einzelheiten durch den Kopf.

Aber sie hatte immer noch Mühe, sich so etwas … Unerhörtes vorzustellen. Obwohl sie es sehr unmissverständlich dargestellt auf Kendricks Fensterläden gesehen hatte.

Ihr Herz begann zu rasen. Der bloße Gedanke, dass Jamie so etwas mit ihr tun könnte, erregte sie. Ihre Brustspitzen richteten sich erwartungsvoll auf, und sie musste sich sehr zusammennehmen, um Jamie nicht zu sich herabzuziehen und ihn zu bitten, ihr diesen erotischen Wunsch zu erfüllen. Dieses Bild, das ihr keine Ruhe mehr ließ, seit er sie zum ersten Mal geküsst und sie sich gefragt hatte, wie es sich wohl anfühlen würde, *dort* von seinen Lippen berührt zu werden.

Und falls Maili die Wahrheit gesagt hatte, vielleicht sogar von seiner Zunge!

Ein wohliges Erschauern durchlief sie bei diesem köstlichen Gedanken, doch bevor sie Jamie dazu ermutigen konnte, es zu tun, hörte er auf, sie auf solch frivole Weise anzulächeln und runzelte stattdessen die Stirn.

»Dir ist kalt«, sagte er, da er ihr Frösteln offensichtlich missverstand.

»Nein, überhaupt nicht«, beteuerte sie lächelnd und versuchte, sich den Anschein zu geben, die nächtliche Kälte nicht einmal zu spüren.

Aber er sah ganz und gar nicht überzeugt aus, als er sich neben sie setzte, einen Arm um sie legte und sie an sich zog. »Ich will nicht, dass du frierst«, sagte er und streichelte ihr Haar. »Wir können auch nach Baldreagan weiterreiten und gleich nach unserer Ankunft in Kendricks Zimmer hinaufgehen. Obwohl ich …«

Er verstummte und blickte zum Brunnen hinüber, dessen Steine weißlich schimmerten, und sich deutlich vor dem schwarzen Kiefernwald abzeichneten, der sich so dunkel und finster vor ihnen erhob.

Selbst die etwas schräg liegende, uralte heidnische Altarplatte, die zersprungen und halb mit Moos bedeckt war, schimmerte weißlich im Schein des Mondes.

»Obwohl du …?« fragte Aveline und folgte seinem Blick, wobei auch sie für einen flüchtigen Moment aussah, als könne sie nicht nur die Steine und den Brunnen, sondern auch die weit zurückliegende Vergangenheit sehen.

Eine längst vergangene Zeit, in der die alten keltischen Götter dieses Tal ihr eigen genannt hatten.

Jamie machte dieser Gedanke eine Gänsehaut, und die Härchen an seinem Nacken richteten sich auf. Er hob die Hand und rieb sich den Nacken, während sein Blick die dunkle Linie der Bäume absuchte, von denen sie umgeben waren.

Bäume, die er sich sehr gut in Druidennebel eingehüllt vorstellen konnte – oder als stumme Zeugen der geheimnisvollen Riten der Menschen der Antike.

Genau genommen hatte er den Eindruck, dass sie noch immer über diesen Ort herrschten.

Dass sie sich nur für einige Stunden zurückgezogen hatten und bald zurückkehren würden, ihre leisen Stimmen übertönt von der Musik des Windes und ihre schemenhafte, allgegenwärtige Präsenz verborgen in dem weichen blauen Dunst, der immer über diesen Bergen lag.

»Obwohl du lieber bleiben würdest?« Aveline sah Jamie aufmerksam an, und es schien, als spürte sie das Gleiche wie er.

»Nun ja, es stimmt schon, dass ich bleiben wollte … ein Weilchen jedenfalls«, gab Jamie zu und streckte die Hand aus, um Aveline über das Haar zu streichen. »Aber ich möchte nicht riskieren, dass du dir eine Erkältung holst. Denn weißt du, ich …« Wieder brach er ab und schüttelte den Kopf, wie um sich von seinen unsinnigen Gedanken zu befreien.

Doch egal, wie oft er den Kopf schüttelte oder zu leugnen suchte, was er dachte, das feuchte Gras unter dem Plaid fühlte sich immer noch wärmer an, als es eigentlich sein dürfte, und er hätte sein Essen für ein ganzes Jahr darauf verwettet, dass er ein deutlich wahrnehmbares Vibrieren im Boden unter ihnen spüren konnte.

Jamie runzelte die Stirn.

Seine Fee dagegen lächelte.

»Es ist nur so«, sprach er weiter, obwohl er es gar nicht gewollt hatte, »dass ich hier etwas ausgesprochen Merkwürdiges spüre. Eine Wärme und ein Vibrieren im Boden, das doch gar nicht sein kann. Aber es ist da. Ich hatte gehofft, dass es, was immer es auch ist, dich wärmen und uns die Kälte der Nacht nicht spüren lassen würde, wenn wir ...« Wieder hielt er inne und stieß einen frustrierten Seufzer aus. »Aber dann sah ich dich frösteln ...«

»Das war nur, weil auch ich das alles will«, sagte sie und lehnte sich an seine Schulter. »Und ich spüre diese Wärme genau wie du. Für einen Highlander ist es ganz natürlich, dass er sie bemerkt.«

Sie richtete sich auf und schaute hinüber zum Brunnen. »Das ist der Segen der heiligen Brigida. Ihrer und der der Sonne.«

»Der Sonne?«, fragte Jamie und zog die Augenbrauen hoch.

Aveline nickte, und Jamie begann sich, wenn auch nur sehr undeutlich, an etwas zu erinnern. An eine dieser alten Geschichten, die abends am Kamin erzählt wurden und die er als Junge von Hughie Mac oder vielleicht sogar von Morag gehört haben mochte.

»Du hast die Legende gehört, sie dann aber offenbar wieder vergessen«, sagte Aveline. »Soll ich sie dir noch einmal erzählen?«

Jamie zuckte die Schultern, denn obschon er durchaus interessiert war, wollte er nicht zu übereifrig erscheinen, etwas zu erfahren, was seiner Meinung nach nur unsinniges Geschwätz sein konnte.

Aveline, die anscheinend ganz anders darüber dachte, nickte ernst und begann zu erzählen. »Vor langer, langer Zeit, ja, manche würden sogar sagen, vor undenklichen Zeiten, glaubten die Menschen, die Sonne verschwände nachts unter dem Wasser«, sagte sie, und ihre Stimme wurde noch leiser und sanfter, als sie sich an Jamie lehnte. »Sie dachten, die Sonne brauche ihre Ruhe, weißt du. Aber während die Sonne schlief, nahm das Wasser ihre Heilkraft, ihre Wärme und ihre Güte in sich auf.«

Jamie legte den Kopf zur Seite und sah sie aus schmalen Augen zweifelnd an. »Willst du damit sagen, dass die Sonne heute Abend in Brigidas Brunnen geschlüpft ist und jetzt in seinem Wasser schläft? Ich meine, jetzt in diesem Augenblick, in dem wir hier sitzen?«

Aveline lächelte und küsste ihn auf die Nasenspitze. »Ich sage nur, dass die Menschen der Antike das glaubten. Wären sie jetzt hier, dann würden sie dir sagen, dass es die Energie der Sonne ist, die wir in der Erde unter uns pochen spüren, und dass ihre Wärme dem Boden, auf dem wir sitzen, seine Kälte nimmt.«

»Weil wir so nahe am Brunnen sitzen? Dem Brunnen, in dem die Sonne jetzt gerade schläft?«

Wieder nickte Aveline.

Jamie gab sich die größte Mühe, nicht zu lachen.

»Und du glaubst, dass wir diese Wärme und das Vibrieren in der Erde spüren, weil Brigida uns ihren Segen gibt?«

»So ist es«, sagte sie, und ihre Augen leuchteten von einer Wärme, mit der sich nicht einmal tausend Sonnen messen konnten.

Ob sie nun schliefen oder nicht.

»Die heilige Brigida freut sich über unsere Verbindung und versucht, uns das zu zeigen.«

»Ach ja?«, fragte Jamie. »Und dabei bist du es doch, die ich heute Nacht erfreuen wollte.«

Sie strich mit der Hand über seinen Arm und verschränkte ihre Finger mit den seinen. »Bist du noch immer hungrig?«

Sogleich durchzuckte wieder ein schmerzhaftes Ziehen Jamies Lenden, und er konnte spüren, wie hart und heiß er wurde.

»O ja, ich bin wie ausgehungert«, gab er zu und verdrängte jeden Gedanken an die heilige Brigida und ihre schlafende Sonne aus seinem Bewusstsein. »Und ich glaube, du weißt sehr gut, wonach es mich verlangt.«

Avelines Lider flatterten, und eine jähe Röte stieg ihr in die Wangen, die bestätigte, dass sie es wusste. Und als Jamie sah, wie sie den Atem anhielt und ein erwartungsvoller Glanz in ihre Augen trat, wertete er das als unausgesprochene Aufforderung.

»Ja, ich glaube schon, dass ich das weiß«, antwortete sie und beseitigte damit auch seine letzten Zweifel.

Jamie grinste.

»Du wirst es nicht bereuen, meine Schöne.« Sanft nahm er ihr Gesicht zwischen seine Hände und presste seinen Mund zu einem tiefen, leidenschaftlichen Kuss auf ihren.

Sie erwiderte ihn mit gleicher Inbrunst, schlang Jamie die Arme um den Nacken und schmiegte sich so fest an ihn, dass er die harten kleinen Spitzen ihrer Brüste an seinem Oberkörper spüren konnte. Es war eine süße Qual, die sein Verlangen nach ihr noch größer machte.

Als er den Kuss beendete und sich zurücklehnte, um Aveline anzusehen, ging sein Atem schnell und hart, und er war sich sicher, dass sein ganzes Herz in seinen Augen stand und ihr verriet, wie sehr er sie begehrte.

Wie sehr er sie liebte.

Denn das tat er.

So sehr, dass er ohne zu zögern seine Seele dafür hingegeben hätte, sie in Sicherheit zu wissen, sie glücklich zu machen und sie jeden Morgen aufstehen zu sehen mit nichts anderem bekleidet als mit ihrem Lächeln. Ein Lächeln, das niemals von Sorgen getrübt werden sollte.

Jamie holte tief Luft, als das verlangende Pochen in seinen Lenden ihm bewusst machte, dass jetzt nicht die Zeit war, romantisch zu werden. Das hatte Zeit bis später, wenn er sein Verlangen gestillt hatte, ihre süße Weiblichkeit und wonnevolle Feuchtigkeit zu kosten. Und das so oft und immer wieder, dass Aveline ermattet bis zum nächsten Mittag schlafen würde. So viele Stunden, wie er vermutlich brauchen würde, um zu Hughie zurückzukehren und sich am Garbh Uisge gründlich umzusehen.

Aber vorher würde er sich an *ihr* satt sehen.

»Das meinte ich, als ich von den anderen Möglichkeiten sprach, einander zu erfreuen«, sagte er, als er ihr lächelnd in die Augen sah und ihr Rock hochschob. Er streichelte die zarte Haut an ihren Kniekehlen, ehe er die Hand langsam höher gleiten ließ. Als seine Finger die glatte, ein wenig feuchte Haut an den Innenseiten ihrer Schenkel berührten, sog er scharf den Atem ein.

»Oooh ... das ist schön«, flüsterte Aveline und ließ sich auf die Decke zurücksinken. In einer stummen Einladung bog sie sich ihm entgegen und spreizte die Beine. »Hör nicht auf, mich zu berühren.«

»Ich habe ja noch nicht einmal *begonnen*, das zu tun –

nicht so, wie ich es vorhabe.« Er blickte auf sie hinunter und zog einen Zipfel ihres Rocks herunter, um ihre Blöße zu bedecken.

Sie *war* nackt unter diesem schützenden kleinen Stück Stoff.

Ihr femininer Duft berauschte seine Sinne und begann ihn einzuhüllen, und er spürte die Hitze ihrer Erregung, als er vor ihr kniete und sie ansah.

O ja, Jamie war bewusst, dass Aveline Matheson nichts anderes als ihre süße Weiblichkeit unter ihren Röcken trug, aber er war noch nicht bereit für diesen verführerischen Anblick.

Denn er würde kommen, wenn er sie jetzt nackt sah. Oder sie mit seinem Mund berührte. Deshalb musste er ihre intimste Stelle noch bedeckt lassen. Deshalb kostete er einfach nur das Gefühl aus, ihre schlanken, seidenglatten Schenkel zu berühren, die sich bei jeder seiner Liebkosungen weiter spreizten.

Er wollte, dass sie sich ihm weit öffnete, wenn er sich zwischen ihre Beine kniete und ihre Schenkel mit heißen Küssen bedecke, wenn sein Mund hinaufglitt zu ihrer intimsten Stelle …

Zu ihrem süßen Schoß, der sich seinen Blicken offenbaren würde. Ein sanfter warmer Wind strich unvermutet über die Lichtung. Zart und lau wie eine Frühlingsbrise, doch stark genug, um das Stück des Rockes zu heben, das Avelines Scham bedeckte. Helles Mondlicht fiel auf das Dreieck seidiger blonder Locken zwischen Avelines Schenkeln.

»Oh!« Jamie starrte sie an, und ein unerträglich scharfes Ziehen schoss durch seine Lenden. »Du … du raubst mir den Atem, Aveline!«

Ohne den Blick von ihr abzuwenden, streckte er die Hand

aus und strich mit einem Finger über ihre empfindsamste Stelle. Sie war warm und feucht wie sonnenwarmer Honig war.

Und Jamie wusste, dass sie auch so köstlich schmecken würde. Er drängte sie, sich ihm noch weiter zu öffnen, und Aveline spreizte die Beine, bis sie sich ihm offen darbot.

Ihre Schönheit verschlug ihm den Atem, und für einige nicht enden wollende Momente konnte er nur dasitzen und sie ansehen. Alles andere verlor seine Bedeutung. Es gab nur noch das silbrig schimmernde Haar zwischen ihren Schenkeln – und diesen seltsamen Wind, der sie noch immer sanft umwehte. Ein Wind, der aus einer anderen Welt zu kommen schien, der ihnen das Haar zerzauste und an ihren Kleidern zog, bis sie beide nackt waren, bis das sich sanft wiegende Gras und der dunkle Ring aus Bäumen, der die Lichtung schützte, zu seufzen schienen.

»Streichle mich«, bat Aveline und bog sich ihm entgegen. Er hatte seine Hand zurückgezogen, um nur für einen Moment ihre Brüste zu umfassen und mit deren harten kleinen Knospen zu spielen.

Ihre Augen glühten vor Leidenschaft, als sie zu ihm aufblickte. »Streichle mich dort, wo du mich eben gestreichelt hast«, bat sie mit rauer Stimme. »Ich könnte es nicht ertragen, wenn du es nicht tust.«

Er ließ die Hand wieder zwischen ihre Beine gleiten und streichelte und liebkoste sie, bis ihr auch das nicht mehr genügte, bis sie sich stöhnend aufbäumte und die Hüften anhob, weil ihr Körper nach etwas verlangte, das so ursprünglich war wie der heilige Boden, auf dem sie lagen.

Als ihr Stöhnen und ihre Bewegungen immer drängender wurden, zog Jamie die Hand zurück und begann zu tun, was er schon die ganze Nacht hatte tun wollen.

»O Gott!«, schrie Aveline, als er den Kopf zwischen ihre Beine senkte und sein Mund ihre Süße berührte. Er legte seine großen Hände um ihren Po und zog sie noch enger an seinen Mund.

Glutvolle Erregung durchflutete sie und steigerte das heiße Prickeln in ihrem Schoß, bis es von ihrem ganzen Sein Besitz ergriff und sie es nicht mehr zu ertragen glaubte.

Jamie sah ihr in die Augen, als er mit seiner Zunge ihren empfindsamsten Punkt streichelte und ihn immer und immer wieder stimulierte. Jede seiner Berührungen steigerte ihre Lust bis ins Unerträgliche, ließ sie sich stöhnend unter ihm winden und aufbäumen, bis sie glaubte, in tausend Stücke zu zerspringen, die sich nie wieder zusammenfügen würden.

Und dann drang er tief mit seiner Zunge in sie ein, und eine Woge lustvollster Empfindungen erschütterte sie, die sie alles um sich herum vergessen ließ und selbst die Erde unter ihr zum Erbeben brachte.

Bis seine Zunge die empfindsame kleine Knospe fand und Aveline bewusst wurde, dass das Beben und die rauen kleine Schreie, die sie hörte, ihre eigenen waren, bis jede Bewegung seiner Zunge neue heiße Schauer durch ihren Körper sandte und sich eine unerträgliche Spannung in ihr aufbaute, die jeden Augenblick außer Kontrolle geraten würde. Hilflos gefangen in ihrem Begehren, wand sie sich unter ihm und drängte sich ihm entgegen.

Und noch immer hörte er nicht auf, sie zu streicheln, mit den Zähnen sanft die harte kleine Knospe zu berühren und sie zwischen seine Lippen zu nehmen. Er drückte das Gesicht noch fester an ihre wonnevolle Süße und verlor sich in ihrem berauschenden Geschmack.

In einem fernen Winkel seines Bewusstseins erkannte Jamie in diesem Moment, dass er nie genug von ihr bekommen würde. Dass sie wirklich und wahrhaftig eine *Sithe* war und ihn verzaubert hatte, ihn mit ihrem Duft, ihrer Lieblichkeit und Süße auf ewig in ihren Bann geschlagen hatte.

»Ich kann nicht aufhören«, stöhnte er, als sein Verlangen nach ihr ihn jegliche Zurückhaltung vergessen ließ. Seine Leidenschaft riss ihn mit sich fort, als Aveline die Hände nach ihm ausstrecke und ihn auf sich zog.

Mit einem lustvollen Stöhnen schlang sie die Beine um seine Taille und rieb sich an ihm, gab ihm so zu verstehen, wie sehr es sie danach verlangte, eins mit ihm zu werden. Sie zitterte am ganzen Körper und war dem Gipfel der Ekstase schon so nahe, dass auch ihn die Lust wie eine reißende Flut davontrug, als er mit einer kraftvollen Bewegung in sie eindrang.

So tief glitt er in ihre seidenglatte Wärme, dass er meinte, die Erde unter ihm würde sich auftun und ihn in das Feuer der schlafenden Sonne reißen, deren Glut ihn verschlang. Avelines herrliche Süße zu spüren zerriss ihm das Herz.

Als die ersten heißen Wogen sie durchfluteten und ihren Körper erbeben ließen, vermochte auch Jamie sich nicht mehr zurückzuhalten. Im Rausch ihrer gemeinsamen Ekstase klammerte Aveline sich an ihn, verschränkte die Hände hinter seinem Kopf und zog ihn zu sich herunter.

Ihr Kuss war so sinnlich und erregend, dass eine neue Woge unbeschreiblicher Wonne Jamie durchströmte und etwas Wildes und Ungebändigtes in seiner Seele weckte, das seinen Körper vor Lebendigkeit und Lust vibrieren ließ.

Erst viel später, als er schwer atmend und ermattet auf sie sank, begann er, die nächtliche Kälte wahrzunehmen. Und die

Stille, die um sie herum herrschte. Auch die Erde fühlte sich nicht länger warm und lebendig, sondern kalt und feucht an, und die Nässe des Grases durchdrang den Plaid, auf dem sie eng umschlungen lagen.

Und Jamie spürte auch wieder dieses unheilvolle Kribbeln in seinem Nacken. Das beunruhigende Gefühl, dass sie nicht allein waren und dass dieser Jemand oder dieses Etwas ihnen nicht wohlgesonnen war.

Die Lichtung wirkte jetzt auch viel kleiner, dunkler und finsterer. Selbst der Brunnen und die Felszunge darüber waren nicht mehr zu erkennen, die Steine und der uralte Altar lagen im unaufhaltsam vordringenden Nebel verborgen.

Einem Druidennebel, würde manch einer sagen.

Ein dichter, undurchdringlicher Nebel, dessen unheimliche Stille Jamie und Aveline von allen Seiten umschloss, als sie sich für den Ritt nach Baldreagan anzogen. Für einen stillen Ritt durch dichte graue Nebelwände, die die Sicht auf Berge und Wald verdeckten, die aber auch einen schützenden Kokon um Aveline und Jamie bildeten. Und sie vor den hasserfüllten Augen der in einen dunklen Umhang gehüllten Gestalt beschützten, die ihnen nachstarrte.

Vor Augen, die zu viel gesehen hatten.

Nicht, dass diese schmerzlichen Bilder nicht aus der Erinnerung gelöscht werden könnte.

Denn das würden sie schon sehr bald sein.

Für immer ausgelöscht und getilgt, die Schreie und die ineinander verschlungenen Körper vergessen, als hätte es sie nie gegeben, wenn diese hemmungslose Leidenschaft dem Schock und dem Begreifen wich und der kalte, gerechte Tod sein Opfer forderte.

Und nichts und niemand würde sie dann retten können, weder die Heiligen noch heilige Brunnen, weder von heidnischem Zauber geschützte Lichtungen noch der dichteste Nebel.

Denn diese neuerliche Kränkung war zu groß gewesen.

Und nur ein Gedanke beherrschte die finstere Gestalt: Dass die Zeit gekommen war, dass auch die letzten der Macphersons das Schicksal ereilte.

15. Kapitel

Am nächsten Morgen in aller Frühe war es nicht von Belang, ob die Sonne im Brunnen der heiligen Brigida schlief oder wo auch immer sonst. Sie hatte sich jedenfalls noch nicht am Himmel sehen lassen, als Jamie sich aus Avelines Armen löste. Um die Kälte und den Regen abzuhalten, der irgendwann in der Nacht eingesetzt hatte, hatte er die Fensterläden geschlossen, und das Schlafzimmer lag in fast völligem Dunkel. Nur das schwach glimmende Kaminfeuer spendete ein wenig Helligkeit.

Die Kerze, die nachts immer brannte, war erloschen, doch eine einzelne Wandfackel flackerte noch und ihr schwacher Schein fiel durch die geöffneten Bettvorhänge auf Avelines nackten Körper.

Aveline schlief noch.

Jamie stand vor ihr und betrachtete sie, um sich ihre Schönheit und ihren Liebreiz einzuprägen und für immer in seinem Herz und in seinem Gedächtnis zu bewahren.

Der Anblick seiner schlafenden Braut und ihrer Verletzlichkeit bestärkte ihn in seinem Vorhaben, dem Spuk der vorgeblichen *Gespenster* ebenso ein Ende zu machen wie den anderen mysteriösen Vorgängen.

Und wenn das vollbracht war, würde er auch die Zeit haben zu versuchen, das *unbeugsame* Herz seines Vaters zu gewinnen. Oder wenigstens die Furcht aus dessen Augen zu vertreiben.

Auch das wäre ein Sieg.

Nichts würde Jamie mehr freuen, als das berühmte Horn der Zeit noch viele, viele Jahre an der Wand über dem Hohen

Tisch hängen und seinen Vater in alter Frische seinen Burgherrenpflichten nachkommen zu sehen. Vielleicht sogar mit dem einen oder anderen Enkelkind auf seinen Knien.

Jamie wurde es bei diesem Bild warm ums Herz, und er streckte die Hand nach Aveline aus, um ihr wundervolles Haar zu berühren, zog sie aber sofort wieder zurück. Heute Morgen würde er sich damit begnügen müssen, sie nur anzusehen.

Sie bot einen so hinreißenden Anblick, nackt und so selig schlummernd, wie sie vor ihm lag, ihre Beine gerade weit genug geöffnet, um es ihm fast unmöglich zu machen, zu gehen und sie allein zu lassen. Aber für den Moment musste er sich damit zufriedengeben, die weichen blonden Locken zu betrachten, die ihr Gesicht umschmeichelten und selbst im Halbdunkel dieser frühen Stunde wie gesponnenes Gold schimmerten.

Zu dieser unchristlichen Stunde, die nur für quengelnde Säuglinge, alte Männer und die bedauernswerten Seelen etwas Gutes hatte, die den Segen eines tiefen, erholsamen Schlafes nicht zu würdigen verstanden.

Er hätte ihn zu würdigen gewusst.

Doch heute Morgen war dafür nicht die Zeit.

Heute hatte etwas anderes, etwas Dringenderes Vorrang. Jamie reckte sich und sah sich nach seinen überall im Zimmer verstreut liegenden Kleidern um. Er wollte vermeiden, dass er darüber stolperte und Lärm verursachte.

Oder dass er dem armen Cuillin auf den Schwanz treten würde, was in Anbetracht der Dunkelheit und der Vorliebe des alten Hundes, sich an den denkbar ungünstigsten Orten hinzulegen, durchaus möglich wäre.

Jamie kratzte sich am Ellbogen und runzelte die Stirn.

Himmel, wie er es hasste, noch vor dem ersten Hahnenschrei aufstehen zu müssen!

Auch wenn seine Lebensumstände das oft erforderten. Der Gedanke entlockte ihm fast ein ärgerliches Schnauben, das er aber unterdrückte, um Aveline nicht zu wecken.

Denn genau genommen stand er beinahe jeden Morgen so früh auf.

Sich heute zu dieser unchristlichen Zeit erheben zu müssen, nachdem er die ganze Nacht kein Auge zugetan hatte, war allerdings ein eher ungewohntes Übel.

Und eine echte Qual.

Auch wenn der Grund, warum er so wenig Schlaf bekommen hatte, diese durchaus wert gewesen war.

Er schaute auf Aveline und lächelte.

Sein Blick richtete sich auf das Dreieck goldener Locken in ihrem Schoß, der ihm in dieser Nacht so viel Lust bereitet hatte. Die seidenweichen Locken waren noch feucht von ihrem ausgedehnten Liebesspiel und schienen ihn verführerisch zu locken.

Er hatte in dieser endlos langen Nacht mindestens achtmal Erfüllung gefunden, und der Himmel wusste, wie oft Aveline zum Höhepunkt gelangt war. Seine schöne Aveline, die sich zu seinem großen Entzücken als verführerische und unersättliche Bettgespielin erwiesen hatte.

Jamie seufzte, als er daran dachte, warum er heute Morgen so früh aufstehen musste: Er wollte fort sein, wenn Aveline erwachte. Nur so konnte er vermeiden, dass sie ihn bitten würde, ihn begleiten zu dürfen.

Bei einem Vorhaben, das Männersache war.

Bei einem Vorhaben, dass er vor ihr zu verbergen hoffte.

Jamie wollte auch nicht, dass Cuillin sich ihm anschloss, denn der Mut und die Entschlossenheit des alten Hundes überstiegen dessen Kraft und Fähigkeiten bei Weitem. Cuillin hatte gestern Abend ein besonders reichhaltiges Mahl erhalten, und vor dem Kamin lag ein großer Knochen mit sehr viel Fleisch daran bereit. Damit hoffte Jamie den Hund abzulenken, falls dieser aufwachte, bevor Jamie aus dem Zimmer geschlüpft war.

Zum Glück jedoch schliefen sowohl Aveline als auch der Hund noch tief und fest.

Und wenn die Heiligen Jamie gnädig waren, würde er alles so schnell erledigt haben, dass er mit seinem Vater im Großen Saal beim Frühstück sitzen würde, noch ehe Aveline an diesem Morgen die Augen aufschlug.

Um keine Zeit zu verlieren, kleidete sich Jamie rasch an, legte seinen Schwertgurt um und nahm auch noch seine zuverlässige Streitaxt mit.

Denn sollte bei Hughie Mac tatsächlich irgendetwas nicht in Ordnung sein, wollte Jamie gewappnet sein.

Im Grunde seines Herzens hoffte er, dass Avelines Vermutung stimmte und der alte Schwerenöter gestern Abend nur ein Stelldichein mit einer seiner Bewunderinnen gehabt hatte.

Ja, es wäre ihm sehr viel lieber, Hughie gesund und munter in seinem Häuschen anzutreffen – oder draußen bei seinen Schafen und Hühnern.

Und wenn er den alten Mann antraf, würde er von ihm auf jeden Fall eine Erklärung für den Spazierstock verlangen, über den er vor dem Haus gestolpert war. Denn Jamie beunruhigte nicht nur die Länge dieses Stocks, sondern auch noch etwas anderes ... etwas, was er vor Kurzem über seinen Vater gedacht hatte. Ein Gedanke, der ihm durch den Sinn gegangen war und der ihm jetzt nicht mehr einfallen wollte. Jamie presste die Lippen zusammen und kratzte sich wieder am Ellbogen.

Das war ein weiterer Grund, warum er frühes Aufstehen

hasste: Er konnte um diese Zeit einfach noch nicht klar denken.

An der Klarheit seines Denkens hatte Jamie jedoch schon kurze Zeit später nichts mehr auszusetzen, als er durch die morgendliche Stille zu Hughies Kate ritt und sein Weg ihn an den steilen Felsvorsprüngen vorbeiführte, die die tiefe Klamm des Garbh Uisge bildeten.

Jamie erschauderte. Selbst in der sicheren Entfernung von diesem gefürchteten Ort dröhnte das Rauschen des Wassers ihm laut in den Ohren.

Aber noch lauter als die schäumenden weißen Wasserfälle hallten ihm seine eigenen Worte in den Ohren – Worte, die ihm durch den Kopf gegangen waren, als er sich von den MacKenzie-Frauen verabschiedet hatte.

Er hatte vermeiden wollen, dass sein Vater mitanhörte, warum er Aveline einen Frühjahrsbesuch auf Eilean Creag verweigert hatte: Er befürchtete, dass die Strapazen der Reise und insbesondere die einer langen Seereise auf einem der Schiffe des Schwarzen Hirschen sich als viel zu anstrengend für Munro herausstellen würden.

Nein, Jamie hatte nicht gewollt, dass sein Vater diese Befürchtungen aus seinem Munde hörte. Aber trotzdem hatte ihn der Verdacht beschlichen, dass Munro dennoch alles mitbekommen hatte.

Und jetzt fielen Jamie die Worte wieder ein, die ihm auf dem Burghof von Baldreagan schon einmal durch den Sinn gegangen waren.

Tatsächlich hatte er schon oft den Verdacht gehabt, dass sein alter Herr durch Wände hören konnte.

Denn nur das würde erklären, wie er es immer wieder

schaffte, die anderen Highland-Viehzüchter zu übervorteilen und stets zu wissen, was sie hinter seinem Rücken flüsterten.

Das Blut gefror in Jamies Adern.

Ruckartig zog er an den Zügeln und brachte sein Pferd zum Stehen. »Ich will verdammt sein!«, fluchte er, als er das Pferd wendete und ihm die Sporen gab und einen mit dichten Ginsterbüschen bestandenen Hügel hinunterjagte, bis zu einigen Felsvorsprüngen, die denen beim Brunnen der heiligen Brigida ähnlich waren.

Nur dass *diese* Felsenvorsprünge etwas Perfides verbargen.

Etwas, an das er sich schon längst hätte erinnern müssen.

Spätestens in dem Moment, als er über die scheinbare Fähigkeit seines Vaters nachgedacht hatte, durch Wände hören zu können.

Bei allen Heiligen, aber es *hatte* eine Zeit gegeben, in der Munro Macpherson *in der Tat* durch Wände gehört hatte!

Baldreagan wurde von einem Gewirr aus geheimen Gängen und Kammern und verborgenen Durchgängen durchzogen. In den erfolgreichsten Tagen des Viehhandels hatte Jamies Vater diese Geheimgänge oft genutzt. Unter irgendeinem Vorwand hatte er den Hohen Tisch verlassen, um durch einen dieser in den Mauern angelegten Gänge in den Großen Saal zurückzukehren und seine Gäste zu belauschen. Um das auf diese Weise erworbene Wissen gegen sie verwenden zu können.

Er hatte das so lange getan, bis Jamies Bruder Hamish eines Tages in das Labyrinth der Geheimgänge hineingeraten war und sich hoffnungslos darin verirrt hatte.

Drei Tage und drei Nächte hatte man nach dem Jungen gesucht, bis man ihn am Morgen des vierten Tages halb erfroren in einem weit von der Burg entfernten unterirdischen Gang fand.

In genau jenem Gang, der zwischen den hohen Ginsterbüschen am Fuße eben dieses Hügels endete, unterhalb des Felsvorsprunges.

Ein weiterer, ganz ähnlicher Tunnel hatte seinen Ausgang noch näher am Garbh Uisge, und auch diesen wollte Jamie überprüfen.

Falls er den alte Tunneleingang überhaupt fand.

Es war keine leichte Aufgabe, da sein Vater nach Hamishs Verschwinden befohlen hatte, alle Geheimgänge zu verschließen.

Selbst die Maueröffnung im Großen Saal, die Munro so gern genutzt hatte – ein geschickt platziertes Guckloch mit einem hervorragenden Ausblick auf den Hohen Tisch –, war bei dieser Maßnahme nicht ausgespart worden.

Als Jamie unterhalb des Felsvorsprunges anhielt und aus dem Sattel stieg, sah er sogleich, dass es den Einstieg zum unterirdischen Gang, der sich früher einmal zwischen diesen Felsen befunden hatte, nicht mehr gab.

Die Männer seines Vaters waren gründlich vorgegangen.

Alles, was geblieben war, waren Erinnerungen daran, wie er als Kind mit seinen Brüdern hier gespielt hatte und sie sich gegenseitig dazu herausgefordert hatten, sich in die feuchte Finsternis des geheimen Ganges unter dem Felsvorsprung hineinzuwagen.

Jamie erschauderte wieder und strich sich mit der Hand über das Kinn.

Ein solcher Gang, sofern er heute noch passierbar war, könnte die Erklärung für die nächtlichen *Gespenster*besuche bei seinem Vaters sein.

»Verdammt noch mal!«, fluchte er und war sich plötzlich sicher.

Seine Stimmung verschlechterte sich noch, als er wieder

aufsaß und sein Blick auf den kleinen Beutel mit Honigkuchen an seinem Sattelknauf fiel, der für Hughie Mac bestimmt war. Für den Fall, dass der alte Mann erst überredet werden musste, sein merkwürdiges Verhalten gestern Nacht zu erklären – und wem der frisch geschnitzte Stock aus Haselnussholz gehörte. Aber die Honigkuchen und die Fragen an Hughie würden warten müssen.

Denn ob es Aveline und den geschwätzigen MacKenzie-Frauen nun passte oder nicht, er würde sich auf jeden Fall gründlich bei den Wasserfällen umsehen müssen. Auch wenn er das Frösteln nicht unterdrücken konnte, das ihm kalt über den Rücken lief. Nachdem er jahrelang als Knappe auf Eilean Creag gedient hatte, wusste er besser als die meisten, wie ernst Lady Linnets Visionen zu nehmen waren.

Ihre Warnungen vor einem drohendem Unheil – wenn sie sich veranlasst sah, eine solche auszusprechen.

Aber wenn er seinen Verdacht ignorierte und dadurch noch mehr Unheil über die Menschen kam, die er liebte, würde er sich dafür verfluchen. Er *musste* dem Leid, das irgendjemand seiner Familie zufügen wollte, ein Ende bereiten.

Ganz gleich, welchen Preis er dafür zahlen musste.

Nachdem er diesen Entschluss gefasst hatte, gab Jamie seinem Pferd die Sporen und jagte den steilen Hang wieder hinauf. Auf der Hügelkuppe schlug er aber nicht den Weg zu Hughie Macs Kate ein, sondern ritt in eine andere Richtung.

Direkt auf den Garbh Uisge zu.

Das Dröhnen der Wasserfälle und des reißenden Stroms wurde bald so ohrenbetäubend laut, dass es alle anderen Geräusche übertönte, als Jamie sich dem mit hohen Birken bestandenen Rand des gefürchteten Abgrunds näherte. Auch die Luft war in der Nähe der eisigen, weiß schäumenden Wasserfälle kälter geworden, denn die Sonne hatte sich hinter die dunklen, tief hängenden Wolken zurückgezogen.

Jamies Pferd scheute. Das in diesen Bergen aufgewachsene, trittsichere Tier warf erschrocken den Kopf zurück und tänzelte zur Seite, als eine gewaltige Gischtwolke am Rand des Abgrunds hochschoss und die Hufe des Pferdes auf dem nassen, rutschigen Boden auszugleiten drohten.

»Beruhige dich, mein Freund«, beruhigte Jamie das Tier, »näher musst du nicht an diesen scheußlichen Abgrund.«

Dann saß er ab, gab dem Pferd einen aufmunternden Klaps auf das breite Hinterteil und sah ihm nach, als es sich in den Schutz der Ginsterbüsche flüchtete. Seine polternden Hufe sandten einen wahren Sturzregen von Kieselsteinen über den Rand der Schlucht in das aufgewühlte Wasser.

Jamie entschied, die tobenden Wassermassen vorerst zu ignorieren, denn seine Aufmerksamkeit richtete sich in diesem Augenblick auf den mit Birken bewachsenen Hang, in dessen Nähe sich die moosbewachsenen Mauerreste einer schon seit langer Zeit verlassenen Kate erhoben. Er wusste, dass sich hinter dieser alten Mauer ein weiterer Eingang zu einem von Baldreagans unterirdischen Gängen verbarg.

Dem einzigen, der sich über die große Entfernung bis ins Innere der Burg erstreckte. Alle anderen Gänge endeten nicht weit entfernt von Baldreagans mächtigen Burgmauern.

Jamies Herz begann schneller zu schlagen, als er dem schmalen, von Tieren ausgetretenen Pfad folgte, der am Rand der Schlucht verlief. Auf der einen Seite wurde er von dicht an dicht stehenden Birken begrenzt, auf der anderen von der steil abfallenden Schlucht und ihren Wasserfällen.

Zweimal glitt er auf losen Steinen und nassen, braunen Blättern aus. Und einmal, als er den Arm ausstreckte, um das

Gleichgewicht zu halten, geriet er mit der Hand in einen Brennnesselstrauch, der zwischen zwei Felsbrocken wuchs.

»Verdammt!« Wütend zog er die Stirn kraus und rieb sich die Hand an seinem Plaid.

Das begann ja alles andere als erfolgversprechend.

Seine Hand brannte, als hätte er sie ins Feuer gehalten, und das trostlose, fahle Licht des Birkenwaldes schien immer schwächer zu werden, je weiter er dem Pfad folgte. Und ebenso ärgerlich war, dass er wieder das beunruhigende Kribbeln in seinem Nacken spürte.

Jemand beobachtete ihn. Jamie war sich dessen sicher.

Hinter ihm knackte ein Zweig. Für einen Moment hörte er das Rascheln von Laub, dem das Prasseln von Kieselsteinen folgte, die sich gelöst hatten und in das tobende Wasser tief unten in der Schlucht fielen.

»Halt!«, schrie Jamie und griff nach seinem Schwert, als er herumfuhr. Aber er sah nichts Bedrohliches, nur eine Familie von Rotfüchsen, die durch das Birkenwäldchen lief.

Jamie atmete erleichtert auf und strich sich das Haar aus der Stirn. Die Füchse, ein hübsches Pärchen und drei schon recht große Welpen, setzten ihren Weg durch das Unterholz fort, ohne Jamie zu beachten. Vermutlich wollten sie zu ihrem Bau in einem der nebelverhangenen Kare in den Felswänden der Schlucht.

Nur der Fuchsrüde wandte den Kopf und starrte Jamie aus seltsamen, fast goldenen Augen an, die ihm irgendwie bekannt vorkamen und die ihn mit einer so beunruhigenden Eindringlichkeit musterten, dass sich die Härchen in seinem Nacken wieder sträubten. Und diesmal lief ein Frösteln über seinen Rücken.

Der kleine rote Fuchs hatte wirklich *sehr* merkwürdige Augen.

Bevor Jamie weiter darüber nachdenken konnte, was ihn sonst noch an dem Tier beunruhigte, war der Fuchs verschwunden.

Und erst jetzt bemerkte er, dass er sein Ziel erreicht hatte: die zerbröckelnde Steinmauer der verlassenen Bauernkate. Ein Überbleibsel aus einer längst vergangenen Zeit – und kaum mehr als ein armseliger Haufen moosbewachsener Steine, wie Jamie zu seiner Enttäuschung feststellen musste. Der fast völlig von hohem Adlerfarn überwucherte frühere Einstieg zum Geheimgang der Macphersons war nur noch eine verblasste Erinnerung, nicht anders als die Menschen, die dieses trostlose Stückchen Erde einmal ihr Zuhause genannt hatten.

Jamie runzelte die Stirn.

Es war verlorene Liebesmühe gewesen, hierherzukommen.

Und dabei war er sich so sicher gewesen.

Aber andererseits hatte er auch geglaubt, feindselige Blicke zu spüren, die ihn beobachteten. Und er wäre jede Wette eingegangen, dass das Rascheln und das Fallen von Steinen, das er hinter sich gehört hatte, Böses zu bedeuten gehabt hatte.

Und wenn er ehrlich war, so spürte er noch immer, dass jemand zugegen war.

Und dass es keine herumspukenden *Geister* waren, an die er ohnehin nicht glaubte.

Und auch nicht der Fuchs mit den goldglänzenden Augen, der ihm so seltsam vorgekommen war.

Dann spürte er *wirklich* etwas.

Einen harten Stoß, der ihn mit voller Wucht im Rücken traf und ihm für Sekunden den Atem raubte. Der Angriff erfolgte so unerwartet und schnell, dass Jamie nur kurz die Farben eines Macpherson-Plaids aufblitzen sah, als der *Geist* ihn auch schon zu Fall brachte. Jamie verlor den Halt und stürzte über den Rand des Felsens in die Tiefe.

Entsetzen packte ihn, als er fiel und nur noch das Peitschen des Windes, die eisige Gischt und das Dröhnen der Wasserfälle wahrnahm. Als er in den reißenden, weiß schäumenden Fluss stürzte, wurde es schwarz um ihn herum.

Er hatte nicht einmal mehr Zeit gehabt, zu schreien.

Wenn er dazu überhaupt in der Lage gewesen wäre, so außer Atem, wie er war.

Und er konnte auch jetzt nicht schreien, denn das aufgepeitschte, tosende Wasser drang ihm in Mund und Ohren, blendete und erstickte ihn, wirbelte ihn herum und schleuderte ihn gegen Felsen, überflutete und ertränkte ihn.

Ertränkt wie seine Brüder.

Aber Jamie wollte nicht sterben.

Nicht jetzt.

Und nicht so.

Er bekam keine Luft mehr. Bei jedem verzweifelten Versuch, nach Luft zu schnappen, strömte nur noch mehr Wasser in seinen Mund und seine Nase. Seine Lungen fühlten sich an, als würden sie jeden Moment platzen.

Das Wasser war eisig kalt, doch sein Körper schien in Flammen zu stehen. Kehle und Augen brannten, und der stechende Schmerz in seiner Brust konnte nur bedeuten, dass er sich bei dem Sturz die Rippen gebrochen hatte.

Aber noch war er am Leben.

Wild entschlossen, es auch zu bleiben, warf Jamie sich hin und her, ruderte mit Armen und Beinen und versuchte, den Kopf über Wasser zu halten und zu verhindern, gegen die zerklüfteten, scharfkantigen Felsen geschleudert zu werden.

Aber es war ein Kampf, den er verlor, egal, wie sehr er sich dagegen wehrte. Verzweifelt griff er nach jeder Spalte oder

Erhebung in den Felsen, an denen er vorbeischoss, doch der Stein war zu glitschig, seine Finger zu betäubt von der Kälte. Und er hatte immer nur den Bruchteil einer Sekunde, nach einem Halt zu suchen.

Seine Zähne schlugen vor Kälte aufeinander, und das Gewicht seiner Kleider zog ihn immer weiter in die eisige, wild schäumende Tiefe.

Er konnte nichts mehr tun.

Und was er hätte tun *können*, hatte er versäumt – auf Linnet MacKenzies Warnung zu hören.

Und dann, als er schon fast mit dem Leben abgeschlossen hatte, sah er den kleinen Fuchs.

Dass es derselbe Fuchs war wie vorhin, daran bestand für Jamie nicht der kleinste Zweifel. Das Tier hatte die gleichen goldfarbenen Augen.

Der Fuchs war allein und lief am felsigen Ufer entlang, immer auf einer Höhe mit dem im Wasser treibenden Jamie und ohne ihn aus den Augen zu lassen. Und doch schien es, als schaute er sich immer wieder nach etwas um.

Nach Etwas, das er jetzt wohl entdeckt hatte, denn plötzlich jagte er voraus, verschwand wie ein rotgoldener Blitz, nur um Sekunden später an einer Stelle wieder aufzutauchen, an der ein umgestürzter Baum am Ufer lag.

Ein umgestürzter, in mehrere Teile zerbrochener Baum, von denen eines wie ein dicker, langer Ast aussah.

Jamie hustete und spuckte Wasser, blinzelte und versuchte, genauer hinzusehen.

Doch die Stromschnellen warfen ihn hin und her und machten das unmöglich. Aber *was* er *sah*, war, dass der kleine Fuchs neben dem Ast stehen blieb. Eine wilde Hoffnung durchzuckte Jamie, als das Tier den Ast mit der Schnauze anstieß und näher zum Wasser schob.

»Bei Gott!«, schrie Jamie, ohne sich darum zu kümmern, dass ihm das Wasser dabei in den Mund drang.

Bei Gott!, wiederholte er im Stillen, weil seine Kehle zu eng war, um die Worte laut zu rufen, als der Fuchs dem Ast einen letzten Stoß versetzte und ins Wasser schob.

Genau in dem Moment, in dem Jamie daran vorbeigetrieben wurde.

Mit neu erwachter Hoffnung hielt er auf das rettende Stück Holz zu. Seine Arme schlossen sich in dem Augenblick darum, in dem seine letzte Kraft ihn zu verlassen drohte.

Jamie umklammerte den Ast mit beiden Armen und schüttelte den Kopf, um das Wasser aus den Augen zu bekommen. Aber die kalte, aufschäumende Gischt machte das unmöglich. Doch die Hoffnung ließ ihn seine letzten Kräfte aufbieten. Er nahm seine ganze Willenskraft zusammen und ruderte mit den Beinen, um doch noch das felsige Ufer zu erreichen.

Und dann stieß der Ast plötzlich gegen festen, kiesbedeckten Boden, und Jamie spürte das sichere Ufer unter seinen kraftlosen, zitternden Knien.

»Heilige Maria Mutter Gottes«, keuchte er, und diesmal waren es heiße Tränen, die seine Sicht verschwimmen ließen.

Zu müde, um etwas anderes zu tun, ließ er den Kopf auf das Holz sinken und blieb liegen, wo er war, schöpfte gierig Luft und war viel zu dankbar, dass er noch am Leben war, um sich daran zu stören, dass das eisig kalte Wasser noch immer über seine Beine schwappte.

Als er nach einem Moment den Kopf hob und sich nach dem Fuchs mit den merkwürdigen Augen umschaute, war das Tier nicht mehr da, still und leer lag das Ufer da.

Still bis auf das allgegenwärtige Rauschen der Stromschnellen und – Gott stehe ihm bei! – das Rascheln von Laub und das Zerbrechen von Zweigen, verursacht von jemandem, der durch den Wald auf ihn zu gelaufen kam.

Es war ein großer, kräftiger *Jemand*, den schweren Schritten nach zu urteilen. Schritte, die jetzt noch schneller wurden, so, als stürmte er mit mörderischer Absicht durch das Unterholz.

Und dieser Jemand trug ein Macpherson-Plaid. Jamie sah es im Wind flattern, als die Gestalt hastig über Felsbrocken und Geröll hinwegsetzte, um zu ihm zu gelangen.

Es war jemand, den Jamie kannte und dessen Anblick ihn so schockierte, dass ihm fast das Herz stehen blieb. Die kräftige, etwas behäbige Statur des Mannes und sein schwerfälliger Gang verrieten ihn.

Genau wie die mächtige Wikinger-Streitaxt, die an seinem Gürtel hing.

Es war Beardie!

☆ ☆ ☆

Gleich nachdem sie erwacht war, wusste Aveline, dass etwas nicht in Ordnung war.

Furcht beschlich sie, ein ungutes Gefühl, das ihr heiß und kalt zugleich über den Rücken lief, und sie musste nicht erst die Hand nach Jamies Seite des breiten Brettes ausstrecken, um zu wissen, dass er nicht mehr bei ihr war.

Und dass etwas Unheilvolles der Grund für seine Abwesenheit war.

Auch Cuillin spürte das.

Der alte Hund schlich unruhig vor der geschlossenen Zimmertür auf und ab und hielt nur hin und wieder inne, um an der schweren Eichentür zu schnuppern und zu kratzen. Oder er starrte sie einfach nur an und winselte leise.

Sein Winseln hatte Aveline geweckt.

Hunde kratzten und winselten nicht an Türen, ohne einen guten Grund zu haben. Und normalerweise ignorierten sie auch keinen leckeren Knochen mit reichlich Fleisch daran.

Denn ein solcher Knochen lag nahe am Kamin, Cuillins bevorzugtem Schlafplatz. Das alles konnte nur eines bedeuten:

Jamie hatte versucht, den Hund abzulenken, damit er unbemerkt das Zimmer verlassen konnte. Und dass er das vorgehabt hatte, verhieß nichts Gutes. Und ließ vermuten, dass er etwas Gefährliches vorhatte.

Etwas Gefährliches und sicherlich auch Törichtes, aber es war das Erstere, was Aveline veranlasste, aus dem Bett zu springen und sich rasch anzukleiden.

Es gab nur zwei Orte, zu denen er geritten sein konnte.

Zu Hughie Mac, weil ihm ihre Erklärung, der alte Mann vergnüge sich vielleicht mit einer Frau, nicht genügt hatte.

Oder er hatte sich zum Garbh Uisge aufgemacht.

Als Aveline der gefürchtete Name durch den Sinn ging, war ihr sofort klar, dass Jamie eigentlich nur dort sein konnte. Die Gewissheit war so groß, dass sie den Boden unter ihr zum Schwanken brachte und Aveline haltsuchend nach dem Bettpfosten griff. Ein eiskaltes Schaudern lief ihr den Rücken hinunter.

Sie hatte ein flaues Gefühl im Magen, und ihr Mund war wie ausgedörrt. Die Warnungen, die die MacKenzie-Frauen ausgesprochen hatten, waren Aveline plötzlich wieder gegenwärtig, und jedes Wort versetzte ihr einen Stich, ließ ihr das Blut in den Adern gefrieren und erfüllte ihr Herz mit einer eiskalten Furcht, die ihr den Atem raubte.

»Ich werde nicht zulassen, dass ihm etwas zustößt«, schwor sie. Noch immer hielt sie sich mit beiden Händen am Bettpfosten fest, denn sie war sicher, dass der Boden sich unter ihr auftun und sie verschlingen würde, wenn sie ihn losließ. Und dass sie in einen endlos tiefen, dunklen Abgrund stürzen und nie wieder auch nur einen Schimmer Licht erblicken würde.

Doch dann schüttelte sie den Kopf über sich selbst, biss die Zähne zusammen und zwang sich, stark zu sein. Ihre Finger glitten über das kühle glatte Holz des Bettpfostens und riefen ihr in Erinnerung, wie sie in der Nacht zuvor Jamies Gesicht gestreichelt hatte.

Und er hatte seine Wange an ihre Hand gedrückt, bis seine Wärme ihre Finger durchflutet hatte und ihr bis ins Herz gedrungen war ...

Ihr Herz, das sich jetzt vor Angst zusammenkrampfte.

Die Brust wurde Aveline eng, und ihr Puls begann zu rasen, als sie die Hände vom Bettpfosten löste und sie anstarrte. Ihr war zumute, als sei aus dem toten Holz des Pfostens ein Schlangenkopf gewachsen, der sie gebissen hatte. Sie wollte die Wärme und Lebendigkeit *Jamies* spüren.

Sie blinzelte gegen ihre Tränen an und verfluchte ihren festen Schlaf, die Dunkelheit der Nacht und die Stille des Morgengrauens, in dessen Deckmantel Jamie sich davongeschlichen hatte.

Um eine Mission zu erfüllen, die seine Ritterehre ihm gebot, davon war Aveline überzeugt.

Mochte der Himmel sich ihrer erbarmen, wenn ihm etwas zustieß!

Aveline vermochte nicht zu sagen, wann und wie es geschehen war, aber sie hatte sich in Jamie verliebt und konnte sich ein Leben ohne ihn nicht mehr vorstellen. Ohne sein strahlendes Lächeln, sein mutwilliges Grinsen und seine Art, sie zu behandeln, als wäre sie unendlich kostbar und bedeutete ihm alles … Und nicht *trotz* ihrer zierlichen Gestalt, sondern gerade *weil* er sie so schätzte, wie sie war.

Sie begann, unruhig auf und ab zu gehen, und versuchte nachzudenken, was zu tun war.

Aber vor allem wollte sie ihn in Sicherheit wissen und ihn in ihren Armen halten.

Weil sie ihn liebte.

Von ganzem Herzen liebte.

Nicht nur wegen seines guten Aussehens und seiner ritterlichen Art.

O nein, es war vor allem die Wärme, die sie jedes Mal durchflutete, wenn er sie ansah oder sie auch nur an seinen Namen dachte. Das Gefühl, sich nur dann vollständig zu fühlen, wenn er bei ihr war, und leer und einsam, wenn er nicht in ihrer Nähe war.

Sie liebte ihn aus tiefstem Herzen. Das war ihr erst jetzt durch den bohrenden Schmerz bewusst geworden, den sie jetzt empfand, durch die Furcht, dass ihm etwas Schreckliches zugestoßen war.

Sie *wusste*, dass es so war.

Und dieses Wissen brachte sie fast um.

Sie schloss die Augen und setzte sich auf das Bett. Sie würde jetzt nicht weinen, denn sonst würde der Schmerz, der ihr jetzt schon solche Qual bereitete, sie in tausend kleine Stücke reißen.

Cuillin, der ihre Furcht offensichtlich teilte, kam zu ihr und stieß sie mit der Nase an. Unruhig schaute er zwischen ihr und der Tür hin und her.

Als er sich dann an sie lehnte und leise winselnd seinen Kopf auf ihren Schoß legte, gab Aveline ihren Vorsatz, nicht zu weinen, beinahe auf.

»Nein, nein, nein, Cuillin«, sagte sie trotz der Enge in ihrer

Kehle. »Jammern wird uns gar nichts nützen – ich brauchte nur einen Moment, um mich zu fassen.«

Mit diesen Worten erhob sie sich und strich dem alten Hund beruhigend über den Kopf. »Vielleicht ist er ja nur nach unten in den Großen Saal gegangen, um sein Frühstück früher als gewöhnlich einzunehmen?«

Aber Aveline wusste, dass das nur eine barmherzige Lüge war.

In ihrem Herzen spürte sie, dass Jamie sich in tödlicher Gefahr befand. Und ihr Herz log nicht, ihr Herz sprach die Wahrheit.

Und ihr Herz sagte ihr auch, wer als Erster davon erfahren musste – auch wenn es Jamies Vater aufregen würde, mit einer solchen Neuigkeit geweckt zu werden.

Was aber unumgänglich war.

Aveline hatte kaum die Tür geöffnet und den schwach beleuchteten Gang betreten, als ein schriller Schrei an ihre Ohren drang.

Munros Schrei.

Und er kam von der Wendeltreppe.

Aveline raffte ihre Röcke und rannte den Gang hinunter, dicht gefolgt von Cuillin, der ihr nicht mehr von der Seite wich. Im Halbdunkel stieß sie fast gegen Munro, der auf dem obersten Treppenabsatz stand. Er schwankte und hielt eine Hand an seine Brust gepresst, während er mit schmerzerfülltem Blick einer großen, in ein Plaid gehüllten Gestalt entgegensah, die langsam die Treppe hinauf und auf ihn zukam.

Eine Gestalt, die Aveline sogleich erkannt und über deren Anblick sie so erschrocken war, dass sie sie nur entsetzt anstarren konnte.

Cuillin knurrte.

Die Gestalt lächelte.

Dann nickte sie Aveline zu und sah dabei so selbstgefällig aus, dass Aveline wusste, was ihre Schwester sagen würde, noch bevor sie den Mund aufmachte.

»Jamie ist tot«, sagte Sorcha, und ihre Worte ließen Avelines schlimmsten Befürchtungen wahr werden. »Ich habe ihn in den Garbh Uisge gestoßen – wie auch seine neun großmäuligen Brüder.«

16. Kapitel

Sorcha!« Aveline starrte ihre Schwester in ungläubigem Entsetzen an. »Was hast du getan?«, schrie sie. Die Treppe schien plötzlich ins Schwanken zu geraten, und die ganze Welt um sie herum drehte sich. »Bist du verrückt geworden?«

»Das könnte man sagen«, stimmte Sorcha lächelnd zu. »Verrückter, als du vielleicht glaubst, und das aus gutem Grund!«

Wie gelähmt vor Schreck konnte Aveline ihre Schwester nur fassungslos anstarren.

Sorcha *war* verrückt.

Und das mit gutem Grund?

Aveline war, als striche eine kalte Hand über ihren Rücken. Es konnte keinen Grund geben für das, was Sorcha behauptete, getan zu haben.

Und auch nicht für ihr Erscheinen auf der Wendeltreppe. Für ihr gespenstisch wirkendes Äußeres – den langen, dunklen Umhang mit der Kapuze und den Plaid in den Farben der Macphersons, den sie um die Schultern trug.

Sie stand auf halber Höhe der gewundenen Treppe, unterhalb einer hell brennenden Wandfackel. Die zischende Flamme warf ihren Lichtstrahl über Sorcha, der ihr Gesicht in dunkle, unheimliche Schatten tauchte. Nur die Augen blitzten daraus hervor, Augen, in denen ein wildes Glitzern lag.

Aveline erschauderte, als sie ihre Schwester ansah. Alles in ihr lehnte sich dagegen auf, deren Worten zu glauben. Es zerriss ihr schier das Herz, und das lähmende Entsetzen, das sie erfüllte, raubte ihr den Atem.

Jamie war nicht tot, das konnte nicht sein, das war ... unmöglich.

Und ihre stets so zurückhaltende und bescheidene Schwester konnte auch nicht diese Irre sein, die vor ihr stand, mit einem maliziösen Lächeln um die Lippen und mit Augen, die vor Verachtung und Hass glühten.

Aber die Frau *war* ihre Schwester, und was sie gesagt hatte, zerriss Aveline das Herz und machte all die kostbaren Momente und alles Glück zunichte, das sie in Jamies Armen gefunden hatte. Ihn zu verlieren, zerstörte sie, verdammte sie zu einer Existenz, in der jeder Atemzug die reinste Qual sein würde.

Ihr in Erinnerung rufen würde, wie es hätte sein können.

Aber nie mehr sein *konnte.* Außer in ihren Träumen.

Und ihren Erinnerungen.

All ihr vergebliches Hoffen auf eine Zukunft mit Kindern und einer Familie, mit Freunden und voller Glück.

Aveline presste eine Hand auf ihr Herz, als Panik sie übermannte und ihr den Magen zusammenpresste. Bittere Galle stieg in ihrer Kehle auf, an deren Geschmack sie fast erstickte,

Aveline biss sich auf die Lippen und versuchte, sich zu konzentrieren. Sie musste darüber nachdenken, was zu tun war, aber stattdessen breitete sich eine kalte Leere in ihr aus, und eine noch viel kältere Furcht legte sich wie eine schwere Last auf ihre Schultern. Eine so ungeheuer schwere Last, dass sie Aveline in die Knie zu zwingen drohte.

Erschaudernd griff sie nach Munros Hand und umklammerte seine zitternden Finger, weil sie befürchtete, dass auch er jeden Augenblick zusammenbrechen könnte.

Sorcha, die sie beobachtete, lachte. »Halt ihn fest, so viel du willst. Dem kannst du nicht mehr helfen«, höhnte sie mit einem schadenfrohen Grinsen. »Das *Gespenst* hat ihn schon so gut wie ins Grab getrieben. Der Alte hat den Verstand verloren.«

»Du bist es, die den Verstand verloren hat!« Avelines Herz raste, und alles drehte sich in ihrem Kopf. »Munro wusste die ganze Zeit, dass du kein Gespenst warst«, log sie, um wenigstens den Stolz des alten Herrn zu retten, wenn schon nichts anderes mehr zu retten war.

Dabei drückte sie seine Hand und hoffte, dass er ihre Worte verstanden hatte.

»Du hast hier niemanden erschreckt«, fuhr sie fort. »Munro hat nur so getan, als fürchtete er sich, damit du dich sicher fühltest und dich selbst entlarvtest. Und das hast du ja auch getan!«

»Ha!«, prustete Sorcha verächtlich. »Er hat nur *so getan?* Hat er dir etwa nicht gesagt, dass er jemanden zu Devorgilla von Doon geschickt und die Alte um Zaubermittel gegen *Gespenster* gebeten hat?«

Wieder lachte sie so laut, dass es durch das ganze Treppenhaus schallte. »Er wollte diese Mittel, weil seine lächerlichen Vogelbeerzweige mit den roten Schleifen mich nicht fernhalten konnten.«

»Ich habe mir niemals solchen Unsinn holen lassen!«, bestritt Munro energisch und erwiderte den Druck von Avelines Hand, aber das erboste Zittern seiner Stimme verriet ihr, dass er sehr wohl jemanden zu der weisen alten Frau geschickt hatte.

»Ah, aber natürlich habt Ihr das«, korrigierte Sorcha ihn belustigt.

Sie stieg ein, zwei Stufen höher, während sie sprach, und kam ihnen immer näher. »Nur hat Eure Bitte die große Devorgilla nie erreicht. Denn wisst Ihr, Euer Kurier hat unterwegs auf

Fairmaiden haltgemacht und war überaus erfreut, als ich ihm sagte, dass einer der Pabay-Männer meines Vaters in Doon zu tun habe und der Alten Eure Botschaft gerne überbringen werde.«

Munro schnaubte vor Entrüstung, trat einen Schritt auf Sorcha zu und griff nach seinem Schwert – bis ihm bewusst wurde, dass er nichts als seinen Morgenmantel trug. »Du Mörderin!«, brüllte er sie trotzdem an. »Ich habe noch nie in meinem Leben Hand an eine Frau gelegt, aber … du! Du …« Er verstummte, sein Gesicht verzerrte sich, und er hätte sich auf Sorcha gestürzt, hätte Aveline ihn nicht zurückgehalten.

Aber egal, wie wütend er auch war, der großen, kräftigen Sorcha war er nicht gewachsen.

Nicht wenn er so geschwächt und verwirrt war wie heute. Aveline hatte einen Dolch am Gürtel ihrer Schwester aufblitzen gesehen. Sie wusste, wie gut Sorcha mit dieser Waffe umgehen konnte. Die Pabay-Männer ihres Vaters hatten es sie gelehrt, genau wie allen anderen Frauen auf Fairmaiden, weil sie der Ansicht waren, dass Frauen sich zu verteidigen wissen müssten.

Deshalb hielt Aveline Munro am Arm zurück.

Aber Cuillin konnte sie nicht aufhalten.

Laut bellend stürmte er die Treppe hinunter, direkt auf Sorcha zu – doch im letzten Moment lief er an ihr vorbei und rannte weiter, so schnell ihn seine steifen Beine trugen, um dem zu entkommen, was er offenbar noch immer für eine Erscheinung hielt.

»Seht ihr?« Sorchas Mundwinkel zuckten belustigt, als sie ihm nachsah. »Sogar er hält mich für ein Gespenst«, spöttelte sie und breitete ihre Arme aus.

So groß und grobknochig, wie sie war, und in dieser ungewöhnlichen Kleidung, sah sie tatsächlich wie ein Gespenst aus.

Trotzdem hätte Aveline sie überall erkannt.

Dass sie nichts vom Wahnsinn ihrer ältesten Schwester bemerkt und dieses Versäumnis Jamie das Leben gekostet hatte, war ein grausamer Gedanke, der sie ihr Leben lang verfolgen würde.

»Du hast den Verstand verloren, Sorcha«, sagte sie und verstärkte ihren Griff um Munros unverletzten Arm, während sie sich zwischen ihn und ihre Schwester stellte.

Der alte Herr hielt sich jetzt ein bisschen aufrechter und zitterte auch nicht mehr so heftig. Und wenn doch, dann zumindest nicht vor Furcht. Aber seine Armwunde war noch nicht verheilt.

Und Sorcha hatte sich als gefährliche Gegnerin erwiesen, als äußerst grausam und gewissenlos.

Schlimmer noch, sie kam jetzt wieder drohend auf sie zu, mit einem irren Glanz in ihren Augen und einem nach innen gerichteten leeren Blick, der von Furcht erregender Kälte war.

Schließlich blieb sie stehen, zückte ihren Dolch und fuchtelte damit herum, dabei hielt sie den Blick auf den kalten Stahl gerichtet. Mit einem irren Lächeln um die Lippen hielt sie die Klinge dann in das flackernde Licht der Fackel.

Als sie abrupt den Kopf hob, blickten ihre Augen wieder klar, und ihr Gesicht war rot vor Zorn. »Mit dem Dolch verfehle ich mein Ziel nie«, erklärte sie und sah Munro dabei hasserfüllt an. »Diese aufgeblasenen MacKenzies haben mich abgelenkt, als ich mit der Armbrust auf Euch zielte. Aber nun werde ich Euch mit meinem Dolch aufschlitzen und die Welt von Euch befreien, so wie ich sie von Euren Söhnen befreit habe.«

»Aber du hast Neill doch geliebt«, wandte Aveline ein, die versuchte, ruhig zu bleiben und etwas zu sagen, was Sorcha von ihrem Vorhaben abbringen würde.

Weder sie noch Munro hatten eine Waffe, und um Hilfe zu schreien könnte Sorcha dazu veranlassen, sich auf sie zu stürzen und zuzustechen, bevor die Wache bei ihnen wäre.

Deshalb verließ sich Aveline auf ihren Verstand. »Ich weiß, dass du Neill geliebt hast«, sagte sie noch einmal. »Wir alle haben gesehen, wie du aufblühtest, wenn du von ihm gesprochen hast.«

»*Wie ich aufblühte!*« Sorchas Stimme triefte vor Verachtung. »Ich habe ihn geliebt, o ja. Neill, der Wunderbare. Neill, der Verräter. Neill, der sein Versprechen gebrochen hat.«

Sorcha spie die Worte förmlich aus. Sie war auf der Wendeltreppe stehen geblieben, ihre Augen waren schmal vor Wut.

»Ja, ich habe ihn geliebt, aufrichtig geliebt! Und ich wäre ihm in die tiefste Hölle gefolgt.« Eine Träne lief plötzlich über ihre Wange.

Wütend wischte sie sie ab, hob wieder den Dolch und stach ihn in die Luft, um jedes ihrer Worte zu betonen. »Ich habe ihn geliebt bis zu dem Augenblick, in dem er mir sagte, dass unsere Hochzeit nicht stattfinden wird. Bis zu dem Tag, an dem er schwor, es interessiere ihn nicht, dass die Bündnisse seines Vaters dadurch gefährdet wären. Er sagte, er würde sein Leben eher im fernsten Winkel der Hebriden fristen, als die Frau im Stich zu lassen, die er liebte. Irgend so ein leichtfertiges Weib aus Ulster, das er auf einer Reise nach Irland kennengelernt hatte.«

Sie stieß den Dolch in Munros Richtung. »*Ihr* habt ihn dorthin geschickt! Nach Lough Foyle, wo er die irischen Lords als Käufer für Eure Rinder gewinnen sollte. Doch statt eines Käufers für Eure Stiere fand er seine große Liebe – jedenfalls hat er das behauptet!«

Aveline starrte sie an. »Und deswegen hast du ihn umgebracht?«

»Alle meine Söhne?« Munros wütender Aufschrei zerriss die Stille. »Der Teufel soll dich dafür holen!«, brüllte er. »Bei meiner Seele – dafür wirst du büßen, du verdammtes Weibsstück!«

»Ich hatte keine andere Wahl«, sagte Sorcha, deren Augen wieder diesen eigenartig leeren Ausdruck annahmen. »Die Schande wäre unerträglich gewesen, wo doch meine anderen Schwestern schon verheiratet waren und die da –«, sie zeigte mit dem Dolch auf Aveline, »– so wunderschön ist. Jeder hätte sie lieber genommen als mich, und ich wäre dazu verdammt gewesen, mein Leben als alte Jungfer zu fristen. Und hätte zusehen müssen, wie Neill seine irische Braut zur Schau stellt.«

Sie erhob die Stimme, als sie weitersprach, um das Hundegebell und das Geschrei zu übertönen, das plötzlich aus dem Großen Saal heraufdrang. »Ich hatte nicht vor, sie alle umzubringen. Nur Neill wollte ich töten. Er benutzte die Brücke viel öfter als die anderen und fast immer nur allein. Es ist nicht meine Schuld, dass sie ihn ausgerechnet an jenem Tag begleitet haben.«

Sichtlich irritiert über den Lärm unten im Saal zerrte sie an dem Macpherson-Plaid, das sie trug und schaute über die Schulter in das Halbdunkel hinter ihr.

»Aber nachdem es geschehen war, wusste ich, warum sie an jenem Morgen alle zusammen zum Garbh Uisge gegangen waren. Ich wusste, dass es mir vom Schicksal bestimmt gewesen war, Euch alle zu töten«, sagte sie zu Munro. »Neill für seinen gemeinen Verrat, die anderen für ihre Arroganz und ihren Stolz, und Euch, weil Ihr Neill nach Lough Foyle geschickt hattet! Ohne Euch wären wir heute Abend getraut worden.«

»Wie konntest du nur etwas so Schreckliches tun, Sorcha?« Avelines Herz zog sich zusammen. »Wir alle haben dich geliebt«, sagte sie mit einem raschen Blick zu Munro. »Auch Laird Macpherson hat immer sehr liebevoll von dir gesprochen. Er …«

»Er hat das alles ausgelöst!«, unterbrach Sorcha sie scharf, und ihr Gesicht färbte sich vor Wut dunkelrot. »Diese Berge werden ohne ihn besser dran sein. Wenn er nicht mehr ist, kann unser Vater als sein nächster Nachbar seine Ländereien und Rinder übernehmen. Er wird es mir danken, wenn er endlich einmal sieht, wie viel nützlicher ich ihm sein kann als du. Er …«

»Ha!«, fiel Munro ihr verächtlich ins Wort. »Dein Vater will doch nur vor dem Kamin sitzen und seine Männer auf seine Gesundheit trinken lassen!«, brüllte er mit einem hasserfüllten Blick auf sie. »Er würde sich eher die Arme abhacken, als sich mit noch mehr Land zu belasten! Du bist verrückt, vollkommen verrückt!«

»Ich bin nicht diejenige, die Gespenster sieht«, versetzte Sorcha spitz und richtete den Dolch auf ihn.

Unvermittelt sprang Sorcha auf Munro zu, und die Spitze ihrer Klinge berührte schon dessen Plaid – als sie entsetzt die Augen aufriss und die Arme hochwarf. Der Dolch entglitt ihrer Hand und fiel scheppernd die Treppe hinunter.

»Aaaaaaaaaaaa …!«, schrie Sorcha entsetzt, und ihre Augen waren vor Entsetzen weit aufgerissen, als sie schwankte, auf der Stufe ausglitt und die Treppe hinunterstürzte.

»Gütiger Himmel!« Munro bekreuzigte sich.

»O Gott«, flüsterte Aveline und presste die Hand auf die

Brust, als ihre Schwester fiel. Ihre wild fuchtelnden Arme und ihre nackten Beine waren das Letzte, was Aveline von Sorcha sah, ehe diese in der Finsternis verschwand und mit einem furchtbaren, dumpfen Poltern am Fuß der Treppe aufschlug.

Eine unheimliche Stille breitete sich aus.

Bis ein Lichtschein aufflammte. Er kam von einer Wandfackel oberhalb des Treppenabsatzes, auf dem Aveline und Munro standen. Es war ein warmes goldenes Licht, das für eine Pechfackel eigentlich viel zu hell und strahlend war.

»Iona!«, rief Munro und starrte ungläubig die Treppe hinauf. Seine Reaktion ließ keinen Zweifel daran, dass er seine Frau dort stehen sah.

Dass sie ihm, wie Aveline glaubte, erschienen war, um weitere Tragödien zu verhindern.

Munro blinzelte und presste eine zitternde Hand auf seinen Mund. »Bei Gott und allen Heiligen!«

Aveline sah nur das ungewöhnlich helle, goldene Licht.

Doch wenn sie die Augen zusammenkniff und sehr genau hinsah, meinte sie, die verschwommene Silhouette einer Frau zu sehen. Einer wunderschönen Frau mit rotgoldenem Haar, das ihr offen bis zu den Hüften fiel. Im Schein des Fackellichts schimmerte es wie Seide.

Aber dann war die Vision auch schon verschwunden.

Und mit deren Verschwinden kehrten die Schatten zurück, und auf der Turmtreppe wurde es wieder kalt und dunkel. Die Stille wurde auch jetzt wieder von dem Lärm unten in der Großen Halle gestört. Von Rufen und Schreien, von lautem Gezeter und dem Poltern schwerer Schritte, vom aufgeregten Bellen der Burghunde.

Jetzt ertönte Moragς scharfe Stimme, die sich über den Lärm erhob. Sie fluchte und erteilte Befehle – das Anzeichen dafür, dass Sorchas Sturz nicht unentdeckt geblieben war.

Dass man ihre Leiche gefunden hatte.

Von einem Ansturm widerstreitender Emotionen erfasst spähte Aveline die Treppe hinunter. Die Dunkelheit machte es unmöglich, etwas zu erkennen. »Kommt!« Sie warf Munro einen Blick zu, raffte ihre Röcke und lief die Treppe hinunter.

Munro folgte ihr rasch. Erstaunlich rasch für einen alten, kranken Mann in einem pelzbesetzten langen Morgenmantel, der ihm um die nackten Beine flatterte.

Als sie in den Großen Saal kamen, blieb ihnen der Anblick von Sorchas zerschmettertem Körper erspart.

Jemand hatte die Tote mit einem Plaid bedeckt, unter dem nur ihre Füße und ein ausgestreckter Arm hervorschauten

Aveline sog scharf den Atem ein und wandte den Blick rasch wieder ab. Sie schaute durch den Saal, um den Grund für den herrschenden Tumult zu finden, denn Sorchas Sturz schien nicht die Ursache dafür zu sein.

Aber irgendetwas musste ihn ausgelöst haben, denn in der Großen Halle herrschte ein ohrenbetäubender Lärm. Es wimmelte nur so von Menschen, die aufgeregt durcheinander redeten.

Und überall brannten Pechfackeln, deren blakende Flammen die Halle in ein rötlich schimmerndes Licht tauchten. Der Geruch der Kaminfeuer mischte sich mit dem Duft von bratendem Fleisch und Bier. All das erweckte den Eindruck, dass es ein Tag wie jeder andere war.

Was er auch gewesen wäre, läge Sorcha nicht zerschmettert dort am Fuß der Treppe.

Sorcha, deren Tod niemand Beachtung schenkte. Es war der hünenhafte, bärenstarke Beardie, der die Aufmerksamkeit aller auf sich zog.

Der alte Cuillin sprang aufgeregt kläffend um ihn herum,

denn er trug einen großen Mann mit rötlich braunem Haar auf den Armen.

Jamie.

Jamie war verletzt, seine zerrissenen Kleider trieften vor Nässe, aber er war wie durch ein Wunder noch am Leben!

Aveline starrte ihn entgeistert an, und ihr Herz begann zu rasen.

»Heilige Maria Mutter Gottes!«, stieß sie mit erstickter Stimme hervor und blinzelte, als heiße Tränen ihr in die Augen schossen. »Er ist nicht tot! Dem Himmel sei Dank!«

Ein heftiges Aufschluchzen entrang sich ihr, und sie begann zu laufen, wobei ihr die überwältigende Erleichterung, die sie durchflutete, die Kraft gab, sich einen Weg durch die Menschenmenge zu bahnen. Sie folgte Beardie, der Jamie jetzt zum Hohen Tisch trug.

»Bei Gott! Mein Sohn lebt!« Munro lief mit bemerkenswerter Schnelligkeit an Aveline vorbei, stieß seine Clanangehörigen mit den Ellbogen zur Seite und erreichte das Podium im selben Augenblick, in dem Beardie Jamie vorsichtig auf die zerkratzte Holzplatte des leer geräumten Tisches legte.

»Was hat diese verdammte Hexe dir angetan?«, fragte er in schroffem Ton, der aber nicht über Tränen auf seinen Wangen hinwegtäuschen konnte. Er strich Jamie das wirre, feuchte Haar aus der Stirn. »Wäre sie nicht schon tot, ich würde sie eigenhändig in Stücke reißen!«

»Sie hat ihn in die Schlucht gestoßen.« Auch Beardie strich sich das Haar aus dem Gesicht, nachdem er Jamie nun nicht mehr zu tragen hatte. »Ich habe alles gesehen«, erklärte er. »Sie ist auf ihn zugestürmt, die Arme ausgestreckt wie eine Lanze, und hat ihn mit aller Kraft von hinten gestoßen. Er hatte keine Chance, sich noch zu fangen, und ist über den Felsrand in die Schlucht gestürzt.«

Avelines Herz krampfte sich bei diesen Worten zusammen, und vor Schock und Zorn begann sie am ganzen Leib zu zittern.

»O Jamie!«, rief sie und schloss die Hände um sein Gesicht, bedeckte es über und über mit Küssen. »Oh, mein Herz, warum bist du nur dorthin gegangen?« Sie blinzelte heftig und wischte sich die Tränen aus den Augen. »Man hatte dich davor gewarnt! Linnet MacKenzie hatte dir eine Nachricht zukommen lassen. Du warst dir der Gefahr bewusst ...«

»Ich musste dorthin gehen.« Jamie schlug die von Schmerz verschleierten Augen auf und sah Aveline an. »Zu Hughie Mac... wegen des Spazierstocks«, fügte er hinzu.

Aveline sah ihn verständnislos an, deshalb versuchte Jamie von Neuem, es ihr zu erklären. »Ich war auf dem Weg zu Hughie, als ich mich plötzlich an Baldreagans alte unterirdische Gänge erinnerte und dass einige von ihnen in der Nähe des Garbh Uisge endeten. Ich dachte, das Gespenst könnte sich vielleicht auf diese Weise Zutritt zur Burg verschafft haben, und deshalb bin ich hingeritten, um sie mir anzusehen, und dann ...«

»Hättest du mich gefragt, hätte ich dir gesagt, dass diese Gänge schon vor Jahren unbrauchbar gemacht worden waren!«, blaffte Munro ihn an und verschränkte die Arme vor der Brust, was ihm trotz seines Morgenmantels und seiner nackten Füße ein ausgesprochen würdevolles Aussehen verlieh. »Verdammt noch mal, Jamie, ich schwöre dir, wenn du noch ein kleiner Junge wärst, dann würde ich dir jetzt eine Haselnussrute zu spüren geben!«

»Und ich auch!«, warf Aveline ein, die trotz ihrer Tränen eine finstere Miene aufzusetzen versuchte, aber alles andere als Furcht erregend aussah.

Sie war ganz im Gegenteil der schönste Anblick, den Jamie

je gesehen hatte. Auch mit ihrem zerzausten Haar, den tränennassen Augen und der vom Weinen roten Nase.

Nein, vermutlich vor allem deswegen.

Sie anzusehen trieb auch Jamie die Tränen in die Augen, und deshalb griff er schnell nach ihr, zog sie an sich und küsste sie.

Es war ein kurzer, harter Kuss, weil Munro ihnen mit grimmig zusammengezogenen Augenbrauen zusah. »Ja, eine ordentliche Tracht Prügel ist das, was du brauchst«, brummte er. »Mir einen solchen Schrecken einzujagen! Wenn Beardie nicht gewesen wäre, hätten wir dich verloren.«

»Dir einen Schrecken einjagen?«, wiederholte Jamie. »Du meinst das Gespenst?«

Munro schnaubte ärgerlich. »Nein, Junge, ich meinte, dich beinahe zu verlieren. Den einzigen Sohn, der mir noch geblieben ist.« Sein Gesicht verdüsterte sich. »Und verlang jetzt nicht von mir, dass ich dir das erkläre. Ich habe schon mehr gesagt, als deine langen Ohren zu hören verdienen!«

Jamie blinzelte verwirrt und versuchte, sich die Erregung seines Vaters zu erklären. Aber er konnte sich dies sparen, denn der feste Griff des alten Herrn um seine Schulter und die Tränen in dessen alten, blauen Augen waren beredter als jede Erklärung, die er ihm hätte geben können.

Jamies Herz begann fast schmerzhaft hart gegen seine Rippen zu pochen.

Und die Liebe, die er in den Augen seiner Braut erblickte, die ihn mit Küssen überhäufte, bedeutete ihm sogar noch mehr. Er nahm ihre Hand und drückte einen Kuss auf die zarte Haut an ihrem Handgelenk. »Habe ich dir eigentlich schon gesagt, wie sehr ich dich liebe?«

Sie schüttelte den Kopf, und eine Träne tropfte auf seine Wange. »Nein, das hast du nicht – aber ich weiß, dass du es tust.« Sie beugte sich zu ihm und flüsterte ihm ins Ohr: »Sobald wir allein sind, werde ich dir zeigen, wie sehr auch ich dich liebe.«

»Ach, meine Schöne.« Jamie küsste ihre Fingerspitzen. Vielleicht hätte er jetzt gegrinst wie ein Narr, aber das Wort *Haselnussrute* wollte ihm nicht aus dem Kopf gehen und quälte ihn und irritierte ihn.

Allerdings dröhnte ihm der Kopf viel zu sehr, um sich Gedanken über das Warum zu machen. Jeder Atemzug begann zur Qual zu werden, sandte neuen Schmerz durch seine Rippen und füllte seinen Kopf mit furchtbaren Erinnerungen.

Mit grauenhaften Bildern, die er nicht vergessen konnte.

Die verschwommenen Bilder von schwarzen Klippen und schroffen Felsen; von aufsprühender Gischt, dem Tosen der Wasserfälle und dem Dröhnen seines Blutes in seinen Adern. Dem lähmenden Schmerz, als er in den eisigen Fluss gestürzt war.

In den Fluss, in dem er vielleicht doch noch ertrunken wäre, hätte Beardie ihn nicht gefunden und auf sein Pferd gehoben. Er hatte das Tier den ganzen Weg nach Baldreagan im Schritt gehen lassen – um Jamies gebrochene Rippen nicht noch mehr zu belasten.

Und während des ganzen qualvollen Ritts hatte Jamie jeden Augenblick damit gerechnet, einen Dolch in den Rücken gestoßen zu bekommen.

Von heftigen Schuldgefühlen erfasst wandte er den Kopf und sah seinen Cousin an. Es überraschte ihn nicht, dass Beardie sich seinen verrosteten Wikingerhelm schon wieder aufgesetzt hatte.

Denn das tat er immer, wenn er das Gefühl hatte … in Bedrängnis zu sein.

Jamie runzelte die Stirn und atmete so tief ein, wie seine verletzten Rippen es erlaubten.

»Was hast du eigentlich da gewollt?«, fragte er mit rauer Stimme. Es beschämte ihn, dass er Beardie verdächtigt hatte, die gespenstische Gestalt zu sein. »Warum bist du zu so einer unchristlichen Stunde dort im Nebel herumgeschlichen?«

Beardie errötete und senkte seinen Blick.

»Ist das wichtig?« Aveline beugte sich zu Jamie herunter und küsste ihn, dann nahm sie seine Hand und massierte sie, um seine kalten Finger zu wärmen. »Du lebst, und du bist hier.« Sie hielt einen Moment inne und sah Munro an. »Herzen haben sich wiedergefunden und einander verziehen. Das ist das einzig Wichtige.«

Aber sie irrte sich.

Der geschnitzte *Stock* war ebenfalls von größter Wichtigkeit.

Jamie war sich dessen sicher; sein Herz und seine Seele schrien es ihm förmlich zu.

»... ein liebes Mädchen«, sagte Beardie gerade, und eine tiefe Röte war ihm ins Gesicht gestiegen. »Sie wohnt im Nachbartal und ist die Tochter eines Gerbers. Sie mag sogar meine Kinder.« Er hob den Kopf und sah sich mit Stolz und Freude in der Runde um. »Ich habe sie gefragt, ob sie meine Frau werden will, und sie hat Ja gesagt.«

Ein bisschen verlegen griff er sich an den Kopf, um seinen Wikingerhelm zurechtzurücken, und nutzte die kleine Pause für ein Räuspern. »Der Weg zu ihr führt an der Schlucht vorbei, und ich war gerade auf dem Rückweg von der Kate ihres Vaters, als ich sah, was dort geschah.«

Jamie runzelte die Stirn, weil die Worte seines Cousins ihn nur wieder an eine andere Kate erinnerten.

An die von Hughie Mac.

Und wie dringend notwendig es war, dorthin zu gehen.

So dringend, dass er sich aufsetzte und sein Bestes tat, den brennenden Schmerz in seiner Brust und Moragas alte, gichtgekrümmte Hände zu ignorieren, die versuchten, einen langen Streifen Leinen fest um seinen Brustkorb zu wickeln.

Vielleicht waren es ja gar nicht Moragas Hände, sondern die Arme seiner Fee, die ihm das Atmen schwermachten

Doch nein, Aveline lehnte an seiner Schulter und strich ihm sanft über die Stirn, berührte ihn und streichelte ihn, als gäbe es kein Morgen mehr, und hauchte so viele süße Küsse auf sein Gesicht, dass er nicht einmal sehen konnte, *wer* alles um ihn herumstand, ihn anfasste, betätschelte und einen solchen Wirbel um ihn machte.

Wer Tränen vergoss und sich lautstark die Nase schnäuzte.

Wer die Namen rief, die er nie wieder zu hören geglaubt hatte.

Jamies Herzschlag stockte, und er verwünschte den Schwindel, der ihm das Aufstehen erschwerte und die Sicht trübte. Aber er *sah* die ungläubigen Blicke, *sah* die Fassungslosigkeit auf den Gesichtern aller, die zum Eingang des Großen Saales hinüberschauten.

Jamies Puls begann zu rasen.

Und dann grinste er. Auch wenn es ihm schwerfiel, sich auf den Beinen zu halten, hatte er doch kein Problem mit seinen Ohren.

»Beim heiligen Columban!«, schrie sein Vater, was bewies, dass auch dessen Gehör noch bestens funktionierte.

Der alte Mann hatte den Kopf in den Nacken gelegt, und er jubelte vor Freude, während ihm die Tränen über die Wangen liefen.

Dann packte er Jamie an den Schultern und zog ihn so fest an sich, dass er ihm fast noch einige Rippen brach. »Ein Tag der Wunder!«, rief er. Er wandte sich zu Aveline um und umarmte sie voller Freude, bevor er loslief.

Auch andere waren losgelaufen, es herrschte ein unglaublicher Lärm und Aufruhr. Jubelschreie und Freudenrufe brandeten auf, stiegen zu den Deckenbalken auf und erschütterten die rußgeschwärzten Mauern.

Der Lärm war ohrenbetäubend.

Alles drängte zum Eingang des Großen Saales, dorthin, wo der Mittelpunkt des Tumultes war.

Die Männer zogen ihre Schwerter und schwenkten sie in der Luft herum, stampften mit den Füßen und klopften einander auf die Schultern. Schreiend, scherzend und lachend vor Freude wischten sie sich die Tränen von den bärtigen Gesichtern.

Auch Jamie hatte sich jetzt den Weg durch den Großen Saal gebahnt und sah, was der Grund für diesen Lärm war.

Es war der Spazierstock aus Haselnussholz.

Hughie Macs hübsch geschnitzter neuer Gehstock.

Aber was Jamie den Atem raubte und sein Herz zum Rasen brachte war der große, breitschultrige Mann, der sich auf den Stock stützte. Es war ein großer Mann mit rötlich braunem Haar, der Jamies Ebenbild hätte sein können, wäre er nicht um einige Jahre älter.

Sein Bruder Neill.

Und er sah so gesund und munter aus wie an dem Tag, als Jamie ihn zuletzt gesehen hatte – bis auf ein leichtes Hinken und den Stock, auf den er sich stützte.

»Es ist Neill! Ich glaube es nicht!« Jamie starrte seinen Bruder an und erstickte fast an seinen Tränen.

Aber dann packte er Aveline um die Taille, hob sie hoch und wirbelte sie im Kreis herum, bevor er sie trotz seiner gebrochenen Rippen ganz fest an sich drückte. »Es ist Neill«, sagte er wieder und küsste sie. »Neill – und er ist alles andere als ein Gespenst, so leibhaftig wie er dort steht!«

»Und sieh nur – da ist Kendrick!«, rief Aveline, als sie sich weiter durch die Menge drängten und in ihrer Hast gegen Esstische und Bänke stießen. »Er ist auch hier! Mit Hughie Mac!«

Ja, es war Kendrick.

Ohne Zweifel.

Und genau so, wie Jamie ihn kannte – draufgängerisch und mit strahlendem Lachen stand sein Bruder inmitten des Chaos. Der weiße Verband, den er um den Kopf trug, ließ ihn noch verwegener als ohnehin schon aussehen.

Auch Hughie Mac grinste vor Freude.

Er stand ein wenig abseits von den anderen, die Arme vor der Brust verschränkt. »Das ist eine lange Geschichte«, sagte er augenzwinkernd, als Jamie und Aveline ihn erreichten. »Neuigkeiten verbreiten sich sehr schnell in dieser Gegend, und als wir hörten, was am Garbh Uisge geschehen war, wussten wir, dass es für Neill und Kendrick an der Zeit war, aus ihrem Versteck herauszukommen und heimzukehren.«

Er sah sehr zufrieden mit sich aus, als er sich im Großen Saal umschaute. »Wir hätten das Geheimnis ohnehin nicht mehr lange bewahren können, nachdem die beiden schon von so vielen Leuten gesehen worden waren.«

»Und wo haben sie die ganze Zeit gesteckt?«, erhob sich Munros tiefe Stimme neben ihnen. »Sie waren tot – ich war selbst dabei, als sie begraben wurden. Und ich habe mit eigenen Augen die Steinhaufen über ihren Gräbern gesehen.«

Er verschränkte die Arme über seinem pelzbesetzten Morgenmantel und blickte seine zwei zurückgekehrten Söhne aus schmalen Augen an. »Erzählt mir nicht, ihr hättet die ganze Zeit unter diesen Steinen gelegen, denn ich weiß sehr wohl, dass ihr keine Gespenster seid! Gespenster tragen keine Verbände und gehen auch nicht an einem Stock!«

Kendrick und Neill sahen sich an.

»Nun ja, wir haben lange genug unter den Steinen gelegen«, gab Neill zu und stützte sich auf seinen Stock. »Zwei ganze Nächte, um genau zu sein.«

Kendrick trat neben Hughie und legte den Arm um die Schultern des viel kleineren Mannes. »Hughie hat uns ausgegraben«, erklärte er und grinste den Alten an. »Eigenhändig – obwohl wir glauben, dass er ein wenig Hilfe dabei hatte.«

»›*Ein wenig Hilfe?*‹« Jamie rieb sich den Nacken, bevor das Prickeln dort wieder beginnen konnte. »Was für eine Art von Hilfe?«, fragte er mit einem Blick auf Hughie.

Der Alte hob das Kinn. »Das würdest du mir sowieso nicht glauben, wenn ich es dir sagte«, erwiderte er kopfschüttelnd. »Manchmal frage ich mich, ob ich es mir nicht nur eingebildet habe.«

»Ich würde dir aber glauben«, mischte sich Aveline mit leiser Stimme ein. »Ich habe schon immer an die Magie der Highlands geglaubt.«

Munro nickte zustimmend. »Ich würde es auch nicht abstreiten«, sagte er, und seine Züge wurden sichtlich weicher, als sein Blick zu Jamie glitt. »Mein eigener Vater hat schon immer geschworen, dass es in diesen Bergen Zeichen und Wunder gibt.«

»So muss es gewesen sein«, stimmte Hughie zu und nickte nachdrücklich. »Denn wisst ihr«, begann er mit gedämpfter Stimme, »keine drei Tage, nachdem wir die Toten der Erde übergeben hatten, hörte ich nachts ein Kratzen an meiner Tür. Es war so beharrlich, dass ich nicht mehr einschlafen konnte. Aber wann immer ich die Tür geöffnet habe, war niemand da.«

»Niemand?« Jamie streckte die Hand nach Aveline aus und zog sie an sich.

Hughie senkte den Blick und scharrte mit seiner Stiefelspitze in der Binsenstreu am Boden. »Nun ja, niemand außer einem kleinen Rotfuchs«, gab er schließlich ein bisschen verlegen zu. »Ich habe das Tier nicht weiter beachtet, aber es kam immer wieder zurück, kratzte an meiner Tür und rannte weg, sobald ich öffnete. Nach einer Weile beschloss ich dann, dem Fuchs zu folgen.«

»Und der Fuchs führte Hughie zu den Steinhaufen«, erzählte nun Kendrick. »Neill und ich sind irgendwann aufgewacht, lebendig, aber unter den Steinen begraben und außerstande, uns zu befreien. Wir haben gerufen und geschrien, aber niemand hörte uns.«

»Bis auf den Fuchs?«, warf Aveline lächelnd ein.

Jamie lief es kalt über den Rücken.

Kendrick zog die Schultern hoch. »Wer weiß? Wir wissen nur, dass das Tier Hughie auf unsere Notlage aufmerksam gemacht hat.« Er sah seinen Vater an und schüttelte den Kopf. »Nur dauerte es dann leider etwas länger, Sorcha auf die Spur zu kommen.«

»Uns war schon klar, dass etwas faul war«, sagte Hughie, während er seine beiden Schützlinge am Arm nahm und sie weiter in den Saal hineinführte. »Wir wussten nur nicht, wer es war oder ob dieser Jemand Komplizen hatte.«

»Deshalb sind wir bei Hughie geblieben, haben die Augen offen gehalten und abgewartet«, erklärte Kendrick. Er bückte sich, um Cuillin hinter den Ohren zu kraulen, als der Hund ihn mit der Nase anstieß. »Soweit wir wussten, gab es einen Verräter innerhalb Baldreagans Mauern, und wir wollten nicht riskieren, euch in Gefahr zu bringen, falls die Nachricht von unserem Überleben das *Gespenst* erzürnen würde.«

»Und wir wollten auch keine Aufmerksamkeit auf Hughie lenken«, warf Neill ein. »Nicht, solange wir uns unter seinem Dach befanden, um uns zu erholen. Wir waren verletzt und zu schwach, um beim Essen ein Messer benutzen zu können, geschweige denn ein Schwert zu schwingen, sollte es bei Hughie Ärger geben.«

»Also deshalb war die Tür neulich abends verriegelt?«, fragte Jamie und sah dabei Aveline an.

Sie errötete und senkte ihren Blick.

Hughie nickte. »Wir waren noch nicht so weit, mein Junge«, sagte er. »Niemand wollte euch hinters Licht führen oder zum Narren halten. Es stand nur zu viel auf dem Spiel, um unser Geheimnis schon zu lüften.«

Viel später dann, nach einer wohltuenden Mahlzeit aus Rinderbraten und Kürbispfannkuchen, gedünstetem Aal und mehr Honigkuchen und süßem Wein, als ihnen guttat, hatte Jamie noch immer Fragen.

Und so stellte er seinen Weinkelch auf den Tisch zurück und räusperte sich. »Wenn Sorcha hinter all dem steckte – wie ist sie dann so leicht hier herein und wieder herausgekommen? Und immer unbemerkt?« Er warf seinem Vater einen Blick zu. »Du hast doch gesagt, die Geheimgänge wären unbrauchbar gemacht worden?«

»Und so war es auch«, beteuerte Munro. »Es sei denn, irgendjemand hätte einen wieder zugänglich gemacht.«

Kendrick stand auf. »Ich muss nur rasch zur La...«

»O nein!« Neill streckte blitzschnell die Hand nach ihm aus, packte ihn und zog ihn auf die Bank zurück. »Du wirst schön hier sitzen bleiben und allen erzählen, was du Hughie und mir vor einer knappen Stunde gebeichtet hast.«

Zu Jamies Überraschung wurde Kendrick sehr verlegen. Aber er setzte sich wieder und trank einen großen Schluck von seinem Wein. »Ihr habt mein Schlafzimmer benutzt, hörte ich?«, fragte er Jamie und Aveline. »Ist euch nie das kleine Loch im Mauerwerk eines der Fensterbögen aufgefallen?«

Jamie und Aveline wechselten einen Blick.

Dann nickte Jamie, weil er sich erinnerte, das Loch in der Nacht gesehen zu haben, in der Hughie vom Hochzeitsstein der MacKenzies und der mit ihm verbundenen Zeremonie erzählt hatte.

Damals hatte er gedacht, das Loch sei durch einen zerbröckelnden Stein im Mauerwerk entstanden.

»Ja, das haben wir bemerkt«, erwiderte er.

Kendrick zögerte und stürzte dann den Rest seines Weins in einem Zug hinunter. »Wisst ihr, es gibt da einen kleinen Hebel in dem Loch im Mauerwerk«, sagte er, wobei er noch heftiger errötete. »Ich habe ihn durch Zufall vor ein paar Jahren entdeckt und schnell herausgefunden, dass er die Tür zu einem Geheimgang öffnet, den Vater und alle anderen übersehen haben müssen.«

Munro erhob sich halb aus seinem Burgherrensessel. »Und das hast du mir nie gesagt?« Er sah seinen Sohn aus schmalen Augen an, als er sich wieder setzte. »Sag mir jetzt nicht, dass man durch diesen Gang in mein Schlafzimmer gelangen kann?«

Kendrick schüttelte den Kopf. »Nein, er führt in den kleinen Vorraum zwischen deinem Schlafgemach und meinem.« Statt seinen Vater anzusehen, senkte er den Blick und strich mit dem Finger über den Rand seines Weinkelchs. »Der andere Ausgang befindet sich in der Nähe von Mutters Grab in der Kapelle.«

Sein Gesicht war dunkelrot, als er endlich wieder seinen Blick erhob. »Ich hätte es sofort erwähnt, als wir von der Sache mit den Gespenstern hörten, aber ...« Er zuckte mit den

Schultern und berührte den Verband an seinem Kopf. »Leider war ich die ganze Zeit wie benebelt ... seit dem Sturz in den Garbh Uisge. Erst als der Schmerz in meinem Kopf ein wenig nachließ, erinnerte ich mich wieder an den Gang.«

Munro zog eine Augenbraue hoch und sah ganz und gar nicht mehr wie ein alter Mann aus. »Und warum hast du mir *vorher* nichts davon gesagt?«

Kendrick schien sich unter dem strengen Blick seines Vaters zu winden. »Ich wollte es geheim halten, um den Gang für meine eigenen Zwecke zu nutzen.«

Neill lachte und klopfte ihm auf die Schulter. »Für deine amourösen Abenteuer, meinst du«, sagte er und wackelte mit den Augenbrauen, als er sich am Tisch umsah. »Weil Morag die *Damen* bemerkt hätte, wären sie durch den Großen Saal zu deinem Schlafzimmer gegangen!«

»Jetzt ist es aber gut, hörst du!« Kendrick sah seinen älteren Bruder warnend an, worauf Neill aber nur noch lauter lachte und mit der Hand auf den Tisch schlug.

»O ja ... Kendrick hat den geheimen Gang benutzt, um Damen in seinem Schlafzimmer zu empfangen«, fuhr er belustigt fort. »Gefällige Damen. Einschließlich einer sehr gut aussehenden, die, wie ich hörte, doppelt so alt war wie er!«

Kendricks Gesicht färbte sich dunkelrot. »Sie war fünf Jahre älter als ich. Nicht einen Tag mehr!«, protestierte er.

»Ganz wie du meinst.« Neill ließ das Thema fallen.

Kendrick presste die Lippen zusammen. »Meine Privatangelegenheiten sind allein meine Sache«, sagte er schließlich und wirkte ungemein erleichtert, als Morag mit einer Platte frisch gebackener Honigkuchen kam.

Rasch nahm er sich den größten und ließ ihn auf Neills Teller fallen. »Iss und hör auf, Geschichten zu erzählen, die niemand hören will.«

»Aber das ist eine Geschichte, die erklärt, wie Sorcha es geschafft hat, unbemerkt ein und aus zu gehen«, konnte Neill sich nicht verkneifen hinzuzufügen, als er nach dem Honigkuchen griff. »Sie muss gesehen haben, wie du eine deiner Frauen hereingeschmuggelt hast. Man könnte sogar sagen, *du* hast ihr den Weg gezeigt.«

»Und dir werde ich die Spitze meines Schwertes zeigen, sobald wir wieder völlig wiederhergestellt sind«, gab Kendrick scharf zurück. »Und vielleicht auch noch mit der Faust eins auf die Nase geben.«

»Das wäre dann der Tag, an dem die Schweine fliegen lernen«, versetzte Neill trocken und biss in seinen Honigkuchen.

»Ich weiß wirklich nicht, warum uns diese Zankerei gefehlt hat«, ging Morag jetzt dazwischen, aber das Funkeln in ihren Augen und das Zittern ihrer Stimme nahmen ihren Worten ihre Schärfe.

»Und ich bin neugierig auf *deine* Liebste«, verkündete Munro und sah Neill erwartungsvoll an. »Sie ist aus Ulster, wenn ich das recht verstanden habe?«

Diesmal war es Neill, der verunsichert wirkte. »Ich wollte dir von ihr erzählen«, sagte er. »An dem Tag, als die Brücke ... ach, ihr wisst ja, was passiert ist. Sie heißt Oonagh O'Cahan und lebt in Derry. Ich habe sie in Lough Foyle kennengelernt ...«

»Und nun wirst du sie hierherbringen, um sie zu heiraten.« Munro erhob sich und sah sich um, als forderte er die Anwesenden heraus, zu widersprechen. »Vermutlich, sobald du in der Verfassung bist, die Seereise nach Irland anzutreten?«, fragte er mit einem Blick auf den Gehstock, der so unübersehbar neben Neill an der Bank lehnte.

Neill nickte. »Das habe ich vor. Kendrick hatte sich bereit

erklärt, mich zu begleiten. »Aber –«, er warf einen langen Blick auf seinen Bruder, »– jetzt bin ich mir nicht mehr sicher, ob ich seine Gesellschaft überhaupt noch will.«

Munro lachte. »Ihr werdet beide fahren und euch eine schöne Reise machen. Und eure Mission erledigen«, erklärte er und begann zu grinsen. »Es wird Zeit, dass wir unser Haus wieder in Ordnung bringen.«

»In Ordnung bringen?« Neill starrte ihn verwundert an.

Wie auch alle anderen.

Irgendetwas in Munros Ton hatte sie aufhorchen lassen.

Munro, dem bewusst war, dass ihn alle anstarrten, blickte sich mit grimmiger Miene in der Runde um. »Glotzt mich nicht an wie ein Haufen Schwachköpfe! Ich bin in den letzten Jahren einen schlechten Weg gegangen, und jetzt –«, er hielt inne und sah Jamie an, »– jetzt bin ich fest entschlossen, die Dinge in Ordnung zu bringen.«

Jamie schluckte.

Er hatte nie eine Entschuldigung von seinem Vater erwartet, hatte nur darauf gehofft, eines Tages von ihm akzeptiert zu werden. Und vielleicht sogar seine Liebe zu gewinnen. Zutiefst bewegt legte er einen Arm um Aveline und zog sie näher. »Er ist überreizt von den Geschehnissen des Tages«, sagte er mit gedämpfter Stimme. »Er ...« Er unterbrach sich verwundert und sah mit großen Augen auf Munro, der sich erhob hatte und jetzt zu der Wand ging, an der das Horn der Zeit hing, dem kostbarsten Besitztum des Clans.

Munro nahm es herunter und betrachtete es einen Augenblick lang, dann hob er es in die Höhe, damit alle es sehen konnten – das vollendet geformte, elfenbeinerne, mit funkelnden Juwelen besetzte Horn.

Es war in der Tat wunderschön.

Ein unglaubliches Wunder.

Und der Beweis, dass Jamie etwas missverstanden hatte. Sein Vater hatte keineswegs mit ihm Frieden schließen wollen. Bei diesem Gedanken zerbrach etwas in Jamie, und ein heißer, stechender Schmerz durchzuckte seine Brust. Ein Schmerz, den er kannte und von dem er wusste, wie er ihn lindern konnte. Und das tat er jetzt, indem er Avelines Hand ergriff und seine Finger mit den ihren fest verschränkte.

Weil er ihre Wärme brauchte.

»Er wird Neill zum Laird machen«, sagte er gedämpft, aber auch freut, weil Neill diese Ehre verdiente.

Aber niemand am Hohen Tisch erhob sich, um seinem Bruder den Treueeid der Macphersons zu leisten.

Stattdessen breitete sich ein lastendes Schweigen aus, als aller Augen sich auf Jamie richteten. Augen, in denen sich Achtung und Respekt widerspiegelten. Und dann wurde Jamie bewusst, dass Munro nicht hinter Neill, sondern hinter ihm stehen geblieben war.

Er sprang auf. »Du kannst mich nicht zum Laird machen«, erklärte er. »Neill ist ...«

»Mein Erstgeborener, ja«, erwiderte Munro mit belegter Stimme. »Und er wird das nächste Clanoberhaupt der Macphersons sein – irgendwann. Aber heute werde ich eine neue Tradition begründen. Du ...«

»Eine neue Tradition?« Jamie starrte erst seinen Vater und dann das elfenbeinerne Horn an, das Munro noch immer in den Händen hielt.

»Nenn es, wie du willst«, erklärte Munro. »Das Horn der Zeit ist der kostbarste Besitz unseres Clans, und ich will, dass du es hast, Jamie. Ich kann mir nichts Angemesseneres vorstellen, um meine Freude darüber auszudrücken, dass du wieder bei uns bist. Bei mir, bei deinen Brüdern und auch bei allen anderen auf Baldreagan.«

»Aber ich …« Jamie versagte die Stimme, als sein Vater ihm das berühmte Horn in die Hände legte. Dann nahm er ihn in die Arme und drückte ihn an sich.

»Du behältst das Horn«, erklärte Munro, als er Jamie wieder losließ und einen Schritt zurücktrat. »Neill und seine irische Braut können ihre eigenen Traditionen auf Baldreagan einführen. Ich hoffe, dir so beweisen zu können, wie sehr du uns gefehlt hast, mein Junge.«

Und wie sehr ich dich liebe, glaubte Jamie ihn noch sagen zu hören.

Doch der ohrenbetäubende Lärm, der um sie herum ausgebrochen war, hatte es unmöglich gemacht, die Worte zu verstehen. Und dann war Munro in dem allgemeinen Durcheinander plötzlich verschwunden. Mitgerissen von lachenden Clanangehörigen, die ihm auf die Schulter klopften und deren fröhliche Rufe und begeistertes Fußstampfen alles übertönten. Alles bis auf Jamies wild pochenden Herzschlag, als er das Horn der Zeit in den Händen hielt und spüren konnte, wie das Elfenbein und die Edelsteine sich in seinen Fingern schon erwärmten.

Aber viel glücklicher noch machte ihn das Leuchten in den Augen seiner Braut, die freudestrahlend zu ihm aufschaute. »Ich habe immer gewusst, dass er dich vermisst«, sagte sie mit atemloser Stimme. »Er liebt dich. Und mit der Zeit wirst du das auch glauben und verstehen, Liebster.«

Über alle Maßen froh über Avelines Worte beugte Jamie sich zu ihr herunter und küsste sie.

Aber noch beunruhigte ihn etwas, das ausgesprochen werden musste.

Etwas, das mit den Gefühlen seiner Braut zu tun hatte.

Und deswegen schob er sie auf Armlänge von sich fort und straffte die Schultern. »Aveline, ich muss dich etwas fragen – macht es dir etwas aus, die Braut eines dritten Sohns zu sein? Du hast gehört, dass Neill der nächste Laird sein wird. Und Kendrick wird bestimmt sein Schlafzimmer zurückhaben wollen. Mein eigenes altes ist nicht annähernd so schön.«

Jamie sah sie prüfend an. »Ich würde es verstehen, wenn du lieber ...«

Aveline legte einen Finger auf seine Lippen. »Macht es dir etwas aus, wenn wir in dein altes Schlafzimmer umziehen?«, entgegnete sie, obwohl sie seine Antwort darauf bereits kannte. Aber sie wollte ihm zeigen, wie absurd seine Befürchtungen waren.

»Wäre es dir lieber, der nächste Anwärter auf den Titel des Lairds zu sein – und nicht zwei deiner Brüder wohlbehalten zurückbekommen zu haben?«

Jamie schüttelte den Kopf. »Um Gottes willen, nein«, erwiderte er aufrichtig. »Ich würde nackt bis ans Ende der Welt und wieder zurück pilgern, könnte ich dadurch wieder der zehnte Sohn sein. Gott weiß, dass ich sogar betteln gehen würde, könnte das auch meine anderen Brüder wieder zurückbringen.«

Aveline lächelte.

»Ich wusste, dass du das sagen würdest«, erwiderte sie und ein Hauch von Triumph schwang in ihrer Stimme mit. »Dann wirst du es gewiss auch verstehen, wenn ich dir sage, dass ich an allen zukünftigen Lairds unseres Königreichs vorbeigehen könnte, ohne ihnen auch nur einen Blick zu gönnen, wenn ich wüsste, dass du am Ende dieser langen Reihe wartest.«

Jamie sah sie an, und die Freude über ihre Antwort sprengte ihm fast das Herz.

Ohne auf seine gaffenden, neugierigen Clanangehörigen zu achten, zog er seine Braut an sich und küsste sie, lang und hart und tief.

Aber nicht annähernd so tief wie die Gefühle, die in ihm erwachten. Gute Gefühle. Gefühle, von denen er nie geglaubt hätte, sie je in seinem Leben zu erfahren.

»An so vielen zukünftigen Lairds würdest du vorbeigehen?« Er küsste ihre Nasenspitze, ihre Wange. »So sehr liebst du mich?«

»Noch viel mehr«, erwiderte sie und schloss Jamie in die Arme. »Mehr, als du dir vorstellen kannst.«

Epilog

Baldreagan Castle,
im Frühling

Habe ich dir nicht gesagt, dass sie kommen würde?« Jamie blickte über den Hohen Tisch zu der ganz in Schwarz gekleideten Frau hinüber. Einer grauhaarigen, alten Frau, deren blaue Augen jedoch sehr wach schauten und jetzt zudem vor Fröhlichkeit funkelten.

»Ja, das hast du«, erwiderte Aveline, die sich unbeschreiblich darüber freute, die berühmte Devorgilla von Doon bei den Hochzeitsfestlichkeiten dabeizuhaben.

Lächelnd nahm sie Jamies Hand und drückte sie. »Aber ich würde schwören, sogar du bist überrascht, dass sie ihren kleinen Freund mitgebracht hat«. Sie sah zu dem kleinen Rotfuchs hinüber, der sehr zufrieden auf dem Schoß der *cailleach* saß.

Und sichtlich stolz die lobenden Worte und Leckerbissen entgegennahm, mit denen viele der Gäste ihn überschütteten.

Jamie zuckte gutmütig die Schultern. »Nach allem, was wir erfahren haben, hat Somerled sich seinen Platz an diesem Hohen Tisch verdient – und viele andere auch«, sagte er und lächelte, als Beardie sich neben der weisen alten Frau auf ein Knie niederließ und den Fuchs mit einer Hand voll Süßigkeiten zu füttern begann.

»Aber da wir gerade von Überraschungen sprechen ...« Jamie legte den Arm um seine Frau und zog sie an sich. »Ich glaube eigentlich nicht, dass irgendetwas unter dieser Sonne mich jemals wieder überraschen wird.«

»Meinst du? Da wäre ich mir aber nicht so sicher«, wandte Aveline ein und dachte an einen gut gefüllten Lederbeutel, der vor Blicken verborgen unter dem Hohen Tisch lag.

Genau genommen unter Munros Burgherrensessel.

Für den Moment jedoch begnügte Aveline sich damit, von Jamie im Arm gehalten zu werden und einfach nur diesen besonderen Tag zu genießen.

Diesen unvergleichlich schönen Tag.

Der von unzähligen Fackeln erhellte, festlich geschmückte Große Saal dröhnte vom Lärm der Hörner und Trompeten, und ganz Baldreagan wimmelte nur so von Gratulanten. Von braven, rechtschaffenen Highlandbewohnern, die von nah und fern gekommen waren, um an dem freudigen Ereignis teilzunehmen.

Einer dieser Gäste weckte Avelines Interesse ganz besonders. Es war Gunna aus dem Tal, die bemerkenswert dezent gekleidet zum Fest erschienen war und deren angenehmes, unaufdringliches Auftreten so ganz anders war, als Aveline es erwartet hatte.

Überrascht von der freundlichen Art und der Liebenswürdigkeit dieser Frau beobachtete Aveline jetzt, wie sie in der Mitte des Großen Saals, die frei geräumt worden war, mit Kendrick tanzte und dabei heftig mit ihm flirtete. Auch Neill und seine irische Braut Oonagh schienen sehr viel Spaß zu haben, denn das offensichtlich sehr verliebte Paar ließ nicht einen einzigen Tanz aus.

Auch die MacKenzie-Mädchen tanzten, wenn auch nur mit ihrem Vater, vergnügt und ausgelassen.

»Ich könnte schwören, dass er überhaupt nicht älter wird«, bemerkte Jamie, der beobachtete, wie der Schwarze Hirsch seine Töchter geschickt von einem hoffnungsvollen neuen Tanzpartner weglotste – einem jungen MacKenzie-Gardisten, der wahrscheinlich glaubte, dass Duncan MacKenzie bei all der ausgelassenen Fröhlichkeit des Tages kein ganz so wachsames Auge auf seine hübschen Töchter haben würde.

Lady Linnet, die Frau des Schwarzen Hirschen, die neben Jamie saß, beugte sich ein wenig zu ihm vor. »Und ich schwöre dir, dass ich noch nie so froh gewesen war wie in dem Moment, als ich erfuhr, dass du den Sturz in den Garbh Uisge überlebt hast«, sagte sie und legte ihm für einen Moment die Hand auf den Arm. »Ich hätte nie gedacht, dass ich diesen Tag heute noch sehen würde.«

»Ich auch nicht«, sagte eine schroffe Stimme hinter ihnen, und als Jamie sich umdrehte, sah er dort seinen Vater stehen, mit einem prall gefüllten Lederbeutel in der Hand. »Aber der heutige Tag scheint mir so gut wie jeder andere zu sein, um das hier hinter mich zu bringen.«

Jamie zog eine Augenbraue hoch, weil irgendetwas in der Stimme seines Vaters ihm verriet, dass jetzt etwas sehr Bedeutsames geschehen würde.

»*Was* hinter dich bringen?«, fragte er mit vor Erwartung rauer Stimme.

Er bekam jedoch nur ein *Hmmpff* zur Antwort.

Dann begann Munro, die Verschnürung des Beutels zu lösen, zog dessen Öffnung weit auseinander und warf ihn schließlich Jamie auf den Schoß.

»Schau hinein«, sagte er, während er zurücktrat und die Arme vor der Brust verschränkte. »Und wenn du es getan hast, hoffe ich, dass du mit niemandem darüber reden wirst.«

Jamies Finger fühlten sich plötzlich wie erstarrt an, und zu seiner Bestürzung verspürte er ein ungewohntes Brennen hinter seinen Lidern. Das also war die Überraschung, von der Aveline gesprochen hatte!

Der Beweis dafür, dass sein Vater ihn liebte.

Jamie war sich dessen so sicher, wie er wusste, dass jeden Morgen die Sonne aufging.

»Nun mach schon«, brummte Munro und stieß den Beutel an. »Oder willst du mich ewig hier herumstehen und Maulaffen feilhalten lassen, bis es auch der letzte Dummkopf im Saal mitbekommt?«

Jamie atmete tief durch.

Dann nahm er seinen ganzen Mut zusammen und schaute in den Lederbeutel.

Er war mit vergilbten Schriftrollen gefüllt, deren Wachssiegel aufgebrochen und die Bändchen, die sie zusammengehalten hatten, geöffnet waren. Jamies Herz zog sich zusammen und begann dann, wie wild zu pochen. Er hörte, wie Aveline leise seufzte.

»Du musst sie lesen«, sagte sie und griff in den Beutel, um eine der brüchig gewordenen alten Rollen herauszunehmen und es ihm lächelnd in die Hand zu geben. »Dann wirst du alles verstehen.«

Aber Gott war sein Zeuge, dass er es auch jetzt schon verstand.

Dass er eine Ahnung hatte. Eine Vermutung, die ihm die Kehle so eng werden ließ, dass er kaum noch in der Lage war, zu atmen.

»Grundgütiger«, murmelte er, als er das erste Pergament entrollte und die verblassten Zeilen überflog.

Zeilen, in denen Jamies sichere Ankunft auf Eilean Creag Castle in Kintail und seine Indienstnahme als Knappe geschildert wurden.

Eine zweite Schriftrolle enthielt einen detaillierten Bericht über seinen Sturz von einem Pferd, bei dem er sich den Arm gebrochen hatte, während ein dritter seine Geschicklichkeit im Schwertkampf schilderte.

»Grundgütiger«, sagt er noch einmal und sah seinen Vater an, während seine Finger sich noch fester um die Pergamente schlossen.

Dem alten Mann liefen die Tränen über die Wangen.

Und auch Jamie fühlte seine Augen feucht werden.

Auch alle anderen, die am Hohen Tisch saßen, waren zutiefst ergriffen.

»Glaubst du mir jetzt, mein Sohn?« Munro legte die Hand auf Jamies Schulter und drückte sie ganz fest. »Wirst du mir je verzeihen und die Vergangenheit vergessen können?«

Jamie schluckte mühsam, weil er außerstande war, etwas zu sagen.

Er legte den Lederbeutel zur Seite, sprang auf und schloss seinen Vater in die Arme, um die Innigkeit seiner Umarmung für sich selbst sprechen zu lassen.

Die am Hohen Tisch Sitzenden wandten diskret den Blick ab oder räusperten sich, wieder andere taten, als müssten sie einen nicht vorhandenen Fussel von ihren Kleidern zupfen. Jeder versuchte auf seine Art, diesen sehr privaten Moment zwischen Vater und Sohn nicht zu stören.

Sogar Morag schwieg, aber in ihren Augen glänzte es verräterisch, als sie hin und her eilte, um leere Kelche und Becher aufzufüllen.

Andere, ebenso verständnisvolle Gäste wie Alan Mor und seine Pabay-Männer wählten diesen Augenblick, um auf den Burghof hinauszugehen und sich die Beine ein wenig zu vertreten.

Auch Aveline überließ Vater und Sohn sich selbst und wandte ihre Aufmerksamkeit den Tanzenden zu. So unvermittelt, dass sie sich fast an ihrem Wein verschluckte, gingen ihr Lady Linnets Worte durch den Sinn.

Sie hätte nie gedacht, dass sie ›*diesen Tag noch sehen*

würde‹, hatte Lady Linnet gesagt, und bei der Erinnerung an diese Worte richteten sich die feinen Härchen an Avelines Nacken auf.

Ihr Blick glitt zu Hughie Mac, der unermüdlich auf seiner Fidel spielte, und dann zu Neill und Kendrick, die ausgelassen und temperamentvoll tanzten.

»Heilige Maria Mutter Gottes!«, sagte sie und drückte eine Hand an ihre Brust. »Ich *habe* diesen Tag gesehen – auf dem Friedhof, beim Na-Clachan-Breugach-Stein!« Sie sprang auf und griff nach Jamies Arm. »Du wirst dich erinnern, dass ich dir erzählt habe, dass ich Neill und Kendrick dort zu Hughies Fidel tanzen sah!«

In ehrfürchtigem Erstaunen schüttelte sie den Kopf. »Ich habe weder Geister oder irgendein Trugbild gesehen, sondern *diesen* Tag heute!«

»Natürlich hast du das«, sagte eine weise klingende Stimme neben ihr. Devorgilla von Doon war zu ihr gekommen. »Hätte jemand mich gefragt, dann hätte ich euch sagen können, dass der Na-Clachan-Breugach-Stein einer der uralten Steine der Weisheit ist, die die Zukunft vorhersagen können.«

Die Alte stellte sich dicht neben Aveline und tippte ihr mit dem knotigen Finger auf das Herz. »Aber nur denen, die mit dem Herzen sehen können.«

Aveline schluckte.

Sie schaute auf Jamie und seinem Vater, und ihr Herz zog sich zusammen, als sie sah, wie einträchtig die beiden beieinandersaßen. Als hätte es nie Unstimmigkeiten zwischen ihnen gegeben.

Sie wandte sich wieder der alten Frau zu und fragte leise: »Devorgilla, glaubt Ihr, dass der Na-Clachan-Breugach-Stein mir auch meine und Jamies Zukunft zeigen würde? Mich vielleicht wissen lassen würde, was wir zu erwarten haben?«

Die *cailleach* schüttelte den Kopf. »Nein, mein Kind, das bezweifle ich«, sagte sie und bückte sich, um Somerled zu streicheln, der zu ihnen herangekommen war. »Eine solche Magie wirkt nur, wenn eine Notwendigkeit dazu besteht.«

»Wenn eine Notwendigkeit dazu besteht?«, wiederholte Aveline verständnislos.

»So ist es.« Die alte Frau griff in eine Tasche an ihrem Gürtel und bot dem Fuchs ein Stückchen bestes Dörrfleisch an. »Aber Ihr habt keinen Grund mehr, einen Blick in die Zukunft tun zu wollen. Ihr ...«

»Was sie meint«, mischte sich unerwartet Jamie ein, »ist, dass du unsere Zukunft bereits kennst, meine Liebste.« Er legte den Arm um Aveline und schenkte der weisen alten Frau ein Lächeln. »Denn so ist es doch, nicht wahr?«

Devorgilla nickte zustimmend.

»Und wie wird unsere Zukunft sein?«, beharrte Aveline. »So hell und voller Liebe, wie ich sie mir vorstelle?«

»Unsere Zukunft wird all das sein und noch viel mehr«, versprach Jamie. Er beugte sich zu ihr küsste sie auf die Stirn. »Unsere Liebe wird ewig währen. Unser ganzes Leben lang und darüber hinaus. Für immer und in alle Ewigkeit.«

Aveline seufzte und strahlte vor Freude über seine Antwort.

Auch Devorgilla sah glücklich aus, als sie sich eine Träne von der Wange tupfte und lächelte. »Ja, so wird es sein. Für immer und in alle Ewigkeit.«

Eine Liebe über alle Grenzen hinweg

Patricia Potter
DIE VERLOCKUNG
DES HIGHLANDERS
Roman
Aus dem amerikanischen
Englisch von
Ulrike Moreno
448 Seiten
ISBN 978-3-404-18739-3

Einst ritt Kimbra mit ihrem Mann auf Raubzüge. Doch seit er tot ist, ist Kimbra der Willkür seiner Sippe ausgesetzt und muss sich dem Clan beugen und auf Schlachtfeldern Tote bestehlen. Eines Tages findet sie einen verwundeten Schotten. Obwohl er ihr Feind ist, übermannt sie das Mitleid. Kimbra nimmt den Mann mit in ihr Haus und pflegt ihn gesund.
Der Fremde erinnert sich weder an seinen Namen noch an seine Vergangenheit. Während seine Wunden heilen, entsteht ein zartes Band zwischen der schönen Witwe und dem Highlander. Doch wie kann sie ihn lieben, wenn es ein Schotte war, der sie einst zur Witwe machte?